孙绍振作品解读系列

孙绍振
如是解读作品

散文及其他卷

孙绍振 著

海峡出版发行集团 | 福建教育出版社

中学时代

大学毕业在南京

在现代汉诗会上发言

在讲话

接受祝福

在绍兴禹陵村桥上

在上小学的桥上

在台北师大

和钱梦龙先生在一起

在自家门口

我用的方法,有"还原"的方法,"比较"的方法。在"还原"方法中,又有"艺术感觉的还原""情感逻辑的还原"和"审美价值的还原"等等,而在"比较"的方法中,又有"同类比较"和"异类比较""横向比较""艺术形式比较""历史比较""流派比较""风格比较"等等。但是,所有这些方法,都不是最高层次的方法。最高层次,从哲学上说,就是分析的方法,尤其是具体问题具体分析的方法,而这一切,恰恰是许多学者、大师通常使用的方法,我不过是师承运用而已。如果我有什么值得称道的话,那也不过是,我把这种方法用得很彻底,用得很坚决,将之转化为操作性方法,并使之系统化。

——孙绍振

总　序

上个世纪末，由于一个偶然的原因，我介入了中学语文教学的论争，此后又担任一套初中语文教材的主编，该教材后由北京师范大学出版社出版。为了给老师们编写教学参考资料，编委会同仁按课文收集诸多"赏析"文章，分类编排。此乃常规做法。但是，在阅读了诸多"赏析"文章后，深感其陈腐、谬误比比皆是，乃决计另行写作。其时，赖瑞云教授忧心以告，课本六册，文三百余篇，其量甚钜，君年逾七旬，恐不胜其劳。余决意试之，出乎意料，数年之间，完成三百余篇之解读，且深得一线教师之欢迎，继应约为高中各版作解读。据赖瑞云教授统计，十余年间，积六百余篇。《孙绍振如是解读作品》（福建教育出版社出版，此次再版，本书拆分为小说、诗歌卷和散文及其他卷两本）所收，乃是其中部分。付梓之时，责任编辑成知辛先生嘱为序。考虑到书中个案分析，有授其鱼的局限，乃有授其渔的构想，在序言《文本分析的可操作性》之中，提出"还原"和"比较"范畴，具体化为：一、多种形式之比较，二、情感逻辑的还原法，三、价值的还原，四、历史的还原和比较，五、流派的还原和比较，六、风格的还原和比较。

值得庆幸的是，还原和比较得到一线教师的热烈响应。

然余仍感此等操作性方法，缺乏系统理论高度。乃将曾于福建师范大学中文系和解放军艺术学院所讲之《文学创作论》之录音，请研究生郑昀、张宏怡整理成文档，经余修订，交广西师范大学出版社冠以《文学性讲演录》之名出版。

此书之宗旨，乃是鉴于将文本解读依附于美学的主客二元结构，系不得其门而入之根源，乃将其重构于创作论。提出形象非主客二元结构，乃是主观、客观和形式规范的三维结构。以此为基础原则，突破黑格尔权威之内容决定形式，结合康德的审美价值，建构中国特色的文学文本解读理论基础。经过近十年之追踪实践，发现文本解读之个案分析，与创作论固然有联系，但仍然有独立性，有其特殊规律，乃于近日进行大幅度修改，将解读论与创作论结合，乃成《文学解读基础——孙绍振课堂讲演录》。

然中学语文课文均为个案短章，不免限于微观，不以宏观视野与之互补，则难以深入。所幸自本世纪初，连年于东南大学讲座，论述均为长篇巨制。更幸者，东南大学学子及工作人员有心，十余年来，皆有录音，且不惮辛劳，一一据之转化为文字。余乃将其修订，补充，遂成《演说经典之美》和《演说〈红楼〉〈三国〉〈雷雨〉之魅》之姊妹篇。宏观结合微观，一来以飨读者，二来遂我心愿。二书每篇之后，记录整理者，除个别佚名以外，皆有姓名，以示感激。非此等有心人之不辞辛劳，余十余年所述，现场之欢笑，于振动空气之后，如美国小说所云，gone with the wind，随风而去也。

此次，福建教育出版社将上述四书辑成"孙绍振解读作品系列"出版，也算形成对作品解读的一个相对完整系列。

孙绍振
2016 年 9 月 17 日星期六

目 录

分析方法的可操作性（代自序） —— 1

古代散文

李寄/干宝 —— 3

童区寄传/柳宗元 —— 4

小石潭记/柳宗元 —— 7

游高梁桥记/袁宏道　游高梁桥记/袁中道 —— 13

曹刿论战/《左传》 —— 16

附：中国古典小说的叙事传统和海明威 —— 20

晏子使楚/《晏子春秋》 —— 22

邹忌讽齐王纳谏/《战国策》 —— 25

唐雎不辱使命/《战国策》 —— 27

与朱元思书/吴均 —— 30

荔枝图序/白居易 —— 37

爱莲说/周敦颐 —— 39

芙蕖/李渔 —— 42

三峡/郦道元 —— 45

现代散文

从百草园到三味书屋/鲁迅 —— 51

阿长与《山海经》/鲁迅 —— 60

挖荠菜　拣麦穗/张洁 —— 65

下雨天，真好/琦君 —— 80

窃读记/林海音 —— 85

日历/冯骥才 —— 90

每天诞生一次/周涛 —— 96

蚂蚁/南帆 —— 100

辛劳的蚂蚁/马克·吐温 —— 104

走向虫子/刘亮程 —— 108

蜘蛛/哥尔斯密 —— 112

第一堂课/老舍 —— 115

雷雨前/茅盾 —— 119

夜雨诗意/余秋雨 —— 122

听听那冷雨/余光中 —— 125

黄果树瀑布/于坚 —— 132

绿/朱自清 —— 136

附：余光中论朱自清散文（节选）/余光中 —— 142

静默草原/鲍尔吉·原野 —— 144

高原，我的中国色/乔良 —— 147

悟沙/刘元举 —— 151

日出/刘白羽 —— 156

泰山日出/徐志摩 —— 162

西部地平线上的落日/高建群 —— 166

云海/唐敏 —— 170

黄山记/徐迟 —— 174

三峡/余秋雨 —— 179

一条大河/刘元举 —— 184

江之歌/毛姆 —— 189

附：川江号子/蔡其矫 —— 193

背影/朱自清 —— 194

回忆鲁迅先生/萧红 —— 200

谭嗣同之死/梁启超 —— 205

剃头匠/陈霞 —— 207

童话·寓言

农夫和蛇（两则）/伊索 —— 215

渔夫的故事/《天方夜谭》 —— 218

猫的天堂/左拉 —— 219

愚公移山/《列子》 —— 224

中山狼传/马中锡 —— 228

纪实作品

狱中书简/卢森堡 —— 233

绞刑架下的报告/伏契克 —— 237

梁思成的故事/李辉 —— 243

落日/朱启平 —— 246

议论文·小品文

读书杂谈/鲁迅 —— 253

读书的三种姿势/孙绍振 —— 259

讽谏小议/萧春雷 —— 261

克隆技术的伦理问题/邱仁宗 —— 265

生于忧患，死于安乐/《孟子》 —— 268

黄生借书说/袁枚 —— 271

借书不还，天打雷劈/柏杨 —— 272

中国山水游记的感性/余光中 —— 275

东施效颦话语词/王蒙 —— 281

竹/郑板桥 —— 284

孔孟论学习/《论语》《孟子》 —— 285

论读书/培根 —— 288

附1：Of Studies*（英文原文） —— 292

附2：王佐良译文 —— 293

读书八得/朱苏进 —— 294

分析方法的可操作性（代自序）

孙绍振

自从《名作细读》中的文章在《语文学习》《名作欣赏》等刊物上陆续发表以来，我不断地受到读者的鼓励，其中，不但有中学教师、小学教师，而且有大学教师、研究生和编辑。赞赏当然使我心旷神怡，但是，难题也来了，他们提出，系统地总结一下，把文章写得这样不同流俗的独得之秘。这颇有点使我为难。我为文没有什么秘密，我用的方法也许称不上什么独特。我的方法，具体说来，好像挺不少，例如"还原"的方法，"比较"的方法。在"还原"方法中，又分为"艺术感觉的还原""情感逻辑的还原"和"审美价值的还原"等等，而在"比较"的方法中，又有"同类比较"和"异类比较""横向比较""艺术形式比较""历史比较""流派比较""风格比较"等等。但是，所有这些方法，都是低层次的操作性方法。其最高层次，从哲学上说，就是分析的方法，尤其是具体问题具体分析的方法，而这一切，恰恰是许多学者、大师通常使用的方法，我不过是师承运用而已。如果我有什么值得称道的话，那也不过是，我把这种方法用得很彻底，用得很坚决，将之转化为操作性方法，并使之系统化。具体分析，瓦解普遍性的宏大概念带来的形而上学遮蔽，作为一种哲学方法，是得到广泛认同的，从黑格尔的辩证法，到当代解构主义都反对形而上学。事物、观念和形象的内涵是丰富的、充满矛盾的，用马克思的话来说，就是多种规定性的统一，是不断转化的，而不是单一的、贫乏的、静止的、僵化的、不能转化的。但是，事物、观念和形象，在表面上又是有机统一的，也就是没有矛盾的。要进行具体分析，如果没有一定的方法论的自觉，则有如狗咬乌龟，无从下口。在面对文学经典之时，这种困难就更为突出。因为文学形象，天衣无缝、水乳交融，一些在方法论上不坚定的老师，在无从下手之时，就妥协了，就不是进行分析，而是沉溺于赞叹了。我这里所说的，并不限于中学，更多的是大学的。为了说明这一点，我不得不举一些颇有代表性的例子。

唐人贺知章的绝句《咏柳》从写出来到如今，一千多年了，至今仍然家喻户晓，脍炙人口。原因何在？表面上看来是个小儿科的问题，但是，要真正把它讲清楚，不但对中学教师，而且对于大学权威教授，一点也不轻松。有一位权威教授写了一篇《咏柳赏析》，说，"碧玉妆成一树高"，是"总体的印象"，"万条垂下绿丝绦"这是"具体"写到柳丝了，而柳丝的"茂密"，最能表现"柳树的特征"。这就是他的第一个观点：这首诗的艺术感染力，来自于表现对象的特征。用理论的语言来说，就是反映柳树的真实。这个论断，表面上看来，没有多大问题，但是实质上，是很离谱的。这是一首抒情诗，抒情诗以什么来动人呢？普通中学生都能不假思索地回答，以情动人。但，教授却说，以反映事物的特征动人。接下去，这位教授又说，这首诗的最后一句"二月春风似剪刀"，很好，好在哪里呢？好在比喻"十分巧妙"。这话当然没有错。但是，这并不需要你讲，读者凭直觉就感到这个比喻不同凡响。之所以要读你的文章，就是因为感觉到了，却说不清原由，想从教授的文章中获得答案。而你不以理性分析比喻巧妙的原因，只是用强调的语气宣称感受的结果。这不是有"忽悠"读者之嫌吗？教授说，这首诗，还有一个好处，那就是"二月春风似剪刀"，"歌颂了创造性劳动"。这就更不堪了。前面还只是重复了人家的已知，而这里却是在制造混乱。"创造性劳动"这种意识形态性很强的话语，显然具有20世纪红色革命文学的价值观，怎么可能出现在一千多年前的贵族诗人头脑中？

为什么成天喊着具体分析的教授，到了这里，被形而上学的教条所遮蔽呢？

这就是因为他无法从天衣无缝的形象中找到分析的切入点。他的思想方法，就不是分析内在的差异，而是转向了外部的统一。贺知章的柳树形象为什么生动呢？因为它反映了柳树的"特征"。客观的特征和形象是一致的,所以是动人的。从美学思想来说,这就是美就是真。美的价值就是对真的认识。从方法论上来说,就是寻求美与真的统一性。既然美是对真的认识,认识世界是为了改造世界,这就是教化。不是政治教化,就是道德教化。既然从《咏柳》无法找到政治教化,就肯定有道德教化作用。于是"创造性劳动",就脱口而出了。这种贴标签的方法,可以说是对具体分析的践踏。其实,所谓分析就是要把原本统一的对象加以剖析,根本就不应该从统一性出发,而是应该从差异性,或者矛盾性出发。艺术之所以成为艺术,就是因为它不是等同于生活,而是诗人的情感特征与对象的特征猝然遇合,这种遇合不是现实的,而是虚拟的、假定的、想象的。本初的感情只有通过假定的想象才能抒发。借助假定性,艺术才能创造。而要揭示艺术的感染力,分析的出发点就应该是它与柳树的矛盾性。矛盾首先就在于,形象不是客观的、真的,而是主观的、假定的。应该从真与假的矛盾入手。例如,明明柳树不是玉的,偏偏要说是碧玉的,明明不是丝织品的,偏偏要说,柳丝是丝织的飘带。为什么要用贵重的玉和丝来假定呢?为了美化,诗化,表达诗人珍贵的感情,而不是为了反映柳树的特征。

但,这样的矛盾,在形象中并不是直接的呈现,恰恰相反,是隐性的。在诗中,真实与假定是水乳交融、以逼真的形态出现的。要进行分析,是共同的愿望,但,如果不把假定性揭示出来,分析就成了一句空话。分析之所以是分析,就是要把原本统一的成分,分化出不同的成分。不分化,分析就没有对象,只能沉迷于统一的表面。要把分析的愿望落到实处,就得有一种方法,也就是可操作的方法,我提出了"还原"的方法。面对形象,在想象中,把那未经作家情感同化,未经假定的原生的形态想象出来,这是凭着经验就能进行的。比如,柳树明明不是碧玉,却要把它说成是玉的,不是丝织品,却要说它是丝的。这个矛盾就显示出来了。这就是借助想象,让柳树的特征转化为情感的特征。情感的特征是什么呢?再用还原法。柳树很美。在大自然中,春天来了,温度提高了,湿度提高了,柳树的遗传基因起作用了,才有柳树的美。在科学理性中,柳树的美,是大自然的现象,是自然而然的。但,诗人的情感很激动,断言柳树的美，比之自然的美还要美，应该是有心设计的。所谓天工加上人工才能理由充分。这就是诗人的情感强化了，这就是以情动人了。

对"二月春风似剪刀"，不能大而化之地说"比喻十分巧妙"，而应该分析其中的矛盾。首先，这个比喻中最大的矛盾，就是春风和剪刀。本来，春风是柔和的，是婉柔的，怎么会像剪刀一样锋利？冬天的风才是尖利的。但是，我们可以替这位教授解释，因为，这是"二月春风"，春寒料峭，有刀锋一样的尖利。然而，我们还可以反问，为什么一定要是剪刀呢？刀锋多得很啊，例如，菜刀，军刀。如果说"二月春风似菜刀"，"二月春风似军刀"，就是笑话了。为什么呢？这是因为前面有一句话"不知细叶谁裁出"，里边有一个"裁"字，和后面的"剪"字，裁剪，形成一个词组。这是汉语特有的结构，固定的自动化的联想。如果是英语，就不能这样，裁剪，就是一个字 cut，实在要强调裁，就得加上一个不相干的 design（cut out according to the design）。

当然，说到"还原"方法，作为哲学方法并不是我的发明，这在西方现象学中，早已有了。在现象学看来，一切经过陈述的现象都是主观的、观念化、价值化了的，因而要进行自由的研究，就得把它"悬搁"起来，在想象中进行"去蔽"，把它的原生状态"还原"出来。当然，这种原生状态，是不是就那么客观，那么价值中立，也是很有疑问的。但是，多多少少可能摆脱流行和权威观念的先入为主。我的"还原"，在对原生状态的想象上和现象学是一致的，但，我的还原，只是为了把原生状态和形象之间的差异揭示出来，从而构成矛盾，然后加以分析，并不是为了去蔽，而是为了打破形象天衣无缝的统一，进入形象深层的、内在的矛盾中。当然这样还原的局限是偏重于形而下的操作，但是，很可能优点也是在这里。当我面对一切违背这种方法的方法时，不管他有多么大的权威，我总是坚定地冲击，甚至毫不容情地颠覆。要理解艺术，不能被动地接受，还原了，有了矛盾，就可能进入分析，就主动了。朱自清在《荷塘月色》中创造了一种宁静、幽雅、孤寂的境界，但清华园一角并不完全是寂静的世界；相反，喧闹的声音也同样存在，不过是给朱先生排除了罢了。一般作家总是偷偷摸摸地、静悄悄地排除与他的感知、情感不相通的东西，并不作任何声明；他们总把自己创造的形象当作客观对象的翻版奉献给读者。但朱先生在《荷塘月色》中却不同，他很坦率地告诉读者："这时候最热闹的，要数树上的蝉声与水里的蛙声；但热闹是他们的，我什么也没有。"这里，透露了重要的艺术创造的原则：作家对于自己感知取向以外的世界是断然排斥的。许多论者对此不甚明白，或不能自觉掌握，因而几乎没有一个分析《荷塘月色》的评论家充分估计到这句话的重要意义。忽略了这句话，也就失去了分析的切入口，也就看不出《荷塘月色》不过是朱先生以心灵在同化了清华园一角的宁静景观的同时，又排除了其喧闹的氛围而已。忽略了这个矛盾，分析就无从进行，就不能不蜕化为印象式的赞叹。

再举一个例子，有一个古典文学的学者，分析《小石潭记》，潭鱼"皆若空游无所依。日光下澈，影布石上，怡然不动；俶尔远逝，往来翕忽，似与游者相乐"，对其中，早说过的："心乐之"，和这里的"似与游者相乐"视而不见，却看出了"人不如鱼"的郁闷。这也是由于在方法上不讲究寻求差异，而是执著于统一性的后果。既然柳宗元是被下放了，既然他政治上是不得意了，既然他是很郁闷了，因而他在一切时间，一切场合，就是毫无例外的郁闷。哪怕是特地寻找山水奇境，发现了精彩的景色，也不会有任何的快乐，只能统一于郁闷。人的七情六欲，到了这种时候，就被抽象成郁闷的统一性，而不是诸多差异和矛盾的统一性。在分析《醉翁亭记》的时候，同样的偏执也屡见不鲜，明明文章反复强调的是，山水之乐，四时之乐，游人之乐，太守之乐，醉翁之意不在酒在乎山水之间。因为山水之间，没有人世的等级，连太守也忘了官场的礼法。醉翁之意为什么要和"酒"联系在一起？因为酒，有一种"醉"的功能，有这个"醉"，才能超越现实。"醉翁之意"在现实中是很难实现的，故范仲淹要后天下之乐而乐。欧阳修只要进入超越现实的、想象的、理想的与民同乐的境界，又不是很难实现的，只要"得之心，寓之酒"，让自己有一点醉意就成了。这里的醉，有两重意思。第一重，是醉醺醺，不计较现实与想象的分别；第二重，是陶醉，摆脱现实的政治压力，进入理想化的境界，享受精神的高度自由。可是拘执于欧阳修的现实政治遭遇心情的统一性的学者还看不到这个虚拟的、理想的、欢乐的、艺术的境界，还是反复强调欧阳修的乐中有忧。硬是用现实境界来压抑艺术，形而上学地淹没了心灵复杂的多变的结构。

多种形式的比较

要寻求分析的切入口，有许多途径，"还原"并非唯一的法门。最方便当然是作家创作过程中的修改稿。鲁迅曾经说："凡是已有定评的大作家，他的作品，全部就说明着'应该怎样写'。只是读者很不容易看出，也就不能领悟，因为在学习者一方面，是必须知道了'不应该那么写'，这才会明白原来'应该这么写'的。这'不应该那么写'，如何知道呢？惠列赛耶夫的《果戈理研究》第六章里，答复着这问题——'应该这么写'，必须从大作家们的完成了的作品去领会。那么，不应该那么写这一面，恐怕最好是从那同一作品的未定稿本去学习了。在这里，简直好像艺术家在对我们用实物教授。恰如他指着每一行，直接对我们这样说——'你看——哪，这是应该删去的。这要缩短，这要改作，因为不自然了。在这里，还得加些渲染，使形象更加显豁些。'"(《不应该那么写》，《且介亭杂文》) 在我国古典诗话中，类似"春风又绿江南岸"经典性的例子不胜枚举，一般读者耳熟能详。孟浩然的《过故人庄》的最后一句"还来就菊花"，杨慎阅读的本子，恰恰"就"字脱落了。他自己也是诗人，试补了"对菊花""傍菊花"等等，就是不如"就菊花"。毛泽东的《采桑子·重阳》中最后一句，原来的手稿是"但看黄华不用伤"，后来定稿是："寥廓江天万里霜"等等。值得一提的是，托尔斯泰对《复活》多次修改。在写到聂赫留朵夫第一次到监狱中去探望沦为妓女的卡秋莎（玛丝洛娃），哭着恳求她宽恕，并且向她求婚。在原来的稿子上，玛丝洛娃一下子认出他来，立刻非常粗暴地拒绝了他，说：

您滚出去！那时我恳求过您，而现在也求您……如今，我不配做您的，也不配做任何人的妻子。

后来在第五份手稿中，改成玛丝洛娃并没有一下子认出自己往日的情人来，但是她仍然很高兴有人来看她，特别是衣着体面的人。在认出了他以后，对于他的求婚，她根本没有听进心里去，很轻率地回答道：

"您说的全是蠢话……您找不到比我更好的女人了吗？您最好别露出声色，给我一点钱。这儿既没有茶喝，也没有香烟，而我是不能没有烟吸的……这儿的看守长是个骗子，别白花钱。"说完她哈哈大笑。

相比之下，原来的手稿便觉得粗糙。卡秋莎原本是纯情少女，由于受了聂赫留朵夫的诱惑而被主人驱逐，到城市后，沦落为妓女玛丝洛娃。在原来的手稿中，写她再看到往日的情人，一下子认出了他，往日的记忆全部唤醒了，并且把所有的痛苦和仇恨都发泄了出来（这正是我们许多缺乏才气的作家天天做着的事情）。然而在后来的修改稿中，托尔斯泰把玛丝洛娃的感知、记忆、情感立体化了。

首先，她一下子没有认出他来，说明分离日久，也说明往日的记忆深藏情感深处，痛苦不在表层。

其次，最活跃的情绪是眼下的职业习惯，见了陌生男人，只要是有钱的便高兴起来，连对求婚这样的大事都根本没有听到心里去，这正说明心灵扭曲之深和妓女职业对表层心灵的毒化、麻木之深，即使往日的情人流着泪向她求婚，她也仍然把他当作一个顾客，最本能的反应是先利用他一下，弄点钱买烟抽。说到不要向看守长白花钱时，居然哈哈大笑起来，她为自己的聪明而得意非凡。这更显示了玛丝洛娃的表层心理结构完完全全地妓女化了，板结了，在这样重大的意外事件的冲击下，也依然密不透风，可见这些年来她心灵痛苦之深。定稿中的"哈哈大笑"，之所以比初稿中严词斥责精彩，就是因为更加深刻地显示了她心理结构的表层感知、记忆、情感、行为、语言的化石化，在读者记忆中的那个青春美丽、天真纯情的心灵被埋葬得如此之深，其精神似乎是完全死亡了。

一般的读者光是读定稿中的文字，虽然凭着直觉也可以感受到托尔斯泰笔力的不凡，但是却很难说出深刻在何处。一旦将原稿加以对比，前者平面性的描述和后者立体性的刻画，其高下、其奥妙就一目了然了。

　　凭借文学大师的修改稿，进入分析，自然是一条捷径，非常可惜的是这样的资料凤毛麟角。但是它是如此有引诱力，以至于人们很难完全放弃。于是许多经典评论家往往采取间接的办法，例如莱辛在他的名著《拉奥孔》中评希腊著名雕塑"拉奥孔"时，创造了一种办法，那就是从相同内容、不同形式的作品寻求对比。拉奥孔父子被蛇缠死的故事，在维吉尔的史诗中被描写得很惨烈，他们发出了公牛一样的吼声，震响了天宇。可是在雕塑中，拉奥孔并没有张大嘴巴，声嘶力竭地吼叫，相反，只是如轻轻叹息一般，在自我抑制中挣扎。莱辛由此得出结论说，由于雕塑是诉之于直观的，如果嘴巴张得太大，远看起来必然像个黑洞，那是不美的，而用尽全部生命去吼叫，在史诗中却是很美的，因为诗是语言艺术，并不直接诉诸视觉，而是诉诸读者的想象和经验的回忆的，没有直观的生理刺激。莱辛给了后代评论家以深刻的启示：在雕塑中行不通的，在史诗中却非常成功。只有在明白了雕塑中不应该做什么才会真正懂得雕塑中应该做什么。用评论的术语说，就是只有把握了一种艺术形式的局限性，才能理解它的优越性。寻找同题材而不同形式的艺术形象的差异，正是分析的线索。白居易的《长恨歌》和洪昇的《长生殿》同样是取材于唐明皇和杨贵妃的故事。但是，在诗歌里，李杨的爱情是生死不渝的，而在戏剧里，两个人却发生了严峻的冲突。联系到诸多类似的现象，不难看出，在诗歌中，相爱的人，往往是心心相印的，而在戏剧里，相爱的人，则心心相错的。在戏剧里，没有情感的错位，就没有戏剧性，没有戏可演。同样是在七月七日长生殿，李隆基与杨玉环盟誓：生生死死，永为夫妻。在诗人白居易看来这是非常浪漫的真情，而在小说家鲁迅看来，在这种对话的表层语义之下，恰恰掩盖着相反的东西。郁达夫在《奇零集》中回忆鲁迅的话："他的意思是：以玄宗之明，哪里看不破安禄山和她的关系？所以七月七日长生殿上，玄宗只以来生为约，实在心里有点厌了。……到了马嵬坡下，军士们虽说要杀她，玄宗若对她还有爱情，哪里不能保全她的生命呢？所以这时候，也许是玄宗授意军士们的。"

　　联系到柳宗元在《小石潭记》中，对于自然景观发出了那么真诚的赞赏，这里的美，是很"幽邃"的，远离尘世、超凡脱俗的，但是"寂寥无人，凄神寒骨，悄怆幽邃"，"其境过清"，欣赏则可，但，"不可久居"，柳宗元就坦然地离去了。柳氏性格的一个侧面，比较执著于现实，在散文中得到自如的表现，而在诗歌中，所表现出来的，则是另外一面，那里充满了不食人间烟火的境界。如《江雪》：

千山鸟飞绝，万径人踪灭。孤舟蓑笠翁，独钓寒江雪。

开头两句，强调的是生命的"绝"和"灭"，一个孤独的渔翁，在寒冷、冰封的江上，是"钓雪"，而不是钓鱼，不要说"其境过清"，就连寒冷的感觉都没有，孤独本身就是一种享受。这和散文中"其境过清，不可久居"的境界大不相同的。把诗歌里的柳宗元和散文中的差异抓住，加以分析，比之一味只承认只有一个统一的柳宗元要深刻得多。散文中的柳宗元，还是不能忘情现实环境，居住条件，甚至是国计民生，乃至于政治；而诗歌则可以尽情发挥超现实的形而上的空寂的理想，以无目的境界为最高的境界。如他的《渔翁》一诗，可谓达到物我两忘的境界：

"渔翁夜傍西岩宿，晓汲清湘燃楚竹。烟销日出不见人，欸乃一声山水绿。回看天际下中流，岩上无心云相逐。"这种诗的境界中，无心的云就是无心的人，超越一切功利，大自然和人达到高度的和谐和统一。这是诗的意境，而这在散文中，作者是可以欣赏，而不想接受的。

在我们文坛上，有许多关于诗歌与散文不同的纷纭的理论，似乎都不得要领，原因大抵在于：往往从形式上着眼，忽略了深层的内涵。许多教师分析这类的经典文本，之所以有捉襟见肘之感，就是因为孤立地就散文论散文，就诗歌论诗歌，也就难免从现象到现象的滑行了。

选择相同题材不同形式的作品加以比较，找出其间的差异，从而探求艺术的奥秘，这种方法适应性比较广泛。尤其是一些经典作品，不论是中国历史、传说，还是西方《圣经》、神话题材都曾反复地被大师加工成不同的体裁。但是，这种适应性是相当有限的，不仅对绝大多数的现代和当代作品不适用，而且对许多古典作家也不适用，有时即使适用，也可能由于一时手头缺乏齐备的材料而无法进行分析。但是，并不等于形象的内在矛盾不存在了。要揭示其内在奥秘，还有一种方法，不是凭借现成的资料，而是把艺术形象中的情感逻辑和现实的理性逻辑加以对比。

情感逻辑的"还原法"

艺术家在艺术形象中表现出来的感觉不同于科学家的感觉。科学家的感觉是冷静的、客观的，追求的是普遍的共同性，而排斥的是个人的感情；一旦有了个人情感色彩，就不科学了，没有意义了。可是在艺术家，则恰恰相反，艺术感觉（或心理学的知觉）之所以艺术，就是因为它是经过个人主观情感或智性的"歪曲"。正是因为"歪曲"了，或者用我的术语来说"变异"了，这种表面上看来是表层的感觉才成为深层情感乃至情结的可靠索引。有些作品，往往并不直接诉诸感觉，尤其是一些直接抒情的作品，光用感觉还原就不够了。例如"在天愿作比翼鸟，在地愿为连理枝，天长地久有时尽，此恨绵绵无绝期"，好在什么地方？它并没有明确的感知变异，它的变异在它的情感逻辑之中。

这时用感觉的还原就文不对题了，应该使用的是情感逻辑的还原。这里的诗句说的是爱情是绝对的，在任何空间、时间，在任何生存状态，都是不变的、永恒的。爱情甚至是超越主体的生死界限的。这是诗的浪漫，其逻辑的特点是绝对化。用逻辑还原的方法，明显不符合理性逻辑。理性逻辑是客观的、冷峻的，是排斥感情色彩的，对任何事物都取分析的态度。按理性的逻辑的高级形态，亦即辩证逻辑，任何事物都不可能是不变的。在辩证法看来，世界上没有永恒不变的东西，一切都随时间、地点、条件而变化。把恋爱者的情感看成超越时间、地点、条件是无理的，但是，这种不合理性之理，恰恰又是符合强烈情感的特点的。清代诗话家吴乔把这叫做"无理而妙"。为什么妙？无理对于科学来说是糟糕的，是不妙的，但，因为情感的特点恰恰是绝对化，无理了才有情，不绝对化不过瘾，不妙。所以严羽才说："诗有别才，非关理也。"

自然，情感逻辑的特点不仅是绝对化，至少还有这么几点，它可以违反矛盾律、排中律、充足理由律。人真动了感情就常常不知是爱还是恨了，明明相爱的人偏偏叫冤家，明明爱得不要命，可见了面又像贾宝玉和林黛玉那样互相折磨。臧克家纪念鲁迅的诗说："有的人活着，他已经死了；有的人死了，他还活着。"这按通常的逻辑来说是绝对不通的。可要避免这样的自相矛盾，就要把他省略了的成分补充出来："有的人死了，因为他为人民的幸福而献身，因而他永远活在人民心中。"这很符合理性逻辑了，但却不是诗了。越是到现代派诗歌中，扭曲的程度越大，现代派诗人甚至喊出"扭曲逻辑的脖子"的口号。在小说中，情节是一种因果，一个情感原因导致层层放大的结果，按理性逻辑来说理由必须充分，这叫充足理由律。可是在情感方面是充足了，在理性方面则不可能充足。说贾宝玉因为林黛玉反抗封建秩序，思想一致才爱她，理由这么清楚，就一点情感也没有了。在现代派小说中，恰恰有反逻辑因果的，如余华的《十八岁出门远行》，整个小说的情节的原因和结果都是颠倒的，似乎是无理的。情节的发展好像和逻辑因果开玩笑，反因果性非常明显。例如，主人公以敬烟对司机表现善意，司机接受了善意，却引出粗暴地拒绝乘车的结果；"我"对他凶狠呵斥，他却十分友好起来。半路上，车子发动不起来了，本来应该是焦虑的，但，司机却无所谓。车上的苹果让人家给抢了，本该引发愤怒和保卫的冲动的，司机也无动于衷。"我"本能地去和抢夺者搏斗，被打得头破血流，"鼻子软塌塌地挂在脸上"，本该是非常痛苦的，却一点痛苦的感觉也没有。一车苹果被抢光了，司机的表情却"越来越高兴"。抢劫又一次发生，"我"本能地奋不顾身地反抗抢劫，被打得"跌坐在地上，再也爬不起来"。司机不但不对"我"同情和加以慰问，相反却"站在远处朝我哈哈大笑"。这些就够荒谬的了。可是作者显然觉得这样的荒诞，还不够过瘾，对荒诞性再度加码。抢劫者开来了拖拉机，把汽车上的零件等等，能拆卸的都拿走了。司机怎么反应呢？他和那些抢劫的人们，一起跳到拖拉机上去，在车斗里坐下来，"朝我哈哈大笑"。仔细研读，你会发现，在表面上绝对无理的情节中，包含着一种深邃的道理；当然，可能阐释的空间是多元的。我的解读是这样的：

小说的荒谬感虽然是双重的，首先，被损害者对于强加于己的暴力侵犯，毫无受虐的感觉，相反却感到快乐；其次，被损害者对为之反抗抢劫付出代价的人，不但没有感恩，相反对之加以侵害，并为之感到快乐。再次，除了施虐和受虐，还有更多的荒谬，渗透在文本的众多细节之中。这篇小说，有时很写实，有时，又常常自由地、突然地滑向极端荒诞的感觉，鼻子软塌塌地，不是贴着而是挂在脸上了，这样的血腥，居然连一点疼痛的感觉都没有涉及。用传统现实主义的"细节的真实性"原则去追究，恐怕是要作出否定的判决的。然而文学欣赏不能用一个尺度，特别不能光从读者熟悉的尺度去评判作家的创造。余华之所以不写鼻子打歪了的痛苦，那是因为他要表现人生有一种特殊状态，是感觉不到痛苦的痛苦：在鸡毛蒜皮的小事上痛苦不已，呼天抢地，而在性命交关的大事上麻木不仁。这是人生的荒谬，但，人们对之习以为常，不但没有痛感，相反乐在其中。

……这是现实的悲剧，然而在艺术上却是喜剧。喜剧的超现实的荒诞，是一种扭曲的逻辑。然而这样的歪曲逻辑，启发读者想起许多深刻的悖谬的现象，甚至可以说是哲学命题：为什么本来属于你自己的东西被抢了你感觉不到痛苦？为什么自己的一大车子东西被抢了而无动于衷，却把别人的一个小背包抢走还沾沾自喜呢？缺乏自我保卫的自觉，未经启蒙的麻木、愚昧，从现实的功利来说，是悲剧，从艺术哲学的高度来看，则是喜剧。

从这个意义上来说，在这最为荒谬的现象背后潜藏着深邃的睿智：没有痛苦的痛苦是最大的痛苦。

这样的哲学深邃性，就是无理中的有理，这样的无理，比之一般的道理要深邃得多。如果不把理性逻辑与情感逻辑分化出来，就无法进行深入的分析。这样的分析，很显然，显然已经进入了深邃的层次，从严格意义上来说，已经不完全属于情感的范畴，而是属于情感和理性交融的范畴了。其实，已经是进入价值的范畴。

价值的还原

价值还原，是个理论问题，但是得从具体的个案讲起。《儒林外史》

中"范进中举",并不完全是吴敬梓的发明,而是他对原始的真人真事改编的结果。清朝刘献廷的《广阳杂记》卷四中有一段记载:

> 明末高邮有袁体庵者,神医也。有举子举于乡,喜极发狂,笑不止。求体庵诊之。惊曰:"疾不可为矣!不以旬数矣!子宜亟归,迟恐不及也。若道过镇江,必更求何氏诊之。"遂以一书寄何。其人到镇江而疾已愈,以书致何,何以书示其人,曰:"某公喜极而狂。喜则心窍开张而不可复合,非药石之所能治也。故动以危苦之心,惧之以死,令其忧愁抑郁,则心窍闭。至镇江当已愈矣。"其人见之,北面再拜而去。吁!亦神矣。①

"吁!亦神矣"。用今天的话来说就是:"啊!医道真是神极了。"可以说这句话是这段小故事的主题:称赞袁医生的医道高明。他没有用药物从生理上治这个病人,而是从心理方面成功地治好了他。其全部价值在于科学的实用性,是很严肃的。而在《儒林外史》中却变成胡屠户给范进的一记耳光,重点在于出胡屠户的洋相。范进的这个丈人本来极端藐视范进,可一旦范进中了举人,为了治病硬着头皮打了他一个耳光,却怕得精神反常,手关节不能自由活动,以为是天上的文曲星在惩罚他,连忙讨了一张膏药来贴上。这样一改,就把原来故事科学的、实用的理性价值转化为情感的非实用审美价值了。这里不存在科学的真和艺术的美的统一问题,而是真和美的错位。如果硬要真和美完全统一,则最佳的选择是把刘献廷的故事全抄进去。而那样一来,《范进中举》的喜剧美将荡然无存。把科学的实用价值搬到艺术形象中去,不是导致美的升华,而是相反,导致美的消失。②

创作就是从科学的真的价值向艺术的美的价值的转化。因为理性的科

---

① 李汉秋编,《儒林外史研究资料》,上海古籍出版社,1984年版,第170页。
② 参阅朱光潜:《对于一棵松树的三种态度》,《朱光潜美学论文集》第1卷,上海文艺出版社,1982年版。

学价值在人类生活中占着优势，审美价值常常处于被压抑的地位。正因为这样，科学家可以在大学课堂中成批成批地培养，而艺术家却不能。只有那些少数情感审美价值异常强大，强大到很轻易超越科学的理性的、真的价值的人，才可能轻松地构造艺术形象。

要欣赏艺术，摆脱被动，就不但要善于从艺术的感觉、逻辑中还原出科学的理性，从二者的矛盾中，分析出情感的审美价值。为什么李白在白帝城向江陵进发时只感到"千里江陵一日还"的速度，而感觉不到三峡礁石的凶险呢？因为他归心似箭。为什么李白觉得并不一定很轻的船很轻呢？因为他流放夜郎，"中道遇赦"，用今天的话来说，就是解除政治压力，他心里感到轻松，因而即使船再重，航程再险，他也感觉不到了。这种感觉的变异和逻辑的变异成为诗人内心激情的一种索引，诗人用这种可感的外在的强烈的效果去推动读者想象诗人自己情感的深层原因。为什么阿Q在押上刑场之时不大喊冤枉，反而为圆圈画得不圆而遗憾？按常理来还原，正是因为画了这个圆才完成判成死刑的手续。通过这个还原，益发见得阿Q的麻木。阿Q越是麻木，在读者心目中越是能激发起焦虑和关注，这就是艺术感染力，这就是审美价值。如果阿Q突然叫起冤枉来，而不是叫喊"过了二十年又是一个（好汉）"，就和逻辑的常规缩短了距离，这样，喜剧的效果就消失了。正因为此，逻辑的还原最后必须走向价值的还原，而从价值的还原中，就不难分析出真正的艺术的奥秘了。

历史还原和比较

艺术感知还原、逻辑还原和价值还原，都不过是分析艺术形式的静态的逻辑的方法，属于一种初级的入门方法。入门以后对于作品的内容还有一个历史的动态的方法分析问题，因而需要更高级的方法，就是"历史还原"。

从理论上来说，对一切对象的研究的最起码的要求就是把它放到历史环境里去。不管什么样的作品，要作出深刻的分析，光是从今天的眼光去观察是不行的，必须放到产生这些作品的时代（历史）背景中去，还原到产生它的那种政治的、经济的、文化的、艺术的气候中去。但是，历史背景，也是分层次的。政治和经济状况的背景，毕竟是外部的，对于不同作家都是一样的。历史的还原，目的是抓住不同历史阶段中艺术倾向和追求的差异。关键是内在的、艺术本身，人物内心情感的进展，比如，武松打虎，光从一般的文学价值准则来看，当然也可能分析出它对于英雄的理解：从力量和勇气来说，他是超人的；但是从心理上说，他又是平凡的，和一般小人物差不多。分析到这个层次，可以说，已经相当有深度了。但是，如果把它放到中国古典小说对于英雄人物的想象的过程中去，就可能发现，这对于早于《水浒传》的《三国演义》是一个伟大的进步。在《三国演义》中，英雄人物，是超人的，罕见平凡的一面的。面临死亡和磨难是没有痛苦的，如关公之刮骨疗毒，虽然医生刀刮出声音来，他仍然面不改色，没有武松那种活老虎打死了，死老虎却拖不动的局限，也没有类似下山以后，见了两只假老虎就有点悲观失望的心理。

艺术和文学的历史是对人类内心的探索的记录，一代又一代的艺术家虽然表面上各自独立，但是，在表现人物内心方面，却是前赴后继，有相当明显的继承性的，只有把他们之间的历史的差异揪住不放，才能把那隐性的变幻揭示出来。

除了对于人物内心的历史深化过程以外，另一个重要的方面，就要看文体的历史差异。艺术形式是不断发展的。审美情感往往就通过艺术形式的发展巩固下来。如余秋雨，虽然许多媒体起哄，攻了他好几年，但是并没有损害他的文学地位。因为余秋雨对于中国当代散文的发展有历史性的贡献。他创造了一种文化散文的文体，把人文景观用之于自然景观的阐释，还把散文有限的思想容量扩大了。散文的思想容量本来是比较有限的，大量的散文被称之为小品就是证明，而余秋雨却赋予散文以宏大的文化反思，像《一个王朝的背影》居然能通过承德避暑山庄，提取一把交椅的意象，说在这上面休息过一个疲惫的王朝，把清王朝统治阶级精神从强盛到衰败，汉族知识分子从抵抗到为之殉葬的漫长历史过程都浓缩在这把交椅的意象上，这种历史的贡献，是任何喧嚣的媒体评论所不能扼杀的。

流派的还原和比较

还原到历史语境中去还只是一个比较笼统的说法，一切历史语境，对文学作品来说，都是历史的审美语境。一切审美语境都不但与形式（文类）而且与流派分不开。要真正理解经典文学作品的历史发展，必须分析不同流派的艺术差异。如，徐志摩的《再别康桥》和闻一多的《死水》，孤立分析这两首诗是比较困难的，应把这两首诗的艺术倾向联系起来。徐志摩的抒情是相当潇洒优雅、以美化为目标的，而闻一多却是以丑为美的。这不仅是两个人的个性不同，而且是因为这是受了两种不同流派的诗歌的影响。徐志摩是受了欧洲浪漫主义诗潮的影响，这个诗潮的艺术主张，大致可以拿华兹华斯的《抒情歌谣集·序言》中所强调的"一切的好诗都是强烈的感情的自然流泻"来概括。但是这种强烈的感情，是经过沉思提炼的，达到一种宁静的境界的结果。所以徐志摩的诗，不像郭沫若早期的诗那样暴躁凌厉。想想郭沫若的《天狗》吧，什么："我把日来吞了，我把月来吞了，我剥我的皮，我食我的肉，我在我的神经上飞跑，我便是我了，我的我要爆了"，等等。郭沫若的狂暴的叫嚣，实在算不得成熟。到了闻一多，诗的情绪还是激烈的，但是，很明显地把本来很强烈的情绪提炼成一种统一的情绪，例如，表现他归国以后，失望的情绪，"我来了，我喊一声，迸着血泪，这不是我的中华，不对，不对。这不是你，是恶梦挂着悬崖，哪里是你！我问，逼迫八面的风，我问，拳头擂着大地的赤胸。我哭着叫你，吐出一颗心来，你在我心里"。这样就把强烈的感情提炼成单纯的想象的意象，也把情感以美的形象提纯了。而徐志摩虽然倾向于浪漫主义，但是他不仅善于抒写强烈的感情，而且善于作温情潇洒的抒发。如果把《再别康桥》让闻一多，或者让郭沫若来写，可以想象不知有多少强烈的情感要喷发出来。但是，徐志摩却是很收敛的，反复强调轻轻的、悄悄的，虽然表面上说，心里有一首别离的歌，可是，实际上却反复申说，不能放歌，一切的一切都是沉默的，"沉默是今天的康桥"，也就是静静地自我享受、默默地自我体验的。这样的情感和语言的提炼，正是徐志摩在艺术上成熟的表现。把悄悄的隐秘的情感集中在告别的一刹那，凝聚在内心无声的沉静中，借助西欧浪漫主义诗歌艺术方法，把自我情感美化到了极致。而闻一多的诗作则不单纯追求美化，相反从第一节，就开始极尽丑化之能事，不但是死水，而且是绝望的，不但是破铜烂铁，而且还丢下剩菜残羹。到了第二节，又反过来，把铁锈转化为桃花，铜绿变为翡翠，油腻升华为云霞，发臭的死水居然还能成为碧酒，泡沫化为珍珠。这一切都显示了他所追求的是另外一个流派的美学原则，那就是象征派的"以丑为美"的原则。正是这样的美学原则，帮助闻一多表现了对现实黑暗特有的愤激情绪，哪怕拿给恶魔来"开垦"，也比什么都是老样子，死水一潭好得多。

风格的还原和比较

把作品的形式发展、作家的审美价值观念、所属的流派、所处的历史背景等等都弄清楚了，是不是就解决了作品分析的一切问题了呢？还没有。

因为所有上述的一切，都还只是揭示了你所要分析的作品和其他同样的形式、同样的流派、同样的历史语境中的作品的共同性。而作品分析的最终目标却不应该是此一作品与其他作品之间的共同点，而是其特殊点。可是我们现在的许多教参中，所谓的写作特点很少真正地接触到特点，常常是把许多作品的共同点拿来冒充。比如说，把朱自清的《荷塘月色》说成是大革命失败后小资产阶级的苦闷和彷徨，这就不是《荷塘月色》一篇文章的特点，而是这一个时期，许多文章的共同点。朱自清作为一个人，精神世界是多方面的，有时，有政治的情怀，有时，则没有，如《背影》《桨声灯影里的秦淮河》哪有什么政治的影子呢？要真正抓住作品的特点，就要：第一，把作者，作为一个个人，和他所属的阶层区别开来；第二，把作者一时一事的感兴和通常个性区别开来。像《荷塘月色》这样的作品，它的妙处，就在那离开妻子和回到了妻子身边的一段很短的时间里，内心的"骚动"和平复的过程。文章好就好在把似乎是瞬息即逝的、没有任何实用价值的思绪刻画了出来。如果不写下来，生活似乎没有什么损失，但是，艺术上的损失却永远不可弥补了，这就是审美价值与实用价值不同的地方。

从创作论来说，一切艺术创造都不是凭空的，而是在前人的艺术积累基础上前进的。这种积累，首先是形式和流派。艺术是审美情感的表现，任何审美情感都是不可重复的，但，这并不意味着每一次艺术创作都从零开始，因为审美情感虽然不能重复而艺术形式和流派却是不断在重复着的。正是在形式和流派中，积累着由人类审美情感的升华而成的审美规范。有了这种规范，作家就不用从零开始，而是把艺术的历史的水准作为自己的起点了。但是，形式和流派毕竟是共同的，作家要遵循它的规范，但是，又不能完全拘守它。完全拘守它，就变成重复了，就没有创造可言了。因而，艺术的特性，又不断突破和颠覆形式和流派的积累。最可贵的是不但要遵循其规范，而且要突破其规范。最大的突破就是对形式和流派的全部规范的颠覆。但是，这是一个很长历史时期的事，像唐诗从沈约搞平平仄仄到李白等盛唐诗人写出成熟的诗篇来，前后经历了四百年。新诗打破旧诗的镣铐，已经八十多年，至今形式规范仍然得不到全民的认同。至于流派，当然比之形式的变动要快一些，但是，不能指望大部分作家都有创立流派的才能。一般有才华的作家，他的个性，他的情感的许多方面与现成的流派和形式不能相容，经过反复探索，往往也只能在遵循形式和流派的审美规范的同时，作小量的突破，有了这种突破，他就表现出一些前人所没有表达出来的东西，这就算是有风格了。

在同样的形式和流派中，在同样的历史条件下，有风格，就是有创造。没有风格，就是没有创造。没有创造，就只能因循，而因循与艺术的本性是不相容的。余秋雨之所以攻不倒，原因就在于他创造了一种崭新的散文风格。这种风格在中国当代散文史上是影响深远的。对于作品分析来说，最为精致的分析就是在经典文本中，把潜在的、隐秘的、个人的创造性风格分析出来。比如，同样是抒情，朱自清的《荷塘月色》和郁达夫的《故都的秋》不同。朱自清的抒情，是一种温情，用温情把环境美化，而郁达夫却不写温情，他所强调的是一种悲凉之情，说秋天的美在于它的萧索、幽远、严厉和落寞。这两个人的风格的不同，显示了他们不同的文化和美学追求。善于在对比中分析不同，对于拓展学生的精神境界，审美情操是有好处的。如果满足于把这两种风格的文章说得差不多，就可能把学生的心灵窒息了。到了写作的时候，就难免是千篇一律的滥情。

要把独特的风格概括出来，就要善于比较，这就要有精致的辨析力。

不但善于从看来相同的作品中看出来相异的地方，而且要善于从看来相异的作品中，看出来相同的地方。这在黑格尔那里叫做同中求异和异中求同。这是科学抽象的基本功，是需要长期培养的。最关键的是，要使思想活跃起来，在别人看不到联系的地方，你能看到联系。如，你读了《荷塘月色》，看出了朱自清有意地省略了树上的蝉声和水里的蛙声，可是，你又在郁达夫的《故都的秋》里看到了他特别地写了故都那衰弱得快要死亡的秋蝉的啼声，觉得它特别有诗意。一般的人，不会把这两者联系起来，而你要是个有心人，就应该从中看到郁达夫和朱自清在情调和风格上的差异。许多人读到余光中的《牛蛙记》的时候，往往又忘记了朱自清和郁达夫的作品，而一个善于异中求同的人，也就是具有高度科学研究的抽象能力的人，就会情不自禁地把朱自清先生笔下省略了的蛙和余光中笔下的蛙联系起来，一个惟恐写了蛙声就破坏了诗意，而另一个却偏偏大写特写，把最煞风景的情景写得淋漓尽致，造成了一种与朱自清的美化环境和自我的风格完全不同的自我调侃的幽默的风格。

　　对于风格的分析，不能蜻蜓点水，要层层深入，对同样是幽默的风格的，不同作家的特点要穷追不舍。例如，钱锺书、王小波和舒婷都是幽默的，不能表面地、肤浅地以指出他们都是幽默为满足，要把他们的特点分析出来，这是需要精致地比较的。比如，舒婷的散文，虽然是幽默的，但她的幽默是带着抒情性的，而王小波的幽默则更带智性的深邃，钱锺书的幽默和王小波不同，他更带进攻性，也就是更具讽刺的尖锐性，等等，等等，不一而足。

2007 年 7 月

古代散文

李寄/干宝

　　读古代散文，最大的障碍是词汇，而不是语法或者读音。因为语法可以意会的很多，即使没有意识到，由于是母语，也不一定影响意义的理解。至于语音，古今不同，但是汉字并非拼音文字，古音今读，甚至用方言的音读，一般亦不影响理解。

　　古代汉语的词汇意义和现代都有联系，有的只是写法有变异，有的则是音变导致写法变化，有的是古代意义的分化和衍生。多少有一定的线索可寻，找到了线索就加深了理解，也便于记忆。因此每读一篇古代经典，都要有意识地找几个关键的词语来仔细钻研。

　　例如本篇开头第一段的"围"。现代汉语中，围的面积往往是很大的，可是在这里的上下文中，却是指两手大拇指和食指合拢的圆周长度。

　　再如第三段"父母不听"的"听"字，和现代汉语也有相当明显的差异。不过，也有联想的线索可寻：听的中心意义是听到声音。如果按这个意思来解释，就是父母听不到李寄的话，就不通了。但听还有另外一种联想，就是听之而从之的意思。从上下文中意会，可知当为听而从之的意思，文意就顺畅了。但是，下面一段又有（父母）"终不听去"，从上下文只能意会为"听任""听随"之意。所以，学会意会和查字典一样重要。

　　从文学价值来说，这一篇比柳宗元的《童区寄传》更多地具有传说的性质，不像柳氏纪实的可信度那么强。女孩子杀蛇的故事充满了民间传说的风格。因此，在细节上不能像对待写实作品那样推敲。例如，那么大一条蛇（头像谷仓那么大），该放多大一条狗过去才能够咬伤它，女孩子剑又该有多长、多重，都是不能细究的。还有一点，也比不上柳宗元的《童

古代散文　3

区寄传》的，就是结局。因为女孩子立了大功，就当了王后，父亲又当了县太爷，连母亲和姐姐都得了赏赐。这样夸耀其实用价值，好像有损于女孩子的英勇无畏的精神。她当时自愿出来冒生命的危险，并不全是出于为民除害的崇高目的，本来就有一点因为父母孩子多，自己不能供养父母，生无所益，还不如早死。——"卖寄之身，可得少钱，以供父母"。为了孝敬父母，不惜牺牲自己的性命，并且也是有所准备（怀剑将犬），刺杀巨蛇，这当然也是一个英雄。英雄是各式各样的。即使不是见义勇为，不是出于为民除害，未成年的平民女孩子，哪怕在某些方面，出发点并不太高，甚至有些卑微，只要实际上做了为民除害的事业，又表现了女孩子的智勇双全，仍然很有光彩。正是因为这样，它才能够流传至今。

当然，不能回避的一点是，这篇文章的格调比柳宗元的《童区寄传》要略逊一筹。

童区寄传/柳宗元

阅读古代散文的第一印象，包括对整篇文章和对具体语词的印象，可能大家不太注意，但是，要真正懂得一点古典语言的好处，就要抓住这第一印象不放，因为这是思考的根据。

思考什么呢？

第一，当然是词义和读音的特殊。许多古代散文的文字和现代汉语是一样的，但是，意义和读音明显不同。有的表面上看起来差不多，但有微妙的不同。这些不同，就是我们要钻研的。例如，《童区寄传》第一段中"布囊其口"的"囊"字，在现代汉语中是名词，可是在古代汉语中却当作动词用。这没有多大难度，一般有语感的，根据上下文就可以心领神会。但是，还有一些就比较困难。如"以缚背刃，力上下，得绝"，"缚"在现代汉语里通常用作动词，这里如果拘于动词的习惯，就难以理解，这里从上下文看，应该是名词性质的。而"力上下"的"力"，在现代汉语里是名词，可是在这里，作名词理解就讲不通，只能从上下文意会，应该作"用力"来讲，是动词。由此可知，要读懂古代散文，对于其中和现代汉语不一致的地方，除了查字典，还有一个办法，就是凭自己的语感去试着意会和揣度。这种意会揣度，当然不一定最可靠，有时还可能有错误，这是因为孤立地意会，没有和大量的作品进行比较的缘故。从上下文中试着意会和揣度，反复验证其词义，是编字典的专家最常用的方法。字典上的解释是否正确，最后也要到具体的上下文中验证。从这个意义上说，这种办法有比较可靠的一面。当然，揣度不仅仅是词性的问题，其基础是词义的意会，例如，本文中的"微伺其睡"，"微"本来是形容数量的少，而这里，却是"偷偷""悄悄"的意思。这里就有个词义的联想、转化和生成的过程。"微"从事物数量之少，转化为动作之不显著。这是需要读者的思想和想象参与。我们在阅读过程中，往往过分依赖字典，但是，字典上或者书本上的注解，只给一个结果，省略了推演的层次。光是满足于记忆这种注解，是比较呆的。古代散文的词语意义在上下文中变化万千，没有一本字典能够穷尽，因而需要活学活用。活的关键在哪里，就在联想的层次上。

第二，古代汉语比现代汉语要精练得多。古代汉语的词汇比较简洁，一般是单音的，而现代汉语却往往是双音的，甚至是三音四音的。一个古代汉语的单音词可能分化成一系列的现代汉语的双音词语。例如本文第二段的"得童"中的"得"字，在现代汉语中，就相应有"获得""捉得""捕得""追得""抓得""逮得""揪得"等等的说法。再说得具体一点，还有抓住的姿态等等的细节。这样看，现代汉语有好处，就是比较准确，比较精致了，但也有坏处，那就是留给读者想象的空间毕竟比较少了。

古代汉语之所以简洁，还有一个原因，就是它的句法比较简明。句子大多是简单句，句子之间的逻辑因果和时间空间的承接都是省略了的。如"逃未及远，市者还，得童，大骇，将杀童"。这些复杂的过程，其间的因果，前后的联系，是很复杂的。如果要用现代汉语来描述，可能要用许多连接虚词，至少要加上一些过渡性的词语，如：

> 区寄没有逃多远，（不久）那个去买东西的家伙回来了，（想办法）把区寄抓住了（以后），（心里想这孩子太厉害了）不禁十分恐怖起来，（正要）下决心把他杀了（的时候）。

作者在这里省略了的东西，大都是句子间的连接成分，因而句子都成了并列的，没有表达承续和因果的词语，很少有表示时间地点条件的状语副词。这些都是古代汉语的特点，不过在柳宗元笔下变得特别灵活。作者只提供必要的成分，并不把一切信息都罗列出来。因为语言只是一种声音文字符号系统，只要它提供的局部属性能够唤起读者的经验加以补充就成了。提供过量的信息，反而阻塞读者想象的参与。再如：

> 寄伪儿啼，恐栗，为儿恒状。贼易之，对饮酒，醉。

这里不但有叙述，而且有描写（伪装成孩子害怕得发抖的样子），只用了两个细节（啼、恐栗）十个字，而叙述就更见功力了。从传达意思来说，"贼易之"已经足够了，但是缺乏感性，加上两个动作（对饮酒，醉）就跃然纸上了。

这是古代散文的优长，柳宗元将之发挥到炉火纯青的境界。多用短句，语言简练生动，节奏明快而富于变化。他是唐宋散文八大家之一，散文技巧高度成熟，读他的散文，读者几乎很难从文字上看出他的技巧和苦心，多数句子好像是随意的实录。恰恰在这没有技巧中，读者感到了他的驾驭文字的自由和自如。

但是，只要细心，不难从字里行间看出他的炉火纯青的修养。他的文字简洁，用的是平常的词语，但是，关键处却有摄人心魄的力量。如写区寄第一次"得脱"，只用了"以缚背刃"一个细节，就表现出这个小孩子的机智非同小可。第二次"得脱"，难度更大了，因为贼人已经有防备，再次得脱必须更有说服力。柳宗元也只用了两个细节：

> （贼）束缚牢甚。夜半，童自转，以缚即炉火烧绝之，虽疮手勿惮。

第一个细节是以炉火烧绝，第二个细节是"疮手"，把手都烧伤了，这个孩子还坚持到底。这样的细节比一般的抽象的"机智""勇敢"的定性要雄辩得多。

在柳氏笔下，区寄不但行动机智，而且语言也机智，他杀死了第一个贼人，说服要杀他的第二个贼人，关键处也只用了一两句话："为两郎僮，孰若为一郎僮？"至于表现区寄不愿当一个衙门小吏，则更为简洁："不肯。"这比《木兰诗》中"木兰不用尚书郎，愿驰千里足，送儿还故乡"还要简洁。因为，在当时，一个打柴放牛的孩子，面对这样的出路，居然这样毫不动摇，不加考虑，本身就足够说明问题了。任何形容，都是与作者所追求的简洁风格不相容的。

至于最后一段，一些行劫缚者不敢过其门的叙述，应该是一种侧面的效果描述，从另一个角度烘托这个孩子的精神震撼力量。从文章结构来说，属于求变，旨在追求表现方法的丰富。

小石潭记/柳宗元

作者贬官永州，心情比较苦闷，传世的文章大部分都写于这个时期。文章的体裁很多，有诗、赋、散文等等，《童区寄传》也是这个时期的作品。其中的游记成就，以"永州八记"最为著名，本篇是其中之一。

阅读该篇，主要要学会理解抒情散文中景物和作者心情的关系。

前面已经交代过，作者此时政治上失意，生活上也比较清苦。这里先摘录一段网站上的文章，让我们来体会一下作者当时的处境和心境：

> 由于顺宗下台、宪宗上台，革新失败，"二王刘柳"和其他革新派人士都随即被贬。宪宗八月即位，柳宗元九月便被贬为邵州（今湖南邵阳市）刺史，行未半路，又被加贬为永州（今湖南零陵）司马。这次同时被贬为司马的，还有七人，所以史称这一事件为"二王八司马事件"。永州地处湖南和广东交界的地方，当时甚为荒僻，是个人烟稀少令人可怕的地方。和柳宗元同去永州的，有他67岁的老母，堂弟柳宗直，表弟卢遵。他们到永州后，连住的地方都没有，后来在一位僧人的帮助下，在龙兴寺寄宿。由于生活艰苦，到永州未及半载，他的老母卢氏便离开了人世。柳宗元被贬后，政敌们仍不肯放过他，造谣诽谤，人身攻击，把他丑化成"怪民"，而且好几年后，也还骂声不绝。由此可见保守派恨他的程度。在永州，残酷的政治迫害，艰苦的生活环境，使柳宗元悲愤、忧郁、痛苦，加之几次无情的火灾，严重损害了他的健康，竟至到了"行则膝颤、坐则髀痹"的程度。

读这篇《小石潭记》，有没有这样备受打击，精神苦闷的感觉呢？好像没有。相反，倒是很开心。我们要欣赏的，不仅仅是作者的山水之乐，而是这个乐的特点，尤其是这个乐的过程。

文章写的是美好的景致和心情，中心是石潭，如果直接就写潭水之美，就太简单，没有心理发现体验的过程了。因而，作者并不从看见潭水之美开始，而是先听到水声之美。美到什么样子呢？"如鸣佩环"。佩环是玉质的，玉环碰击的声音是美好的。玉的质地和价值都是贵重的，环形玉佩是妇女的饰物，佩环之声在古典诗歌和散文之中都和高贵的身份、美好的品格联系在一起。这就不仅是声音的美，而且有品格之美的联想。其次，这样美好的声音，还不是直接听到的，是隔着竹林，而且是篁竹，密密的竹林，这也是与经典的诗意相联系的，《楚辞·山鬼》："余处幽篁兮终不见天。"泉水之声是美的,隔着竹林听这声音,就有一种逐步发现的心理体验的过程,美好的感觉就有了延续性。这两层都是铺垫,还没有见到潭水,就被感染了:"心乐之"。很欣赏,很开心。但是,篁竹虽然美,可是成了欣赏潭水的障碍,没有路。接下来是"伐竹取道"。这说明,听觉之美的程度不同凡响,非要看看不可。这是第三层铺垫。三层铺垫,把读者的期待强化了,接下去就是开门见山的笔法了:

下见小潭,水尤清冽。全石以为底。

"清"字加上个"冽",强调水的特点不仅是清,而且有寒气。好处在不但有水的视觉特点,而且有水的触觉特点。"全石以为底",这本身就是罕见的,很奇特,在自然界很少见,但是这里还不仅仅是写了河床这一表面特点,而且又间接写了水的清澈。因为如果水不是十分清澈,就不能见底,也就不能见到全部河床而断定就是一块完整的石头。

近岸,卷石底以出,为坻,为屿,为嵁,为岩。

自然界的统一和变化多端是联系在一起的。为坻,为屿,为嵁,为岩,强调的是形态的不统一,一派自然本色。多姿的山石与统一的河床形成对比。四个短句,各有一个名词,没有形容词而达到描写的效果,表现出复杂的山石形态,而词语和句法却是如此单纯。这不但是自然景色的奇观,而且是语言的奇观。前面是参差的长短句,后面是整齐、并列、没有形容和夸张的短句,发挥了古文的自然优于骈文的人工的长处,构成一种有张有弛的节奏;从心理感受上,又给人一种历历在目、不暇应接的感觉。对语言控制得很紧,是柳宗元的一种特殊追求。当然,柳宗元并不是不善于形容,在必要的时候,他也是不能不用形容词的,下面的"青树翠蔓,蒙络摇缀,参差披拂"就很讲究。但是,即使形容也是力求简练,表现树,颜色的感觉比较简单,就是"青",是总体的感觉;"翠",是枝叶,但这显然不是文章的重点,其着力点是枝条的状态,分别用了:蔓、蒙、络、

古代散文 9

摇、缀、参差、披拂，都是写枝叶茂盛，交互错综。这和前面的"伐竹取道"呼应，突出了树林的原始性。

写到这里，还不能说是全文的核心，还没有写到作者对潭水的最大发现，下面才是全文的灵魂，才是使本文成为千古绝唱的关键：

> 潭中鱼可百许头，皆若空游无所依。日光下澈，影布石上，怡然不动；俶尔远逝，往来翕忽，似与游者相乐。

本文的题目是《小石潭记》，潭中之水本该是主角。但是，除了开头一句正面写"水尤清洌"以外，就再也不提水了，好像对潭里的水一点感觉都没有的样子。倒是对石头，对鱼，很舍得笔墨。特别是写到鱼的时候，第一句，就好像说，鱼倒是有的，就是没有水："皆若空游无所依"。这个"空"字，表面上是什么也没有，但是，妙就妙在没有写水，恰恰就是达到了表现水之美的效果：水透明到像什么也没有，好像鱼都浮在空中一般。读者和作者达到了自然的默契：鱼是没有这个本事的，而是水透明到好像没有一样。应该说，这不完全是柳宗元凭空的创造，至少他是有所本的。南朝齐梁吴均的《与朱元思书》中就有"水皆缥碧，千丈见底，游鱼细石，直视无碍"，也是用深到千丈也能见到水底、见到鱼来形容水的透明；但是毕竟水还是有的。北魏郦道元的《水经注》比吴文更胜一筹："绿水平潭，清洁澄深，俯视游鱼，类若乘空。"用鱼的看似悬空，来强调水的透明。这显然是柳宗元所师承的。但是，郦道元是在正面描述水的颜色、质地的基础上，再用鱼的可视效果来强调水的清澈。到了柳宗元这里，就干脆不提水了，直接写鱼"空无所依"。更精彩的是，柳宗元不从正面，而是从侧面写效果，以突出水的清净。正面写的是日光，日光照下来，鱼的影子落在石头上。这一句写得更加有智慧，水的清澈透明，得到更加独特的表现。第一，日光照到水里，没有变暗，可见水之清洌；这还不算，石头上居然出现了鱼的影子，影子之黑，正是日光之强、水之透明的效果。吴均和郦道元的文章，都以鱼的可视来反衬水的清澈，柳宗元则进一步用鱼的影子，用黑来反衬明亮，艺术感觉上的反差效果更为强烈。

这可以说是柳宗元一大发明,后来产生了很大的影响,如苏东坡的《记承天寺夜游》:

> 元丰六年十月十二日夜,解衣欲睡,月色入户,欣然起行。念无与乐者,遂至承天寺寻张怀明。怀民亦未寝,相与步于中庭。庭下如积水空明,水中藻荇交横,盖竹柏影也。

用影子之黑来衬托月光之明,和柳宗元的手法如出一辙。二十世纪初美国有一派诗人,声称师承中国诗歌的意象传统,号称"意象派",其代表人物洛威尔就按照中国这种传统的原则写过《池鱼》,被美国评论家迈克尔·卡茨认为可能是根据一幅中国画写成的[①]。其实洛威尔根据的不是中国画,而是柳宗元的诗。洛威尔的诗译文如下:

> 在褐色的水中/一条鱼在打瞌睡/在阳光下闪着银白的光/在芦苇的阴影里显得清亮/在水底出现的/绿橄榄的亮光/透过一道橘黄色/是鱼儿在池塘里春游/绿色和铜色/暗底上一道光明/只有对岸水中垂柳的倒影/被搅乱了。

这位美国诗人显然是把中国的明暗对比发展到多种色彩的反衬。虽然这样,美国人的诗和中国的传统美学还是貌合神离。因为在这里,明暗的对比是物理性的,而柳宗元的明暗对比是心理性的,是人与大自然的契合。下面写到鱼的时候,就很明显了:

> 怡然不动;俶尔远逝,往来翕忽,似与游人相乐。

在美国人的诗里,只有人对光和影的效果的观察;而在中国古典文学家笔下,自然界的鱼与游人是相乐的。这种相乐的特点是,很自然、很自由

---

① 《比较文学译文集》,北京大学出版社,1984年版,第186页。

的,从"佁然不动"到"俶尔远逝"再到"往来翕忽",都是很自由的、无拘无束的,很无心的,很无目的的。但是,恰恰在无目的这一点上,又是与游人(作者)相通的。正是因为这一点,小石潭之美就有点不完全可解释,就像潭水一样,虽然远望"斗折蛇行,明灭可见",但是"不可知其源"。这就是说,这种美是很原始的,很少人知道,作者是最早的发现者,但放弃探究穷源,并不影响潭水之美。

  从这里大概可以感到,中国古典文人重直觉感受,不像西方人那么重视考察和探险。这里的美,作者明确说是很"幽邃"的,远离尘世、超凡脱俗的,但是"其境过清",欣赏则可,并不适合自己"久居"。尽管如此,还是要记录在案,最后把同游之人的名字都罗列了一番。这在当代散文中可能被认为是流水账,但在古代,这是对朋友的尊重,连随从也不例外。这是柳宗元性格的一个侧面,比较执著于现实,不像他在诗歌里表现出来的另外一面,那里充满了不食人间烟火的境界。如《江雪》:"千山鸟飞绝,万径人踪灭。孤舟蓑笠翁,独钓寒江雪。"前面两句,强调的是生命的"绝"和"灭",与这相对比的是,一个孤独的渔翁,在寒冷、冰封的江上,是"钓雪",而不是钓鱼,也就是不计任何功利,孤独本身就是一种享受。这和本文中"寂寥无人,凄神寒骨,悄怆幽邃","其境过清,不可久居"的境界大不相同的。在诗歌里的柳宗元,和在散文中他是有差异的。散文中的柳宗元,还是不能忘情现实环境,居住条件,甚至是国计民生,乃至于政治;而诗歌则可以尽情发挥超现实的形而上学的空寂的理想,以无目的、无心的境界为最高的境界。如他的《渔翁》一诗,可谓达到物我两忘的境界:"渔翁夜傍西岩宿,晓汲清湘燃楚竹。烟销日出不见人,欸乃一声山水绿。回看天际下中流,岩上无心云相逐。"这种诗的境界中,无心的云就是无心的人,超越一切功利,大自然和人达到高度的和谐统一。这是诗的意境,而这在散文中,作者是可以欣赏,而不想接受的。

《游高梁桥记》/袁宏道 《游高梁桥记》/袁中道

两篇游记，写的是同一个地方的景致，同一种季节月份，作者又是亲兄弟，但却有不同的观感。第一篇是袁宏道写的，赞美高梁桥初春的景色，垂杨十余里，流急而清，清到鱼鳞都可以看得很清楚。这种从效果上着笔写水清的方法是传统的。不过，袁宏道这篇文章增加了一点，从几席间观望寺庙，有一种闲情逸致，觉得眼前一切都是为自己而存在："朝夕设色以娱游人。"

写到这里，还只是概括地称赞高梁桥的美好，还没有具体写到游览。下面一段才是叙事记游：

> 跌坐古根上，茗饮以为酒，浪纹树影以为侑，鱼鸟之飞沉，人物之往来，以为戏具。

这是很高雅的情趣。跌坐"古根"上，就暗示着不求一般的物质享受，而是以自然为美。古根不像椅子那样舒服，但是情趣却自然。"茗饮以为酒"，以茶当酒（古诗有句云："寒夜客来茶当酒"），比之饮酒要高雅。作者在下文中，就是拿这种情趣与"彼筵中人"（摆宴饮酒的人士）对比。饮茶比饮酒要清淡，淡和雅相联系，淡雅了，层次就高，叫做高雅；浓了，就不一定雅。山水之乐甚于酒，审美价值超越于物欲，也是中国古代文人的传统："醉翁之意不在酒，在乎山水之间也"，这是欧阳修总结出来的。有情趣，还得有景，情与景偕，叫做情景交融，才有诗意。故下面写"浪纹树影以为侑"，是很雅致的。茶为酒，已经是淡雅了，而下酒的菜，

古代散文 | 13

则更淡，象征性的。"浪纹树影"，在一般人看来，既不是菜肴，也算不上美妙的风景。但是其中有水的空灵，阳光的透明。至于"鱼鸟之飞沉"，则更是自然之趣。天水一色，都是透明的，见鱼之游，如观鸟之飞翔。后来毛泽东有"鹰击长空，鱼翔浅底"的名句，也许和这种情景不无关系。在这种情境中，作者是很超然的。把鱼鸟之飞翔和人物的往来，或者说，把世俗之人和鱼鸟一样，当成好玩的景象（"以为戏具"）。从这里可以看出作者从四个方面来强调自己沉醉于"山情水意"：一，以淡雅之茶代替酒，避免被口腹之欲冲淡超然物外的雅趣；二，设想那些筵中人，耽于世俗的人，对于自己乐趣的不理解：

堤上游人，见三人枯坐树下若痴禅者，皆相视以为笑。

以为自己是呆和尚，可见其蠢，写他人的"相视以为笑"，却表现出作者不以相视而笑为意，越发显得自得其乐，超凡脱俗；三是针对世俗之人，表示了对他们的蔑视，表白自己的优越：

彼筵中人，喧嚣怒诟，山情水意，了不相属，于乐何有也。

笔力就在于取两种乐趣的对比，显示自己的高雅。

  这是一篇游记，从字面上来说，重点、焦点、感人之点应该是在游的过程中，但是从上面的分析来看，游的过程中，所见之景，如"柳梢新翠，山色微岚，水与堤平，丝管夹岸"，和世俗之人观感也许区别不大，最大的区别不在于游，而在内心感受，对于乐和趣的感觉。世人以为痴者，我以为乐；世俗以为乐者，我以为呆。

  游记当以特殊的情趣、独特的性灵为主脉，而不当以景物为主干。景物美则美矣，然人所见可略同。略同之景，难以为文；而不同之情与趣，方为文章之灵魂。

  下面所选袁宏道之弟袁中道同题散文，也说明了这一点。

  宏道的文章，记三月一日之游；中道的文章，是三月中旬。三月一日已经"柳梢新翠，山色微岚，水与堤平"。三月中旬，却是："杨柳尚未抽条，冰微泮"，"飚风自北来，尘埃蔽天"。如果不是同一年，则物候之差，何以如此巨大？如果是同一年，作者所取之异，何以如此之悬殊？

这个问题要从袁中道的文章中求解。

袁中道的文章，竭力强调北京春日实在煞风景。先是所见不美：北风劲吹，弄得"对面不见人"。更有力的一笔是，风吹得沙子"中目塞口，嚼之有声"。一般写景象，大都着重于眼耳之间，以视觉与听觉为主；而这里却写到触觉，引出特殊的听觉，一点没有春天的感觉，甚至比冬天还要扫兴。穿上厚皮袄"犹不能堪"，游兴完全败坏，只能狼狈逃离。折腾到黄昏，忍受"百苦"以后，才到家，还要加上一笔："坐至丙夜，口中含沙尚砾砾。"这一笔，不仅仅是写北京春天的特征，而且是写作者摆脱折磨以后，心中之余憾未消。

把春天写得比冬天还差劲，是为了什么呢？看了下面才知道，这是反衬。

想到自己家乡，"江南二三月，草色青青，杂花烂城野，风和日丽"，可以过舒服的小日子，但是偏要风尘仆仆，折腾到京师来，干什么？下面的回答直截了当："为官职也。"就是为了当官。这句话，接近于口语，很是坦率，没有用比较委婉的"仕进"之类的文言语词，在封建士大夫中，这样不顾脸面，很不容易的。更坦率的是，说自己"屡求而不获"，完全是白忙活，瞎折腾。这样的坦率，在中国古典文人中，是很罕见的，也是很可贵的。

这就是明清小品中真正的"性灵"，五四散文兴起，能够迅速取得重大的成就，就得力于继承了这种宝贵的传统。

把矛盾无情地揭露出来以后，文章已经不是游记，而是议论了。作者进一步拷问自己：这样自寻烦恼，自讨苦吃，为了什么呢？

先是"予以问予，予不能解矣"，自己也感到真是莫名其妙。但是，有游就应该有文字记载（游也宜书），记载些什么呢：

书之所以志予之嗜进而无耻，颠倒而无计算也。

古代散文 15

这可真是最勇敢的一笔。写文章、写游记不是为了诗意，不是为了美化自己，而是把自己的耻辱记载下来。这里用了一个口语色彩极浓的字眼："无耻"。前文还比较含蓄，说自己荒谬，用了一个挺古典的词语："舛"（吾见其舛也）。舛，就是荒谬的意思。但没有直接说荒谬，用古代汉语的"舛"，就比较文雅、含蓄一点。到这里却用了一个在程度上最严重的、最没有回旋余地的话语，对自己毫不容情，不容情到不怕自我暴露、自暴其丑的程度。古人云："文以载道。"而作者却把"载道"的散文用来进行自我批判，彻底放下了士大夫做文章的架子，这实在是难能可贵的。

这种文章，在中国古典游记中，是独创一格的。它的特点是：第一，不是以抒情和诗化为目的，反倒是在没有诗意、煞风景的地方入手；第二，不是追求自我美化，反倒是自我暴露，自我批判，甚至到不怕丑的程度。

曹刿论战 / 《左传》

本课文的题目"曹刿论战"，可能给人一种错觉，以为这是一篇议论文。其实不是。这是一篇记叙文，是从《左传》中节选出来的。《左传》据说是对孔子所编《春秋》的注解和阐释。孔子编《春秋》，按年月日顺序，提纲挈领，很简明，于是后来就有人作"传"，也就是加以注解和补充丰富。当时主要有三家，复姓"公羊"的人传的，就叫《公羊传》，复姓"穀梁"的人传的，就叫《穀梁传》。此外，就是《左传》了。前两家，重在发挥《春秋》的微言大义；而《左传》，则重在丰富史实，所以叙事性很强。现在读的这一节，就是左氏对《春秋》所记载的鲁庄公十年时的大事所作的一个注解和补充。

文章记载的是一次规模并不太大的战争。齐国是强国，鲁国是弱国，结果弱国却取得了胜利。这在鲁国历史上当然是要大书特书一番的。对于历史来说，最重要的当然是事实。在这里就是战争的过程，尤其是决定胜负的关键的史实。但是，我们看到的文章，对于战争取胜的过程写得相当简洁，就是人家进攻了，军鼓打起来了，鲁国军队不动声色。待到人家打了三通战鼓，这才出击。从道理上说，齐鲁两国军队一番恶战，是免不了的。但是在本文中，从决定"可矣"之后，几乎没有任何战斗的描述，没有惊心动魄的搏斗，就一下子"齐师败绩"了。

《左传》作者是写战争的能手，《左传》中留下了许多文学性很强的场景和细节。但是，在这里的战争，好像没有流血的样子，也没有悬念和转危为安。前面一句"可矣"，下决心出击了，下面一句就是"齐师败绩"。这不是太轻松了吗？前面写战争前动员和政治上的调整和落实，花了那么多篇幅，都是为战争；可真正到了打仗，却好像还没有开打就赢了。再说，齐国是春秋五霸之一，齐桓公曾经九合诸侯，一匡天下，齐国的军队绝不是豆腐渣，怎么就这么轻易地"败绩"了呢？

这样的处理，透露出作者的匠心：文章的重点，不在战争，不在战争如何取胜，而在战争为什么取得了胜利。文章的中心，不是战争，而是决定这场战争并取得胜利的人，而且也不是这个人的一切，而是这个人的思想，他的战争理论。

文章是讲战争理论的，但是又用历史故事的形式来表现。故事是挺生动的，理论中充满了智慧。文章的特点，就是充满了智慧的趣味。有赏析文章说，这篇文章的好处在于"从各个角度映照出他（曹刿）的性格特征"[1]。这是混淆了文学和历史，混淆了文学和理论之间的区别。

曹刿这个人物，在这里是一军事理论家，文章的故事旨在说明他理论的正确。作为理论家，他睿智，冷静，不动感情。而性格，则属于另外一个范畴，属于审美价值，肯定要涉及他独特的情感、感觉。从范畴来说，

---

[1] 《中国散文鉴赏文库》，百花文艺出版社，2001年版，第12页。

性格塑造属于小说和戏剧,而在历史和散文中,是不以性格塑造为最高目标的。

这篇文章的好处,就在于不仅仅记载了一场战争的胜利,而且借助曹刿的口,揭示了制胜之道。

首先,战胜之道,不完全在战争之中,而在战前。要调整、落实政策,以拉拢民心和"神心"(在当时,是十分虔诚地敬神的),特别要提起小大之狱,"必以情",即使有处罚,也要合情合理,感情上沟通,也就是把内部矛盾从物质的到精神的降到最低限度。这一点可以归结为曹刿战争理论的第一要领:得民心。

其次,在战场上,敌强我弱。特别是在对方士气正旺之时,要沉住气,不能硬冲硬撞。等到他士气衰竭了,"彼竭我盈",在士气对比上我方由弱转强,才可以反击。这一点可以归结为曹刿战争理论的第二要领:士气。也就是"蓄气(士气)"为上。

决定战争胜利的关键,还不是靠一般的勇气,而是"一鼓作气"。也就是第一次击鼓产生的勇气。第一鼓没有激发出来,再来第二鼓,就不但不能提高,反而是"衰"了,弱了。看到勇气"衰"了,再以第三鼓来提气,可能恰恰相反。把气都鼓光,可能泄气了。这可以说是曹刿的战争心理学。文章对于这种心理规律的概括也很精练:一鼓作气,再而衰,三而竭。数千年来,在现代汉语书面和日常口语中,被广泛运用,说明这种理论得到广泛的认同,也说明他把抽象的理论,概括得很精练尖锐,鼓气次数与质量成反比。这样的说法,与一般日常经验形成反差,因而具有思维的冲击力。

"齐师败绩"了,曹刿却并没有立即追赶,而是仔细拿准了齐国"辙乱、旗靡",才下令追逐。这说明曹刿不但是理论家,而且很懂得战争的实践,不被胜利冲昏头脑,而是很冷静,很从容地收集信息,不到有充分的把握,不下决心追赶。

这样的军事理论,本来是很简明的,如我们所指出的,就是,一民心,二士气,三细心。但如果直接把这些理论说出来,可能是很粗浅,很干巴的。本文之所以成为中国古典文学史的经典,就是因为用了一些文学的笔法来讲述这段史实。因为有了故事，而且曲折悬念还挺多的，这样的行文，容易让读者产生期待。例如，曹刿问及战争的准备，一共问了三次，前两次，他都表示不满意；第三次，他的回答也是"忠之属也"，该做的都做到了，马马虎虎，可以打了。后来到了战场上，他一共只说了四句话，极其简短，每句只有两个字。第一句是鲁庄公想打了。他否定："未可。"第二句，齐人三鼓了，他认为："可矣。"齐人打败了，鲁庄公要追，他又说了："未可。"等到他有把握断定齐人是真败，不是假逃，又说了两个字"可矣!"这真是太精练了。想象一下，在当时的战争中，应该是战鼓喧天，人声鼎沸，血肉横飞的。在这样的氛围中讲话，应该是个什么样子呢？表情、语气、姿态全都省略了。为什么这么大幅度地省略呢？这是因为，全文的目的，就是讲曹刿的"战争论"，而这个战争论，又是要以战争的胜利来论证的。因而，与战争胜利有关的思想，都留在文章中；而与战争获得胜利无关的非思想性的感性形象，则一概删除。

可以想象，当曹刿请见，说了"肉食者鄙"，这对于当权者是带侮辱性的。真要刻画性格，可描写东西是很多的。甚至连听话的人的表情也可以带一笔的。但是，作者就是一点形容、一点渲染、一点感叹都没有。又如，写到战场上，庄公两次的决定都给他否定了。一个"乡巴佬"，反对堂堂国君的意见，而且一连两次，应该有什么样的心理，有什么样的表情，都省略了。就是语言，也是非常简单的"未可""可矣"，好像是一个字也不想浪费似的。从这里，可以想象出作者对曹刿的为人，有相当的理解。读者也可以想象，这个人比较果断，临危制机，指挥若定，旁若无人，稳操胜算，连国君都不太放在眼里。这样的人物，其思想和气质应该是有点不凡的。这里是不是隐隐透露出这些简单的叙述、精致的对话，多少也有一点后世所谓的文学笔法？以曹刿和鲁庄公在一起的场景为例：

> 公与之乘，战于长勺。公将鼓之。刿曰："未可。"齐人三鼓。刿曰："可矣。"齐师败绩。公将驰之。刿曰："未可。"下视其辙，登轼而望之，曰："可矣。"遂逐齐师。

一场大战，从固守到反攻胜利，描述的语言中，居然没有一个形容词，全是名词、动词、代词。对国王讲话，就这么干巴巴，把可以流露感情的空间挤得干干，唯一可能流露感情的只有两个感叹词："矣"。

《左传》的这种写法，曾经得到西方那些受到叙述学熏陶的学者激赏。他们把这种写法和西方现代派小说中的叙述潮流，甚至和海明威的电报文件冰山风格联系起来。从艺术的角度来说，这当然有一定道理。但是，《左传》的叙述，却是另外一种价值的体现。这是我国传统的"实录"、"史家笔法"所决定的。《春秋》作为国史，对人物的肯定或者否定，是不能从文字上直接露出来的。史家的原则，是秉笔直书，忠于史实，"寓褒贬"于字里行间。比如说这一段，鲁庄公和曹刿在战场上的对话，对于鲁庄公，他作为统帅，会不会给读者产生没有主见、毛毛草草、胸无城府、不会打仗、草包一个的感觉呢？或者说，作者的目的是让读者感到，鲁庄公这个人，虽然不一定很会打仗，但是对于正确的意见，能够言听计从，用人不疑，终于取得战争的胜利，因此还算是个不错的君主？这一切，都可以从"公将鼓之""公将驰之"与曹刿的几个"未可"和"可矣"中去分析其中的"微言大义"。这种非常含蓄的手法，后来就成了史学写作的传统，叫做"春秋笔法"。这个办法太厉害了，不管是国君还是大臣，都免不了要受到当世和后来的检验，所以有孔夫子订《春秋》而"乱贼臣子惧"之说。

附：

中国古典小说的叙事传统和海明威

历史有时是很有意思，好像专门爱跟人类开玩笑，有时还不是跟一般老百姓开玩笑，而是跟大人物开玩笑。太远的不说，就拿文学研究来说，历史的发展就跟教授专家们，特别是美国的汉学教授们开了一个很有意义的玩笑。

早在50年代，由于当时的政治空气，很少有美国汉学家赞扬中国的古典文化。现在我找到的资料中，不乏对中国古典文化的非难之作。就文学方面而言，有一位汉学家认为：中国古典小说缺乏艺术的统一和完整，有些小说中包括着与主旨无关的插曲

（指话本）。另外，还认为中国小说缺乏个人的独创性，许多故事都是从前人那里借来，总是改编来改编去。

到70年代末至80年代初，政治形势变了，于是就有汉学家起来反驳这种论断。他们以口头文学（话本）的具体临场表演为由，说明没有抽象的统一性，只有在不同的具体临场表演情况下特殊的统一性。话本的统一性，不能由后来欧洲的书面小说的统一性来衡量。至于个人独创性，则不能以故事情节的借用而加以抹杀。一位汉学家很是雄辩地说："在本世纪很少有什么书的独创性能像乔伊斯的《尤利西斯》那样得到更多的仰慕。但是人们往往倾向于忽略在这部小说背后的荷马的故事。就是乔伊斯的独创性也不完全是从这位作家脑子里蹦出来的，而是在仔细研读古典作品后产生的。如果乔伊斯在波甫和德莱登时代写作，《尤利西斯》无疑会被认为是'模仿之作'。"

所有这些问题，由于提出时缺乏深度，因而也就很好解决。但是有些问题却不那么简单，提出时有一点深度，因而就不可能随着政治形势的变化而被三言两语地解决掉。

我说的是，在西方人看来，中国小说缺乏第一人称传统，而且即使是第三人称的叙述，也越来越不是作为故事的见证（所见、所闻、所观、所感），而是全能全智的第三人称叙述者。

对这种传统，即使完全站在为之辩护的立场上的汉学家也不是没有保留的。有一位汉学家甚至不管《左传》并非文学作品，大加赞赏《左传》第三人称叙述者的客观，很少主观的评论和介入。认为这种完全是"实录"的语言达到非常精练的程度。他举出周天子送给齐桓公一块肉的场景：《左传》只写了齐桓公四个动作："下，拜，登，受"，他说《左传》把"无关要紧"的语言排除掉的能耐是令人惊叹的。"在整部《左传》中几乎没有什么形容词，而副词就更少了。"

但是，他又提出这种叙述方法也有缺陷，那就是作者只报告人物的行为和语言，并不直接进入人物的内心，这就使读者怀疑人物在行动后面的真正动机何在。他举出了《郑伯克段于鄢》说：许多评论者几乎一致谴责郑庄公"虚伪""阴险""毒辣"，但是，从《左传》所记的他的言行来看，对于他心怀偏袒的母亲以及他野心勃勃的兄弟已经是很宽容了。郑庄公顺从母亲给了弟弟许多特权，直到这位弟弟造反了，他才把弟弟击败，并一怒之下把他母亲流放到别处去；后来立刻又后悔了，想方设法把她迎回来。在他看来，郑庄公不但不虚伪，相反地充满了真正的人性的困扰。他这样说，本来是为了证明中国第三人称叙述的局限，但结果却是显示了其优越。那就是这种不直接涉及内心世界的叙述包含着现实人生更多的复合性和多元性的内部关系，为读者提供了多种理解的可能，这是西方当代文学理论已经大加肯定了的一种高度精致的叙述效果。西方文学很重视内心感觉动机的分析和描述,从他们的文化背景出发,对中国古典小说的第三人称叙述,往往不是忍不住发出微词,就是对其艺术效果大惑不解。1971年英国出版了全译本《金瓶梅》,译者爱格登在前言中也说:"《金瓶梅》是用一种电报文体写成的。""在文学技巧的运用上,它最经济地写出了必要的东西。""它的叙述是如此详细以至不须刻意追求气氛的描写。"在中国古典小说的传统叙述方面,许多西方理论家都放弃了理论的解释,其实这是因为他们忘记了他们自己的海明威。海明威就是以"电报文体"著称于世的,他也主张尽可能用动词和名词,少用形容词和副词。西方古典文学中的心理分析和描写的传统到了本世纪20年代在海明威那里已经走向另一个极端,而西方的汉学家至今还没找到海明威和中国的古典叙事方法在逻辑上的联系,这似乎是一个玩笑,然而又不是。

(原载《孙绍振如是说》,香港三联书店,1994年版,又载孙绍振《挑剔文坛》,福建人民出版社,2001年版,第266～299页)

晏子使楚/《晏子春秋》

　　这是一篇论辩性很强的文章。从论辩性来说,它与《唐雎不辱使命》在以下两点相似:第一,都是代表一方政治集团出使另一方。第二,都以口头论辩为主。但和《唐雎不辱使命》又有不同之处,那就是,安陵君与秦王相比是弱者,而晏子代表的齐国和楚国一样是大国。当使者的,国力不同,形势不同,策略也有不同。唐雎处于弱势,除了口才之外,就是拼命。而晏子则全凭口才。

　　一般地说,春秋游说之士,基本修养就是善于辞令。所谓善于辞令,常常被理解为化解对抗,缓和紧张,语气委婉。像唐雎那样不惜拼掉老命的,是很少见的。但这不等于说,特殊情况下,游说之士就不能坚持自己的利益和原则,进行反击。晏子和楚王论辩的最大特点,就是机智幽默,针锋相对。

楚国和齐国同为大国，照理楚王应该善待齐国来使。可是楚王偏偏小心眼，搞小动作。先是弄了一个小门，不让晏子从大门进入。这是在拿晏子的矮个子来开玩笑，对晏子是带有侮辱性的。晏子采取的办法是针锋相对："使狗国者，从狗门入；今臣使楚，不当从此门入。"这话的妙处在于：第一，拒绝入门，对方小动作不能得逞。第二，不是我无理拒绝，而是有道理的。道理不是为我考虑，而是为对方考虑。把"小门"歪曲为"狗门"，又把"狗门"和"狗国"联系起来。既然是狗门，一定是狗国。这是骂人，但是骂得含蓄，留有余地，其中有假定性，如果是狗国的话，就只有这个门，但我出使的是楚国，楚国不是狗国，所以我不应该从这个门进去。第三，这是最主要的。这样的说法，就把对方放在一种两种选择判断中：一、如果你说这就是国门，就等于承认自己国家是狗国。二、如果你说这不是国门，就应该换一个门。换句话说，如果你坚持侮辱晏子，就得承认自己的国家是狗国；如果你不想承认自己的国家是狗国，就得承认这个小诡计的失败。

网上有一篇文章说，晏子的这个做法不太妥当。如果楚王感到你骂他是狗，他火了，声明说，这不是狗洞，你看着办，自便罢。这样晏子就不能完成任务了。他应该这样说："看来你们缺乏诚意，准备也不够，是不是我先回去，你们先请示大王一下？"这就是没有看懂晏子使楚要义。晏子在这里，既要完成外交的任务，又要不失尊严。如果主动打退堂鼓，既不能完成任务，又不能在才智上胜过对方。晏子迫使楚国方面让他从大门入，就是一大胜利。既是外交的胜利，又是才智，特别是现场的即兴应对的胜利。要知道，在这种场合下，现场即兴反应是关键，需要的是急智，事后诸葛亮是没有任何意义的。

本文最大的特点，就是表现晏子现场即兴应对，既针锋相对，又不失理路，显得机智幽默。

第二个回合，楚王说，难道齐国就没有人了吗？把你这样的人派到我们这里来。这是公然小觑晏子，也是带有侮辱性的。晏子所用的方法和前面的有一点相似。他毕竟身为齐国宰相，当然要维护自己尊严，但他不是直截了当的顶撞，而是退一步，说自己不行，不行的人，才到不行的国家来。"贤者使贤主，不肖者使不肖主"这句话，在逻辑的空白中暗含着这个意思：如果你说我不行，那就是因为你不行。晏子的语言机智，显然高出楚王一筹。楚王在晏子面前显得很笨，骂人的话，瞧不起人的话，都是直接讲出来的。而晏子骂人的话，刻毒的话，都是暗含在话语的逻辑空白之中的，而且都不是顶撞对方，相反是在语义表面上，顺着对方的话说，我是不行啊，那是因为你不行。把对对方的进攻，暗含在对他的赞同之中。

第二则故事，楚王处心积虑要侮辱晏子，所设计的情境，不但侮辱晏子，而且要侮辱整个齐国人。抓了一个人，从宴会堂前过，说是齐国人，犯了偷窃罪。楚王借此上纲，说怎么齐国人都长于偷窃啊？在这种情况下，晏子本可以直接反驳楚王的逻辑错误：从一个人犯了偷窃罪，怎么能推断出全体齐国人都善盗呢？在逻辑上叫做以偏概全，或者叫做轻率概括。但晏子没有这样做，为什么呢？因为那样有一个缺点，就只是被动地防守，没有反击。晏子采用的方法，是春秋时期游说之士和学者常用的办法，那就是类比法。他说，橘子生长在淮南的时候，就是鲜美的橘子；而到了淮北，就变成了酸苦的枳子。品种虽然相同，但是环境导致变异。从这个植物生长变异的现象，晏子引申到人类社会中来：环境改变品质，"得无楚之水土使民善盗邪"？

这个反驳的好处是：一来说明，他本来在齐国是良民大大的好，之所以为盗，是后来变的。二来说明，他之所以变坏，是因为在楚国这个地方，是楚国的环境所致。这就不但推翻了"齐人固善盗"的论点，而且骂了楚国是强盗窝。这个骂法骂得巧妙，因为他没有直接骂出来，而是利用对方提供的前提，推导出来的，这叫做以子之矛，攻子之盾，是一种幽默应对的办法。正是因为这样，楚王笑了，对他的辩才也表示欣赏，并不得不自我解脱，把晏子称为"圣人"，而且说，圣人是开不得玩笑的，自己则是自取其"病"。从文章一开始，楚王说那么多的话，都很放肆粗野，都是送给人家话柄，不像个有权威有修养的王者，倒是这一句话说得很有分寸，以退到底线为守，再没有什么话柄给晏子，使晏子的口才再也没有发挥的余地。

邹忌讽齐王纳谏/《战国策》

分析任何一篇文章，要抓住特点；如抓不住特点，就可能丈二金刚摸不着头脑，南辕北辙。对于这篇文章，有一篇赏析文章这样说："本文值得注意的是，作者在叙事过程中，对人物的刻画、情节的安排、素材的选择，文字的表达诸方面，动用了不少文学创作的手法……邹忌是文中着力刻画的人物，作者通过人物的外貌、言行的细致描写，为读者塑造了一位容貌昳丽，有自知之明，善于思考，足智多谋，娴于辞令的谋臣形象。"[①]这些话，有点文不对题。《战国策》从本质上来说，是历史性的记述，并不是文学作品，其任务不是刻画人物形象。就本文来说，很明显，主旨是说明一个道理。为了把抽象的道理说得富有感性，才讲了故事。而故事，尤其是古代历史书上的故事，重在情节的因果逻辑的合理，人物服从情节，是情节带出来的，不像小说那样，把人物形象、人物的个性放在纲领性的位置上。过分注重人物刻画，会妨碍历史的严肃性。该文章的作者，抓不住特点，就不能不削足适履，甚至强词夺理地说："文章的首句，'邹忌修八尺有余，身体（按：当作形貌）昳丽'只十一字，就把邹忌身材、容貌、风度勾画出来。"[②] 这就是武断了。这十一个字，的确是很简洁的，完全是概括的叙述。为什么要这样简洁？只说明他个子高，人长得挺漂亮。"修"和"昳丽"应该是缺乏感性的，他的容貌怎么个昳丽法？眼睛、

---

① 《中国散文鉴赏文库》，百花文艺出版社，2001年版，第31页。
② 《中国散文鉴赏文库》，百花文艺出版社，2001年版，第32页。

眉毛、鼻子、嘴巴、姿态、言谈等，要刻画一番，是有许多文章可做的，但是，作者并不在意，在意的只是这几字，为什么呢？因为这几个字的内涵，虽然是抽象的，但却引发了他对自己形貌的评论，触发了他的思考。这就是故事叙述的原则，凡是引出后来结果，与情节发展有关的，就叙述；凡是与后来发展没有关系的，或者关系不大的，包括人物形象之类，通统都在省略之列。因为，故事的任务是说明道理，道理是抽象的，人物刻画是感性的、形象的。抽象的道理与感性形象是有矛盾的。完成了抽象道理的阐释，就完成了最高任务。把力气花在说明本文如何成功地刻画人物上，就说明鉴赏者没有弄清楚，先秦时期的史书，主要是记事的，而不是刻画人物的。

关键应该找出本文说理的特点是什么。我们来比较一下，同样以故事来说理，和刘基的《说虎》大不相同。《说虎》也说理，但并没有讲故事。而本文的主要观念却是从故事中萌芽的。从故事中生发出道理来，有一定难度，但对于提高思维素质，又是很要紧的。难就难在故事是具体的、个别的，而道理是抽象的、普遍的。从具体的故事中，得出普遍的道理来，就得有一种抽象的功夫。这种抽象与一般的学习理论不同。一般书本上的理论，是现成的，我们只要去理解，再用自己的感性经验去体悟，去印证，就行了。而从故事抽象，则是直接从具体的、特殊的事实，概括出普遍的、一般的道理来。这是很值得注意的。

邹忌的直接抽象，大约经历了这样几个步骤：

第一，邹忌发现，三个不同的人，评价相仿，却同样不符合事实。这从思维方法来说，是异中求同。这是抽象思维的一般原则，异是具体的，而同则是普遍的。

第二，光是有了这样一点，还不够深刻，为什么不符合事实呢？为什么睁着眼睛说瞎话呢？抽象深化的方法之一，就是因果分析。出发点多少有些差异，但心理上"私我""畏我""有求于我"，都是有意讨好。有意讨好，就注定要歪曲真相了。

第三，以上可以说，从个别现象看到普遍性的内在联系了。但是，其普遍性充其量不过是在家庭和个人之间，普遍性还不够大。能不能把普遍性扩大一些？越是扩大普遍性，就越是深刻。

第四，接着就把普遍性扩大到国家大事上去："私我""畏我""有求于我"，对于国家大事来说，也是一样。到这个层次，是个大飞跃，是文章主题形成的关键。这个飞跃之所以很自然，原因是这里用了一种"类比"的思维形式。类比在先秦诸子和策士的言谈中，用得很普遍，甚至在中国古代的理论文章中，也几乎成了传统的法门。刘基的《说虎》，其道理也是通过类比推导出来的。但是本文不同于《说虎》的地方是：一、用说故事的方法来形成观点，然后再加以类比，扩而大之。二、在完成类比之后，并没有满足，而是花了一定的篇幅，进一步上升为政策，广泛推行，齐国因而大治。这就是说，邹忌的思想力量，不仅在于道理上的顺理成章，而且在政策实践中，产生了重大成果。从这个意义上说，这篇文章又不完全是一篇用来说理的文章，同时也是宣扬策士功绩的文章，强调并表现他们的胜利，完全是由于善言，善于用类比来说服国王。当然，从政治改革的角度来看，这是有一点夸张的，肯定是片面的。一个国家的改革，应该是系统的，从政治到军事，从经济到文化。任何一个方面的缺失，都可能导致失败。而要成功，却要系统中每个因素的协同。把国家的兴旺完全归结为奖励批评，从理论上来说，可能是比较肤浅的，比较天真的，但也反映了当年作者对于策士传奇式口才的神往。从这一点上，也就是作者的主观情感来说，和文学性是相通的，怪不得我们前面所引的文章的作者，把它当成一篇文学性的、刻画人物形象的文章来阅读了。

唐雎不辱使命 /《战国策》

这篇文章中，唐雎和《战国策》里许多游说之士取得胜利之道，大不相同。一般《战国策》里表扬的策士，在面临强势，自己处于弱势的情况下，要取得胜利，只能凭借现场口头表述的机智，用软化的办法，以柔克刚。但是，在这一篇里，情况却有点不同。

首先是，强者一方，似乎向弱者一方让出了很大的利益：以方圆五百里之地，换安陵五十里之地。安陵是魏国的一个附庸小国，连魏国都已经被秦国灭了，何况安陵？但秦国不但不灭安陵，反倒以十倍的土地交换。秦王这样表面上是亏本生意，实际上是黄鼠狼给鸡拜年，没安好心。安陵君当然知道，世上没有强者向弱者求着要做亏本生意的，就老老实实地回绝了。这里不能说安陵君完全不会说话，因为他没有正面表示对秦王动机的怀疑，而是先把秦王奉承了一下，说："甚善。"拒绝的理由，不是自己不愿意，而是把祖宗抬出来（"受地于先王"）。为什么要把这一条抬出来？因为在这一点上，秦王和自己一样，也是"受地于先王"的，就没话可说。虽然不高兴，但一下子也发作不出来。

这样，事情不是过去了吗？为什么又要派唐雎出使呢？因为霸权得罪不起，顶撞了，留下后遗症，要善后解决。因此，唐雎面临着的任务是很艰巨的，要平秦王的气，但是又没有什么交换条件去讨他的欢心。

果然，双方一见面，秦王就露出杀机，说：本来我灭魏、韩两国的时候，安陵小国，方圆五十里，灭掉也不费力气。只是觉得安陵君是"长者"，就没有计较他的话。现在我拿出十倍的土地来交换，安陵君居然不答应，这不是瞧不起我吗？霸权主义者的话语，也是有技巧的。一、他不说自己有野心，有坏心，而说自己好心，有道德心，尊重长者。二、有心做亏本生意，以十倍的土地换你的一点点。三、可是你们不答应，这不是瞧不起我吗（"轻寡人与"）？这是把自己放在弱者的地位上，在精神上受侮辱的地位上。表面上是低姿态，实际上以守为攻，暗藏杀机：本来可以灭掉你，现在，你又得罪了我，这就暗示着要动武，不讲理了。

唐雎出使的目的是来缓和一下矛盾，却碰上秦王一副咄咄逼人不讲理的姿态。如果是一般的游说之士，恐怕这时只有说好话，转弯抹角，讲歪曲的道理，力求妥协了。但是，处于弱势的唐雎这时却强硬起来：又一次把老一套的"理"提出来："受地于先王"，就应该"守之"。这样针锋相对，形势肯定要僵，矛盾肯定要激化的。而且他还不满足，又加上了一句：不要说五百里，就是一千里，也是不成。讲理的遇到不讲理的，还这么不留余地，甚至主动去刺激强者，不怕秦王发火。而秦王一发火，就意味着，唐雎的缓和关系的使命，就泡汤了。

秦王怒火中烧，以"天子之怒"来威胁挑衅，言外之意，就是要动武了。秦王问他知道不知道"天子之怒"。唐雎明明是知道的，却说不知道。这是反挑衅。表现的是无畏、无所谓。秦王说了"天子之怒"的后果："伏尸百万，流血千里"。为什么要说得这么严重？明摆着是威胁：要你的小命。我杀这么多人都是家常便饭，何况你唐雎一个。

摆在唐雎面前的形势是严峻的。本来应该来软的一手，可是现在人家不来软的，给你来硬的。这时，他是绝对的劣势，却面临着绝对的残暴。这时，唐雎的特出之处在于，干脆也跟他来硬的，而且硬就硬到底。

硬到底，并不意味着就和他拼命。硬不能在行动上，而在语言上。他从秦王的"天子之怒"中拿出一个"怒"字，针锋相对，提出一个"布衣之怒"来。这在辩论术中，是把对方的概念偷换到有利于自己的方面来。常用的手段，就是重新定义。同样是"怒"，对方有，我也有。秦王作为辩论者，他给"布衣之怒"下了一个定义，把它说得微不足道，那不过是"免冠徒跣，以头抢地尔"，既没有自卫能力，更没有进攻的威慑。但是，唐雎却反驳了这个定义：那不是布衣之怒，而是"庸夫之怒"。真正的"布衣之怒"是同样也有威胁力的：

> 伏尸二人，流血五步。天下缟素，今日是也。

这就是说，大家都不讲理也好，老命也不要了，我今天就和你拼了。虽然在远距离，你能流血千里，杀人百万，但是，近在咫尺之间，大不了你我一起完蛋。

在一般情境下，弱势者谈判是不能硬的，但是遇到暴君，软了没有用，干脆就拼死一硬。果然，秦王在精神气质上被压倒了，反而妥协了，打圆场了，说何必这样认真呢，还奉承了唐雎几句，说韩国和魏国地那么

古代散文 | 29

大都亡在我手里，安陵国不过五十里，之所以幸存，完全是因为有先生这样的人啊。

唐雎之所以能以硬对硬，没有遭遇鸡蛋碰石头的悲剧，而是从弱势转化为强势，完全是因为特殊的空间位置关系：近在咫尺。因为无畏，所以才能从容辩论，他在辩论中，对核心概念进行了三度转化：先把秦王的"天子之怒"转化为布衣之怒，然后又把秦王歪曲的"布衣之怒"转化为"庸夫之怒"，最后又把"布衣之怒"转化为"士之怒"，就是现场的威胁。这是唐雎勇气的胜利，也是唐雎辩论智慧的胜利。

但是，弱势变成强势，毕竟只限于五步之内。秦王的妥协，是真的吗？一旦离开了五步之内，秦王的优势就强大了，唐雎的优势也就迅速转化为劣势了。他的命运，安陵国的命运，就将危若垒卵了。从这个意义上来说，唐雎的胜利，是暂时的，甚至只是一个表面的现象。本文题目说"唐雎不辱使命"，他本来的任务是讨好一下秦王，让他不要过分生气，缓和一下矛盾，而结果是，秦王可能更加怀恨在心。那么，唐雎是取得了胜利呢？还是种下了祸根呢？

与朱元思书/吴均

这篇作品写在齐梁时期，正是骈体文大盛的年代。吴均又是官方文人，其主要作品，不论是诗还是散文，都不免有骈体的风格。什么叫做骈体呢？骈者，两马并驾也；故有并列、对偶之意。这是盛行于南朝的一种文体，相对于"散体"而言，除了特别讲究对偶之外，还讲究声律和典故，词藻华丽。如他的《橘赋》，为了阅读方便起见，我们将对仗的句子，分行分组排列：

> 增枝之木，既称英于绿地；
> 金衣之果，亦委体于玉盘。
>
> 见云梦之千树，
> 笑江陵之十兰。
>
> 叶叶之云，共琉璃而并碧；
> 枝枝之日，与金轮而共丹。
>
> 若乃秋夜初露，
> 长郊欲素，
>
> 风齐寒而北来，
> 雁衔霜而南渡。
>
> 方散藻于年深，
> 遂凝贞于冬暮。

全文只有"若乃"二字没有对仗。应该说，作者驾驭文字的工夫是很到家的。汉魏以来，中国文人逐渐发现了方块汉字和汉语句式的对仗美，在此基础上，创造了一种诗体和文体，很快被广泛地接受，到了齐梁时期，蔚为风气。此后，这种手段，就难免被滥用起来，好事就变成了坏事，创造就变成了规格，成为思想感情的桎梏，在艺术上也变得单调。上面这篇骈体散文，对仗的手法为集中使用优美的词语提供了方便，使原来空间和时间上距离遥远的、甚至毫不相关的语汇在对称的结构中成套地统一起来，造成一种有机的感觉。像：

> 称英于绿地

委体于玉盘

使颜色和质地上本是不相干的"绿地"和"玉盘",发生了对称的关系,而形成一体。又如"云梦"和"江陵",一个在江苏,一个湖北,本来是远隔千里,但由于对仗,就很自然地形成统一的结构。以下如"共琉璃而并碧""与金轮而共丹",本来八竿子打不着的意象,在这里有了统一感。"风齐寒而北来,雁衔霜而南渡",两句季节上的相关性倒是很强的,都讲的是秋天的景象。但是对仗的效果,又给读者在空间方位(南北)上,突出了二者之间的距离感。如此文字上的精致功夫,是对中国汉字纯熟的驾驭。这不但是吴均的水准,也是当时文学水准的表现。这种功夫和技巧,是世界性的独创。正是因为这样,它在中国文学后来的发展中,一直发展它的生命力。例如,在律诗中当中两联对仗的规定,甚至在当代某些散文家的文章中,仍然作为一种手法而存在,如徐迟的《黄山记》中就有:

　　高峰下临深谷,幽谷傍依天柱。

当然,这只是偶尔一见的笔法,作家显然是回避集中地使用。因为集中,就可能显得堆砌,显得单调,而且可能为对仗而对仗,把一句可以说完的话,分成对仗的两句。吴均的这篇文章中,就有这样的毛病,例如:

　　方散藻于年深,遂凝贞于冬暮。

说的本来就是一回事,在时间和空间上都没有对仗所特有的概括功能,反而显得不精练,很啰嗦。过多地使用对仗,还有一个毛病,那就是耽于对仗技巧,而忽略了情感的独特和活跃。在这一篇中,我们能够感觉到的,就是橘树的叶子、果实的颜色、质地,在南方北方,春天秋天冬天,都是美好、贵重的。除此以外,就没有别的东西了。作者的感情在对它的赞美中,被束缚得紧紧的,没有了特点,作者的想象,不能自由地飞扬。正是因为这样,同样是吴均的创作,这一篇就没有什么名声。《梁书·吴均传》

说他"文体清拔有古气",在当时颇有影响,时称"吴均体"。所谓"有古气",就是有古文的韵味。先秦诸子的散体文章,是不讲对仗、典故和声律,也不讲究字句整齐的。

吴均最有名的,也就是最经得起历史考验的文章,不是这样的文章,而是《与施从事书》《与顾章书》和《与朱元思书》。为什么呢?我们先来看看《与施从事书》:

> 故鄣县东三十五里,有青山,绝壁干天,孤峰入汉。绿嶂百重,青川万转。归飞之鸟,千翼竞来;企水之猿,百臂相接。秋露为霜,春萝被径。风雨如晦,鸡鸣不已。信足荡累颐物,悟衷散赏。

这里也充满了对仗,其中"绝壁干天,孤峰入汉(银河)。绿嶂百重,青川万转"还是名句。这样的对仗,充分利用了对称的结构功能,把视野抬高,天高地阔,仰望银河,俯视百川,提供了一幅宏大的景观,同时也反衬出了作者心胸的博大,因而并没有过分淹没了作者的精神境界,特别是加上了《诗经·郑风》里的"风雨如晦,鸡鸣不已"句子,在色彩、光线上又有了对比,就更加显示出了作者情绪的复杂:"信足荡累颐物,悟衷散赏。"信足,的确,确实。荡累,消除烦恼。颐物,流连物态以怡情养性。悟衷,启发性情。散赏,随意欣赏。这就给人一种从世俗事务中解脱出来的感受。所以,这一篇就列入他的代表作。但是并不是最高的代表,因为这里多多少少还是有拘于对仗的痕迹。如"归飞之鸟,千翼竞来;企水之猿,百臂相接",未免有点夸张过甚,不像前面的"绝壁干天,孤峰入汉。绿嶂百重,青川万转"显得有实感。至于"秋露为霜,春萝被径"有什么特点呢?秋天有露,有霜,春天有藤萝,对读者的想象没有多少提示性,因而显得空泛,纯粹是为了对仗而硬生生用技巧来凑句子。

另外一篇《与顾章书》,就比这一篇略强一点了:

> 仆去月谢病,还觅薜萝。梅溪之西,有石门山者。森壁争霞,孤峰限日。幽岫含云,深溪蓄翠。蝉吟鹤唳,水响猿啼。英英相杂,绵

绵成韵。既素重幽居，遂葺宇其上。幸富菊华，偏饶竹实。山谷所资，于斯已办，仁智所乐，岂徒语哉！

全文共二十个小型句子，只有"森壁争霞，孤峰限日。幽岫含云，深溪蓄翠。蝉吟鹤唳，水响猿啼。英英相杂，绵绵成韵"和"幸富菊华，偏饶竹实"，一共十个句子单位，是对仗的，也就是说，其中有一半是不对仗的散句。明显可以看出，作者的情致，比前面一篇要自由、活跃一些。这是因为，对仗在齐梁时代被过多地用来作景观描绘，而散句，则往往用来叙事和抒情感慨。而在这里，有一半的句子，是表现作者的情绪的，因而就比较活泼了。这也就是"文体清拔有古气"的表现。清拔，就是不太沉郁。而沉郁，则是充满了形容性的意象，密度很大，但是限于视觉，而且是静态地、平面性地展开，这正是对仗的弱点。超越了这个弱点，在用了一连串对仗的描绘以后，转而进入抒发情感，"山谷所资，于斯已办，仁智所乐，岂徒语哉"。虽然语言相当朴素，没有什么夸张的形容，但是作者的性灵的特点却能够得到表现。但是，如果严格地要求，似乎写到自己的性情的时候，缺少了一点什么。主要是"山谷所资，于斯已办，仁智所乐，岂徒语哉"这样的议论，多多少少有一点平淡，和华彩的对仗语言，似乎不太相称，情感有一点被压抑住了的感觉。

而到了《与朱元思书》中，情况就大不一样了。句法是骈杂交织的，而其中的骈句、对仗并不严格，"风烟俱净，天山共色，从流飘荡，任意东西"（"飘荡"和"东西"在词义上并不完全对称，"飘荡"是同类平等的，而"东西"是相反的）。特别是，这样的对仗句，不像一般的骈体对仗句那样（如前述之"称英于绿地"，"委体于玉盘"）用非常华丽的词藻，而是以平常词语出之。风烟、天山、净、色，都是极普通的词汇。"风烟"中的"烟"，在散文、诗歌等艺术作品中，和日常语言中的所指是不一样的。这个烟，如果是日常生活中的烟火，就没有艺术感觉了。"风烟"不是风中之烟，也不是风吹着烟。这里的烟，是雾（如唐王勃："江上风烟积，山幽云雾多"），而且是薄雾（如黄庭坚"明月风烟如梦寐，平生亲旧隔湖湘"）。在中国古典诗文中，烟雨、烟云、烟霞、烟柳中的"烟"，常常是薄而淡的雾。风烟，就是风中淡而轻的雾。淡而轻的雾，轻淡得好像风在其中流动没有痕迹，加上"俱净"的"净"，就是干净、洁净、明净，有透明的意思。虽然风烟就是淡雾，但我们不能把风烟改成"风雾"。因为"风烟"的微妙联想比较丰富，有轻，有淡，有明，有净，有在江南平原上一望无垠的感觉。这种感觉，和"天山共色"联系在一起，就更加突出了。雾淡到、轻到、明到、净到什么程度呢？天和山没有分别。天是蔚蓝的，山应该是更深的，但是在空气中的雾气的笼罩之下，变得没有区别了。这就是一种透明的效果，但又不是绝对透明，绝对透明，山的颜色还是要深过天空的。这样就构成一种天宇之间无不明净的感觉。

文章的好处还在于，这种明净之感，不仅在天宇之间，而且和大地的景观特点有着内在联系：

水皆缥碧，千丈见底，游鱼细石，直视无碍。

首先是颜色，和天与山的颜色是统一的。其次是水的特点，是透明的，透明到千丈见底的程度，和空气的明净互相映衬。而这个映衬景色，并不像一般骈体文句那样，全用对仗句法，而是散体句法。这就不但构成了一种上下天光，明净无垠的和谐背景，而且显示了骈散交织的意趣。这个背景，呈现着一种宁静的氛围。如果下面的描绘仍然一味宁静下去，也可能构成一种极静的意境，但是作者没有作这样的选择，而是选择了相反的特点："急湍甚箭，猛浪若奔。"这就使得水的美感丰富起来了，不但有静态的千丈见底的透明的美，而且有奔腾的美。虽然奔腾的水并不透明，但有另一种动人心魄之处。

接着写到树木和山石。二者本来是静止的，作者却不写其静态之美，而是从静态中看出了动态。他笔下的寒树："负势竞上，互相轩邈，争高直指，千百成峰。"这里的关键词是"负势""争高"，都不是一般的动态，而是在压力下、在竞争中的动态。

中国古典山水游记，写山水之动态者不胜枚举，但是大都集中在水本身之奔流（如我们将要学习的郦道元的《三峡》）。赋予静态的树木和山石以动态,使之有积极的灵性者,可能是比较后出的。吴均的这篇文章,应该是比较早的。在这以前,我们只能从左思的《蜀都赋》中看到:

  山阜相属,含溪怀谷;岗峦纠纷,触石吐云。

"属""怀""纠纷""触",虽然是动词,然而基本上是静态的山、石、云、溪拟人的关联,基本上还是静态的。"吐"字,有一点氤氲之态,仍然是静中之动。但是到了吴均笔下,山石就活跃了起来,而且有了一种意气相争的内涵,这在自然景观人文化的程度上、性质上,进展是很明显的。这一点似乎很能得到后世文人的欣赏和发挥,柳宗元《永州八记》中的《钴鉧潭西小丘记》中写到山石,是这样的:

  其石之突兀怒偃蹇,负土而出、争为奇状者,殆不可数。其嵌然相累而下者,若牛马之饮于溪;其冲然角列而上者,若熊罴之登于山。

这种对于大自然的观照方式,可能是受到吴均的影响,最明显的证据就是"负土而出"的"负"字,和"争为奇状"的"争"字,应该和吴均的"'负'势竞上","'争'高直指"不完全是巧合。

  吴均的这以动显静的自然美,与上文的静态是相对的。而接下来的描写,并没有继续把动与静作重复的对比,而是从另一个角度,把视觉的动态转化为听觉的喧响:

  泉水激石,泠泠作响;好鸟相鸣,嘤嘤成韵。蝉则千转不穷,猿则百叫无绝。

汉语中同样一个"静"字,可以向两个方面分化:视觉的静止,是与动态相对的;听觉的宁静,是与喧响相对的。这样的山水画,就不仅仅有了画图的美,而且有了音乐的美。在这样视听交响之中,作者的思绪达到了高潮：

> 鸢飞戾天者，望峰息心；经纶世务者，窥谷忘反。

这是从心理效果上强调眼前景观的"天下独绝"。鸢，是一种黑色的猛禽，鸢飞戾天，典出《诗经·大雅》："鸢飞戾天，鱼跃于渊"，比喻为功名利禄而高攀，这是从心理效果来讲的。景色的美好，居然使得追求世俗名利的人，心灵沉静下来，沉醉到大自然之中，忘却世俗社会的牵挂。这应该是主题所在了。文章到此，可谓卒章显志。但是作者还没有满足，又来了一个句组：

> 横柯上蔽，在昼犹昏，疏条交映，有时见日。

这不是多余的吗？但这是表现作者在激发了自己情致的高峰体验以后，并没有向理性升华，因而也没有转移对于自然景观的迷恋，仍然一如既往地沉醉在美好多变的景色之中。对于文章来说，这是结束感，但是对于欣赏者（包括作者和读者）来说，这是欣赏的持续。于结束处，不是戛然而止，而是使结束感和持续构成一种张力，是这最后几句的妙处。

荔枝图序 / 白居易

这篇文章说的是荔枝。写作时显然是尽可能地不带强烈的主观感情。作者给自己规定的任务，就是让"不识者，识而不及一、二、三者"认识，获得知识。故本文的文风，多有客观准确地记载的特点，如：先是说，荔枝生长的地理特点（巴峡。这里我们可以批评白居易的知识有局限，只知道四川巴峡有荔枝，不知岭南闽粤亦有荔枝）。接着白居易描述荔枝的形态，文字很简洁，因为抓住了特点。同时，我们也不难感到，白居易还追求一点文字上的节奏感，那就是对仗：

> 叶如桂，冬青；华如橘，春荣；实如丹，夏熟。朵如葡萄，核如枇杷。

白居易毕竟是个文学家，即使在作说明文的时候，他也不忘尽可能让文字美好一点。在写到荔枝的果实时，文学的笔法就更加明显了：

> 壳如红缯，膜如紫绡，瓤肉莹白如冰雪，浆液甘酸如醴酪。

之所以说这里有很明显的文学家笔法，除了对仗，还用了许多很贵重的事物来形容荔枝的美好。红缯、紫绡，都是贵重的丝织品；"莹白如冰雪""甘酸如醴酪"，都是诗化的语言。说明文追求客观的准确性，而抒情则追求主观的情感性，二者有矛盾，但白居易虽然美化荔枝，笔端带着感情，但并没有歪曲客观的性质，因此这里可以说达到了情智的交融。但是，并不是所有方面都能调和这样的矛盾的。实在不能两全其美就只好以智性的准确为主了。如下面的这一段文字：

> 若离本枝，一日而色变，二日而香变，三日而味变，四五日外，色香味尽去矣。

这是说得很准确的，要准确就不能带感情，就是荔枝色香味尽变，也不能形容，不能夸张，不能惋惜。夸张、惋惜了，就不是说明文了。

爱莲说/周敦颐

解读这一篇文章之前,最好把"说"这个关键词讲清楚。

这不是一般的说话,也不是一般的谈论,而是一种文体,和"论"一样,它不是抒情的,不着重描写,而是着重于议论的。"说"这一类文章应不陌生,如刘基的《说虎》,柳宗元的《捕蛇者说》,韩愈的《师说》、《马说》。"说"作为一种文体,与"论"(如贾谊的《过秦论》、苏洵的《六国论》)比较起来,相同的方面是,都要求提出独特的见解。但不同的是,"说"只要求有条有理地、顺理成章地推理,不必像"论"那样着重全面论证,或者对不同意见进行辩驳。比如刘基的《说虎》,本来要说的道理是:领导者不能只是依赖自己的能力,应该发挥群臣的智慧。但直接把这样的意思说出来,是没有什么感染力的。刘基从老虎讲起:虎的力量大于人,然而为人所制。这是第一层次。接着是分析因果,是由于人用智,而虎用力。这是第二层次。再接下去,联系到领导者,是用己还是用人的问题。这是第三层次。一层一层地推导,演绎下去,得出结论:光是用自己,就是有老虎的力量也要失败。从提出问题(老虎与人的对比),到得出结论,只要给人一种顺理成章的感觉,就完成了任务。刘基的这种方法,在逻辑学上叫做"类比推理"。

但是光凭类比,在逻辑学上说,是不能完成证明的任务的。要完成证明的任务,就需要全面严密地论证。所谓全面,最简单的就是,不但要从正面证明自己的意见是正确的,而且尽可能从反面驳斥反对的意见是错误的。这就是"论"。苏洵的《六国论》,就是先把自己的见解"六国灭亡于不战,而不是亡于战"说清楚了,而后,又把对方主张的意见拿来分析批

古代散文 | 39

判一下。这就叫作正面反面、全方位的分析。但是，作为"说"，以类比层层推导，推出结论，就够了。所以相对而言，"说"比"论"要单纯一点。

但这不等于说，"说"，就可以随便说说。周敦颐的《爱莲说》提出自己的见解，也有考究。如果他直接说，我最爱莲花，莲花出污泥而不染，就不可能有什么水平了。他的办法，也可以说是类比的方法。他先不说莲花，而是先说陶渊明爱菊花，唐朝以来，世人皆爱牡丹。这种方法，也是类比。不过刘基是把人与虎相比，是异类比较；而他把菊花、牡丹和莲花相比，是同类相比。

周的文风是比较明快的。这种明快，表现在他不像刘基那样到最后才把论点亮出来，而是提前给出结论。他说，比较起来，他最爱莲。为什么呢？下面是因果分析。

首先，"出淤泥而不染"。这不仅仅是一种描述，而且是一种象征。"淤泥"者，此泥必污，惟其污，才肥沃，才能开花，它本来就适合莲花生长。所以于莲花而言，本无所谓污不污。但是，周敦颐从人的角度，而且不是一般人的角度，而是从洁身自好的知识分子的角度来看这个现象，淤泥在这里的象征意义是，污浊的环境。在污浊肮脏的环境里生长，而精神却不受污染，道德不退化。这句的好处在于，其中包含着一种哲理。为什么是哲理，而不是一般的道理？因为一般的道理仅仅适用于特殊对象，而哲理则有普遍性。污而不染，为什么能够普遍呢，因为其中有矛盾（污和不染），而矛盾，包含着事物的普遍的内在的特性。

其次，"濯清涟而不妖"。这一句，是前一句的对句。本来说的是和前面一样的意思：经过清水洗濯而不妖艳、不轻佻。比起上面那句，这一句是不是略逊一筹？有这种感觉。为什么？因为在通常情况下，污则染，而这里，却污而不染，因此"污"和"不染"是矛盾。而"清"和"妖"就未必，有时"清"则"妖"，但更通常的情况下是"清"则更"纯"，因此"清"的对立面应当是"浊"，而和"不妖"并不构成明显的对立。正是因为缺乏对立，所以就不能构成哲理。

再次，从形态上来看，"中通外直"。"通"和"直"，也不是直接的描写,而是象征,是对人品的象征。"通"是通达,"直"是正直。关键就是这个"直"字,后面的"亭亭净植",也讲的是"直",不过为了回避重复用词,用了一个"植",以"亭亭"来强调一下。而"香远益清",则不再从外形而是从嗅觉来向品行方面引申。有了这一句,下面的"可远观而不可亵玩焉",才有根据。闻香和目击,也是一对矛盾。一般地说,闻香自然比目击更有感觉,因为香气宜近,而观则可以远之。近不如远,闻不如视,而在文字上又把近闻以"亵玩"出之,带上贬义色彩。这就是隐藏在普通文字中的哲理内涵。

最后,又一次在类比中,将爱莲的观念加以拓展:

菊花是花之隐逸者。

牡丹是花之富贵者。

莲花则为花之君子。

三者并列(排比),成为一个整体的有机结构,比单独说"莲是花之君子"要有力得多。结构功能大于要素之和。

这给我们作文一个启示,如果有一个美好的观念,要避免单独地讲出来,最好能够找一些与之相近的,在比较中展示。当然,在比较的时候,要注意防止片面,不要因为强调自己所主张的,就把其他的加以轻率否定。在这方面,周敦颐做得相当含蓄,他并不因为自己爱莲就排斥菊花,而是对菊花也给予了肯定。但是,他写到最后,他说:

菊之爱,陶后鲜有闻;莲之爱,同予者何人?牡丹之爱,宜乎众矣!

这是什么意思呢?菊之爱,是隐者之爱,没有什么人继承;莲之爱,是君子之爱,当代也没有什么人认同;只有牡丹之爱,是富贵者之爱,所以十分流行。意思就是牡丹所象征的富贵,成为流俗;而隐逸和君子,则为世俗所冷落。

这是一笔反衬。一方面是自许,把自己放在和陶渊明一样的档次上。另一方面,在对世俗趣味的批判中,显示自己的孤立,而其实是以孤立为高。

这句话用了反衬手法，但也有一点小毛病可挑，就是"菊之爱，陶后鲜有闻"，似乎不当。因为事实上，陶渊明之后，菊花之爱成为风气，相反，牡丹之爱却日益衰微。莲之爱，从总体来说，盛行的程度，大概也远远超越于牡丹之爱。是不是在周敦颐的那个时代，和今天不一样呢？这是可以讨论的。

芙蕖/李渔

我们先从"可"字讲起。在古代汉语中，"可"原本是个会意字。从口，从丂（供神之架），本义是唱，表示在神前歌唱，似为"歌"字的古文。引申为允诺，同意，准许。如：许可，认可，宁可。还有可能、能够之义，如：可见，可以，不可思议。《史记·项羽本纪》："距关，毋内诸侯，秦地可尽王也。"在现代汉语中，还留存着类似的意义，如：可风（可为风范）。进一步向抽象方面联想，有"值得"的意思，如：可怜，可悲，可亲，可观，可贵，可耻，可鄙，可恨，可歌可泣，等等。

以上诸词语，在结构上有一个特点，就是"可"字后面，都是动词或者形容词。但是，如果换成了名词，意味就比较特别了。如：可人，可口，可心，可意，可体，就有一种特别亲切的情感意味。很明显，可口，并不是可以以口食之的意思，而是挺好吃的意思；而可人，也不是让人觉得可以的意思，而是令人觉得可爱。李渔在本文中，利用了这方面的规律，又创造出"可目""可鼻"。这是什么意思呢？孤立起来看，字面上是难以猜测的。

这是很有点冒险的。一般说，词语结构是不能任意类推的，类推可能违反约定俗成的、潜在的成规。如可以说"好吃",却不能说"坏吃"(某些方言不在此例);可以说"可人",却不可说"可鬼",可以说"可口"却不可以说"可眼""可脚""可手""可头"。但是,李渔却在本文中创造了"可目""可鼻",读者并没有感到怪异。这是为什么呢?因为前文中有了"可人",但这还不够。还有一个原因,他先把花、蓬、实、亭亭独立、翠叶开擎,均为目光所视,讲得很丰富了,然后再说"此皆言其可目者也",这就不太突然了。

据说,李渔为文自视甚高,追求独特的创造:"上不取法于古,中不求肖于今,下不觊传于后。不过自成一言,云所欲云而止。"这个说法,有过分绝对之嫌。完全脱离古今的写法是不可能的。但是,他不拘一格的立意,却是明显的。

这篇文章从结构来看,似乎是说明文,笔法不太像散文。开头第一句:"芙蕖与草木诸花似觉稍异。"也就是说,把它拿来和同类相比,着眼在它的"异",而不是它的同。用今天的话来说,就是抓住特点。先是引用花谱上的文字,指出其植物属性。这种写法,比较客观,有知识性,是典型的说明文的写法。接下来,又说自己依之为命,为什么呢?因为"可人"。这种行文方法,又不是客观的知识,而是主观的感情了。把主观的感情作为文章的意脉,就是散文的写法了。可人表现在什么地方呢?"不一而足",很多。"请备述之",全部,一一道来。这又不像散文的笔法了。为什么?既然散文的写法起码就应该按照自己的感情,对之加以取舍,与自己感情统一的,就强化,与自己感情不一致的,就淡化,甚至舍弃。"备述之",全面展示,可能是流水账,乃散文之大忌,但却是说明文的基本办法。

李渔的文章结构,就是以全面展开为特点的。首先言其可目,其次言其可鼻,再次言其可口,再再次言其可用。鲜明的系统性和条理性,相当理性的框架,并不是抒情散文的特点,而是说明文的特点。但是,李渔的文章,又不完全像是说明文。为什么呢?

因为,在文章的条理之中,他又夹插了许多抒情的语言。如言其可目,就带着相当主观的感情色彩,拿它和"群葩"相比,强调它的优越,就是很绝对的。他说,其他的花美好,只在开花之时,花前花后,"皆属过而不问之秋矣"。这话说明很极端,很片面。世间花卉无数,其他花卉,在开花之前和之后,就一无可赏吗?难道藤萝、秋兰、紫荆的茎叶就完全不值得一顾吗?但这并不在李渔的考虑之中,因为他说的是"可人",是一种主观的情感,以我的感觉为标准。这就不是说明而是抒情了。

本文最特出的风格,就是用说明文的格局,进行散文的抒情:

> 及其茎叶既生,则又日高日上,日上日妍。有风既作飘飖之态,无风亦呈袅娜之姿。

这里的句法,充满了对仗,调动起来的不仅是散文,而且有骈文的手段。所有这一切集中在一个目标上,就是感情的强化,在强化感情时,又用说明文的全面系统性的方法。先是讲开花之前叶子的美,然后讲开花时"菡萏"的美,接着讲花谢之后结实莲蓬之美。其表述的语言,不但用了描写和抒情的方法,而且用了议论的方法:

> 后先相继,自夏徂秋,此则在花为分内之事,在人为应得之资者也。及花之既谢,亦可告无罪于主人矣;乃复蒂下生蓬……

这就是我国传统散文中所谓夹叙夹议的方法,其好处,在于自由灵活。李渔追求"云所欲云而止",这种不拘一格的笔法,正符合他的个性。

接着李渔写了"可鼻""可口"和"可用"。所用的笔法仍然是说明性与抒情性,描述性与议论性的结合。在分别写了四个方面以后,李渔又作了一个总结:

> 是芙蕖也者,无一时一刻不适耳目之观,无一物一丝不备家常之用者也。有五谷之实而不有其名,兼百花之长而各去其短。

从结构上来看,这完全是议论文的句法,把荷花的好处,几乎说到了极致。文章到此，可以说是到了高潮，无以复加了。但是，李渔却在最后来了一笔真正的散文：说他虽然以荷为命，但却没有条件得"半亩方塘"（像朱熹所赞颂的那样"半亩方塘一鉴开"）来种植荷花，只能"凿斗大一池，植数茎以塞责"。这已经够煞风景的了，又碰上池子漏水，只能求老天帮忙。结尾的句子是：

殆所谓不善营生，而草菅其命哉。

"不善营生"，尚是对自己的批评；而"草菅其命"，则是对自己的调侃了。

周敦颐赞美荷花，目的是为了美化自己的精神境界，把它提升到陶渊明菊花的清高档次上。而李渔赞美荷花，却把自己说得很惨，很差劲，"草菅人命"，简直是花的刽子手。这一笔，作为散文，真是大手笔，神来之笔。这一笔是不是达到了李渔自己所追求的"上不取法于古，中不求肖于今"的目标呢？惟读者明鉴。

三峡/郦道元

这是一篇经典性的写景散文，已经有了不少的赏析文章，但是都不能令人满意。原因在于，此类文字，一味限于赞赏。如果赞赏到位，倒也罢了，可是大多数文章，空话连篇。试举一例：

先从大处着笔，本百里三峡……正面描写，巧用夸饰，极山高，再状夏日江流，以……日行千里的江舟作侧面描写，对比衬托，春水大流急，令人惊心动魄。仰视高山，俯瞰急流，体物妙笔，将巫峡山

古代散文 | 45

水描写得生动逼真。①

这可以说，完全是废话，没有一点具体分析。始终未进入具体分析的原因，则是作者虽然力图分析，但是没有抓住特点，没有找到矛盾的切入点。

为了进入分析层次，必须先将特点抓住，才能把问题提出来。

文章极写三峡之美，这种美，一方面是高度统一的，另一方面又是变幻多端的。在统一中显示丰富，正是作者追求的目标。

写三峡的江岸之美，也就是山之美，对于三峡的地形地貌，特点抓得是很到位的。三峡之所以叫做"峡"，其特点就是江岸很高峻，江面很狭窄。但如果郦道元仅仅这样写的话，就一点都不精彩了。

开头短短几句，好像互不连贯，可其中内在逻辑很紧密。首先，山之美，统一在很壮观。不是一般的江岸高峻，而是七百里都是"两岸连山"。其次，一般的连续性的山，总是有起伏，有峰有谷。但是，三峡的江岸和一般的连山不一样，没有什么高低变化，"略无阙处"，一连七百里都没有低凹下去的地方，可见其壮观之至。再次，以上都是正面着笔，接下来，则是从侧面也就是从人的感受（即余光中先生所说的"效果"）上来写："自非亭午夜分，不见曦月。"只有中午和半夜才能看到太阳和月亮。这就不但说明两岸的山的高峻，而且说明两岸的山高只露出头顶上的一线天，这就更为壮观了。文章的好处还在于十分简练，太阳和月亮的不在中天，就不能见着，形象壮观而语言简练，这就是文章的风格。

第二段，写的是另一种美：江水暴涨。表面上和第一段没有关系，但是这种美，和前面的山之美，有内在的统一性，具体来说，也就是因果关系。因果之一，正因为江岸狭窄而高峻，江水才容易暴涨，涨到"襄陵"的程度；如果是平原，就是泛滥成灾的景象了。因果之二，正因为夏天洪水猛涨，从下游向上游航路不通。但是，一旦有最高政治当局的命令要紧急传达，也有例外，那就是顺流而下，此时的速度，就很惊人："朝发白

---

① 《中国散文鉴赏文库》（古代卷），百花文艺出版社，2001年版，第521页。

帝，暮到江陵，其间千二百里，虽乘奔御风，不以疾也。"这和前面所写的江岸之美，是另一种范畴，但其间的内在联系，是很紧密的。三峡的地形特点蕴含着双重内在的逻辑：一、江水暴涨，是江岸狭窄高峻的结果；二、江流如此超凡的迅猛，又是江流暴涨结果。

这里有一点要注意，这样的描写，可能并不是很现实的。日行"千二百里"，比"御风"还要快，肯定是有些夸张的。这里已经不仅仅是地形之美，而且有人的情绪之豪爽，但这一点与自然地形水文之美并没有脱节。虽然，郦道元这本书，科学的纪实性是很强的，但文学性也是很强的。在他生活的那个时代，文学和实用文体的区别，还没有充分地分化出来，所以，有的时候，他记录人文历史、地形风物，是比较严谨的，但是有时，往往笔端带着情感。正是因为这样，它才有了审美价值，才在文学史有了相当的地位。

到下面两节，作者又展示了另一种美。"春冬之时"这一节，和上一节不同，上一节是概括地写，也就是不分时间，不分春夏秋冬，讲一般的、总体的情况；而这一节，则是选择春天和冬天来写。表面上，这一节和前面是并列的，但是，其实在逻辑上是递进的。夏天江水的特点是洪水，汹涌澎湃，滔滔滚滚。而春天和冬天，则相反，水比较小，比较宁静："素湍绿潭，回清倒影"，素湍，是白色、透明的，应该是比较浅的地方；而绿潭，则是比较深的地方。水中有倒影，说明水十分清澈，而且宁静。这一笔和夏水襄陵显然是一种对比。这种清澈的特点，甚至在两岸的瀑布、悬泉也得到充分的体现。

三峡的美在作者笔下，是不断衍生的。最后一段"晴初霜旦"，应该是秋天的特点。与"林寒涧肃"和"清荣峻茂"，又是和谐呼应的，表现了在描绘自然景观之美方面的高度统一。但是在表现情感方面，却有了比较明显的变化。"巴东三峡巫峡长，猿鸣三声泪沾裳"，并不完全是客观的称引，同时也是寄托了作者的某种感情："属引凄异，空谷传响，哀转久绝。"虽然短短几句，然其间感触甚为精致：感之则寒，视之则肃，初闻之凄异，静聆之则哀转久绝，活写出被吸引而凝神动性也，构成了一种凄美、凄迷的情调。而这种情调和前面的"朝发白帝，暮到江陵，虽乘奔御风，不以疾也"所流露的那种豪情，显然又是一种反差。

综上所述，《水经注·三峡》之所以成为不朽的经典，大约可以归结如下：作者以简洁的文字，写出三峡的自然景观之美。他笔下的自然美，概括相当深广：从时间上说，是一年四季；从空间上说，是江山到水文，深潭到瀑布。将多层次的特点，统一于简洁、清峻的语言。在统一而丰富的景观中，渗入一种激赏的情致。而这种激赏中，又蕴含着豪爽和凄清之感。

现代散文

从百草园到三味书屋/鲁迅

　　阅读不光是为了读懂文字，而且是为了读懂作者和人物的精神、情感和个性。这一切并不是抽象的，而是在非常具体、非常灵活的语言中。

　　作品分析，从哪里开始？从语言开始，甚至也可以说是从语词出发。对语义深入的分析，揭示出同样的语词里存在着两种不同的语义范畴，一方面是科学的、工具的语言，讲究的是语义的准确和规范；另外一方面是文学语言、文本中的语言，语义往往是超越词典规范，带着非常强烈的个人的、临时的感情色彩。文学语言、文本语言的语义离不开特殊的语境，表现的是作者或者人物瞬时的感情，不像字典语义那样是共通的、长期合用的，而是在变化万千的语境中被个人化的。正是从这种个人化的运用中，我们能够辨认出作者和人物的个性和深层的、潜在的情感。我们所说的语言的人文性，大体说来，是指它所承载的人的精神，但这个"人"不是一般的、抽象的人，而是个别的、特殊的人，在具体语境中的人。

一、找到关键词语，抓住工具性与人文性的差异和矛盾

　　并不是在所有的语句中，都充满了这种超越常规的、瞬时的语义。如果所有的词语都是个人化的，都是作者在特殊语境中赋予临时意义的，读者就很难理解了，作者和读者之间就无法沟通，就像我们在一些前卫性很强的诗歌中看到的那样。在散文里，这种超越常规的情况，只是在一些关键词语中表现得特别明显。正是在这种地方，隐藏着作者和人物的心灵密码，也正是在这里，显示出语义的精妙。

　　比如，在《从百草园到三味书屋》里，一开头，"乐园"这两个字，

在一些人看来，可能觉得没有什么可讲的，因为在他们心目中，它只有一种含义，那就是写在字典里的那种意思，没有什么矛盾可以分析的。但是，没有矛盾，没有差异，就无法进入分析的层次。关键是如何把矛盾揭示出来。因为，一切经典文本都是天衣无缝的，矛盾不在表面，不是现成的。得有一种方法，最好具有操作性的，把矛盾揭示出来。

首先要从文学语言中"还原"出它本来的、原生的或者字典里规范的意义。其次，把它和上下文即具体语境中的语义加以比较，找出其间的矛盾，从而进入分析的层次。

按原生语义，"乐园"令人想到美好的天堂，至少是风景极其精彩的地方。如果是一个荒废的园子，"只有一些野草"，把它当作"乐园"，可能要给人以用词不当的感觉。但是，鲁迅在开头第一段却强调说，百草园"不过只有一些野草，但那里却是我的乐园"。这里对"乐园"的特殊理解和运用，正透露了一个孩子的童心，离开了孩子天真的心灵是不能得到解释的。这里的乐园，具有双重的含义，一重和字典里的含义有关，肯定是一种美好的场所，但是，同时还有另外一重含义，让读者进入童年回忆的境界，和读者分享美好的童趣。

从符号学的理论来说，这就是所谓"能指"和"所指"之间的矛盾和转移。关于符号学，也许有些教师并不陌生，有些理论家讲起来，更是滔滔不绝，但是，一到具体文本，我们有些同行就有点捉襟见肘了。福州市有一位小学生，写了一篇作文，题目叫做《过了一把当班长的瘾》。写的是，他们班主任想出一个很好的主意，让每个同学都当一天班长。这个小同学终于盼到他当班长的一天。全文写他当班长的兴奋和趣味。但是老师却在评语上说，当班长的"瘾"不妥。瘾，是贬义词，和烟瘾、酒瘾联系在一起，轮值当班长是为同学服务，也是锻炼自己。老师建议小作者，要正确用字，应该先查查字典，最后还批评小作者的文章"缺乏童趣"。这真是有点滑稽了。"过瘾"，恰恰是最有童趣的地方，你把人家批了一顿，又回过头来向人家要"童趣"，这不是骑马找马吗？语义，是在不同的语境中，尤其是在抒情性的语境中，因时、因地、因人而不断转化生成的，具有无限潜在的能量。日常交往和写作的最佳效果就是对这种潜在能量的转化和生成的一种发掘，学生凭着语感和直觉，并不难做到，教师的任务，是帮助学生去发挥自由直觉，而不是去扼杀。

这位教师的错误批语，根源就是单纯工具论。工具论把语言当作客观事物"本质的反映"，当作思想的"物质外壳"，这就难免造成一种错觉，以为语义是本质的唯一表现，就必然把语言人性、文学语言的个体性忽略了。汉语的字典意义和具体语境意义并不完全重合，字典里的意义非常有限，而在上下文（具体语境）中，却可以因人因事生成即时的语义。可以毫不夸张地说，在无限多样的语境和人物身上，同一词语所能表达的意义是无限的。工具语义不因人而异，而文学语义所唤醒的情感记忆却因人而异。这是一种字面以外的默契，在无声的、心照不宣中，构成比字面更为丰富的、微妙的交流。

心照不宣是自动化的，把许多逻辑层次省略掉的，因而，给人一种不言而喻的感觉。但是恰恰在这种心领神会之处，正是可讲性的所在。这里包含着语言和人的精神的奥秘。

鲁迅在文章中说"百草园"有"无限的趣味"。这个"趣味"和"无限"，就是关键词，包含着矛盾，就有可分析性。

在一般情况下，"无限的趣味"让人想到的一定是十分奇特的、罕见的、美妙的事物，但是，鲁迅明明说，这里只是菜畦、石井栏、皂荚树、桑椹、蝉、黄蜂、叫天子，可以想象，成年人肯定觉得没有什么趣味，觉得这一切有趣的人是什么样的人呢？他有什么样的心灵特点呢？要说蟋蟀弹琴，油蛉低唱有趣，倒还可以理解，但是，鲁迅又说："翻开砖来，有时会遇到蜈蚣，还有斑蝥"，这一切，都是有"无限趣味"的证据。我们把它还原一下，在成年人心目中，蜈蚣是毒虫，斑蝥的俗名叫做放屁虫，和乐园、趣味不但没有关系，而且是很煞风景的，而鲁迅却特别强调它放屁的细节："用手按住它的脊梁，便会啪的一声，从后窍里喷出一阵烟雾"，这算什么"趣味"呢？还要说"无限"！是不是应该改成"虽然有点可怕，但是在我当年看来，还是挺好玩，挺有趣味的"？这样改，从字典语义来说，好像是用词更恰当了，但是，从深层的语义来说，却是大煞风景了。因为，这样一来，就没有孩子气的天真、好奇和顽皮，而是大人的感觉了。

如果满足于把语言当作工具，只要学会准确运用"趣味"这两个字就可以说是完成任务了。但是，要体会到"趣味"这两个字，在不同人的心灵中，有无限丰富的差异，就不太容易了。语词并不是抽象的趣味的概念，而是唤醒自我和读者的感觉和经验，进行对话和交流的符号。光把语言当作硬邦邦的工具，就没有办法完成唤醒读者经验的任务，从而也就无法让读者的想象参与创造，难以让读者受到感染了。

读者光凭语感，光凭直觉就能感到，在这开头两段里，就是这两个关键词最为传神。传什么神？孩子的心灵之神，这种神，就是天真的、顽皮的，对世界经验很少的，对什么都感到好奇的童心。这并不是大人的乐园，而是孩子的乐园；不是一个物质意义上的乐园，而是心灵的乐园。明明不是乐园，之所以成为乐园，是因为，在这里，活跃着一颗童心，洋溢着儿童的趣味。如果把"无限的趣味"仅仅放到字典意义上去理解，实际上是从成人意义去理解，就没有乐园可言了。

语言的人文性并不神秘，它就在这样平凡的词语之中。拘执于语言的工具性，就是把"乐园"和"趣味"孤立起来，就没有什么可讲性，而兼顾人文性，是紧紧抓住具体的人，瞄准人的年龄和经历的特点，学生的情感和记忆就会被激活起来，就不愁没有话可说了，课堂就不愁没有活跃的对话氛围了。

二、提出问题的方法

可讲性、可分析性和可对话性是联系在一起的。关键在于，在学生忽略过去的，没有特别感觉，以为是不言而喻，甚至是平淡无奇的地方，发现十分精彩的内涵，而且揪住不放，这就需要用还原的方法把矛盾提出来。

还原的对象有两种。一种就是我们前面已经讲过的，把原生的语义、字典上的语义想象出来，这叫做语义还原；还有一种，还原的不是语义，而是作品所表现的对象（人物和景物），将其原生态的、未经作者心灵同化的状态和逻辑想象出来，让它和文本中的形象形成对比，矛盾就不难揭示出来了。

　　景物是静态的，变动性是比较小的，因而一般比较容易"还原"，而人物则比较复杂，特别是人的心灵、人的情感，更是变动不定的，还原也就不容易。但是，既然有矛盾存在，要发现它就不是不可能。

　　《从百草园到三味书屋》接下去写到长妈妈讲的故事。用"还原"法，不难发现，这是一个迷信故事，但是，作者并没有把它作为迷信故事来批判。这样，就把矛盾（迷信和理性）揭示出来了。问题提出了，就有比较好的对话的题目：为什么鲁迅在这里没有以理性为准则声明：这是一个迷信故事？

　　如果声明一下：长妈妈讲了一个迷信的、可笑的故事。是不是可以呢？当然不是不可以。但是，读起来的感觉是不是会差一点，甚至倒胃口呢？不声明反倒好，因为这是一个孩子感觉中的、有趣的长妈妈。这里，语言所完成的任务不仅仅是传达长妈妈的故事，而且是表现孩子的记忆里好玩的人物、离奇的故事。如果对这个拥有巨大潜在量的、可对话性的东西视而不见，就是强大的成人趣味淹没、窒息了儿童趣味。

　　鲁迅表现孩子的特点，往往在一系列关键词语所组成的字里行间，在行文的逻辑和理性逻辑的矛盾之中，形成一种反差。这里有几点不能忽略：

　　1. 从整个故事的逻辑发展来说，作者有意让其中的因果关系显得粗糙，按理性来说，不可信。第一层因果是，老和尚光是从书生脸上的"气色"，就断定他为"美女蛇"所迷，有"杀身之祸"。理性地讲，这是不可信的，不科学的，这一点难道鲁迅一点都不知道吗？第二层因果是，给他一个小盒子，夜间就有蜈蚣飞出去，把美女蛇治死了。因果逻辑更不科学，太不可思议了。但是，长妈妈却说得十分自信，鲁迅故意把这种矛盾写得很突出、很荒谬，这其间就隐藏着讽喻。说得具体一点，叙述者虽然是童年的鲁迅，但是，还隐含着成年鲁迅的深邃的洞察，流露出对长妈妈的迷信的调侃，但是，又没有过分谴责她。鲁迅特别强调，长妈妈并非有意骗人，相反，她自己十分虔诚和执着，因而她虽然可笑，但不可恶，相反有点好玩、甚至可爱。

2. 当然，也许有人会提出质疑，说：这不是迷信，而是神话或者童话。在神话和童话里，总是善良轻易地战胜了邪恶。这当然不能说没有道理。如果是这样，则童话的诗意增加了，而讽刺意味更加弱化了。从这里，更可以看出鲁迅对小人物的宽厚。

3. 故事讲完了，长妈妈作出的结论却是：今后"倘有陌生的声音叫你的名字，你千万不可答应他"。这个因果逻辑就更荒唐了。从这样一个可信度很低的、个别性很明显的故事，居然就得出了一个极端普遍性的结论——任何时候在背后叫名字的声音都可能是美女蛇发出的。这种逻辑的荒唐和长妈妈的郑重其事，形成了矛盾、反差、不和谐，就显得可笑，这就是幽默。鲁迅的讽喻就藏在这幽默笑容的背后。但是，鲁迅并没有以此为满足，接下去，不但没有指出这个故事的不可信以及长妈妈结论的荒诞，而是相反："这故事很使我觉得做人之险，夏夜乘凉，往往有些担心，不敢去看墙上，而且极想得到一盒老和尚那样的飞蜈蚣。走到百草园旁边时，也常常这样想。"这样，一方面，把自己写得很傻气的样子；另一方面，把长妈妈的故事进一步导向荒谬，愈是荒谬，愈是可笑，幽默感就愈强烈。

然而鲁迅对自己已经相当强的幽默，还是不满足，他继续发挥下去："但直到现在，总还是没有得到，但也没有遇见过赤练蛇和美女蛇。叫我名字的陌生声音自然是常有的，然而都不是美女蛇。"这几句的精彩在于，好像这样荒谬的故事，作者一直并没有觉察，连怀疑一下的智商都没有似的。这就不仅仅是对长妈妈的调侃，同时也是"自嘲"了。这在中国叫做"自嘲"，在西方幽默学中，叫做自我调侃，属于幽默之上乘。把自我调侃和对长妈妈的调侃结合起来，就显示出鲁迅幽默感的丰厚。

4. 从这里，我们还可以体会到一个有趣的规律，那就是幽默和抒情的不同。我们所读到的抒情散文，大多是美文，共同的倾向是对环境和作者内心的美化、诗化，而幽默，却不回避把自己和人物加以贬抑，甚至"丑化"，把自己写得很笨的样子。这样很有趣，但不同于抒情的趣味，如果说抒情是一种情趣的话，幽默就是一种谐趣。

5. 一个建议供大家参考。在"口语表达"中，让我们复述这个故事，特别强调要注意在叙述的时候，遗漏了什么。有些人可能把故事说得很周全，但是，也可能把故事后面长妈妈别出心裁的"教训"省略了，或者遗忘了。而这一笔是很精彩的，是幽默感的高潮。不理解这一笔，就是在艺术上没有读懂鲁迅的幽默。

6. 还有一点值得注意：这样一个情节本来曲折的故事，却叙述得非常干净。其中有一个插入语，更显示了鲁迅对于故事中人物的嘲讽：那个书生，拿了老和尚的小盒子放在枕边以后，"却是睡不着——当然睡不着的。"从叙述故事来说，可以认为"当然睡不着的"这句是多余的，但是对于叙述语言的趣味来说，叫做涉笔成趣。叙述者突然插进来评论：这家伙自讨苦吃，流露出对于人物可笑心理的嘲讽。

总的来说，鲁迅在这里显示出来的幽默感真是有笔墨淋漓之感。

三、反语、幽默和人文精神

百草园写过以后，写三味书屋，仍然是写人物的。语言的趣味仍然是以幽默为主的。他猜想自己被送到书塾里读书的理由，显然是不可靠的，读者当然知道，绝对不是作者所猜测的那样：由于顽皮。为什么要强调一下这种不可靠的理由？无非是为了表现儿童式想象和推理的趣味。

鲁迅写他的老师，笔墨也是幽默的。这表现在他的两个关键词（渊博、宿儒）的奇妙运用上。说他是城中极"渊博的"，而孩子问他"怪哉虫"却不知道。这里有多层意味可以分析出来：1. 对先生所谓"渊博"的讽喻；2. 同时，也是对孩子以为"渊博"就是什么都懂的一种调侃；3. 更深的调侃当然是对于先生的，他答不出什么是"怪哉虫"，居然"不高兴，而且脸上还有怒色了"；4. 接下来的一段话，不能忽略："我才知道做学生的是不应该问这些问题的，只要读书，因为他是渊博的宿儒，决不至于不知道，所谓不知道者，乃是不愿意说。年纪比我大的人，往往如此。"这里明显是不合逻辑，不是讲正理的，不是正经语言，是反语。因为明明是先生不知道，可是作者却说，先生是无所不知的，只是不愿意说罢了，错在学生不该问而问，读者一眼可以看出结论和理由之间的矛盾。正是由于矛盾，不统一，这在英语中叫做：incongruity（在幽默学中，是一个很基本的范畴)。不和谐,才怪异,才显得好玩,好笑,有趣味。这种不和谐,不统一,是一系列反语构成的。

　　要真正分析这种不和谐的逻辑,超越常规的用词,不是停留在赞叹的层次上,要抓住结论和理由的矛盾的反语不放。同时要真正懂得一点幽默,就不能忽略讲歪理的功夫。人当然要讲正理,那是在正经的时候,但是,在追求幽默效果的时候,就要懂得讲一点歪理,许多人幽默不起来,就是因为不会讲歪理,不敢讲歪理。

　　先生的教学法,很简陋,似乎没有什么启发兴趣的办法,一天到晚让学生读个没完,而且,鲁迅特别强调,学生对于所读的内容,完全是死记硬背,根本莫名其妙。这样的读书不是很枯燥吗?这样的先生不是很可恨吗?在心灵不开阔、趣味不丰富的作者笔下,可能是这样的,但是,鲁迅是人道主义者、艺术大师,他只是把教师的教学法写得很"菜",却没有把他的心写得很"菜"。鲁迅突出写了他教书没有什么真本事,但是,又渲染他自己读书很投入,简直是如痴如醉。他所读的文章明明很平常,他却沉醉在自己营造的境界之中:"读到这里,他总是微笑起来,而且将头仰起,摇着,向后面拗过去,拗过去。"

　　用还原的方法想象一下:如果不是在艺术中,而是在生活中,一个人空有渊博、宿儒之名,教书却无方,说刻薄一点,是误人子弟的,令人厌恶。但是,我们读到他如此沉浸在自己的境界之中,是不是觉得这个老头子也有挺好玩、挺可爱的一面?从这里,鲁迅通过"渊博""宿儒"等等的词语,所传达出来的对于小人物的人道主义的宽容,不是跃然纸上了吗?

　　三味书屋既是这样枯燥,老师又是这样一种水平,这日子不是很痛苦,一点乐趣都没有吗?不。接下去写的是在枯燥无味的学塾里,孩子快乐的天性仍然不能磨灭。学生们趁先生自我陶醉的时候,自己开小差,做小动作了。用纸糊的盔甲套在指头上做戏者有之,用半透明的纸蒙在绣像小说上画画者有之。从诸如此类的语词中,我们可以看到,明明是无聊的事情,儿童却乐此不疲。鲁迅所用的语言是普通的、平淡的,但是传达出来的趣味却是隽永的;三味书屋的读书生活是枯燥的,但是书屋里仍然趣味盎然。不管教育体制多么僵化，孩子们活泼的天性却仍然能够找到自己的表现形式。对童心的肯定，就是对旧教育体制的批判。

当然，关于三味书屋是乐园还是苦屋，可以争论，只要不忘记鲁迅笔下的孩子不论在什么简陋的地方，不管是在满目荒废的百草园，还是在连下课和休息都没有的学塾里，都能创造出自己的欢乐，就连在愚昧的长妈妈、迂腐的先生身上都能逗引出一种幽默的情趣，感受小人物的可爱，感受到生活的有趣。从文学创作的根本意义上来说，这就是才华，才华不仅仅是驾驭语言，而且是在别人感觉不到情趣的地方，却感受到情趣。文字不过是情趣的载体，没有情趣，凭空耍弄文字，是不可能写出好文章来的。

鲁迅的语言就是这样把我们带进了一个充满童趣的精神家园。我们写作，为什么老是觉得没有什么可写呢？就是因为，对于日常的、平淡的生活，没有激发出趣味。而阅读经典文本的目的，并不只在文字或记忆佳句，还在于心灵的熏陶，在于拓展我们的情感和趣味的领域。细细品味这样的作品，难道不能激动我们的心灵，使它更加开阔吗？对于生活中有残缺的人物，难道不能从另一个角度，去发现他们的善良和可爱吗？欣赏浑身都是优点的人是容易的，欣赏缺点非常明显的人物，则需要有更为宽广的胸怀。设想一下，如果我们碰到类似长妈妈式的人物，我们会不会有鲁迅这样的趣味和胸襟呢？

为什么学习语言不能把它仅仅当作工具呢？就是因为，语言是和人的心灵、人的精神境界水乳交融地结合在一起的。

阿长与《山海经》/鲁迅

开头两段，似乎很平常，没有什么可分析的。但是，用还原法是可以提出问题来加以分析的。

把还原法落实到关键词语上去，以阿长这个名字作为关键词来还原、分析。为了交代阿长的名字，鲁迅用了两段文章，这样是不是太繁琐了？鲁迅不是说过，文章写成以后，至少要看两遍，要将可有可无的东西删去吗？那么，这两段，如果删去了，有没有损失呢？肯定是有的。因为在"阿长"这个关键词的深层，不但有长妈妈的，而且有周围人的精神密码。按照还原法，本来名字对于人来说，应该是郑重其事的。一般人的名字，大都寄托着美好的期望，不同的人有不同的叫法，表现的是不同的情感和关系。

鲁迅强调说，她叫阿长。然而，长并不是她的姓，也不是她的绰号。因为，绰号往往是和形体的特点有关系的，而阿长身体并不高，相反，长得"黄矮而胖"。原来她的名字是别人的名字，她的前任女工的名字。

通过还原，问题、矛盾就不难提出来了：

1. 在正常情况下，可以把他人的名字随意安在自己的头上吗？什么样的人，名字才会被人家随便安排呢？一个有头有脸的人，人家敢于这样对待她吗？这样的人，肯定是社会地位卑微的，不被尊重的。这是很可悲的。鲁迅不惜为此而写了这两段文章，说明他对一切小人物的同情，用鲁迅自己的话来说，这叫"哀其不幸"。

2. 名字如果随便被安排，在一般人那里难道不会引起反抗吗？然而，阿长没有，好像没有什么感觉，很正常似的。这说明了什么呢？她没有自尊。人家不尊重她，她麻木。鲁迅在这里表现出他对于小人物态度的另一方面："怒其不争"。

从研究方法来说，这样的分析，已经挖掘了可讲性，但是，还可以扩展一下，力求结论有更大的涵盖面。

用名字来揭示人物的社会地位和心灵奥秘，是鲁迅常用的手法，在《阿Q正传》里，对阿Q的名字，在《祝福》中，对祥林嫂的名字，也有同样的细致用心。祥林嫂也没有自己的名字，她叫祥林嫂，因为丈夫叫祥林，在鲁镇人看来，这是天经地义的。但是，后来她又被抢了亲，被迫嫁给了贺老六，在贺老六死了之后，她又一次回到鲁镇。鲁迅特地用单独一行写了一句：

大家仍叫她祥林嫂。

这句似乎是多余的。读者早就知道她的名字了。鲁迅之所以要在这里强调一下，是因为祥林嫂，这个关键词里隐含着荒谬，旧理教的荒谬。丈夫叫做祥林，她就叫做祥林嫂，可是，她又嫁了贺老六，那么还原到正常道理上来说，应该研究一下，是叫她祥林嫂，还是叫她老六嫂好呢？或者叫她祥林老六嫂比较合理呢？这并不是笑话，在美国人那里，不言而喻的规范是明确的，不管嫁了几个，名字后面的丈夫姓，都要排上去，没有什么见不得人、难为情的。例如肯尼迪的太太杰奎琳，后来又嫁了希腊船王奥纳西斯，她死了以后，墓碑上就堂皇地刻上：杰奎琳·肯尼迪·奥纳西斯。但是，我们的封建礼教传统不可能想象把她称为祥林·老六嫂的可能，只承认第一个丈夫的绝对合法性。可见礼教传统偏见之根深蒂固，在集体无意识里，荒谬的成见已经自动化地不动脑筋地成为可怕的习惯了。

需要注意的是，整篇文章里没有对阿长的肖像描写。光是对名字这么叙述，看来连描写都算不上的。但是，在鲁迅看来，这比之对肖像的描写还重要。

分析如果到此为止，是很可惜的。当一种方法好像到顶了的时候，要深入下去，就应该换一种。

还原不够了，就用比较的方法。事实上我们前面分析长妈妈的名字的时候，就用了比较的方法，把她的名字和祥林嫂比较。要深刻地揭示《阿长与〈山海经〉》的特点，不妨把它和《从百草园到三味书屋》加以比较。

从对人物的态度来看，我们可以感到，鲁迅对于他的保姆阿长，比之对于他的老师，感情变得比较复杂了。这是一篇童年的回忆，因而童心和童趣是我们注意的要点，进行比较的目的，在于它们之间的同和异，有什么一样和不一样的地方。

《从百草园到三味书屋》写了一些表面上互相不连贯的事，《阿长和〈山海经〉》集中写一个人，但关于这个人物的故事并不太连贯，使全文连贯起来的，是作者作为儿童对阿长态度和情感的变化过程。这个过程比较丰富，也比较复杂。要作段落划分，就比较繁琐，吃力不讨好。要把"我"对于长妈妈的情感变化过程的各个阶段分析出来，最好的办法是把蕴含着"我"对长妈妈的观感发展和变化的关键词找出来。

鲁迅在名字的文章做足了以后，就写对于她的一般印象，无非说她喜欢传播家庭里面的是是非非，小道新闻。特别点出细节，说话时，手指点着自己的鼻尖或对方的鼻尖，这说明什么问题呢？没有礼貌，没有文化，不够文明而已。

作为保姆，她的任务应该是照顾孩子的生活，包括睡眠，但是，她夜间睡觉却把自己摆成一个大字，占满了床。这说明她不称职。而且，尽管"我"的母亲向她委婉地表示夜间睡相不太好，她居然没有听懂，不但没有改进，夜里反而变本加厉，把自己的手放在"我"的脖子上。

把这一切归结起来，表现作者态度的几个关键词是"不佩服""最讨厌"和"无法可想"。

这以后，事情有了发展，"我"与阿长的矛盾加深了。

过新年对于小孩子来说，是无限的欢乐，而且是充满了童心和童趣的想象。而阿长却把这一切弄得很煞风景。首先是新年第一句话，一定要吉利。把孩子的心情弄得很紧张；其次是完成了任务，给一个福橘吃，却又是冰冷的东西。注意，没有这个冰冷的感觉，就很难表现出孩子的心情和阿长的迷信之间的冲突。

这一切造成的结果，又有一个总结性的关键词语："磨难"，或者"元旦劈头的磨难"。

把节日变成了"磨难"，这是"我"和阿长的情感矛盾的第二个阶段。

第三个阶段是对于阿长的情感的一个大转折，关键词不是事情讲完了才提出来的，而是在一件事情还没有讲出来时提前出现的，这关键词就是："伟大的神力""特别的敬意"。

阿长讲了一个荒谬不经的故事。这是本文中最为精彩的笔墨，尽显一个幽默大师从情感到语言的游刃有余。

首先，这个故事一望而知是荒诞的。

1. 概念混乱：把太平天国和一切土匪混为一谈，尊称其为"大王"。

2. 缺乏起码的判断力：门房的头被扔过来给老妈子当饭吃，对其可信度，毫无保留意见。

3. 逻辑混乱：小孩子要拉去当小长毛，女人脱下裤子，敌人的炮就炸坏了。

这是显而易见的荒谬、可笑的，而长妈妈讲得很认真，并没有流露出任何欺骗或者开玩笑的样子，这就显得好笑，不和谐，不一致，有点西方人讲的 incongruity 了，有点幽默了。

其次，用还原法观之，对于长妈妈的逻辑荒谬，特别是抓去做小长毛和女人脱裤子，敌人的炮就炸坏了的说法，"我"不但没有表示怀疑、反驳，反而引申下去："我"不怕这一切，因为"我"不是门房。这就把逻辑向荒谬处更深化了，好像真的所有门房都要被杀头，好像太平天国时代还没有成为遥远的过去似的。这是第一层次的荒谬。

第二层次的荒谬是，这一切居然没有引起"我"的恐惧，也没有引起反感，反而引起了"我"的"空前的敬意"。逻辑就更加可笑了。越是荒谬，就越是可笑。"敬意"的这种语义在字典里是找不到的，只有把语义的变幻、人的情感世界的丰富和奇妙结合在一起，才能真正领悟。这里的幽默感得力于"将谬就谬"。按还原法，正常情况下，应该对长妈妈的荒谬故事加以怀疑，加以反驳：阿长的立论前提绝对不可靠，推论也有明显的漏洞。这些都视而不见，却顺着她的错误逻辑猛推，将谬就谬，愈推愈

| 现代散文 | 63

谬，几个层次，越推越歪。幽默感随之而强化。

"特别的敬意"和"伟大的神力"，如果不是在这个意义上用，可能要被认为用词不当。但是，这种用法有一种特殊的功能，就是反讽。这种用语蕴含着作者特别的情趣，极其生动地表达了作者富有幽默感的特点。

接着，正面引出"我"想念《山海经》的事。对于孩子的这种童心，没有人关心，而这个做保姆不称职、生性愚蠢而又迷信的长妈妈，却意外地满足了孩子的心灵需求。

"我"对于长妈妈的感情来了一个大转折。这是第四个大转折。关键词仍然是"空前的敬意"。比之第三个转折的"特别的敬意"还增加了一点分量，还怕不够，又在下面加上了一个"新的敬意"。但是性质上，这个"空前的敬意""新的敬意"和前面的不一样，它不是反语，不是幽默的调侃，没有反讽的意思，而是抒情的。和前面的幽默反语遥相呼应，构成一种张力。

整篇文章最精彩的就在这里了。

同样的词语，在不同语境下唤醒读者不同的情感体验：一是反语，有讽喻的意味，另一则有歌颂的意味。而这二者本来互相矛盾的内涵，竟可以水乳交融地、自然地结合在一起。不难看出我们语言大师对于汉语语义的创造性的探索。

这从单纯工具性是难以解释的，细心的读者从这里可以深切地感受到语言的人文性。在字典中的语义是固定的，甚至可以说是僵化的，而具体语境中的语义，则是变化万千的，是在人与人的特殊精神关联中变幻的。这种变幻，正是语义的生命。从这种变幻的语义中，读者才能充分感受到人物的精神密码和作者对人物的感情。鲁迅对这个小人物的愚昧，并没有采取居高临下的、尖锐的讽刺，而是温和的调侃，并且还渗透着自我调侃，同时对于小人物，哪怕是很微小的优点，都要以浓重的笔墨，甚至直接抒怀来表现。在最后一段，居然用了诗化的祈使语气：

　　仁慈黑暗的地母啊，愿在你的怀里永安她的灵魂！

这在对于中国的国民性一直持严厉的批判态度的鲁迅，用这样的诗一样的颂歌式的语言是很罕见的。鲁迅在小说中写过一系列的农村下层人物，受到他歌颂的很少，从阿Q到祥林嫂，从七斤到爱姑，从单四嫂子到王胡、小D，这些人物没有一个受到鲁迅这样诗化的赞美。但是，长妈妈却享此殊荣。从这里可以看出，鲁迅对于下层小人物，被侮辱、损害的小人物，也并不仅仅是"哀其不幸，怒其不争"所能概括完全的，至少在特殊的情境下，鲁迅还为下层小人物所感动，似乎可以用"欣其善良"来补充。从这个意义上，我们能不能说，鲁迅自己所说的对于他的人物"哀其不幸，怒其不争"是不够全面的？这一点是可以在课堂上进行讨论的。

读文章，就是要读出它的好处来，用比较的方法，就要比较出它们各自的特点。《阿长与〈山海经〉》和《从百草园到三味书屋》以及鲁迅小说中的许多人物相比，它的特点就不难概括出来，那就是：不但有幽默的调侃，而且有真挚的抒情。

从这里可以看出鲁迅作为一个伟人的宽广胸怀，即使对一个有这么多毛病和缺点的、麻木、愚蠢的小人物，即使她只做了一件可能是微不足道的好事，鲁迅也把它看得很重要，要用诗一样的语言来赞美。

从这里，我们应该深深地体悟鲁迅式的人文情怀。而表现这种人文情怀，最为关键的词语就是"伟大的神力""空前的敬意""新的敬意"，这一切和最后祈求大地母亲，永远安息她的灵魂这样的诗化语言结合成一体。一味拘于字典语义，是不可能融入这种深沉浑厚的精神境界的。

挖荠菜　拣麦穗/张洁

我想提醒的是：要重视实用价值和审美价值的区分。

我们通常说，文学作品以情动人，这是不够准确的，完整的说法应该是以特殊的情感动人。因为没有特殊性，就容易重复，而重复则不免千篇一律，导致感受的钝化，乃艺术之大敌。

正是因为这样，我们来看张洁的《挖荠菜》的第一句：

> 我对荠菜，有着一种特殊的感情。

关键词是"特殊的"。

整篇文章，所选择的，所突出的，所强化的，都是特殊的情感，所舍弃、隐去的，所淡化的则是一般化的感情。

要深入欣赏这篇文章，就是要从看来是一般的语句中看出不一般的情感、儿童的感情来，一般儿童的感情还不够，而是要表现这个孩子不同于一般儿童的感情。

文章一开头就写自己小时候十分"馋"，一般写小孩子"馋"，不会给人留下深刻的印象。要写得动人，就要写出这个孩子的特点来。作者写自己馋到吃蜂蜜的时候，连蜂房都会吞下去。这就有一点特殊了。这里有孩子的天真。可当人家叫她馋丫头的时候，她"羞得连头都不敢回"。这孩子不但可爱，而且孩子的自尊令人同情。再说，馋不能完全怪她，因为她家穷。她吃不饱，是饥饿逼迫的，穷不是孩子的过错。

光是有这样一点东西，虽然有特点，但是，还不能成文。还得更有特点的，更深刻的东西，才有足够的分量，文章才能支撑起来。

这一次，她馋得去偷了财主地里的棒子。被大管家发现，被追赶了。

光是这一点，当然不能说没有特点，但是，也不能说很有特点。因为，我们看不出这孩子的心理，她的个性究竟有多少和其他儿童不同的地方。

接下来，飞奔而逃的她，来到一条小河面前。她"害怕到了极点，便不顾一切地跳进那条小河"。

这样，就显示出一点个性了。

用还原法来分析，一般的孩子，缺乏个性的孩子，到了这种境地，可能会停下来，准备好被人家抓住，或者大哭大闹，或者求饶。但是，作者是很有个性的，她宁愿跳进河里，也不愿被人家抓住。跳进河里，有被淹死的危险。这个孩子宁愿淹死，也不愿被抓住。因为抓住就意味着被羞辱。而跳进河里，又意味着生命的危险。在精神上被羞辱和生命危险之间，这个孩子选择了"不顾一切"，也就不顾生命危险。

这个孩子的个性，她的情感的特殊性，就显露出端倪来了。

接下去，特殊的个性就有深度了：

> 河水并不深但足以淹没我那矮小的身子。我一声不响地挣扎着、扑腾着，身子失去了平衡。

这几句没有多少形容，更没有任何感叹，但是，却很有特点。关键在于"一声不响地挣扎着、扑腾着"。用还原法来解读，如果不是一声不响地挣扎，而是"大叫大喊地挣扎着"，可不可以呢？当然可以，但是，文章的感染力却有损失了。因为，跳下河，就是为了不向管家求饶。如果到了河水几乎没顶的时候，再求饶，当然也可能有某种个性，毕竟是小孩子嘛！但是，这没有多少深度，作者要表现的不是这样。这一点从下面的语句中可以看得更清晰：

> 冰凉的河水呛得我好难受，我几乎背过气去，而河水却依旧在我身边不停地流着，流着……在由于恐怖而变得混乱的意识里，却出奇清晰地反映出岸上那个追赶我的人的残酷的笑声。

都要背过气去，也就是面临生命危急的关头，心理也由于恐怖而变得混乱了，也就是意识都不正常了。用还原法分析，一般情况下，人的头脑只能是变得糊里糊涂，然而正是在意识变得"模糊"的时候，有一个东西却是"出奇地清晰"，这就是那个追赶"我"的人的笑声。

这里的关键词是：恐怖、混乱和出奇清晰的笑声。

在这里，隐含着儿童心理的特殊矛盾：一方面是危急关头的恐怖和混乱，一方面是出奇的清晰的感觉。她既是一个孩子，又是一个自尊心特别强的人。在危急关头，她最在乎的不是自己的生命，而是一个成年人不但无动于衷，而且还能残酷地笑。

由此可见，作者把人的感情的冷漠，人与人之间缺乏同情，看得比生命还重要。

好像生命的有无，倒无所谓。但是，如果连一个小孩子落水，大人都没有一点同情，就是决不能容忍的"残酷"。对于人的、孩子的生命的无情，就是无人性。说他"残酷"还是比较含蓄的。

"清晰"，本来是平常的字眼，可是在这里却暗示了多么特殊的、多么深刻的人文观念，这种观念，正是整个人的精神世界的入口，价值观念的索引。

接下去写到她爬到河对岸，发现丢失了鞋子。她不敢回家了。原因是怕妈妈知道。如果光是这样写，可能并没有多少特点。但是，作者接着写道：

> 我并不是怕她打我，我是怕看见她那被贫困折磨得失去了光彩的、哀愁的眼睛，那双眼睛，会因为我丢失了鞋子而更加暗淡。

用还原法，如果不回家是怕妈妈打，可能并没有什么特点，而这里却不是怕受皮肉之苦，而是怕妈妈伤心，而且这种伤心是无声的，是孩子从妈妈的眼神里看出来的。正是因为穷，才导致孩子的狼狈，这就更加显示出作者要表现的是，这个孩子对于妈妈的理解和同情，小小年纪，居然能够从眼神里感觉到妈妈的自谴，是很有深度的，很有特点的，这是一种无声的默契，说明孩子的内心是多么深沉。

这已经够有个性的了，但作者并不因此而满足，又进一步把孩子的这种特殊的感情送到一个进退两难的境地，更充分地展开。夜色降临了，该回家了，对于妈妈焦急的呼唤，孩子却不敢答应。接着下来，可以称作是神来之笔：

> 一种比饥饿更可怕的东西平生第一次潜入了我那童稚的心……

这一句之所以生动而且深刻，就是因为，它有特点，特点从何而来？

在文章开头，作者反复强调饥饿的可怕，突出表现孩子对于生理本能缺乏控制能力。但是，到了这里，却强调，还有比生理本能更为强大的东西，这就是孩子对大人的理解和爱。这一笔正好与前面大管家的无情形成对比。一方面是孩子把人的感情看得比生命更为重要，另一方面却是大管家把物质（无非就一个玉米棒子嘛）看得比人的生命更为重要。更动人的是，这个孩子，却把妈妈无声的伤心看得比自己挨打更严重。

从这里，又可以得到一个启示，情感有特点，感情的美，往往超越了物质的实用功利。

这一点，对于下面的文章的解读有很重要的意义。

到了春天，可以挖荠菜充饥了。荠菜成了"无上的美味"。挖荠菜的目的就是为了吃，为了享受这"无上的美味"。顺理成章，作者似乎应该强调自己如何享受荠菜的美味。但是，作者却没有这样做。她虽然说了荠菜下在玉米糊里，再加上盐花，是"无上的美味"，但是，她马上又说了：

> 而挖荠菜时的那种坦然的心情，更可以称得上一种享受。

挖荠菜的心情，比之吃荠菜的生理感觉更是一种享受，对于一个孩子来说，这就是情感有特点了。很明显，这是一个感情上早熟的孩子，把情感上的价值，看得比之生理的需求更为重要。

我们常说以情动人，但是，往往停留在字面上。真正到了解读作品或者写作的时候，反而找不着北了。就是因为不懂得要使感情有特点，一定要让情感超越实用的（包括生理的和其他方面的）功利。

以情动人，以情动人，都说成了口头禅。但是，情感为什么能够动人呢？可能没有细究。其实，说穿了，就是因为它超越了实用需求的压迫。因为生理需求是紧迫的，比如吃，是为维系生存，到规定时候不吃，就饥饿难忍，长期不吃，就可能死亡。人类为应付生理上这种紧迫的需求，实

| 现代散文 | 69

行生存优先的策略,把不紧迫的、无关生存的一切放在一边。与生理的需求相比,情感是最不实用,也是最不紧迫的,只能悬搁起来。这种把感情放在一边的策略,就是人的理性原则。这种用理性来牺牲感情的方法,对于人来说是不得已的。感情至少是人的一半,放弃了这一半,人就变得不完全,失去了情感的自由,人就可能被扭曲了。而一旦实用的需求得到了满足,比如吃饱了,穿暖了,很满足了,什么也不想,吃吃睡睡,就和动物,比如猪,差不多了。于是人就觉得应该把悬搁起来的那一半,恢复过来。但是,感情长期习惯于被压抑,压到无意识的底层里去了,往往可意会而不可言传,很难直接表现;要表现,就得想办法把情感解放出来,让它获得自由。怎么解放呢?让它从实用观念中超脱出来,心灵中潜在的、被淹没了的情感才能自由地得到表现。正如康德所说的知、情、意三个方面的协调发展,才是全面发展的人。

　　当然,要表现自己独特的情感,方法很多,但是,最为初级的,就是从实用的生理需求中解放出来。让人们的情感从被动地服从生理需求,转向自由地表现。

　　用学术语言来说,就是情感的价值超越实用功利。

　　超越了实用功利的情感价值,是美好的,所以也叫做审美价值。

　　在日常生活中,实用价值高的,如好吃的,往往只是感官享乐,因而层次比较低,而在艺术中,并不一定具有多少情感价值。实用价值高的,情感价值、诗意可能很低,也就是审美价值很低,而实用价值很低的,甚至没有实用价值的,超越了情感价值的,很可能审美价值很高。

　　作者说,挖荠菜的心情比之吃荠菜的味道还要好。这就是情感价值高于实用价值。

　　因为,吃荠菜,无非就是生理需求的满足。如果不是这样,而是吃荠菜的心情比挖荠菜的心情更称得上一种享受,也无可厚非,毕竟是孩子嘛。但是,这是一般的孩子的特点,并不深刻。写成:挖荠菜的心情比吃荠菜更精彩。读者习惯的、套路式的感觉就受到冲击,所受到的感染就要强烈得多,那遗忘了的记忆,被唤醒的几率就要大得多,程度也就深刻得多。为了强调这一点,作者特地作了这样的抒写:

提着篮子，迈着轻捷的步子，向广阔无垠的田野里奔去。嫩生生的荠菜，在微风中挥动它们绿色的手掌，招呼我，欢迎我。我再也不必担心有谁会拿着大棒子凶神恶煞似的追赶我，我甚至可以不时地抬头看看天上叽叽喳喳飞过去的小鸟，树上绽开的花儿和蓝天上白色的云朵，那时，我的心里便会不由地升起一个热切的愿望，巴不得这个世界上的一切，都像荠菜一样是属于我们每一个人的。

超越实用的生理需求，人的想象才能展开，情感才能自由。情感自由了，平时被压抑的、潜在的思绪才能冲破为实用功利需求所选择的记忆的硬壳，潜藏在无意识中的感受才有可能释放出来。

当然，并不是任何感情都能动人，作者在这篇文章的开头，说了，要有一种特殊的感情，有了情感的特殊表现，才可能有诗意，有了诗意，也就有了审美价值。

作者还有一篇散文，可以说是这一篇的姐妹篇，叫做《拣麦穗》，理解这一篇，是一个必要的参照。从艺术上、从美学上理解《拣麦穗》，也不能不从实用功利和情感价值观念的差异入手。

文中写旧社会农村穷苦姑娘，为了准备嫁妆，在夏收时节，拣拾收割后遗留下来的麦穗，换了钱，买一点花布，准备出嫁时的衣物。作者在写的时候，强调表现了姑娘们的情感，她们在缝制衣物时，不仅为了实用，同时也把自己对于未来幸福的"幻想"（"梦"）也缝了进去。作者特别强调的是衣物所承载的"幻想"。（"你永远不能想象，从这一粒粒丢在地面的麦穗上，会生出什么样的幻想！"）文章的动人之处，还在于下面这段话：

不过，当她们把拣麦穗时所伴着的幻想，一同包进包裹里去的时候，她们会突然感到，好像幻想全都变了味儿，觉得多少年来，她们拣啊，缝啊，绣啊，实在是多么傻啊！她们要嫁的那个男人，和她们在拣麦穗、扯花布、绣花鞋的时候所幻想的那个男人，有着多大的不同,又有着多大的距离啊!但是,她们还是依依顺顺地嫁了出去,只不过在穿戴那些衣服的时候,再也找不到做它、缝它时的那种心情了。

这里,最为关键的是"心情"两个字。对于一般人来说,实用价值是最主要的,结婚前和结婚后,衣着的实用价值,没有变化,照样可以穿。如果不是把情感看得比实用价值更为重要,"心情"不同,就可能被忽略过去了。但是从一个感情很丰富的、很有特点的人来说,这是不但不能忽略的,而且应该是生命的关键。把没有用处的情感,看得比有用处的衣物更为重要,正是一个艺术家和普通人的不同之处。通常我们不太会抒情,不是因为我们缺乏技巧,而是因为,从生命体验来说,我们把表面上看来没有实用功利价值的感情(幻想、梦)不当一回事。作者在文中这样说:

谁也不会为她们叹一口气,表示同情,谁也不会关心她们还曾有过幻想,连她们自己也甚至不会感到过分地悲伤,顶多不过像是丢失了一个美丽的梦,有谁见过一个人会死乞白赖地寻找一个丢失的梦呢?

对于普通人来说,梦是不实用的,没有意义的,是可以忽略的。在心灵中隐隐约约存在过,由于不被重视,不被注意,也就无声无息地消失了,可是对于一个有个性的人来说,对于一个艺术家来说,就是要把人在实用功利活动中遗失的东西,从情感记忆中,找回来。

从这里可以看出一个很重要的规律:抒情并不纯粹是一种语言的技巧,而是一种心情,一种心灵的丰富,一种把心灵的价值放在其他一切价值观念之上的执著。这又一次证明了语言不纯粹是一种传达思想情感的工具,而更重要的是,它本身隐藏着情感复活的机制。

要从经典文本学习抒情,并不是单纯地学习渲染感叹的句式,而是体验精神境界,养成丰富的情感,有了长期的情感丰富、活跃、独特的体验,才有抒情的本钱。否则很可能犯抒情的大忌,那就是"为文而造情",

伪造感情，造成滥情、矫情，不仅仅是文风不正，而且是为人不正。

情感丰富而且有了特点，就是不用许多夸张的形容和渲染，也一样能动人。在《拣麦穗》里，作为小女孩子，个子还没有篮子高，也来拣麦穗，大人问她拣来干什么，她大言不惭地说："我要准备嫁妆哩。"大人问她要嫁给谁，她公然说嫁给一个卖灶糖的老汉。此人满脸皱纹，一头白发，一嘴的黄牙。大人放声大笑，而她却觉得天经地义。为什么呢？因为她要吃灶糖。这明显是一个孩子的想法，在通常情况下，人们是不好意思公开讲出来的，是不合常理的。但是，对于孩子来说，讲出来，是天经地义的，没有什么可羞的不可羞的问题。这就叫做童真，也就是童趣。我们之所以写起文章来缺乏童趣，就是因为，我们已经丧失了童真。童真就是儿童的天真，根本就不用考虑大人的道德理性的规范。是非常生动的。

一旦我们充分考虑了大人的道德理性规范，这样的话就写不出来了，所写的就是成人的情感世界了，童真和童趣就丧失了。

但是，从理论上来说，这不是把实用（吃糖）放在情感之上了吗？然而，这恰恰充分表现了孩子感情的天真无邪，她还弄不清"出嫁"的真正含义，也没有爱情的感觉，却在模仿着大人的行为。只有一个孩子气的天真念头，嫁给卖糖老汉就天天有糖吃。从实用功利来说，付出的代价之大，获得的利益之小，也是不成比例。可是孩子感觉不到这样的不合算，不现实，不实用，孩子气的天真幻想，也就是情感的审美价值占了绝对优势。因而，她说得很坦然，很真诚，微末的要求和庄严的婚事之间形成了巨大的反差，因而显得荒谬，好笑，构成了谐趣。

这样的童真和童趣正是这一文章和《挖荠菜》不太相同的地方。在《挖荠菜》中，那个孩子，显得是那样的早熟，而在这一篇中，这个孩子却是这样的天真幼稚。

更难得的是：《拣麦穗》在文章风格上和《挖荠菜》不同。《挖荠菜》的风格是庄重的抒情，其趣味是情趣；而《拣麦穗》则是含蓄的幽默，从趣味来说，是谐趣。难得的是，老汉在听到孩子要嫁给他以后，明知这是空话，不实用，却对这种孩子气的空想表现了同情。当老汉坦然地对她说，不等她长大，他就要"入土"了。而她居然着急起来，说："你别死啊，等着我长大。"孩子是可笑的，因为，她还不能理解客观规律的严酷，老汉并不因为她的要求而延缓死亡，然而，这样的荒谬，又表现了孩子的率真。二者结合在一起构成了一种美好的情趣和谐趣复合体。文章之所以动人，就是因为情感不一般，有特点，不是一般的童趣，而是童真的情趣和谐趣。

　　表现这种特殊的感情和趣味，也属于抒情范畴，不过不是用直接的抒情或者风景描写的办法，而是通过人物的对话和心理描述。

　　从这里，我们可以看到所谓抒情并不一定要用大篇幅的形容和描写，有时用简洁的对话和心理点染，可能比之直接抒情要更为动人。因为一味形容和描写很容易过度，造成一种滥情，对抒情没有节制，感情不但可能陷于"滥"，而且可能给人做作之感，这叫做"矫情"。所以有经验的作家，常常情不自禁地表现出对于抒情的节制。张洁在《拣麦穗》和《挖荠菜》中表现出同样的倾向。常用的办法，除了用对话以外，是叙事。在《挖荠菜》中，写到后来她进入了大城市，荠菜不用自己去挖了，市场里的荠菜很容易买到，"长得肥肥大大的，总有半尺来长，洗得干干净净，水灵灵的"。从实用性来说，价值是更高了，但是，从情感价值来说，却不然，作者说：

　　　　可我，总还是怀念那长在野地里的荠菜，就像怀念那些与自己共过患难的老朋友一样。

这里又一次透露了抒情的秘密，那就是要充分表现感情，有一个办法，让它和实用价值拉开距离。明明是荠菜的质量提高了，可是感情上却恰恰相反。感情高于实用，让感情从实用的世俗价值观念中解放出来，就获得了自由，有了自由，就超越了世俗之见，无限丰富的心灵，就不会为套话所窒息了。这就是抒情的秘密。

　　为了进一步强调这一点，作者特地把她的感情和没有经历过农村苦难生活的孩子拿来对比，目的是使之发生错位，不是表面的，而是深刻的内在的反差。她带着自己的孩子去农村挖荠菜，孩子们也高兴，但是，孩子高兴的内涵和作者并不一样。孩子们跳着、跑着，尖声地叫着，并不是因为荠菜，而是因为好玩：

　　这时，我深深遗憾：他们多半不能体会我当年挖荠菜的心情。

这一句是很动人的，关键还是"心情"二字。从这里，透露出抒情的另一个更为深刻的秘密，那就是不仅仅是自我的直接抒情，而且是在同样的事情中，显示出不同的情感。在一方面，觉得是充满情感价值的东西，在另一方面，却感觉不到，尽管另一方面的人物，和作者的关系很密切，情感也很亲切，这种情感的错位距离越大，抒情的感染力就越强。这一点从作者下面的描述中，可以看得更为清晰：

　　等我把一盘用精盐、麻油、味精、白糖精心调配好的荠菜放到餐桌上的时候，他们也还是带着那种迁就的微笑，漫不经心地挑上几根荠菜……看着他们那双懒洋洋的筷子，我的心里就像翻倒了五味瓶，什么滋味都有。

应该说，这一笔写得不但生动，而且深刻。因为，正是从孩子们不理解妈妈的感情的动作中，反衬出自己那种深厚的感情，然而又不能被理解，这样，感情就显得更加深沉了。其次，作者写孩子们（下一代）的不理解，并不粗糙，而是很含蓄，很有分寸。作者只用了"迁就""漫不经心""挑上几根""懒洋洋"，这样几个词语，既写出了孩子们的既不理解，又要掩饰，表现对母亲尊重的矛盾心态，又流露出作者心知肚明，又无可奈何的情绪。

虽然，并没有用多少形容和渲染的语言，但是这里的抒情，其效果却不是一般直白式的抒情所能及的。这样的抒情，是相当深刻、复杂的抒情。

懂得了这个道理才能更好地欣赏张洁的《拣麦穗》。《拣麦穗》也是很抒情的，但是，却很少形容和渲染，文中大部分是叙事对话。但是其中蕴含着的感情却比一些直接抒情要精彩得多。

在文章开头部分，作者笔下的孩子还是出于嘴巴馋，决计嫁给卖糖老汉。其坦然的表述，显然包含着作者的调侃，构成一种谐趣。这种幽默，在描述老汉的文字中一以贯之。孩子要求老汉不要死，等她长大，这在客观上明明是不可能的，但是，在孩子的心灵中，却是十分真诚的。在通常情况下，女孩子是要害羞的，老汉是要不当一回事的。但是，老汉却将错就错，安慰孩子，答应她，等她长大了，来接她。

从实用价值观念来说，这是荒谬的。可对于文章来说，荒谬才是好玩的、有趣的。二者形成了错位，错位的幅度越大，幽默感越强。

请注意：在全文的字里行间，作者一直强调自己可笑，正是这种可笑，构成了谐趣。这不是一般的谐趣，其个性表现在它用的是自我调侃的方法。不像一般抒情那样美化自我，而是贬低自我，嘲弄自我。这大致可以表现在以下几个方面：一是她所爱慕的对象的外形（如，老汉剃得像葫芦样的头上长着长长的白发，挑着担子走路的时候，随着担子悠悠地忽闪着。）这种样子通常要得到姑娘的心仪完全是不可能的；二是她自己的大言不惭和常见的羞羞答答反差甚强；三是她的长辈的反应（如"二姨贼眉贼眼地笑了"）；四是她自己一本正经准备的嫁妆的质量（自己绣的烟荷包，被自己的娘称为"猪肚子"）。所有这一切都是可笑的，有趣的，因为其中的实用性和情感价值之间的错位幅度是很大的。

表现孩子的可笑，固然有趣，但是，满足于如此，则可能是仅仅停留在滑稽的层次。滑稽可能是纯粹的开玩笑，但是，本文的深刻之处在于超越了滑稽。老汉却并不因为这是开玩笑而忽略了孩子的心情。从此他每逢经过这个村子，都要带一点小礼物给孩子。

> 我渐渐地长大了，到了知道认真地拣麦穗的年龄，懂得了我说过的那些话，都是让人害臊的话，卖灶糖的老汉也不再开玩笑——叫我小媳妇了。不过他还是常常带些礼物给我。我知道，他真的疼我呢。

这就不是开玩笑而已，而是有一种美好的人情在内。这种人情之动人，就在于他是不讲实用功利的，不指望回报的。

> 我不明白为什么，我倒真的越来越依恋他，每逢他经过我们村子，我都会送他好远，我站在土坎坎上，看着他的背影渐渐地消失在山坳里。

超越功利的感情，从老汉心里发出，感染了孩子，双方都进入了一种超越功利的、美好的、诗意的境界。

有了这样美好的人情作为基础，滑稽、耍贫嘴，就上升为幽默了。日本把幽默翻译成"有情滑稽"，从这一点看来，可能是有道理的。

从这里可以看出作者的幽默基本上还是和美好的、诗意的情感联系在一起的。也许是出于这样一种诗意的考虑，作者在接近结束时，突然在等待老汉的背景上加了一笔"火柿子"，而且还渲染这个柿子"红得透亮"，有"喜盈盈的感觉"。这一笔明显是老汉形象的象征。这篇文章一直以叙述和对话见长，不大肆形容，突然来了这么一笔，可能多少有点不够自然。所幸，作者没有过多在这一点上花费笔墨。文章到最后，迅速进入了纯粹的抒情境界，用直接抒情的语言来表现作者的情感：

> 等我长大以后，我总感到除了母亲以外，再也没有谁能够像他那样朴素地疼爱过我——没有任何希求，没有任何企图的。

情感的最深刻的特点，就在于超越功利目的（"没有任何希求，没有任何企图"）。

本文的立意在于超越实用的目的，让人情得到升华，达到诗性和幽默交融，使诗性和幽默、童趣和审美达到高度统一。本来文章写到这一段，主题已经完成，应该说，可以戛然而止了，然而作者却又加上了一段：

> 我常常想念他，也常常想要找到，我那个皱皱巴巴的，像猪肚子一样的烟荷包。可是，它早已不知被我丢到哪里去了。

这一笔尾声，是不是多余的呢？删掉，也不是不可以。但是，删掉肯定有损失。因为这几句意味深长，言外之意可以意会，却很难用语言完全表达。勉强说，大致有以下几点：第一，烟荷包是童年时代天真感情的寄托，烟荷包虽然失落了，但是，对于童年的美好回忆，虽然是可笑的，却是珍贵的，不会因为它的消失而消失；第二，这个烟荷包是为老汉做的，老汉已经死了，烟荷包也不存在了，但是对于老汉的美好感情，却是不可磨灭的。

这是一种抒情的办法，常在怀旧的作品里出现，可以说，以物非人是为特点。外在的因素变化了，但是感情却没有改变。为了强调感情，艺术家们往往不直接从感情本身下手，而是从感情与事物的关系上用力。从理论上来说，这种关系可能有两种，一是平衡的，感情和事物都是平衡的，客观的事物、现象和感情都没有变化，或者二者以同等程度变化。如李白的《把酒问月》中的这几句：

今人不见古时月，今月曾经照古人。古人今人若流水，共看明月皆如此。

惟其古人与今人看月并没有变化，月亮也没有变化，但是这里强调的，人的生命却不如月亮那样永恒（古人今人若流水），古、今人的不同是显而易见。李白的诗句表面是说月亮古今相同，但是，深层却为人的生命短促而感叹。

李白的诗歌在感情和物象的关系上是个例外，在一般作家笔下，感情的失衡状态，对比的效果强烈，比较容易驾驭。这种失衡状态，可能多种多样，其中之一就是物是人非，客观的物理世界没有变化，而人事却变化很大。在我国古典的抒情诗歌中，这种办法是常见的。如王勃的《滕王阁》诗：

闲云潭影日悠悠，物换星移几度秋。阁中帝子今何在，槛外长江空自流。

阁中帝子（权当人吧），因为时间的变迁，消失了，然而，象征时间的江水却没有变化。诗人面对流动的水而静止凝视，由于变与不变的对比，感情由此而得到强化。

第二种情况是，物非人是，客观的对象变化了，而人的感情却没有变化，如陈陶《陇西行》：

誓扫匈奴不顾身，五千貂锦丧胡尘。可怜无定河边骨，犹是春闺梦里人。

对比很强烈，有一种惊心动魄的效果。不过，运用得更多的则是物是人非的办法，如刘禹锡《乌衣巷》：

朱雀桥边野草花，乌衣巷口夕阳斜。旧时王谢堂前燕，飞入寻常百姓家。

刘禹锡《石头城》：

山围故国周遭在，潮打空城寂寞回。淮水东边旧时月，夜深还过女墙来。

韦庄《台城》：

江雨霏霏江草齐，六朝如梦鸟空啼。无情最是台城柳，依旧烟笼十里堤。

崔护《题都城南庄》：

去年今日此门中，人面桃花相映红。人面不知何处去，桃花依旧笑春风。

这不仅仅在诗歌、散文中是常见的，而且在一般叙事作品中、电影中也是常用的手法。如情人的信物、烈士的遗物等等，往往成为故事情节和人物关系变幻的重要环节。这就突出了人生短暂的感觉。总的来说，情感的表达在物与人之间、在环境与心情之间二者平衡，很少能激起人的情感的波澜，而二者的不平衡，则没找到情感的契机。这当然不仅仅是技巧问题，同时也是人的情感的能量问题。

（本文由孙彦君执笔）

下雨天，真好/琦君

作者一开头用了两段的篇幅，强调她和别人不同，喜欢下雨天，哪怕是下个没完，墙壁上冒着湿气也好。这两段是个引子。为什么要写这么长呢？开门见山不是更好吗？当然，那也是可以的。但这两段里有一个关键词句："好像雨天总是把我带到另一个处所，离这纷纷扰扰的世界很远很远。在那儿，我又可以重享欢乐的童年。"原来这里有文章的立意：一是，现实生活是"纷纷扰扰"的，得有一种比较深远的印象来超越它，才能远远地脱离它；二是，引起童年的回忆，和纷扰的心情不同的、欢乐的回味，充满了诗意。

文章所写的童年片片断断的回忆，其间没有任何联系，会不会杂乱无章呢？有可能的。因此，作者采取了两个办法：第一，所写都是跟雨有关的；第二，因为下雨，才有了不同于平时的欢乐。要注意，"用雨珠子串起来",这个比喻,不是说说的,在结构上起贯穿全文的作用。这一点到文章最后才可以看得清楚。

才六岁,下雨了,妈妈不用早起做饭,就可"多睡一会儿懒觉",要妈妈讲故事。妈妈讲了瞎子"好坏"的事,但妈妈宽容他,同情他的"穷"。这给孩子留下了"菩萨"的感觉。文章中,不着痕迹地用一系列并不强烈的词语,如"母亲暖和的手臂弯""热被窝""最幸福的""吵着""闭着眼睛""这瞎子好坏啊",等等,营造了一种温馨的、善良的心理氛围,而孩子则自然地享受着宠爱。善良,像菩萨一样的善良,是第一个回忆的基调。

回忆中的第二件事,就比较复杂一点了:欢乐与学业的矛盾总是隐隐存在。孩子喜欢下雨,是因为教师来得晚,可以晚一点被捉进书房,可以在阴沟里、烂泥地上任意玩水。"大人们个个疼我",下雨天就更有了逃学的借口。为了不被逼着认方块字,甚至一心期望有脚气病的教师,在来的路上摔个大跟头。这不是很不善良了吗?但是,贪玩中的自私有孩子气的天真。她对患脚气病的痛苦还没有体验,也想象不出学业荒废的后果。从理论上说,这就叫做"审美情感价值超越实用价值"。对于这一点作者似乎有些偏爱,笔墨有点不厌其烦,文章后面还有趁大人打牌,"丢开功课",躲到楼上"造反""偷吃"。

孩子的活泼天性虽然把学业的压力挤开,但是下雨的欢乐渐渐不像童年时期那么单纯了。下雨天孩子的欢乐,本来和母亲的欢乐是一致的,但是越到后来,自己的欢乐和他人的忧愁越是有对照。除了老师以外,还有一笔反衬:懒惰的四姑,抱怨下雨天"讨厌死了","伤风老不好"。而且这样的话,还是她在写情书的时候,被作者偷偷看到的。这和作者享受下雨天一对照,就很有点幽默感了。

对下雨天的第三种欢乐的感觉,就更丰富了。母亲为黄梅天到处"粘溻溻"而烦恼,而父亲则端着茶壶坐在廊下"赏雨"。这么大的感情反差,用笔却十分精练,都是叙述性语言,几乎没有描写和渲染。从文章开始,一直就是如此。哪怕写到雨中的花,多种多样的花,仍然是比较简约:

现代散文 | 81

院子里各种花木，经雨一淋，新绿的枝子，顽皮地张开翅膀，托着娇艳的花朵冒着微雨。父亲用旱烟管点着它们告诉我这是丁香花，那是一丈红。大理花与剑兰抢着开，木樨花散布着淡淡的幽香。墙边那株高大的玉兰花开了满树，下雨天谢得快，我得赶紧爬上去采，采了满篮子送左右邻居，玉兰树叶上的水珠都是香的，洒了我满头满身。

这么多花，本该有多少形容，多少渲染，但是，除了玉兰花连上面的水都是香的以外，其他的可真是点到为止。为什么呢？因为只有玉兰花的香气和作者外部的动作和内心的欢乐、善良密切相关。

　　下雨天的第四种欢乐，又不同了。大家都欢乐，但是各有不同，这是一种复合的欢乐。从孩子这方面来说，有她的贪玩、好吃、调皮、任性、自私、善良，所有这一切都统一在"做喜事感觉""说不出的开心"里。在热闹的氛围中，不同的人，欢乐是不相同的。母亲的善良，对穷人的宽容，前面已经写了一笔瞎子的故事，这里又浓浓地写了一笔：在听唱鼓儿词的时候，为古人担忧，眼圈"哭得红红的"。父亲的高雅，这里也补了一笔：在这样热闹的时候，他却一个人去作他的"唐诗"去了。注意，这里的"唐诗"是有引号的，非常含蓄地暗示，只是他自己以为是"唐诗"罢了。这一笔，有双重的结构功能：一是在这里好像是顺带一笔；二是在后面写到父亲的死，还要和诗联系在一起。那是文章很有特色的地方。

　　文章写雨，按着一年的时间顺序，写过了黄梅雨，就写八九月的台风雨了。这里的欢乐，就更有特点，更加孩子气了。一方面是妈妈为阴雨使得稻谷发霉而忧愁；另一方面，则是孩子因为可以不读书了，整日拣霉曲，"这工作好好玩"，"真开心"。下雨天真好，这个"好"字，到这里，又做出一种"好"味道来。这个"好"，是和母亲的"忧"，家庭的经济损失交织在一起的。孩子和母亲对雨的感受有了反差，这个"好"，和上面的逃学比较起来，就更加显出孩子的天真无知了。

　　写到这里，所有的下雨天，在孩子的感觉中，都是好的，快乐的。接下去，如果再这样写，要避免重复，难度就大了。于是作者换了一种写法。到杭州念中学，离开家乡了。这时下雨天好不好、欢乐不欢乐呢？本来是快乐的，可以不上体育课，一个人撑着伞，孤独地溜到树底下，感到雨点滴在大伞上，"思念远方的母亲"，"心里有一股凄凉寂寞之感"。这似乎没有什么欢乐可言了，但是，还是很好，好在一个人想念母亲，回忆下雨天缠着母亲，"雨给我一份靠近母亲的感觉"。这种"好"和前面的"好"很不相同，一方面是凄凉的，另一方面仍然是很美的。从这里可以看到，美、诗意，并不一定就等于欢乐，甚至痛苦也可能是美好的，即所谓"凄美"。

这里，文章的主题深化了，人也成长了，欢乐和美好的关系，开始有区别了。

接下来的一段，是写父亲的死，则完全谈不上欢乐，但是仍然写得很美好。先写回到故乡，父亲的书斋（没有忘记贴近题目点一下"听雨楼"）：

> 桌上紫铜香炉里，燃起檀香。院子里风竹萧疏，雨丝纷纷洒落在琉璃瓦上，发出叮咚之音，玻璃窗也砰砰作响。我在书橱中抽一本白香山诗，学着父亲的音调放声吟诵。父亲的音容，浮现在摇曳的豆油灯光里。

要是一般的作者，一定是要着重写父亲的死，可是这里却没有，而是着重写重回父亲的书斋，模仿父亲诵读古诗，用这来构成一种怀念的境界，让父亲的音容浮现。这就让悲痛的成分减少，让悼念的美好情绪增强。由此而引起回忆：

> 记得我曾打着手电筒，穿过黑黑的长廊，给父亲温药。他提高声音吟诗，使我一路听着他的声音，不会感到冷清。可是他的病一天天沉重了。在淅沥的风雨中，他吟诗的声音愈来愈低，我终于听不见了。

写父亲的死，本来应该是很悲痛的，但是，这里没有一点悲痛至极的情绪，而是一种淡淡的哀愁。这是因为：第一，作者故意把它放在回忆中，拉开时间的距离就不同了，记不记得普希金的"那过去的一切就成为亲切的怀恋"；第二，把这放在诗的吟诵里，就是死亡，也转化为诗歌吟诵之声的缓慢消逝；第三，缓慢的死亡过程，也用诗的吟诵声沟通父女之间的心灵。所有这一切笔墨都表明，作者有意把悲痛的病和死转化为诗。病和死都是不欢乐的，但是在诗的氛围中的病和死，却是美好的。只字不提死亡，是独运的匠心。文章题目"下雨天，真好"，一个层次一个层次地"好"下来，从童年的无忧无虑的欢乐的美，到长大了感受到生命消逝的悲痛，都由着雨的媒介，走向把病和死诗化的美。应该说，对父亲的死，写得比童年的美，更有特色。

最后一个场景，还是雨，是在西湖边，偏爱雨中沉静徘徊，想象古代诗人咏梅的名句，流连忘返。在这样的情境中，忽听得悠扬的笛声，吹笛者慢慢走来，说了一句"一生知己是梅花"。接下去是：

我也笑指湖上说，"看梅花也在等待知己呢。"

对吹笛者，不叫"吹笛子的"，而叫做"弄笛的人"。这个"弄"字，大有古典趣味。"弄"是戏弄、把玩，用在音乐中，指奏乐，也含"玩赏"之意。当年司马相如到卓王孙家饮酒，就以"弄琴"把个小寡妇卓文君"弄"得神魂颠倒。古典琴曲有《梅花三弄》，这里笛子与梅花之间，用一"弄"字，就颇有韵味。而且这种沉郁的古典韵味，竟使得弄笛者和我之间的关系，有点朦胧，读者只能从情调上感觉到，这里似乎有恋情，但是和写父亲时只字不提死亡一样，这里也是只字不提恋情，只有"知己"两个字算是线索。当然"知己"也可能是友谊，（王勃《送杜少府之任蜀州》："海内存知己，天涯若比邻。"）但是，友情不会这样缠绵：

雨中游人稀少，静谧的湖山，都由爱雨的人管领了。衣衫渐湿，我们才同撑一把伞绕西泠印社由白堤归来。湖水湖风，寒意袭人，站在湖滨公园，彼此默然相对，"明亮阳光下的西湖，宜于高歌，而烟雨迷濛中的西湖，宜于吹笛。"我幽幽地说。于是笛声又起，与潇潇雨声相和。

从整个气氛来看，已经不是朋友的性质了。朋友有言可以直陈，不会这样一味心领神会，脉脉含情。笛声本已"悠扬"，听者语言又是"幽幽"，没有一个"爱"字，却营造了一种爱情的氛围：静谧湖光，二人"管领"（独占），寒意袭人，衣衫渐湿全不顾。这里表面上似乎没有提到欢乐，作者最后说，二十年前的回忆"低沉而遥远"，但正是这"低沉而遥远"，构成一种深沉的回忆。美好的湖光水色，加上美好的恋情，再加上遥远的追思，这一切交融起来，就显得加倍的美好，并富于诗意了。

下雨天真好，从童年六岁好到中年（谈恋爱已经二十年了，应该是四十左右了吧），不同的生活经历，断断续续，本来不相连贯，但是，如文章开头所说，被雨珠子串在一起了。这个比喻很精致，但却不精确，因为雨珠子是大同小异的，而文章中用雨珠子串起来的事和情，却是不尽相同的。因为不同才显得多彩，因为都是和雨所牵动的人情有关，所以才息息相通，构成一个有机整体。

窃读记/林海音

文章的主干是一个故事，由两次"窃读"组成。第一次被老板发现，遭到拒绝。第二次是得到一个好心店员的理解，主动提供书本。如果仅仅写这样两个过程，文章有趣、动人程度也就很有限了。但是，文章采取了另外一种办法，显得十分动人，相当有趣。这种动人的魅力从何而来呢？

是从场面描写而来的吗？好像有一点道理。

作者对于书店的环境，附近饭店的气味和声音，书店里顾客的拥挤等等，都有许多挺生动的描写。但是这种描写，给我们一种很有节制的感觉，显然都限于营造环境和氛围，而不是人物主体。对于在故事中起作用的人物，例如那个狠心的老板，是怎样描写的呢？当她读得入神的时候，一只手压住了那本书："你到底买不买？"这一声惊动了其他的顾客，弄得作者"羞惭而尴尬"，"我抬头，难堪地望着他——那书店的老板"。读者本以为要花一点笔墨来丑化一下这个老板了，但是，接下去只有一句：

  他威风凛凛地俯视我。

连他长得什么样子，多大年纪，穿着什么衣服，说话的声音有什么特点等等，都没有写。后来，到了故事的转折点，对于那个好心的店员的描写，也只有这么几句：

  一个耳朵架着铅笔的店员走过来了，看那样子是来招呼我的（我多么怕受人招待），我慌忙把眼睛送上了书架，装作没有看见。但是一本书触着我的胳膊，轻轻地送到我的面前："请看吧，我多留了一天没有卖。"

对一个如此关爱自己的人的外表、表情、衣着、声调、神态，居然只有一句话的描写："耳朵架着铅笔"，连目光如何都没有写。很明显，文章的着力点不在这里，而是孩子的内心。当孩子被老板逼出书店之时，孩子的心理反应是：

  店是他的，他有全部的理由用这种声气对待我。我用几乎要哭出来的声音，悲愤地反抗了一句："看看都不行吗？"其实我的声音多么软弱无力！

写对方的外表，只有一句；而自己的内心，却写了四句。第一句是无可奈何（世俗的"全部理由"）；第二句是自我感觉（要哭出来）；第三句是"悲愤地反抗"（看看，并不是拿走，无损于书）；第四句是自知之明，说是悲愤地反抗，其实声音"软弱无力"。从这里可以看出，作者不打算用外部世界、客观对象的描写来感动读者，而用孩子气的主观的、内在的情感活动。

这种内心的情感相当活跃，又相当有特点。既有环境的、现实的特点（在人家店里，无可奈何），又有孩子的特点（几乎要哭了）。更为生动的是，不是一般孩子，而是一个有点反抗性的孩子，就是在这样被动的情势下，口头不认输，不直接承认自己买不起，而是找一个理由"看看"。这种口头上的不认输特点，是硬中有软。在自己内心，在别人感觉不到的自我感觉中，则坦然承认自己"软弱无力"。

心理活动，既反映着环境的压力，又体现年龄和个性，这就是文章动人、有趣的原因。读者表面上是在读故事，为故事所吸引；实际上，是为孩子在故事进展中的心理变幻而感动。第一次"窃读"，心理变幻层次就可以称得上丰富的：先是看到顾客很多，感到"安心"，然而又为书可能卖完了，感到"担忧"。进入店门时，是"暗喜"，找到书以后，是"庆幸""高兴"（"专候我的光临"的感觉）。而被老板压住书本以后，则是"羞惭而尴尬"，"涨红了脸"，"悲愤地反抗"，"软弱无力"。在众目睽睽之下"狼狈地跨出了店门"，而内心则充满了不平（"仿佛我是一个不可以再原谅的惯贼"）。

故事是很简单的，一个孩子在书店里站着读书，被老板阻止，只好离去了，就这么平常。但就是在这样简单平常的事件里，孩子的感情变化却是很不平常的。在展示这种情绪和感觉的过程中，渗透着对孩子求知欲望的同情，还有对社会不平的批评。

接下去，是对以往"窃读的滋味"的回忆，也是很有孩子气的。一方面是"如饥饿的瘦狼，贪婪地吞读"；另一方面又是"惧怕"，到一定时候，便"知趣"地放下书，"若无其事地走出去"。求知欲强烈和伪装的幼稚，相辅相成，构成了孩子自尊和自卑。尤其是在书店躲雨的时候，装着

"偶然避雨"，又装着皱起眉头担心雨下不停的样子，可是心里却在希望雨下得越大越好。在这种时候，感动读者的不仅仅是"求知的欲望这么迫切"，而且是孩子气的狡黠。

作者在窃读上花了很多篇幅，但是趣味并不同，不断变化，显得挺丰富。被迫离开，很有趣味；伪装随意翻阅，也有趣味。享受到阅读之乐，也是有趣的，不过这时的趣味，成了另一种类型：

> 当智慧之田丰收，而胃袋求救的时候，我便从口袋里掏出花生米来救急。要注意的是花生皮必须留在口袋里。

求知欲得到满足，肚子感到饥饿，一个是心灵的，一个是生理的，二者不同层次。但是，用一对比喻："智慧之田"和"胃袋"，用"丰收""求救""救急"，把二者联系起来，这样表面上是"用词不当"，但笔法是语义错位，是自嘲，是幽默，把自己写得可笑。但正是在这种自嘲中，读者和作者共享孩子的喜悦和自得。

不能忽略的是，花生米这一笔，不仅仅在于表现了此时的心情，而且为最后的主题升华埋下了伏笔。（这一点要读到最后才明白。）

虽然写得如此丰富曲折，孩子的心灵变幻仍然没有结束，接着又生发出"由贫苦而引起的自卑感"，严重到"对人类的仇恨"。并且还引用了一首小诗来渲染。从某种意义上来说，这首小诗，与作者"窃读"的故事完全不相干，但花了不少篇幅。如果认为这是多余的，也不是没有一点道理，但是和后面遇到的好心店员联系起来，就可以发现，二者在情绪上是一个鲜明的对比。小诗渲染的是对人类的"仇恨"，充满愤激的反语：买不起书的孩子，"希望自己从来没有认过字母"；买不起肉的孩子，希望"生来没有学会吃东西"。而接着发生的，却让孩子感受到人对人的爱心。

那么这一笔是对比，用来烘托反差的强烈。

在本文中，对比是很多的，整体的对比中套着局部对比。前面老板的无情和后面店员的好心是整体的对比，而这里的仇恨和后面的爱心又是局部的对比。正是这种双重的对比使得文章的结构显得严密。

对比的特点是两个极端，但是作者并不因为对比，而把人物内心的情感仅仅限定在两个极端上。在两个极端之间，作者没有忽略丰富的层次。孩子经不住求知欲的诱惑，重新到书店"窃读"，先是提防"难堪"的焦虑，接着形容读后的快乐如"喝醉了酒似的"，"踉踉跄跄，走路失去控制的能力"，"被快乐激动得忘形之躯，便险些撞到树干上去"，这是自嘲。有时，书店架上的书找不到了，便"愤愤"地想，"世上有钱的人这么多，他们把书买光了"。这在表面上是"愤愤"，实际上是自我调侃，表现自己的愤激是多么幼稚。

把双重对比和丰富的心理层次结合起来，是本文最明显的特点。

写到这里，已经占了全文的五分之四。从构思上来说，这还没有接触文章的主体，文章的主体是好心店员的出现。所有这一切都是为了衬托这个好心店员。照理说这个好心店员应该用最大的篇幅去描绘，用浓重的笔墨。但是前面已经指出过了，这个重要人物的描写却只有三言两语。作者把重点放在自己无声的、不可见的情感变幻上。的确，情感变幻是很丰富的，层次是很细致的：先是接过好心店员的书"害羞"得不知如何是好，后是"冲动"得没有法子把注意力集中在书上。一下子"吞食"了书中所有的智慧以后，走出书店，"浑身松快"。总计起来，这三个层次，和前面的内心活动比较起来，是不是有点单薄？如果光是从心理层次的变化来说，的确有一点。但是，接下去有一笔，看来是闲笔，却不可忽略。那就是：花生米。本来忘记吃花生米表现了读得入神、忘情、陶醉了，但是这最后一笔，却不是为了忘情，而是为了触发作者想起老师的话：

"你是吃饭长大，也是读书长大的！"

这一句很精彩，比全文任何一句都有思想的光彩：读书的意义一下子提高了，不仅是在求知欲的满足上，而且是在精神的成长上。但是，作者还不满足，立意在高度上再次升高：

但是今天我发现这句话还不够用，它应当这么说："记住，你是吃饭长大,读书长大,也是在爱里长大的!"

这一笔很有力,也许可以说就是古代文论中所说的"豹尾",很有思想的力量。力量来自三个方面:首先是把窃读曾经引起的对人类的"仇恨"转化为"爱"。其次是用"爱"来消解仇恨,作为长大的表现。而这比之吃饭,比之读书,更具有深刻的内涵。最后,这一笔和前面在书店中"窃读"中看似闲笔的花生米,构成有机的联系,使结构显得完整,没有任何游离的、可有可无的笔墨。

最后,让我们回忆一下,梁晓声的《慈母情深》的最后,作者也说他突然觉得他"长大"了。在那里,"长大"的意思是,理解了母亲对他的爱,集中在对他在心灵上、在智慧上的成长。为了这种成长,不惜一切代价。把母亲给自己买书的钱买了营养品(水果罐头),哪怕是给母亲,也是辜负了母亲的心意。终于悟出来,拿着母亲再给他的钱,他再没有权利买别的东西。这里也有一个"长大",这个"长大",则是对人生的理解:在受到自私的人的歧视以后,不要忘记,世界上还有善良的人。理解了善良人的爱心,才算是真正长大。这种长大,比之吃饭长大、读书长大,要深刻得多。

日历/冯骥才

这一篇文章和前面的文章都有很大的不同,以前的文章都是记叙或者抒情的,但是读完这一篇,你很难把它归入记叙或者抒情之列。比如开头第一段就不像:"我喜欢用日历,不用月历。为什么?"再如最后一段:"现在我来回答文章开始时那个问题:为什么我喜欢日历?因为日历具有生命感。或者说，日历叫我随时感知自己的生命并叫我思考如何珍惜它。"这不是议论吗？是的，是议论，通篇可以说是以议论为纲，其中最精彩的部分，还带有相当浓厚的哲理、格言色彩。

但是，议论、哲理、格言是抽象的，理性的，可是通篇文章留给我们的印象，却并不太抽象，也不完全是理性的，相反，总体来说，感性很强，相当形象，有些地方甚至可以说有些抒情色彩。

文章的结论（主题），是关于时间、生命的：日历可以使人随时感知生命，叫人思考生命的可贵。这些如果直接把它亮出来，是很难动人的。因为太抽象，看不见，摸不着。作者用了两千多字的篇幅，绕了几个弯子，越过几个层次，才得出这个结论，当然主要靠推理、逻辑。但是作者着力追求的，不全是抽象的推理，而是用相当形象的话语来进行推理。冯先生是文学家，在这方面可以说是得心应手。

议论的第一个层次，把时间和生命转化为日历和月历，这就比较有感性了，看得见，摸得着了。但是，他说日历比月历更叫他喜欢。为什么呢？因为月历不如日历那么有感性。月历一年才换一本，而日历却是每天撕一张。撕下日历意味着"明天"，明天就意味着"希望"，这两个字眼，本来也有点抽象，但是他认为，明天不像未来那样空洞，它是具体的。用什么办法把具体的感觉表现出来呢？他这样写："它就守候在门外。走出了今天便进入了全新的明天"，守候在门外，是感性的，走出、进入也是具体的、感性的。这已经可以说具有形象性了，但是，以作者的才情，生动的形象还是滔滔不绝地涌现出来：

> 白天与黑夜的界线是灯光；明天与今天的界线还是灯光。每一个明天都是从灯光熄灭时开始的。

界线、灯光、灯光熄灭是感性、形象的，今天、明天也就带上了形象性。有了这一切，形象、感性是有了，作者是不是就满足了呢？没有。他还要把感情强化一下，来一点抒情：

明天会怎样呢？当然，多半还要看你自己的。你快乐它就是快乐的一天，你无聊它就是无聊的一天，你匆忙它就是匆忙的一天。

把主观的、个人的感情强调到决定表现对象的性质，在文艺心理学上叫做"移情"，在中国古典诗论中叫做"一切景语皆情语"。这是抒情的基本办法：如果你是豪迈的，那你眼中的日出就是辉煌壮丽的；如果你是热情浪漫的，那你笔下的阳光就带着浪漫的色彩；如果你特别欣赏悲剧的美，那你写出来的日落，也就有某种悲剧的美；如果你是孩子气的，那么你眼中的云，也就可能老是走错路、慌慌张张、昏头昏脑的。冯先生在这里说自己的心情决定了日子，用的就是抒情手法，不过说得更加极端一些，为了增强情趣。

　　这才是文章的第一个层次，也就是情趣的层次。

　　但是，这篇文章的主要风格并不完全是抒情性的，而是一篇带着很强理性的散文。光有情趣是不能完成设定的任务。下面的文章表明，在情趣达到一定程度的时候，就得设法提升到一种新的趣味境界：

　　如果你静下心来就会发现，你不能改变昨天，但你可以决定明天。有时看起来你很被动，你被生活所选择，其实你也在选择生活。是不是？

这种语句，是不是有点哲理的味道？为什么会给读者一种哲理的、格言的感觉呢？这个问题并不一定很好回答。关键是，这里有矛盾的强化和转化。人都想变，但是既成现实（昨天和今天）不可变，这是矛盾，明天却可以改变，这是转化。这个变，是今天和昨天决定的。被生活选择，和选择生活，既是矛盾，又是转化。矛盾和转化是哲学辩证法的核心。上述句组，既有对立，又有转化，因而就带上了哲理的深邃性，而且由于语句简洁，突出了格言的明快特点。

　　光凭几句简洁的格言，是不够丰富的，下面的一段，就在比较抽象的思考中展开。先是把明天（前面的日子）转化为"空间"，接着按哲理性的要求拓展其普遍性：人生、历史都是时间，同时也是空间。为什么要这样做文章呢？因为要突出一个意思，就是因为时间、空间都是无形的，岁月匆匆，一旦使用，就永远消失，抓不住，摸不着，甚至可能是虚无的。可能作者觉得这样长篇大论有点抽象，往往在下面一段，来些比较感性的句子，加以调节：

光阴岁月，就像一阵阵呼呼的风或是闪闪烁烁的流光。它最终留给你的只有无奈而频生的白发和消耗中日见衰弱的身躯。为此，你每扯去一页用过的日历时，是不是觉得有点像扯掉一个生命的页码？

这里要注意的是，日历是很平淡的，但是作者用了一个暗喻，赋予它以"生命的密码"的内涵。这就不但形象化，而且深刻化了。这里不但有情感，而且有智慧。

这是文章的第二个层次，不但有情感的趣味，而且有智慧的趣味，是情趣与智趣交织的层次。在这两段中最为关键的句子是："那就要看你把什么东西搬进来。"也就是在生命历程中，有什么作为。很可惜，这本来最为重要的句子，和一系列的形象话语相比，显得有点单薄，很容易被粗心的读者忽略。这也许是作者有些疏忽。但是，他在接下来的发挥中，对此作出了弥补。在访问考察归来时，过期的日历"好似废纸"，但是他不忍丢弃，因为他认为这是自己"生命的落叶"。所有这一切，都有趣味，有情感的趣味，同时也有智慧的趣味。因为对于平淡的日历，不但有情感，而且有深邃的理解：在经历一场地震灾难以后，他拍下了房屋的"惨状"。"惨状"有什么好玩的呢？他把这和残墙上的日历联系在一起，体悟到这是"生命的珍藏"。生命之所以不被常人珍惜，就是因为它太抽象了。虽然日历是具体的，但是只存在于感觉世界，而作者的文章，好处不仅仅在于把生命化为感性的日历，而且把日历和生命一起深邃化了：

由此，我懂得了日历的意义。它原是我们生命忠实的记录。从"隐性写作"（按：没有写出来的思绪）的含义上说，日历是一本日记。它无形地记载我每一天遭遇的、面临的、经受的，以及我本人的应对与所作所为，还有改变我的和被我改变的。

这种"意义"，是日历的感性中不存在的，也不是作者的情感赋予的，不是"移情"，而是作者的智慧、深邃的思考赋予日历的，这应该叫作"移智"。不是把看不见的感情，而是把捉摸不定、概括不深，甚至一般心灵无法概括的（改变我的和被我改变的）的现象，简洁地提炼出来。经过这样的提炼，心灵的光华才显示出来。这不是贴近生活所能胜任的，甚至也不是简单地用贴近自我所能解释的，而是深化自我、提炼自我，才有可能实现的。

这是文章的第三个层次，是智趣的升华，是智慧的洞察，是有才能的人艰难的自我探索的结晶。这是一般人不能到达的高度智慧的心灵境界。

文章写到这里，已经相当深刻，在一般作者眼里，也许觉得这就是闪光点了，再写下去，可能就无以为继了。但是，冯先生的才气就在于，他能进一步提出问题：为什么人们总是意识不到生命（日历）如此深刻、如此重大的意义呢？这是因为人太健忘了，而健忘又是因为生命中的大部分日子是重复的，由于重复、平庸，所以很难记忆，回忆起来"暗淡无光""空洞无物"。而记忆：

> 人因为记忆而变得厚重、智慧和理智。更重要的是，记忆使人变得独特。因为记忆排斥平庸。记忆的事物都是纯粹而深刻个人化的。所有个人都是一个独特的"个案"。记忆很像艺术家，潜在心中，专事刻画我们自己的独特性。

这是文章的第四个层次，作者对记忆这个普通的词语进行了独特的概括，这是他重新规定的内涵。在这里，不再仅仅是日历的感性形象，也不是一般的生命意义，而是更上了一个层次，就是生命也不能是平庸的，而是要独特的，有个性的。不言而喻，没有个性，就没有生命。通过对记忆的特殊概括，作者把文章提升到一个新的思想高度。但是，登上了这个高度，作者也还是不够过瘾。接着他又把这一点作更为广泛的概括，不仅仅是个人的个性可贵，而且整个人类、文化、历史的，都莫不如此：

> 广义地说，精神事物的真正价值正是它的独特性。无论是一个人，还是一种文化。记忆依靠载体。一个城市的记忆留在它历史的街区与建筑上，一个人的记忆在他的照片上、物品里、老歌老曲中，也在日历上。

这是文章的第五个层次，从个人到社会历史，从广度拓展。

接下来，是第六个层次。作者非常机智地、顺理成章地推论出，不能被动地等待独特的记忆，而是要化被动为主动，有意识地创造独特的记忆，用情感、忠诚、爱心、责任感去创造记忆。"生活就是创造每一天""为了明天的回忆"，格言式的警句都出来了，这本来可以说发挥到极致了，但还有一点不足，因为题目是"日历"，现在变成了记忆，似乎和题目有点脱节。作者显然意识到了这一点，因而加上了一句：以"创造性的劳动去书写每天的日历"。这样，就达到了首尾呼应，不论从理念上还是从结构上，都可以说是相当完整、有机了。但是作者似乎还不想罢休，最后又来了一段：

> 正像保存葡萄最好的方式是把葡萄变为酒；保存岁月最好的方式是致力把岁月变为永存的诗篇或者画卷。

很明显，这样充满诗意的比喻，是为了让这篇讲道理的文章，富于抒情性，达到情理交融的效果。

每天诞生一次／周涛

现在许多学生对写作文很头痛,老是说没有东西写。在他们看来,所谓有"东西",就是要有比较大的事件,有情节,才能写成文章;没有情节,没有事件,就无从下笔。其实,写文章并不一定要有事件,而是要有感情和智慧。汉语中"事情"这个词造得真好,"事"得和"情"联系在一起,也就是说,有事不够,还得有情。这里有写文章的深刻规律:不能光是注意事件,而要抓住事情。真正抓住了事和情,就写不完了。没有感情,就不能从平常的、平淡的、平庸的事件中,感觉到对感情有所触动的东西。有了感情,还不太够,有时还是写不出,这是因为你还没有感觉。对同样的事情,你只有和别人一样的感觉,没有自己的感觉,也还是没有东西可写;有了与众不同的感觉,就有东西可写了。

想想吧,这篇文章写了些什么东西呢?几乎可以说是没有东西。早上起来,作者自己都说了,"并不新鲜",就是天亮了,天天都重复的现象:起身、洗脸、刷牙,"一切照搬程序"。这不是记流水账吗?不能成文的。但是作者却洋洋洒洒写出几千字,而且还挺生动,挺深刻。这是为什么呢?

每天都重复的现象,每天都照搬的程序,之所以写不成文章,就是因为很陈旧,没有新鲜感。没有新鲜感,就没有意思。没有意思,就没有主题。但是,作者的整篇文章,写的恰恰是新鲜的感觉,蕴含着深邃的感情和意思。

首先,应该分析的关键词是"诞生"。作者把早晨醒来,不当成照例的醒来,而是一生只有一次的诞生。每天醒来一次,都是诞生一次。诞生的内涵发生了变化。把醒当成诞生的第一个特点，就是第一次，因为是第一次，所以本来不新鲜的感觉，就变得新鲜了。诞生第二个特点，就是意义重大，生命的开始。从无生命到有生命，未来的一切，都从今天开始。对于司空见惯的现象，有了新鲜的感觉，发现了特别的意义，文章就有了触发点。这个触发点，是文章的开始，它的感觉和意义都是要发生、发展、衍生的。从诞生生发出"陌生感"，从黑夜到光明的感觉。其次，其意义深化了，不仅仅在光明，而且在"又活过来了"。暗喻黑夜是死亡，而早晨则是生命的开端。

其实早晨并不新鲜，新鲜的是生命在醒来时的感觉。

这一句话是全文的灵魂，也就是文章成功的奥秘。作者没有去贴近早晨的现象，而是贴近自己对于早晨特别新鲜的深邃的感觉。"浑身充满着力量和欲望，睁开的眼睛含满对光亮的感激。""感激"，把新鲜的感觉深化了。这是对于生命的珍惜，也就是对诞生的一种注解，每天都是新的生命的开端，而不是旧生命的重复："不点就亮的世界，是真正伟大的恩赐！谁不意识到这一点，就是最大的忽略。""不点就亮的世界"，说得很智慧。光明，在人类生活中，都是点亮、努力的结果，可是早晨，却是不点就亮的。接下来的"恩赐"，联想顺利。这是贴近了自我智慧的成功，抓住瞬息即逝的智慧，比之贴近生活的老生常谈要深刻得多，幸运、祝福之感，油然而生。说"谁不意识到这一点，就是最大的忽略"，其实就是提醒我们，在平平常常的早晨，我们忽略了多少珍贵生命的感觉啊。为什么老是感到没有东西可写呢？就是因为我们习惯于对生命的珍宝熟视无睹。

正是因为对于生命有这样深邃的体验，所以下面罗列的起身、洗脸、刷牙就不是无动于衷的习惯，而是具有生命的意义，蕴含内在的"欢欣"。

接着的关键词是"说话"。其内涵也发生了重大的变化：不是例行公事地发出语音进行交流，而是重新体验"从死亡线上返回来"，意思是生命的复活。虽然在妻子听来都是"废话"，但是，作者却反驳说"全是真理"。从生命诞生的意义上说，这的确是真理。睡眠使语言功能休息，而说话则是"生命存在的一个重要显示"。这些重大的内涵,都是"说话"这个词原本所不具备的,作者把自己独特的生命体验赋予了它。这就是语言的人文精神,语言的创造。

接下来的关键词是:"思维"。思维本来是极其抽象的,但是,作者在这里却把它写得很形象,用了一系列的比喻:线条、炊烟、云絮、声响、炭火等等。把抽象的思维转化为形象的画图,目的是把看不见、摸不着、听不到的,变得可视、可听、可感,具有感受性,不是一般的感受,而是让读者感受"思维很美"。由此而引申到笛卡儿的哲学名言"我思故我在"上,使独特的感性与经典的哲学猝然遇合,既上升到哲学的高度,又扣紧了"每天诞生一次"的主题。

作者的意图显然是在表现,不但重复的日子是新鲜的、深邃的,是美的,而且平凡中平淡的活动,比如唱歌、阅读,也是美的。美到令人感动,感动得热泪盈眶。不但欢笑是美的,而且哭也是美的。因为生命的一切现象都是美的。

这里的关键词"哭",不能放过。这个"哭"字,在两个方面上被赋予了新的人文的内涵:

> 特别是早晨不能读好书,连平常的书也会打动我。我易感得像一个尚未发蒙的少年,读一些书时难以自持。有一次家中无人,我读着读着竟莫名其妙地痛哭起来,我哭得无所顾忌,酣畅淋漓。我哭够了,觉得胸中万里晴空,极其舒服。

这里的哭之所以动人,就是因为它不是一般的哭,而是赋予了生命的内涵,和思维、说话一样,是生命的表现,"这和婴儿无端地哭是同样的"。无端的,也就是没有道理的,是生命自然、自在、自由的表现,具有"我诞生了"亦即生命开端的意味。从这个意义上来说,一个成年人哭,"一点儿都不可耻,丝毫也不值得羞愧"。从这里,读者可以感觉到,作者是在全力把哭美化、诗化。"敢笑骂不足奇,敢哭才是真性情、伟男子。"但是要注意,这种美化和诗化,不是抒情的,而是智性的,用议论的形式来表现的。写到这里,似乎突然有了一个神来之笔,那就是"一切的一,譬如昨日死;一的一切,譬如今日生"。把昨日和今日,又一次巧妙地和死亡、生命结合起来。这显然是很智慧的,是一种智慧的美,哲学的美。

为什么是哲学的美呢?这里要作个解释。"一切的一""一的一切",这不是不通吗?不是。这是哲学意义上的命题。一,在哲学上,是世界的统一性;一切,是统一性的世界中多样性的具体表现。把这个命题引到文学中来,最早是郭沫若,他在《凤凰涅槃》最后一章,写过"一切的一""一的一切",都充满了光明、华美、芬芳、欢乐,外部世界和内心世界达到高度的统一,宇宙和人生、群体和个人的矛盾消解,达到高度和谐的理想境界。这里作者是借用,信手拈来,涉笔成理,提高文章的思想层次。在这样的思想高度上,作者可能觉得这么多抽象的议论可能影响感染力,到了文章结尾处,应该形象一点,于是就有了这样的语句:

> 我从夜的怀抱里归来,我在每一个早晨醒来,我忘记沧桑岁月,齿序年轮,我蹒跚学步,我满眼新奇,我仍然是婴儿,是赤子,扑向崭新的太阳。

本来这已经够感性了,但作者还是不放心,文章写到最后,又来了一段:

> 生命正是在每一个早晨抖落尘埃,拂掉夜幕,复归它可爱的、新鲜的本质,抖擞精神,宛如一只小蝌蚪那样游向世界和大海……无需悲观,因为每天你都能够诞生一次——和我一样。

这就是从智性的沉思,转化为感性的抒情了。这种抒情,用了渲染、反复、排比、叠加的手法,目的很明显,就是为了加强情感的力度。这是抒情常用的手法。但是当代作家,尤其是青年作家,在抒情的时候,往往回避过分的渲染,追求克制。同样的题材,如果让南帆来写,这两段文字可能就要删去大半了。这是因为,周涛是属于老一辈作家(1946年出生),从上个世纪五六十年代就开始写作生涯了;而南帆生于1957年,是从上个世纪八九十年代才开始写作散文的。周涛比较强调抒情的强烈华美，文章从文字到情感都情不自禁地追求饱和；而到了南帆这一代，世界和中国文坛的风格和流派发生了巨大的变化，太强烈、太饱和的抒情，会被看成是滥情、矫情，故克制感情，追求冷峻，强调叙述的功夫，成为一时的风气。

蚂蚁/南帆

如果你面前出现了一只蚂蚁，为一粒饼干屑而奔忙，此外什么事也没有发生，就是看着它忙忙碌碌，如此而已，你能写成一篇文章吗？如果硬要你写，你会写些什么呢？我想首先出现在你的脑海里的，就是一些现成的想法。如蚂蚁是勤劳的，蚂蚁是渺小的，但生命力是顽强的，等等。此外，你可能就没有什么可写的了。在你写不出的时候，有一种关于写作的理论告诉你，要贴近生活，在写蚂蚁的时候，就要贴近蚂蚁，观察蚂蚁。于是你会观察到一些细节，但有了这些细节，你能写成文章吗？可能还是写不成。

现在我们来看南帆先生，他写了一只蚂蚁，这只蚂蚁可以说什么事情也没有做，但他居然写出这么多，而且这么奇特。其中的奥妙何在呢？

我们来看第一小节：

一只蚂蚁畏畏缩缩地爬上了我的书桌，如同一个成功的偷渡者。

在这里，最动人是哪些词语？无疑是"畏畏缩缩"和"偷渡者"。"畏畏缩缩"有一点像是客观的描写，但也许并不尽然。因为"畏畏缩缩"是心理状态，而且是属于比较高级的动物，蚂蚁是不是有可能具备这样的心理，是可以存疑的，而"偷渡者"则肯定不是对蚂蚁的准确的反映。对于蚂蚁来说，没有什么偷渡不偷渡的问题。这不是不真实吗？不真实，还会动人吗？但是，"偷渡者"在这里，恰恰是很动人的。稍稍思索一下，就不难感到，作者在对蚂蚁作这样的描写的时候，并不追求准确、客观，相反，他有意带一点主观。什么样的主观呢？夸张蚂蚁的小心翼翼，把它说成"畏畏缩缩"，好像充满了危险似的，字里行间流露出这样的胆怯没有必要，完全是神经质。尤其是把它说成"偷渡者"，是有意的用词不当。"偷渡"是一个政治法律概念，涉及国际法的范畴，把蚂蚁的行为列入这个范畴，有点不伦不类。但正是这种不伦之比，产生一种不和谐，一种可笑的、诙谐的趣味。

懂得了这一点，就不难明白，蚂蚁的形象之所以生动，不是贴近了蚂蚁的特点，而是贴近了作者诙谐的感情。这一点，如果在第一段看得还不十分清楚，到了第二段，就越来越清楚了。说作者的书桌是一个"陌生的大陆"，这是承接上面的"偷渡者"而来，不过把偷渡的效果更加强化了。接着说这只蚂蚁是"孤独"的，"有点胆怯"，"谨慎地左顾右盼"，"不放心地"退回，向另一个方向"试探"，这些词语，都是"偷渡者"心理特点的延续，其中当然有夸张，但并没有跳跃性地提高。而到"作出某种重大的判断""下定决心""义无反顾""信念坚定"等时，就不同了，这里有一种英雄气概似的，夸张的程度提高了，不伦不类的效果强化了，诙谐的趣味更明显了，幽默感就油然而生。文章的趣味、生动，就是在这些看来用得并不恰当的词语之中，而这些词语，恰恰准确地传达了作者对于蚂蚁的特殊感情。从这里我们可以体会到，所谓"准确用词"有两个意思：第一，是一般意义上的，也就是工具意义上的；第二，作者主观态度上的，可能是抒情、诗意的，也可能是调侃、幽默的。

对小动物采取幽默调侃的态度，南帆并不是唯一的一个，许多作家都有这样的倾向。文章分析、情感分析的最高要求，就是把作者个体化的、不可重复的特殊性揭示出来。南帆的诙谐、幽默的特点不是充满热情的，而是有一点冷峻的。你看，在观察蚂蚁爬过书桌上的"阳光地带"时，他写道:"微小的身躯透彻晶莹,没有一点杂质。""透彻晶莹"这一用语好像是比较美的,但是,"不带杂质"的描写,并不带诗意。这样的话语,好像不是出自文学家的情感,而是出自化学家的冷峻观察。仔细阅读作者的文字,会发现在他的诙谐幽默中,有一种冷眼旁观的姿态。

把蚂蚁写得这么有趣,但作者自己并没有为之激动,也没有同情,没有感动,仍然是一以贯之的冷眼旁观:

我在稿纸上写下两个字:"蚂蚁"。

这算什么呢?是抒情吗?我相信,没有一个抒情作家会这样写,因为在这样的文字中,似乎作者无动于衷,一点感情都不想流露。浪漫主义诗人不是有一句名言,"一切的好诗,都是强烈情感的自然流泻"吗?通常我们不也常说"以情感人"吗?一点感情也不流露怎么感人呢?但是,文章越是读下去,越是有趣。

作者写蚂蚁发现了一粒饼干屑,居然"惊奇"了,居然还"快乐得就要晕过去"。很明显,幽默感强化了。因为饼干屑,在人类眼中微不足道,而蚂蚁的反应却是乐不可支。强烈的反差,产生的不和谐感,产生的趣味,不同于抒情的趣味,而是诙谐的趣味。有了这样的诙谐和幽默,已经够生动了,可是作者才气还没有用尽,得心应手地又加上一层渲染:"意外的战利品"。用庄重的军事术语来形容这么渺小的事情,幽默感随之强化。接下去,又换了一个角度来调侃:蚂蚁在瞬间"明白了运气的含义"。蚂蚁当然不可能有这样复杂的思维,把这样高级的思维和微不足道的蚂蚁联系在一起,反差越大,幽默感越强。

如果继续这样写下去,幽默下去,也不是不可以,但是南帆不是那种满足于单纯地、无限度地运用幽默感的作家,毕竟幽默也属于情感,不过是一种特殊的情感,而南帆是比较理性的。所以接下去,他就不再幽默了,而是以冷峻的思索代替了幽默的调侃。他说蚂蚁的幸福是"渺小的",事实上,他的内心感到,这样的幸福是可笑的、可怜的,甚至是充满了危机的。蚂蚁无从知道自己幸福的局限,无从感觉在冥冥之中,很可能会无缘无故地来了"某一根手指","顷刻之间就能将它捻成碎末"。在可爱的小生灵的无比幸福感中,看出潜在的灾难性的危机,这是很无情的,很残酷的。

即使在诙谐的时候,也是很残酷的,很冷峻的,这就是作者的特点。

作者的冷峻的特点,还不止于此,他的冷峻是很彻底的,不但对于小动物,而且也对于自己。他接着写道:

> 我并没有感到自己比蚂蚁优越,也许,在另一个高度上面,同样有一副眼光正在注视着我,主宰我的命运——一切正如我之于蚂蚁一样。

这太冷峻了,冷峻到了有点冷酷的程度,不但对蚂蚁居高临下,而且对自己的命运危机也不激动。自己和蚂蚁一样可怜。坦然地揭示这样的规律,不流露任何感伤。文字上,他虽然写了"蚂蚁的幸福是货真价实的",实际上,其中的虚幻,读者已经心照不宣。面对这种情境,可能要激动一番,但是,作者却拒绝抒情,文章的结尾很是平静:

> 我伸手拿起了笔,在稿纸上写下一行字:"蚂蚁是令人感慨的动物。"

值得注意的是,这里的关键词是"感慨",而不是"感动"。因为作者没有动感情,没有用充满文采的语言,调动丰富的情感,用同情啊、怜惜啊、哀叹啊等等进行抒情,而是超越了感情,沉入了理性的思考:

> 我不知道,我是在感慨我自己吗?

别看蚂蚁可怜,自己作为人的命运,又比它强多少呢?人在何种意义上,能够驾驭自己的命运呢?居高临下地观看蚂蚁的人,在这一方面和蚂蚁有多大的区别呢?这种感慨,上升到人生哲学的性质,人类生存困惑的问题，是许多当代哲学家都在绞尽脑汁力图回答而又回答不好的问题。

南帆的幽默是高度智慧的幽默，南帆的困惑是高度智慧的困惑。

辛劳的蚂蚁/马克·吐温

南帆先生的《蚂蚁》写了：蚂蚁自以为幸福无比，但是在居高临下的人看来，幸福是十分不可靠的，就在它得到一点食物乐不可支之时，致使它毁灭的危机随时可能爆发。这里的蚂蚁，显然是南帆先生充满理性智慧的心灵反照。马克·吐温的蚂蚁，显然是另外一种心灵的反照。这个美国作家笔下的蚂蚁，另有一种针对性。他指出，在人们的头脑中对于蚂蚁，有一种现成的共识，就是十分辛劳。本文的题目，就是《辛劳的蚂蚁》。但如果和世俗的共识完全一致，作者就没有必要写这篇文章了。对于蚂蚁的辛劳，已经有了那么多的文章和寓言。作者之所以要写蚂蚁，就是因为发现了世俗之见中包含着许多谬误。蚂蚁并不像天主教学校的教科书里所写的那样，整日辛劳，"为冬天储存什么食粮"。如果作者把自己的任务仅仅规定为纠正这一点误解，当然也是可以写成文章的，但那将是另外一篇文章，也就是科学普及小品。本文的全部趣味，与科学普及小品迥异，作者并不严格地遵循客观观察。

作者从一开始，就带着和常识唱反调的特点，号称观察后得出的判断，都相当极端的："我好像始终没发现一个活蚂蚁比一个死了的更具有些微理性。"接着就把蚂蚁说成"欺世盗名之徒"。虽然在表面上，他摆出了一副具体分析的姿态，承认蚂蚁是辛劳的，还声明说他指的是普通的蚂蚁，排除了特别神奇的蚂蚁。这好像很讲究全面分析，绝不以偏概全。但是，他的主旨恰恰是指出，这种世界上最卖力的动物，又是世界上最愚蠢的动物。它的辛劳，它的卖力，它的顽强，都是毫无意义的。它搬运远远超过它体重的东西，并不是为了储存到自己的窝里。它们只是为搬运而搬运，没有目的，没有成效，但是坚持搬运不止。

显然，作者用尽一切笔墨，都在强调蚂蚁的愚蠢。

但是，光是揭露蚂蚁的愚蠢，可能是一篇很严肃的科学小品，而本文的风格，并不客观冷静，相反是很轻松的，很诙谐的，充满了幽默感的。蚂蚁的无效劳动，虽然是愚蠢的，但并不可恶，也不可恨，而是在可笑中带着可爱。这是因为什么呢？因为文章强调了蚂蚁辛劳和徒劳之间显而易见的荒谬。文章前面写一只蚂蚁，搬运的东西是很沉重的，比它的躯体大六倍。后面的一只，马克·吐温用很通俗的比喻这样形容：在二十分钟内所从事的劳动，其分量相当于人将两匹各重八百磅的马绑在一起，扛着它们越过一千八百英尺的光滑的大圆石，攀登了一座像尼亚加拉河上的悬崖顶，再从那里跳下去，登上三座塔尖，每座塔高一百二十英尺，然后卸下两匹马，放在一个毫无掩蔽的地方，也不用人看守着，就一径走开，又去干另一件莫名其妙的傻事。如此辛劳并不是为了储藏食物，完全是"白白浪费"。而搬运的方向，又是和蚂蚁的窝背道而驰，加之搬运的方法又是极其笨拙的。可是，蚂蚁又十分执著，遇到障碍，如卵石，它不是绕过去，而是倒退着向上把东西往上"拽"。在艰难攀登之中，又是"扯"，又是"拉"，又是"拖"，又是"掀"，又是"爬"，又是"攀"，总之是反复地、顽强地折腾。作者用了这么多的动词来强调它的愚蠢，还不过瘾，又来了一个总结性的比喻：

> 它做这样聪明的事，有如我背着一袋面粉从海德堡去巴黎，却绕道攀登斯特拉斯堡尖塔一样。它爬到了上面，发现那地方不对头，于是它随便浏览了一下风景，接着，或者是爬了下来，或者要滚了下去。然后再一次出发——这一次仍像往常一样，又朝一个新的方向走去。

这个比喻，以显而易见的荒谬，把蚂蚁的愚蠢笨拙表现得淋漓尽致。但

现代散文 | 105

是，读者感到的，仅仅是蚂蚁的笨拙、弱智和浪费力气吗？好像不完全。在蚂蚁的笨拙中，似乎并不完全可笑、可悲、可怜、可恶、可恨，其中还有一点可叹、可爱、可欣赏的成分。为什么呢？因为它十分认真，十分执著，十分投入，十分顽强，十分天真，心无旁骛，专心致志地完成着自己的任务。它的这份执著真诚和它的笨拙弱智形成了反差或错位，构成了荒谬，隐含着作者的优越和宽容，引发了读者同情和会心的微笑。

这种对于荒谬的同情和宽容，是幽默感的特点。但是，幽默感是有分寸的。愚蠢行为往往是有害的，但是马克·吐温在这里，却把害处限定在对于蚂蚁本身，后果并不严重，这样就有了喜剧性；如果后果严重了，如蚂蚁跌断了腿，送了老命，污染了环境，毒死了人，就不是幽默了，而是悲剧了。既没有严重的后果，又愚蠢得十分执著，就比较可笑，比较可爱。关键是执著，不是一般的执著，而是达到一种忘我的执著。作者笔下的同情，显然并不限于蚂蚁，而是隐隐透露出人的心理特点：

> 它气忿地跳起来，踢去衣服上的尘土，向手上啐一口，恶狠狠地揪住它的捕获物，把它又是往这面猛力地拉，又是往那面使劲地扯。有一阵子把它向前推，然后又掉转了屁股……

这显然是超越了蚂蚁，而对某种傻里傻气的人的调侃了。在这一点上，作者很舍得用笔墨：

> 这时候它拭去脑门子上的汗，揉了揉胳膊和腿，然后，仍像以前那样狂奔疾走，又漫无目标地赶着它的路去了。它穿过许多曲曲弯弯的地方，后来又碰上了原先的捕获物。它已经忘了以前曾经见过的这玩意儿。它四面望了望，看哪一条是不通往自己的穴里的路，然后抓住了它捕获的东西，沿那条路出发。它重复了原先那些雷同的经历，最后它停下来休息。

从这里，我们是不是感到了西方舞台上喜剧角色的某些特点：十分笨拙，又十分天真,傻乎乎,死心眼,一错再错,死不悔改?这种傻劲,不但表现在自我折腾,而且表现在同类之间。两只蚂蚁的合作搬运,但是方向却相反,就是商量讨论,也无济于事,结果是"上了火",互相埋怨,打架,"揪成一团""咬对方的下巴""在地上打滚",两只都受了伤,但是,没有产生仇恨,很快又言归于好。这就显出了蚂蚁的善良,而且也显出了作者的善良:他不让蚂蚁有一点邪恶。接着又是和原先那样"痴呆"地进行工作,结果仍然是一事无成,汗流浃背的蚂蚁们,终于分道扬镳。

作者反对把蚂蚁神圣化,并没有妨碍他把蚂蚁写得很不堪:没有判断力,不能分辨好吃的和不好吃的。"它那装模作样的勤劳,只能说明它是爱好虚荣""显而易见的骗徒",这一切在生物学上是不是有充分的根据,已经不重要了,作者实际上是借题发挥,他要表现的完全是对人的讽喻。这种讽喻,令人想起西方戏剧舞台上那些可爱、笨拙的小丑,做着蠢事,又专心致志,自我折腾,又洋洋自得。这样的精神状态,从根本上说,并不是蚂蚁的,甚至也不是某些智力低下的人们的,而是包括作者和你我在内的人类共同的弱点。这种弱点,不仅仅是可笑,而且是可爱的。

从这个意义上来说,这样的文章,以幽默的笑,开阔人的心胸,超越单纯的实用理性,以审美的情感价值看待人,不但能够欣赏人的优点,而且对人的缺点、毛病、愚蠢也能够欣赏。换一个角度,不从正剧的角度,而是从喜剧的角度,从幽默的视觉来看,人在愚蠢的时候固然是可笑的,但同时也是可爱的。笑是人与人之间心灵最短的距离,在笑声中,你和看来是愚蠢的人缩短了心灵的距离,那些犯错误的、做坏事的人,就显出了好玩的一面。喜剧小品演员陈佩斯、赵本山、黄宏、宋丹丹,为什么会得到举国一致的宠爱呢?他们所演的都是些什么角色啊,为生育男孩把自己折腾得无家可归的流浪夫妇啦,不高明的小偷啦,明明是一身痞气还要装什么英雄人物啦,反反复复卖假货、骗人啦,但是在春节晚会上,他们并不显得有多么可恨、可恶,观众暂时从政策法律的角度超脱出来,不是把他们仅仅当作政策法律惩罚的对象,而是一些为自己的情感所困扰、所折腾的人,因而被他们逗得开心无比,感到他们好玩、有趣,甚至怪可爱的。他们心劳日拙,徒劳地自我美化,为自己的鬼点子而自鸣得意,明明笨拙得要命却自作聪明。在开怀大笑中，人们会联想起周围的人和自己类似的可笑和可爱的经历。艺术的审美价值就是心灵的解放，人生充满了愚蠢和徒劳，我们在笑他们的时候，也从他们的善良和邪恶中，感到人类普遍存在的某种弱点。

走向虫子/刘亮程

这篇文章，和南帆、马克·吐温的文章有点相似，都是写小虫子的。不过南帆和马克·吐温写的是一种虫子（蚂蚁），而刘亮程的文章虽然不长，却写了好几种虫子，先是一种连名字也可以忽略的虫子，后来是一种叫做蜣螂的虫子，最后是蚂蚁。但这种区别是表面的。三种虫子，在人们看来，是不起眼的，微不足道的，相对于人来说，是渺小的。这有什么可写的呢？如果按照某些贴近生活也就是贴近虫子的作文指导原则，对于虫子的描写，就限于这些常规的观感，那么文章就很难写，甚至写不出什么名堂来了。但是，作者之所以写得引人入胜，却不是这样，而是循着另一条思路，写自以为是的观感，一次又一次的碰壁。这是贴近虫子吗？不是，是贴近自我，贴近自我对虫子的观感的变化，也是一条成功的为文之道。

第一种虫子，很小，头只有针尖大，连名字都被忽略了。作者循着常规思维，"看得可笑"。眼见它在指甲盖上爬行，到了尽头，若是不停止，就要一头栽下去。作者由此产生了优越感，觉得这粒小虫面临危机，却毫无感觉，明明是"短视和盲目好笑"。但是，小虫却从手指底部慢慢地爬向了手心，并没有掉下去。这时，作者"为自己眼光（短浅）羞愧了"。他得出了一个结论：

> 人的自以为是使人只能走到人这一步。

这是作者自我表述的第一次错误。这里有几点值得一提：第一，写自己，并不一定要写多么光辉伟大的名堂，自己的错误也可以成为文章的核心内容。第二，并不是自己的任何错误都能写成好文章的，就是错误也有无聊的，这里的错误，本来可以说是无聊的，但是作者却把本来可能是无聊的错误深化了。他把它写成是优越感的错误，自以为是的错误，而这种由于优越感而造成的错误，并不是个别的，而是人类普遍的错误。这样写自己的错误的深刻，就在于是对人的优越感的嘲笑。人的局限性如此之明显，在某些方面连一个小虫子都不如，却常常盲目地为优越感所蒙蔽。这一点因为处于对比（手之大，虫之小，人之自以为聪明，虫之笨）之中，而显得鲜明强烈。在一些方面，人不如虫，是人的局限；人对此的不自知，是更大的局限。人的局限是宿命的，不能超越的，人的盲目优越感却是可以克服的，但是人缺乏自审，因而"人的自以为是使人只能走到人这一步"，人不能变成比人更为聪明的动物。这句话，虽然文字很浅白，道理却很深刻。自以为是的本质是人的自我封闭。从这么平淡的事情中体悟到这么深邃的哲理，这就不仅仅是贴近自我，而且是深化自我。文章的成功之道，就是关于从原始的感觉，深化为对人类局限的分析。

这种散文，有丰富的感性描写，而且相当生动，但不是引发情感的抒发，而是以智慧的思考为归结。然而，文章又不是以议论为主，而是以感性的、形象的描写为主体。

在形象的描写中，作者字里行间流露出来的趣味，既不像南帆那样冷峻，把蚂蚁写得很可叹（陶醉在幸运之中不知祸之将至），又不像马克·吐温那样幽默，把蚂蚁写得傻气，很逗，而是把小虫子写得很自如，旁若无人，可笑的不是虫子，而是自以为是的人。

接着写的是蜣螂，要对付一个比自己大好几倍的粪蛋，费尽九牛二虎之力，而"我"看得着急，要帮它一个忙，轻而易举，举手之劳而已，但不知道如何帮助才是有效，才不徒劳。作者越是强调蜣螂和粪蛋之卑微，就越显得人的智慧的有限。哪怕是出于很善良的愿望，哪怕是这么一桩小事，也是无从下手。

作者第二次直陈自己错了：究竟蜣螂是要搬东西回家，还是一味游戏，"反正我没有搞清楚"。一再为自己的智慧有限而无可奈何，这是本文的特点，这和南帆在观察动物时的态度是很不相同的。南帆是看着小蚂蚁的可笑，但也冷峻地警惕着自己的优越感，而作者则以自发的优越感开始，以嘲笑自己的优越感告终。

文章写得更为精细的是蚂蚁，也是不辞辛苦地进行着一种沉重的劳动，"背着一条至少比它大二十倍的干虫"，用嘴巴咬，用头顶，失败了，跌了个仰面朝天，又重新来，"动作越来越快，也越来越没有效果"。这当然是挺可笑的。但是，作者的立意并不仅仅在蚂蚁的可笑，而是人的更可笑。这个人，并不是因为坏心可笑，而是因为好心而可笑。他同情蚂蚁，想帮蚂蚁的忙，就把一只在近旁闲转的蚂蚁捉住，放在那只忙碌的蚂蚁前面，让它帮忙。但是，好心却没有好结果，这只蚂蚁不肯帮忙，跑了。作者以为这是因为自己"强迫它"，它"生气了"，就改了方式，把逃跑的蚂蚁捉回来，放在劳碌的蚂蚁前面：

> 先让两只蚂蚁见见面，商量商量，那只或许会求这只帮忙，这只先说忙，没时间。那只说，不白帮，过后给你一条虫腿。这只说不行，给两条。一条半，那只还价。

很明显，这个场面想象得很风趣，把蚂蚁平民化了，挺有人情味的，也挺好笑的。但是，越是想得美，越是错得厉害。作者第一次直陈：

> 我又想错了。

两只蚂蚁没有商量，没有合作，相反，打了起来：

> 二话没说，扑上去就打。这只被打翻在地，爬起来仓皇而逃。也

没看清咋打的，好像两只牵在一起，先是用口咬，接着那只腾出一只前爪，抡开向这只脸上扇去，这只便倒地了。

　　这里的可笑，也就是幽默感，是由两个方面构成的，一是小虫子，没来由地厮打，越是没道理，越是互相伤害得厉害，越是可笑；二是对"我"的调侃，越是好心，越是好心办坏事，越是可笑。文章的诙谐，借助虫子厮打的后果来突出自以为是的人的无能为力。

　　文章写到这里，对自己的调侃，或者自嘲，可以说是相当酣畅了，但是作者意犹未尽，为蚂蚁"着急"，为它帮忙，以为它会"感激"，结果，却是蚂蚁"生气了"。

　　我又搞错了。

　　这是第四次犯错误了。这样写不是显得重复吗？不，这正是幽默感的层层加码。自以为是，帮倒忙，吃力不讨好，每重复一次，对自己的嘲笑就深入一个层次。到第四个层次，可谓是淋漓尽致，人终于在蚂蚁面前认输了：

　　我这颗大脑袋，压根不知道蚂蚁那只小脑袋里的事情。

　　这当然是自嘲，同时也是自贬，但并不是自卑、自轻、自贱，因为这是虚拟的，就这一点而言，人是不如蚂蚁的。但是，这是撇开了人的其他方面的优越性而言，而这一点作者和读者是心照不宣的。正是因为这样，这里自嘲、自贬只是一种幽默，一种故意留下漏洞的、片面的智慧，一种诙谐的情趣，而不是理性的结论。这里有着情和智的交融，同时也表现了作者胸怀的宽广。

　　读到这里是不是可以思考一下：这篇作品的成功，其思考的深度，趣味的丰富，是贴近了蚂蚁的生活呢，还是贴近了作家的心灵呢？写出这样的作品来，主要是靠对蚂蚁的观察，还是靠作者内心情感和智慧的独特和深邃呢？要写好文章是靠对生活的观察，还是靠心灵的活跃呢？

中国古代绘画有一种很深刻的理论：外师造化，中得心源。流行的教条主义的机械唯物论，总是片面地强调外部世界（造化）的反映，而忽略了文章的另一个源泉，就是心灵。其实，就是"外师造化，中得心源"，也是不够完善的。因为造化和心源，在文章中，不是并列的，而是统一的，用胡风的话来说，就是主观要拥抱了客观，才能进入创作心态。用发生认识论的话来说，就是外部世界只有在被内部心灵同化了以后，才可能有文章可做。许多文章解读之所以不得要领，空话连篇，就是因为在这个出发点上弄错了。

蜘蛛／哥尔斯密

这一篇也是写小动物的，但是，显然和前面几篇有根本的不同。前几篇都是文学性的散文，作者独特的情感同化了对象，用人的心理来代替虫子。这当然是不科学的，但却是很艺术、很动人的。而这一篇则不同，是比较客观地写蜘蛛，而不是借之来写人的。虽然有些感性，用了许多情感性的话语，但是对于蜘蛛的描述，却是客观的、科学的，至少没有为了审美情感牺牲太多的客观性。

文章开头的五个自然段，就和文学性散文的写法不同，不是抒情和描写，而是说明其躯体的特点，其身体就是为了战斗，不但是为了和异类，而且是和自己的同类战斗。文章相当系统地说明，它的头覆盖着坚硬的甲胄，躯体裹着柔韧的皮壳，腿末的强壮可与龙爪相比，脚爪之长如同长矛，它的眼睛、嘴巴都带有武器的特点。除了这身体以外，还有它织的网，也具有武器的功能。作者用非常准确的语言，说明了蜘蛛织网的程序，先吐出汁液粘在墙上，然后拉出丝来，从墙的一端到另一端，接着把丝拉紧。如此这般，先是几条经线，再是几条纬线。而且说明每一端固定在墙上的线，都具有黏性，而在容易破损的地方，还以双线加固，"有时甚至织成六倍粗的丝线来加大网的强度"。这样的写法，与抒情性散文的写法最大的不同，就是对过程、性质、功能表现的不厌其烦。像"织成六倍粗的丝线来加大网的强度"这样带着准确数据的句子，是文学性散文所不取的。我们在刘亮程的散文中，看到"蚂蚁背着至少比它大二十倍的干虫"，在马克·吐温文章中，描写蚂蚁搬运的死蜘蛛，"其重量足抵蚂蚁的十倍"，所有这些都带着估计的性质，没有人会从数学的角度考察其准确性。如果这样的例子还不足以说明问题，那么，请看下面的马克·吐温对于蚂蚁运动不讲效率的搬运作了这样的比喻：

> 有如我们背一袋面粉从海德堡去巴黎，却绕道攀登斯特拉斯堡的尖塔一样。

一望而知，这是很夸张的。因为蚂蚁的爬行，充其量也不过是几公尺而已；从德国海德堡到巴黎是直线，而绕道斯特拉斯堡，多走的路则多了上千公里的迂回，这是不可同日而语的。这种文学的手法对调动读者的想象，是很有冲击力的；但是对科学性说明来说，是不恰当的。科学的数据，与夸张无缘。在诗歌中，表达感情的数字，都是靠不住的。"北国风光，千里冰封，万里雪飘。"为什么一万里下雪，却只有一千里结冰？问这样的问题，是傻气的。但是在自然科学中，尤其是物候学中，就可以对李颀的"四月南风大麦黄，枣花未落桐阴长"加以考究，为什么四月大麦就发黄了？这是阴历和阳历的差异，还是唐时的气候和今天有所不同？再说，当代的枣花开在什么时候，是在黄河以北，还是在淮河以南，都是科学家思维精密所必不可少的。

思维精密，自然有它的好处，但是也有它的坏处，那就是越精密，越复杂，也就越不生动。最精密的表述无过于数学、物理、化学的定律了，但是最枯燥的也是这些定律。因而，如果这篇文章仅仅满足于此，它就是一篇追求精确的说明文，读者有没有兴趣读下去？这已不在考虑之列。但是从下面的行文来看，文章又用了相当感性的描写，记叙了个人观察的经历，这样就不完全是说明文体，而是带上了形象的特点。这样二者结合的文体，通常叫做科学小品。科学小品的特点，就是允许用一些文学语言，带着某种形象性，甚至有些感情色彩，但是在根本性质上，它必须是客观的，以不违背科学的客观性为限度。

接下去作者就以记叙他个人的经历为主了。他看到蜘蛛织一张网要花三天工夫，这是很科学的。又发现另一只没有自己的网的大蜘蛛前来霸占，两只蜘蛛之间发生了搏斗，这也为读者提供了知识：并不是每一只蜘蛛都是自己织网的。如果光是这样交代一下，就不成其为科学小品了。作者在描述这种搏斗的时候，用了相当夸张的语言，诸如遭遇战争、侵略者、胜利者、战术、堡垒、休战、战斗、反败为胜、俘虏等等。这些都是人类正规战争的术语，用在蜘蛛身上，显然是错位的。为什么没有影响文章的科学性呢？因为就事情本身（两只蜘蛛相斗）并不夸张，只是描述其细节的时候，用了夸张的语言，并没有改变事情的性质。特别是作者在这里，并没有像马克·吐温和刘亮程那样把讽喻的对象从虫子转移到人的心理，在这里作者逗读者发笑的，只限于人的外部世界（虫子），而不是人的内在情感。

文章用感性的乃至略带夸张的语言，表现蜘蛛之间的残忍争斗，但是观察到蜘蛛网到黄蜂，却没有当作美餐，作者的洞察是蜘蛛的"量力的原则"，对于不能制服的对手，就干脆释放，而且把破损了的网放弃。所有形象的、略带夸张的描写，都是为这一相当客观的发现服务。吸引读者的主要不是作者的情感，而是作者对蜘蛛生存策略的发现。每一发现，都是一种智力的胜利。读者在这样的文章里所享受的，不同于文学性文体的情感的审美，而是心智的聪慧。

作者的行文，带领着读者，经历了几个阶段的发现。蜘蛛一次又一次地重新做网，其体内的资源并不是无穷无尽的，到一定的时候就枯竭了。它的生存就不再依靠网，而是依靠隐藏和突然袭击，有时则是依靠霸占其他蜘蛛的网。霸占和反霸占的斗争有时长达三天之久，有相当形象的描写,但这种描写,是服从于说明耗尽体内储存的蜘蛛的生存策略的。在文学与非文学的交织中,读者兴趣被调动起来,继续获得动物科学知识:蜘蛛善于保存体能,当苍蝇落入罗网时,它并不急于吞食,而等待苍蝇挣扎到精疲力竭之时,才去捕获。这其间所用的词语,诸如(避免引起)"苍蝇更大的惊惧""俘虏奋力逃走""耐心等待""俘虏的无效挣扎""精疲力竭""玩弄于股掌""胜利品"等等,其功能,都不过使过程更为有趣。用类似的手段,作者又让读者逐渐得知:雄蜘蛛比雌蜘蛛体大,雌蜘蛛如何用网将卵包起,偶遇外侵,为了保护后代,不惜牺牲生命;小蜘蛛在长成以后,自己织网,能够在三四天不得食物之时还能继续长大,但是在老了以后,失去捕食能力,往往就死于饥饿。所有这些知识,之所以有趣,就是因为它与人类的经验相异,对于习惯于以自己的经验来想象生命的人来说,都是一种知识、想象和智慧的开拓。从这里也可以看出作者的用心,凡是与人类相异者均津津乐道,而不是像文学性散文那样把人类的感情赋予动物。作者的行文原则是,凡与人类相类者大抵省略了。

读文章,不但要注意其重点表述的地方,而且要想象出作者省略了的地方。这样才能化被动为主动。

第一堂课/老舍

篇名叫做《第一堂课》,和都德的《最后一课》恰成对比。但是,二者在根本上是相同的,都是写国家遭到侵略、国土被占领以后,国民的痛苦心情。《最后一课》更多是写学生的痛苦,而这一篇主要是写老师的痛苦;都德是从学生的眼光去看老师,而老舍却是从老师的眼中看学生。当然,就是看学生,也是从教师的痛苦感觉中展开的。

这篇文章，没有开端、发展、高潮、结局，没有大起大落的变动，没有故事情节。作者凭什么吸引读者呢？主要靠教师的内心感觉。这位教师有什么样的感觉呢？到了文章的最后一段，作者把它说出来了：痛苦。

人物的内心痛苦无疑是真实的。真实的情感，说出来就是了，为什么一直到最后一段才说出来呢？这个问题是可以讨论的。跟这个问题联系在一起的是：痛苦的情感，我们在诗歌和小说中，看得也多了。

《最后一课》，写小主人公再也不能学习祖国的语言了，是痛苦的；文天祥慷慨赴义，为国捐躯，是痛苦的；国土被日本帝国主义侵占了，老师却要去给学生上课，这也是痛苦的。

文学以情感动人，但并不是任何情感都是动人的。特殊的情感，才能动人；一般的、没有特点的情感是不会动人的。

《最后一课》的情感是有特点的，一直以为自己最讨厌法语课，一旦上到最后一堂，明天就不能上了，才发现自己是多么热爱法语课。文天祥的情感更是特殊，即使是抵抗失败，即使是悲剧性的零丁和惶恐，也不当一回事，生命是有限的，只有死亡以后，历史的形象才是永恒的。

那么这一篇的情感特点何在呢？首先，是强烈的痛苦；其次，是说不出的痛苦。

文章用了相当篇幅突出痛苦的特点：

1. 上课的铃声，本来是不怕的，可是今天却很怕了，怕得很厉害："像受死刑的囚犯怕听那绑赴刑场的号声或者鼓声似的"。

2. 怕到手在袖子里颤了起来。

3. 他的脚动作反常了，不是他的意志指挥着脚，而是"脚把他带到课堂上去"。作者以这种身不由己的感觉来表现主人公的痛苦。

4. 只能听到自己的心跳，一点辣味堵住他的嗓子。到这里，点出来他的感觉的特点，是痛苦得失去了语言的能力。

5. 这种有苦说不出的感觉，不是一次性交代就过去，而是反复渲染，因为，这是主人公感觉的核心。下面一段还有一句："他的声音，好像一根鱼刺横在喉中。"

主人公的内在的感觉，如此特殊又如此强烈，如果一味这样表现下去，就可能陷于平面滑行了。接着作者就往深里发展：为什么会有这样的感觉呢？这是因为，主人公不知该讲什么。身在沦陷区，他陷于一种矛盾。他看到了学生的痛苦：

> 他们的脸都是白的，没有任何表情。
> 城亡了，民族的春花也都成了木头。

他的痛苦变成三重的，一是，他自己就很痛苦；二是，作为老师却无法解救学生的痛苦：

> 他应当安慰他们，但是，怎样安慰呢？他应当鼓舞起他们的爱国心，告诉他们抵抗敌人，但是，他自己怎么还在这里装聋卖傻的教书，而不到战场上去呢？他应当劝告他们忍耐，但是怎么忍耐呢？他可以教他们忍受亡国的耻辱吗？

感觉深化了，就是思想。这种思想本身就是很有特点的，这个特点就是两难。爱国的情感是崇高的，但是他不能作为一个英雄来领导学生反抗，他是个小人物，苟安于沦陷区，可他又不甘心当亡国奴。他不能罢课，又不能上课，他能做的，就是宣布"明天上课，今天，今天，不上了"。暂时拖延并不是他最大的痛苦，最大的痛苦是：

> 真正的苦痛是说不出来的。

这就是主人公的第三重痛苦。这种痛苦，是作者没有用文字直接表达出来的，那就是耻辱，为民族感到耻辱，为自己的无所作为感到耻辱。

耻辱，是说不出来的，但在全文中，作者把全部表现手段动员起来从几个方面加以渲染：

第一，从主人公的内部感觉（怕、颤抖、躯体被脚带着走路，嗓子里的辣和喉中的刺）和外部感觉（学生的麻木的表情和脸上的泪痕）；

第二，语言，断断续续的话语（"今天，今天，不上了！"）；

第三，内心的自我谴责（不能安慰学生，也耻于安慰）；

第四，接着是动作不灵，不听指挥的腿（迈门槛，不利索，几乎绊了一跤）；

最耐人寻味的是最后的动作。他没有到休息室去，没有和别的班的学生会面：

> 他一气回到家中，像有个什么鬼追着似的。

这里的关键词，就是"鬼"字。这个字，把两种感觉交织在一起：一是可怕；二是逃离。就这一个字，把主人公内心的惭愧和耻辱写透了。

我们读过一些爱国主义的宏大诗篇，那些崇高的爱国感情，都是以辉煌的语言加以铺张形容、坦然地加以宣布的。但是这一篇，同样是爱国感情，却用一系列的感觉把一种痛苦的羞愧隐藏起来，而且所用的语言又是很朴素的。

人的感情和语言，是无限丰富的。从这里，又一次得到验证。

老舍的文章具有经典性，但也不是无懈可击。例如本文的最后一段：

> 学生们的眼睛开始活动，似乎都希望他说点与国事有关的消息或意见。他也很想说，好使他们或者能够得着一点点安慰。可是，他说不出来。真正的苦痛是说不出来的。狠了狠心，他走下了讲台。大家的眼失望地追着他。极快的，他走到了屋门，他听到了有人叹气。

当你读到"大家的眼失望地追着他"的时候，是不是觉得有点异样？全文都是从主人公的视角展开的，这里突然冒出来一个"大家"的视角，接着又一下子回到主人公的视角。这是视角转换的生硬，虽然是小节，但是也可以看出大作家的小粗心。

雷雨前/茅盾

有时读文章，是不用考究发表和写作的准确年月的，因为这些文章大抵是和政治、经济、文化的具体时代背景没有直接的关系。如读安徒生的童话，对于作品究竟产生于何年何月，知道个大概也就够了。但是，读有的文章，首先就要弄清其时代，不然就会误解。例如《海燕》，就一定要明确，是在俄国1905年革命之前，要不然其中主体形象海燕的内涵难以确定。这一篇《雷雨前》也一样。雷雨无疑是象征革命的，但是，什么革命呢？是在"五卅"惨案前后呢，还是"四·一二"事变前后？查考的结果，都不是，而是原载《漫画生活》月刊第1号，1934年9月20日出版。

有了这个具体的时间，雷雨象征的具体内容就比较清楚了。

1934年，正是全国人民抗日救亡运动如火如荼的日子，民族危机十分严重，但是，全民抗战仍然遥遥无期，这就产生了一种全民的政治苦闷。在本文中，作者表现出对雷雨的渴望，从构思上和高尔基的《海燕》有相近之处。可以说，本文的构思，有许多高尔基影响的痕迹（这一点我们以后还会讲到）。首先，二者都是用接近诗的形式来写作的；其次，二者的主体形象，一个是海燕，一个是雷雨，都是象征性的。不过从形式上来说，高尔基的《海燕》是有轻重音交替的格律诗句，而本文是散文句式。最大的区别是，高尔基是全景描写的大视角、大视野，一眼望去，什么都看到了，什么都听到了；而本文则是个体的主观感受和想象，从作者一个人的感觉出发，以作者一个人的感觉为限。另外，还有一点不可忽略的是，《海燕》的背景是大海，并没有具体的地区特点可以辨认，是概括性很强的；而本文，则明显是在城市，而且是他最为熟悉的中国江南小城，如小石桥、小河。正是因为这些，本文更有散文的特点。

题目叫作"雷雨前"，也就是暴风雨暴发之前。作品从感觉上来渲染，集中强调的是，不是一般的热，而且有闷的感觉。这个"闷"是很重要的，如果只有热，也可能热得痛快，但是加上闷，就不同了，生理的感觉和现实的、政治的感觉，就有了相近之处。首先是触觉：清早起来，石桥上石头还是热的，没有晨风，"这一夜就闷得比白天还厉害"。其次是视觉："满天里张着个灰色的幔"，"河里连一滴水也没有了"，河床"裂成乌龟壳似的"，田里的裂缝则吐着热气。不管是触觉还是视觉，都向躯体感觉上集中："浑身的毛孔全部闭住"，连深呼吸都只能吸进"热辣辣的一股闷气"，汗流出来，像"胶水一样，胶得你浑身不爽快，像结了一层壳"。

为什么要花这么多的笔墨强调"闷"？因为热，只是躯体表面的感觉，而闷，则是内心的，很容易由生理的转化为心理的，从描写的转化为象征的。不管是呼吸的闷，还是皮肤上的壳，都不难使读者联想到政治的苦闷。这种苦闷是很沉重的，无边无际的，苦闷得"人像快要干死的鱼"，好像很悲观似的。但是，作者是一个在政治上很有信仰的人，在大革命失败以后，他作为一个在革命中心活跃过的人，曾经一度陷入苦闷，写过《动摇》《幻灭》《追求》，但是到了1933年，他完成了《子夜》以后，早就不悲观了，不但不悲观，而且很乐观，从这篇文章中，就可以看出他充满了冲破黑暗的希望。文章中的反反复复的雷声、闪电，这就是希望，就是打破黑暗，冲破闷热的伟大力量的象征。他把闪电形容为"明晃晃的大刀"在划破黑暗的天幔，在雷声和闪电里，无疑寄托着他的革命热情：

  像有一只巨人的手拿着明晃晃的大刀在外边想挑破那灰色的幔，像是这巨人已在咆哮发怒越来越紧了，一闪一闪满天空瞥过那大刀的光亮，隆隆隆，幔外边来了巨人的愤怒的吼声！

作者的乐观不是肤浅的，光明不是那么轻松就能战胜黑暗的。革命高潮来得很曲折，有时甚至是和低潮交替的：

> 猛地闪光和吼声都没有了，还是一张密不通风的灰色的幔！
> 空气比以前加倍闷！那幔比以前加倍厚！天加倍黑！

从今天来看，这是作者对革命形势的谨慎和冷静。革命高潮到来之前，有时好像是倒退，反而变得更加黑暗；而在当时，革命高潮不知何时到来，恰恰是对人民的一种鼓舞。在这里，一种乐观主义的精神流贯在字里行间。作者甚至直接解释说（当然是用了"你会猜想"的委婉说法）："幔外的巨人"在擦汗、在喘气。作者还鼓舞你"等着"。就在这个当口，作者写到雷雨以外的东西：苍蝇、蚊子和蝉。这些当然都是象征："戴红顶子像个大员模样的金苍蝇刚从粪坑里吃饱出来，专拣你的鼻尖上蹲。""戴红顶子""大员""粪坑"，都是象征着某种社会地位。蚊子，"像老和尚念经"，"要喝你的血"。这样的象征，和高尔基《海燕》中的企鹅等等很相似，但高尔基着重的不是社会地位，而是精神：对革命形势的恐惧。而作者则更着重于对社会地位的厌恶，这样写（粪坑、戴红顶子、喝血）是不是有点漫画化了一点，是可以讨论的。只有写到蝉的时候，倒是有了巧笔：蝉在那里唱高调："要死哟！要死哟！"

所有这一切，都只是陪衬性的，都只是作为雷雨的到来的背景。当雷雨来到的时候，感觉从几个方面发生了变化。先是视觉：电光一闪，屋子里雪亮了，巨人把黑幔扯得粉碎了。然后是听觉，轰隆隆的雷声，呼呼的风声，这一切使得苍蝇、蚊子、蝉儿都噤声了，消失了。再接着是人的触觉："人身上像剥落了一层壳那么爽。"最后几乎就是革命的欢呼："轰隆隆，轰隆隆，再急些，再响些吧！"，"让大雷雨冲洗出个干净清凉的世界！"这是热情的爆发，革命的颂歌，文章的高潮，但是，唯一的遗憾就是，模仿高尔基的痕迹太明显了。虽然在句式上，作者把"让暴风雨来得更猛烈些吧"这样一气呵成的长句，变成了短促的节奏："轰隆隆，轰隆隆，再急些，再响些吧！"但仍然掩饰不了模仿的痕迹。从这里也可以看出在上个世纪30年代苏联文学对中国革命文学的影响是多么大。

夜雨诗意/余秋雨

从散文的风格来说，这一篇是很独特的。题目是"夜雨诗意"，诗意何在？琦君的那篇，诗意在童年的回忆中，有自己调皮的故事，有自己亲爱的人物，有和雨联系在一起的不同的情感过程。茅盾的《雷雨前》也是一样，在雷雨来的前后，以自己的感受过程为文章的脉络。鲍尔吉·原野和楚楚，把自己对草原的观感，建立在对草原景观的描绘上。刘元举和乔良，都把抒情和智慧渗透在描绘景观之中。几乎可以说，没有具体的描绘，他们的文章就无可依傍。我们课本中，所有的散文，都是有特殊的景观和人物的，都是从一个可以看得见、摸得着的对象开始，文章的美大都是视觉为主导的，夸张一点说，是一种视觉的盛宴。但是，余秋雨先生的这一篇，却没有一个固定的场景可以直接看得到，视觉起的作用不是主导的，而是偶尔陪衬的。从方法上说，这是一篇夹叙夹议的文章。

没有人物和景物为主导，叙述和议论就可能漫无边际。于是，作者就为他的文章设定了一个焦点："夜雨"。夜间的雨，没有地点、条件和人物关系的限制，也就是不想从视觉开始，超越视觉可以自由议论。但是这种议论，又不是理论，而是和夜雨的感性密切相关的。题目是有点空泛，如何下笔？作者绕了一个小圈子，从中国古典诗歌的一本工具书说起，说，在所有的诗题中，"夜雨"最有诗意。所花笔墨不多，就点到了题目上：夜雨诗意。至于是哪里的夜雨，是江南的，还是塞北的，是什么季节的，是杏花春雨，还是秋雨绵绵，都无所谓。

先从这一点发挥开去。夜间光线消退了，漂亮的词汇也黯淡了，这就容易"走向情感"。这有一点道理，用抽象的理论语言来说，就是视觉基本关闭，外部的世界就难以受到关注，内心的感觉就比较活跃了。

什么信息使得内心活跃？首先是听觉。既然夜间视觉受限，就只能是听"雨声"。只要一听到"雨声"，"便满心都会贮足了诗"。是诗了，应该就是美的了，但是他又说，"要说美，也没有什么美"。因为从实用价值来说，道路泥泞，百花零落，衣衫湿透，这些都是负面的。但是为什么又那么欣赏呢？因为，夜雨使"世俗的喧嚣一时浇灭"，心灵会"宁定"下来，在雨的包围中，"默默端坐"，回到个人的内心，以一种孤独的姿态，进入深层的思绪："夜雨中的想象总是特别专注，特别遥远。"

其次是想象。"你能看见的东西很少"，但是，夜雨时刻，却能把思绪凝聚成"一脉温情的自享和企盼"，适合于闲谈、攻读、怀念、写信、作文等等。此时哪怕就是对着窗子，也只是听到风声雨声，而二者最大的功能就是激发想象，此时此刻，"天地间再也没有什么会干扰这放任自由的风声雨声"。事实上，风声雨声的自由，就是作者想象的自由。这种自由，不是那种社会政治的民族国家的自由，而是个人摆脱世俗责任压力的自由。这种自由被作者想象得很绝对，是不是有点空想？但这是个人的，又是想象的，无须过分拘泥实践理性。

第二节，是从夜雨的思索，联想到了旅行。一方面是，从泥泞联想到了夜间行路之艰难，就可能在孤苦的处境之中，顾影自怜，把万丈豪情变成"想家"的软弱。可是另一方面，又想到那些伟大的求道者、旅行家、航海家，冲破了夜雨的包围，凭借的是"伟大的意志"，因而也唤醒了自己的"惰怠"。这表明作者虽然偏爱个人的、孤独的"苦旅"，但是他的文化追求，总是要通向社会责任感的。

第三节，是从旅行联想到"人生的行旅"。这一节，可以说是到了作者拿手的文化历史典故境地。想象着"夜雨的魅力"，魅力，也就是题目中的"夜雨诗意"，这种诗意，和前面的诗意有点不同。前面的诗意，是写景中抒情的，如：

在夜雨中想象最好是面窗而立。黯淡的灯光照着密密的雨脚，玻璃窗冰冷冰冷，被你呵出的热气呵成一片迷雾。你能看见的东西很少，却似乎又能看得很远。风不大，轻轻一阵立即转换成淅沥雨声，转换成河中更密的涟漪，转换成路上更稠的泥泞。此时此刻，天地间再没有什么会干扰这放任自由的风声雨声。

这是一种朦胧的、不清晰的视觉，渗透着一种不十分确定的想象的推断。你分不清是景色动人，还是想象的推断更富有诗意。这就是作者擅长的抒情手法之一。而在第三部分里，作者的"诗意"似乎有所不同，这里没有景色作为载体，想象更加自由起来。但是没有陷入抽象，凭借的是修辞学上的隐喻。自然的夜雨被赋予了改变心理的功能：

> 夜雨曾浇熄过突起的野心，夜雨曾平抚过狂躁的胸襟，夜雨曾阻止过一触即发的战争，夜雨曾破灭过凶险的阴谋。当然，夜雨也折断过壮阔的宏图、勇敢的迸发、火烫的情怀。

这里全是可能性的推测，但并非是理性的思辨，而是情思的抒发。因为在这里，他单纯地、无疑也是片面地、不加论证地强调了夜雨"宁定"的性质，改变了历史人物的决断，从而也就改变了历史的命运，而不是全面地分析这种改变有其复杂的矛盾和多样的原因。从强调情感的决定性来说，这不具备说理的必然逻辑。作者根本不在乎理性的必然，只是想象情感的激发，哪怕是偶然性，也是重要的，对于人来说，也是不可忽略的。

夜雨带来心情的微妙变化，是看不见的，又是难以证实的，只能是推想一番。但仅仅是推想一番，也是对非理性的心灵的一种可能性的破译，这本身就有"魅力"，就有"诗意"了。正是因为这样，作者用了两个段落的篇幅，写下了具有排比性的思路：虽然历史学家没有查考，他还是要想象：有多少个乌云密布的雨夜，悄悄地改变了历史的步伐，扭转了多少杰出人物的命运。

作者为什么要费这么大的劲来强调偶然性呢，因为人们往往忽略了它。人们忽略它，是因为它虚无飘渺，相对于历史学家来说，这一切太"琐碎"了。但是，作者认为属于人心灵的这些看来"琐碎"的偶然性，也是宏大的历史必然性的一个部分。如果没有这些偶然，这些琐碎，也就没有历史。只能从偶然、琐碎中，感受到宏大的必然，才真正懂得人生的全部价值。因而他在文章结尾说：

> 人们每时每刻遇到的一切，都可能包孕着恢宏的蕴涵。诗人的眼光，正在于把两者勾连。

作者的意思是说，琐碎的、像夜雨这样平凡的现象，虽然不如英雄豪杰的业绩那样壮丽恢宏，但是离开了琐碎，也就没有了恢宏。最后一句说：

> 夜雨中，人生和历史都在蹒跚。

蹒跚，就是不稳定，不规则，不伟大。这是因为历史和人生都充满了不确定，不规则，而心灵的偶然性，在这种不规则中就更显得不可忽略了。

这篇文章，寓意是很深的。从表现来说，又是夹叙夹议的风格。但这并不是作者最好的文章，甚至可以说是并不太成熟的。其中关于夜雨和心灵的偶然之间的关系，写得比较生硬，历史的恢宏和人生的琐碎之间的矛盾和统一，也写得不够饱和。

听听那冷雨/余光中

这一篇的题目很有讲究。雨在一般文章中，是看的，或者主要是看的。而这里，作者却在文章一开头就提醒读者，我这个雨是听的；其次，听雨，就是听觉感受，怎么又听出个冷的感觉来？敏感的读者就要想想了,为什么不看雨呢?琦君、茅盾、余秋雨不都是以看为主的吗?这是余光中的选择,且看他怎么个听法,听出些什么名堂来。

他先写春寒"料料峭峭",雨声是"淋淋漓漓"、"淅淅沥沥"、"天潮潮地湿湿"。一眼可以看出,有意用了这么多的叠词。其中蕴含着什么韵味?第一,是不是有一种春寒料峭中忧郁的感觉?不错,"连思想也都是潮润润的",而雨是"冷"的,作者要躲也躲不过。第二,这种忧郁是不是一时的?因雨而来,随雨而去的?好像不那么简单。因为作者说了,就是在梦里,也躲不过,也打着一把伞。这就是说,雨所承载的忧郁是魂牵梦绕的,是心灵无法解脱的。第三,用了这么多重叠词,是不是为了表现情绪的特点?是的,下面这样的叠词还更多,叠词的使用可能会唤醒一种缠绵的感觉。第四,这是不是一般缠绵的感觉?好像不完全是,而是一种带着古典诗词韵味的缠绵的感觉。用一系列叠词表现缠绵的情感,是不是令人想到一个女词人的名作?可能的。不过,现在还不能完全肯定。

接下去,写他每天回家,从金门街到厦门街,这是叙事成分,也是这篇为抒情所充溢的散文中的一条叙事的暗线。这个抒情调动起他二十多年的生命记忆,神思飞越,才气横溢,不可羁勒,篇幅又长。作者不着痕迹地为汪洋恣肆的情绪安排了一条叙事的线索,那就是回家,从金门街到厦门街直到自己巷子里的家。一切思绪都在这个过程中,走到家了,思绪和文章就结束了。路是很短的,单纯的,但思绪却是绵长的,复杂的。这好像为一幅画设计了一个画框。

为什么有这么多的思绪?因为从金门街到厦门街很容易,但是从金门到厦门却遥遥无期。这是乡愁的郁积。这种乡愁,当然有政治性,但是,作者没有强调政治性,而是把它淡化了。在原文中,政治性的哀愁,还隐约可考,但考虑到比较复杂,选入课本时我们把它删节掉了,淡化了政治性,作者浓郁的乡愁,就集中在另一个焦点上了。他说自己在细雨中"走入霏霏",更"想入非非"。这里暗用了一个文化典故,是《诗经》里的名句"昔我往矣,杨柳依依,今我来思,雨雪霏霏"。接着说到汉字的"雨",赞叹汉字象形的精彩,从那四个点,就听出了"点点滴滴,滂滂沱沱,淅淅沥沥"。这里又一次用了叠词,显然是要表现听觉的美,经营

"雨"在听觉上的诗意。这无疑是本文艺术追求的主导意向，但是，作者在突出雨的听觉美的同时，也着意以其他感觉方面加以陪衬。请看：

>   听听，那冷雨。看看，那冷雨。嗅嗅闻闻，那冷雨。舔舔吧，那冷雨。

这几乎把听觉、视觉、嗅觉乃至味觉全盘调动起来，和触觉之冷融为一体。但是，所有这一切都是为了在听觉上表现雨的美感，也就是乡愁的诗意。这是一种什么样的诗意呢？

>   清明这季雨。雨是女性，应该最富于感性。雨气空濛而迷幻，细细嗅嗅，清清爽爽新新。

这一下明确了，这种诗意，是女性的，又是这样的叠词结构，和李清照的《声声慢》"寻寻觅觅，冷冷清清，凄凄惨惨戚戚"如出一辙。作者就是要把雨引起的乡愁，不但定位在古典诗歌的韵味上，而且将其定位在古典诗歌的节奏，尤其是李清照式的节奏和汉语的特殊韵律上：

>   雨不但可嗅，可观，更可以听。听听那冷雨。听雨，只要不是石破天惊的台风暴雨，在听觉上总是一种美感。大陆上的秋天，无论是疏雨滴梧桐，或是骤雨打荷叶，听去总有一点凄凉，凄清，凄楚。于今在岛上回味，则在凄楚之外，更笼上一层凄迷。

这种凄迷之美，不但来自生活，而且来自古典美学传统，梧桐，细雨，点点，滴滴，是李清照词中的意象，而雨打荷叶之声，则典出韩愈《盆池五首之一》："莫道盆池作不成，藕梢初种已齐生。从今有雨君须记，来听萧萧打叶声。"作者的文化乡愁，在活用古典诗意和节奏方面，可以说是左右逢源，涉笔成趣。其典故可能有过分密集之嫌了，诗意、韵味已经相当饱和了，但王禹偁的散文，竹楼听雨，又被结合起来。这是信笔拈来、不忍割爱吗？不是。这是一笔相当自然的过渡。因为，作者要借助它，转入从屋顶上听雨。他说：

> 雨打在树上和瓦上，韵律都清脆可听。尤其是铿铿敲在屋瓦上，那古老的音乐，属于中国。

为什么一定要牵出屋瓦来？在梧桐上，在荷叶上，不是已经很美了吗？因为完全引用那古典的听觉之美，还不足以表现当时台北的特点。文章中有两点须留意：第一，文章中，反复提到雨打在屋瓦上，而且老是说日式的屋瓦。其实严格地说，应该是中式的，因为日本式的瓦屋顶，是从中国模仿过去的。日本统治台湾五十年，建造了许多类似中国瓦屋顶的房子。第二，文中有一句："台北你怎么一下子长高了"。前面还有一句："不久公寓的时代来临"。这是七十年代台北城市现代化，瓦屋顶迅速消失。公寓是西式高楼，平顶，因而下起雨来，就听不到雨声了。"瓦的音乐竟成了绝响。千片万片的瓦翩翩，美丽的灰蝴蝶纷纷飞走，飞入历史的记忆。"触发作者凄凉之感的，不仅仅是传统建筑风格的消失，而且是传统文化诗意的消失：

> 鸟声减了啾啾，蛙声减了咯咯，秋天的虫吟也减了唧唧……要听鸡叫，只有去《诗经》的韵里寻找。

就连屋顶的消失，都写得很美，一连几组叠词，都是声音的美，相当精致。作者的古典文化修养很高，声情并茂，甚至给苛刻的评论家以露才扬己、缺乏克制的印象。但是从全文来看，这还只是一个方面，甚至可以说还不是最精彩的部分。因为这毕竟是古典美的追寻，古典语言修养的流露。而作者是一个当代诗人，又是英语专业人士，他这方面的才华，在超越古典的方面寻找表现形式，那就是雨打在屋瓦上的现代感觉和现代美学语言的创造：

> 雨敲在鳞鳞千瓣的瓦上，由远而近，轻轻重重轻轻。

如果说"瓣"所代表的量词还是汉语的特点的话，那么"轻轻重重轻轻"，就是西方的诗的节奏特点了。中国古典诗歌的音乐性表征是平仄，平平仄仄平平，而英语、俄语诗歌的节奏则讲究轻重交替。高尔基的《海燕》就是这样的。从这里开始，中国古典诗歌的音乐性和西方诗歌的音乐性开始交融。

> 夹着一股股的细流沿瓦槽与屋檐潺潺泻下，各种敲击音与滑音密织成网，谁的千指百指在按摩耳轮。

"敲击音""滑音"，是钢琴演奏的术语，诗化、音乐化的西方成分越来越明显。把听觉的舒畅转化为触觉的按摩，这种修辞方式，在中国古典诗歌中是少见的，倒是在西方现代诗歌中比较常见。下面文字中的西方诗歌的修辞色彩就更为浓郁了：

> "下雨了"，温柔的灰美人来了，她冰冰的纤手在屋顶拂弄着无数的黑键啊灰键，把晌午一下子奏成了黄昏。

这里的修辞核心当然还是听觉的音乐性，内涵是中国传统的屋瓦，修辞却是西方诗歌中常用的多层次的暗喻手法，复合性的暗喻之间，不但没有互相干扰，而且结合得相当严密。第一，把雨声之美比作钢琴演奏；第二，把演奏者比作美人；第三，把美人说成是灰色的（联想到西方童话中的"灰姑娘"），和雨天的阴暗光线统一；第四，加上定语"温柔的"，和绵绵细雨的联想沟通；第五，由于是钢琴演奏，屋瓦顺理成章地成了琴键，黑和灰的形容，和钢琴上的黑键白键相称；第六，把雨的下落比作美人的纤手，把冷雨转化为"冰冰"的感觉；第七，把这一切综合起来，把一个下午的雨，转化为一场钢琴乐章的演奏，"奏成了黄昏"，说是美好得让人忘记了时间。

作者的功力不仅仅在于把自己的乡愁分别用中国古典诗歌的听觉美和西方的音乐美来形容，而且，在于把这二者水乳交融地结合起来：

雨来了，最轻的敲打乐敲打这城市，苍茫的屋顶，远远近近，一张张敲过去，古老的琴，那细细密密的节奏，单调里自有一种柔婉与亲切，滴滴点点滴滴……

西方钢琴的演奏术语"敲打乐"和李清照的标志性叠词节奏结合起来，不但在节奏上，而且在内涵上与"耳熟的童谣""江南的泽国水乡"的记忆混成一气。特别是水乡和蚕吃桑叶的声音："细细琐琐屑屑，口器与口器咀咀嚼嚼。"难得的是，复合的情绪和多元的修辞手段自然地融合，显得和谐。在表现音乐的美感时，作者无疑是大手笔的，在把中国传统的语言韵味和西方音乐的节奏统一起来，这一点上，他可以说是游刃有余，在一处令人惊叹的华彩乐章呈现以后，驾轻就熟地又是一章再现。他这样写暴雨从他的"蜗壳"（屋顶）上哗哗泻过：

雷雨夜，白烟一般的纱帐里听羯鼓一通又一通，滔天的暴雨滂滂沛沛扑来，强劲的电琵琶忐忑忐忑忐忑……不然便是斜斜的西北雨斜斜。

这里可以说把中国的平平仄仄平仄仄的节奏耍得太得意了。在这之前，谁曾经这样大胆，这样忠诚地耍得得心应手。但是要说他耍技巧，可能是冤枉的，因为他从来没有忘记乡愁的严峻内涵。这里没有轻浮，只有浓重的忧郁，二十五年暌隔，使他有了一种悲歌，甚至是挽歌的感觉：

雨来了，雨来的时候瓦这么说，一片瓦说，千亿片瓦说，轻轻地奏吧沉沉地弹，徐徐地叩吧挞挞地打，间间歇歇敲一个雨季，即兴演奏从惊蛰到清明，在零落的坟上冷冷奏挽歌，一片瓦吟千亿片瓦吟。

这里雨落在瓦上的声音，既是弹，又是奏，既是叩，又是打，都在中西演奏技巧的汇合点上。把瓦上的声音说成吟，是中国的趣味；把它说成"说"，则是西方的技巧。难得的是，他让这些清明季节的雨，落在坟上，让它变成挽歌。这么丰富的转换，修辞的、感觉的曲折，在这么近的语言距离中，却显得自然而流畅，看不出任何勉强，实在可以用炉火纯青来形容。

作者对于散文的语言，有很高的追求。他在《剪掉散文的辫子》中，对当代台湾散文，有过非常苛刻的批评。他提出，真正的散文，语言应该有"弹性"，就是有"对于各种文体、各种语气，能够兼容并包融合无间的适应能力"。其次是"密度"，是指"在一定的篇幅中，满足读者对美感要求的分量，分量愈重，当然密度愈大。（我们上面分析出来那么多暗喻的名堂，聚结在这么短的篇幅中，这就是密度的雄辩的表现。）一般的散文作者，或因平庸，往往不能维持足够的密度"，结果就写成了"稀稀松松汤汤水水的散文"。他所说的平庸，就是读了半天，"既无奇句，又无新意"。他以为，审美的散文，应该有"真正丰富的心灵，在自然流露之中，左右逢源，五步一楼十步一阁，步步莲花，字字珠玉，绝无冷场"。余光中先生在1994年苏州的国际散文研讨会上还提出，散文的抒情和语言的节奏有密切的关系，汉语的节奏就是抒情的重要因素。显然，这不仅仅是个人的理论，而且是他散文创作实践经验的总结。从这篇散文最为精彩的段落，我们不但可以说是他对意象、弹性、密度的追求，而且可以看到他对节奏的追求。这是一次对他自设的艺术准则高度的攀登，他的攀登应该说是胜利的。

回想一下，面对下雨天，如果让我们来写一篇文章，我们会写出些什么呢？作者写出了这么多，他把对雨的感觉，集中到以听觉为核心的感觉中来。他所写的，仅仅是从外部世界听来的吗？好像不是，他不但听到了外部世界的声音，而且听到了他内心世界的怀乡和古典艺术节奏，听外部的雨是瞬时的，而听自我内心的节奏却是持久的，从这个意义上说，他不仅仅是接受雨的声音，而且是调动了自我内心几十年的精神和艺术的储存。调动得越深，对外部的感觉的同化就越是自然。

黄果树瀑布／于坚

本文所写的是名胜黄果树瀑布。文章一开头，就提出一个很尖锐的矛盾：对这个名胜他早已耳闻，知道它属于祖国大好河山，从图片上感到它"雄伟、壮丽、万马奔腾"，但却不感到"特别的激动"。在文章结尾处，又回到这个意思上来：本来"黄果树瀑布"，"是一个俗不可耐的话题，一篇小学生千篇一律的命题为'春游某某'的习作的题材，一位满脑袋陈腔滥调的诗人的灵感来源，我有什么话好说呢"。如果真是没有话说，偏偏为了写作而找话说，就只能说些套话了。作者到了黄果树瀑布门口看到它的风景照片时，还感到"无聊"。这个矛盾，揭示得相当深刻。明知是祖国的大好河山，却无动于衷。为什么呢？作者自己的解释是：图片上的风景是"没有空间、质量和细节的，它们仅仅是祖国的骄傲这一概念的所指"。

概念，是公共的，大家都一样，没有个人的、独特的体验，没有自己的感觉。因此，光有概念，哪怕是辉煌的概念，仍然是空洞、抽象的，不能成为自己的血肉和灵魂，也就是文章中所说，是"干瘪的"，不可能生动，很难写成动人的文章。因而，作者在直接接触黄果树瀑布，有了自己的感觉，受到感动以后，明确说：

"黄果树大瀑布"作为一直统治着我的一个早已干瘪的概念，顷刻间灰飞烟灭。另一个瀑布在我的生命里复活了。

这就是说，在作者心目中，有两个黄果树瀑布：一个是"干瘪"的概念，一个是生动的、震撼人心的感受。把干瘪的概念变成撼动人心的感受，关键是什么呢？

首先，是作者的听觉。他是在"猛然间听见了黄果树瀑布的声音"以后，"心里一阵激动，黄果树瀑布原来是有声音的。这声音即刻改变了我对黄果树瀑布这一名词的成见"。有听觉和没有听觉是不一样的。在听觉的直接感受之前，黄果树瀑布虽然在种种图片中见到，但那只是间接的视觉感受。虽然人类接受外界信息的百分之八十是通过视觉的，但是，图片上的视觉，却是没有声音的，没有震撼力，不能使人激动。而听觉，虽然在接受外部信息方面只有百分之十五左右，但是比起概念来，却显得很生动。同样是瀑布，一听到声音，就不同了，就有一种发现的喜悦："黄果树瀑布原来是有声音的。"这说明听觉使感觉真切了，拓展了感觉的广度和深度，冲击了固定化了的记忆。对这种冲击，作者用了两种方法来形容，一种是间接的效果，就是声音使他发现原来对黄果树瀑布的感觉是一种"成见"；二是直接的描写，听觉中的黄果树与图片上的黄果树，二者原来是"毫不相干"的，作者用相当浓重的笔墨来形容：

它放射的音波令我的耳膜鼓了起来，我和它立即建立了一种陌生的接触。我越接近它，我的生命和它的肌肤相触的面积就越大。它先是侵入我的耳朵，然后灌满了我的耳朵，最后，是震耳欲聋。

这里强调的是：不管多么伟大的观念，都比不上直接听到的声音。亲身体验听觉的具体性，它的内涵，它的震撼力，使伟大的观念显得"干瘪"。听觉使得作者心目中的黄果树发生了变化，已经很强烈了，但这还不是全部，与身躯的触觉相比，这还是比较表面的。作者在描绘对瀑布的触觉时，更加淋漓：

与此同时，我的头发开始潮湿，我的眉毛和鼻尖开始潮湿；再走近些，我的外衣开始潮湿，我的内衣开始潮湿，我的皮肤开始潮湿，我全身湿透，我像落汤鸡一样里里外外彻底湿透。

| 现代散文 | 133

这样的笔墨，比之前面对于听觉的描绘，更加有特点。因为听觉毕竟是艺术的感觉（因为它超越实用，音乐就是听觉的艺术，由于超越实用，所以艺术发展的空间比较大），而触觉，从美学来说，是比较低级的感觉。视觉有绘画，听觉有音乐。触觉，太接近肉体甚至是肉欲的刺激，而艺术、情感必然是超越肉欲的，所以没有一种艺术是以肉体的触觉为基础的。但是在这里，作者却把躯体的感觉写得这样淋漓。他显然用一种非常夸张的话语来表现和瀑布的直接接触：他强调瀑布的"抚摸""拍打""亲近""刺激"，使他的"每一个毛孔都张开了"。这是诗意的语言常用的手法，因为这里的诗意和舒适的感觉是统一的。但问题是，头发潮湿，外衣潮湿，眉毛潮湿，已经够呛，更加上内衣潮湿，全身湿透，"像落汤鸡一样"，毫无疑问，这些是很不舒服、很煞风景的。不舒适，有什么特别的诗意呢？

舒适当然是美好的，但是不舒适，能否也变得美好呢？作者的倾向显然是，并不是舒适才有诗意，才有美，相反，不舒适的感觉，也会引发美好的感情。因为，直接接触成为从宏伟的瀑布获得的痛快之感，受到没头没脑的冲击的淋漓之感。这种痛快淋漓之感，激发出一种对于大瀑布的亲近感，这种感觉，是很复杂的：

> 我感受着我的生命在巨大的水声中的惊恐、疼痛；在潮湿中的寒冷、收缩。

美好的感觉是激动和欢乐的，但是又结合着与之相反的"惊恐、疼痛"，而且还有"寒冷""收缩"。即使这样，读者仍然感到这种惊恐、疼痛、寒冷、收缩，虽然只是感觉，只是心灵的表层，是一种身体外部刺激，但心灵深处的欢乐正是这种外部刺激造成的。外部刺激的特异，使得欢乐更有强度。作者笔下外部的刺激不但有强度，而且有深度：

> 我看见水柱像庞贝城在火山中毁灭时的大教堂的圆柱那样崩裂，

轰隆倒塌，栽倒在水里，把水砸出了大坑。水在变形，在死亡，在合成，在毁灭，在诞生……那时候我魂飞魄散，"黄果树大瀑布"作为一直统治着我的一个早已干瘪的概念，顷刻间灰飞烟灭。另一个瀑布在我的生命里复活了。

这里的感受，从感觉的特异（崩裂、轰隆倒塌、栽倒）到感情的独特（魂飞魄散），直到观念（原本关于黄果树的概念）变得"干瘪"，随着水的"死亡""毁灭"而消失，同时又随着水的"诞生"，另一种黄果树的观念"复活"了。在这里，作者要传达的是，对于同样一个对象，有感觉和没有感觉的区别，不仅仅在于表层的感觉，而且深入到情感和观念。这是一次由表及里、由浅入深的震撼。这种纵深的震撼，表面上并不舒适、优雅，甚至有点恐怖、疼痛，似乎与舒服的诗意相去甚远，但是伟大的概念在它面前却显得相形见绌，黯淡无光，干瘪，缺乏生命。这是另外一种美好，美在自己生命由表及里、由浅入深的体验和发现的过程。作者借助这一过程，对生命的感受进行探索、深化；读者由此大开眼界，发现了另外一种诗意和美好。这一切对于读者的生命体验来说，可以说是解放：并不是只有表面看来宏伟的景象才是美的。为此他特地花了一段笔墨写他走进黄果树瀑布的"后面"，在山体和瀑布之间的狭窄"缝隙"之中，水只是如"玻璃粉碎"一样。他特别指明，这些景象"看不出丝毫的宏伟、壮丽"，但是，也一样是充满诗意。这仅仅因为，瀑布和作者的感官有了真切的"接触"。哪怕是像落汤鸡一样的感觉，哪怕是除了粗暴的水声，什么也听不见，但是，瀑布是"唯一的发言者"。作者把这种感觉当作比赞美、朗诵圣经还要美好。这就是说，只要是全身心的体验，就有生命，就有灵魂的价值。虽然，这种和瀑布建立的直接接触，和瀑布"零距离"，是很危险的，可能成为落水者，甚至死亡，但是，和死亡相联系的是"得救"。作者在这里所用的手法是：把感受的风险，推向极端，哪怕是死亡的体验，也反衬出生命感觉，有一种过把瘾的感觉，一种过把瘾就死的痛快。

这样的抒情，这样对生命的体悟，显然是当代性很强的，和古典文人的抒情有鲜明的区别。古典文化也有视死如归的诗意，但那是和政治、和道德的价值联系在一起的；而这里，作者显然以一个现代诗人的姿态，把生命的直接体验本身当成最高的价值，并不一定要从属什么更高的价值。

绿/朱自清

写赏析文章，最忌的就是不着边际地赞叹，而不进入分析的层次。网上有这样一篇文章，叫作《重读朱自清的〈绿〉》：

> 今天重读《绿》，我再次体会到了那种被大自然所包围，所吸引，所感动的情怀。不过我是俗人一个。朱自清看到了那醉人的绿，会想到用漂亮的词句去赞美它，用华丽的比拟去装饰它。可是我想的却是一湾天露泻于潭中，在深邃的绿中击起如刨冰一样令人一见就感到清爽的浪花；潭水一定非常的诱人，让人想去拥抱它。最文雅的方法就是在潭边浣纱洗绢，想一下西施当年浣纱的样子；粗鲁一点的可以脱下鞋子，卷起裤腿，在潭中奔跑，让潭水抚摸你的双脚，水滴溅上你的脸颊；而如果准备充足的人则可以下潭游泳，在潭水中充分地享受。
>
> 梅雨潭是我向往的地方，不过或许我去了会破坏它的宁静吧。不过我发现现在像我一样的似乎比比皆是，可能快让朱自清这样的学者再也找不到出尘脱俗的景致来描写，来抒发了吧。不过这样是不是也促使他们不断发现新的景致呢？这也说不定呢！

这可以说是最为平庸的文风，什么见解也没有，偏偏要说这么多空话。为什么空呢？就是因为没有分析，连起码的比较都没有。谈朱自清的文章，不要孤立地谈，而是要把它和于坚等的同样题材的文章相比。

朱文和于文一样，也是写瀑布的，也是和瀑布走得很近，有时还达到"瀑布在襟袖之间"的程度。但是很显然，二者有很大的不同。朱自清欣赏的瀑布，主要是用眼睛来观看的，听觉和触觉，只是视觉的陪衬，即使是近在咫尺，也只是当作美妙的风景来观赏，用美妙的词语来描绘，为瀑布之美而感动、沉醉、浮想联翩。而于坚所欣赏的瀑布，不完全是看的，他的发现不是视觉之美，而是听觉中、触觉中的瀑布之美。其次在语言风格上，朱自清是相当优雅、婉约的，以至于余光中先生批评他说"好用女性拟人格"①。这种批评可能是过于苛刻，但是多多少少也可从一个侧面说明，朱自清追求优美的诗意。

和于文相比，就不难看出，瀑布本有很多东西可写，于坚着重写的是听觉和触觉的粗犷，而朱自清似乎不十分在意，他在意的是可看的。可看的本来有许多属性，例如色彩、形状、质感、量感之类，但朱自清集中到一点上，以颜色为中心，在颜色中，又集中到一个焦点上：绿。

这样高度集中，从方法上来说，有点像诗。诗的构思常常是把客观对象和自我的情感集中在单纯的意象上。但是，这毕竟是一篇散文，不能完全按诗的方法从头到尾都通过想象，加以变幻，凝聚在"绿"这一点上。散文，毕竟以写实为主。所以一开头，就写梅雨潭水的声音（花花花花的），颜色（白而发亮的），还交代了观察点：梅雨亭，并把这个亭子形容了一下（仿佛一只苍鹰展着翼翅浮在天宇中一般）。这一笔文字相当精致，特别是写到瀑布水流飞溅的情景：

> 那瀑布从上面冲下，仿佛已被扯成大小的几绺；不复是一幅整齐而平滑的布。岩上有许多棱角；瀑流经过时，作急剧的撞击，便飞花碎玉般地乱溅着了。那溅着的水花，晶莹而多芒；远望去，像一朵朵

---

① 参见文后所附余光中的《论朱自清的散文（节选）》，《青青边愁，余光中散文选集》（第三卷），时代文艺出版社，1997年版，第143～147页。

小小的白梅，微雨似的纷纷落着。据说，这就是梅雨潭之所以得名了。但我觉得像杨花，格外确切些。轻风起来时，点点随风飘散，那更是杨花了。——这时偶然有几点送入我们温暖的怀里，便倏地钻了进去，再也寻它不着。

这样的写法最大特点是：追求逼真，工笔细描，不吝笔墨。是瀑布，然而不像布，被岩上的棱角分成了几绺。这"绺"字用得很到家，有丝织品或女孩子头发之类的联想。朱自清和于坚的个性显然不同，于坚强调的是瀑布的"粗暴""狂野"，水的冲击，把他弄得"全身湿透"，"像落汤鸡一样里里外外彻底湿透"，充分强调瀑布抚摸、拍打、亲近、刺激，营造一种把"粗暴""狂野"变成痛快淋漓之感。这种痛快淋漓之感，有激动和欢乐，但是又结合着"惊恐""疼痛""魂飞魄散"，从情感激动写到观念的深刻改变：黄果树大瀑布作为干瘪的概念已灰飞烟灭，另一个鲜活的瀑布在生命里复活。于坚笔下的瀑布，越狂野，越粗暴，越过瘾。而朱自清感觉中的瀑布之美，却不在它的狂野粗暴，而在它的精微，他不厌其烦地玩味的是瀑布的水花的美，如"飞花碎玉"，"晶莹而多芒"，像小白梅，像微雨，像杨花，点点随风飘散，送入怀里，倏地钻进，再寻不着。这就是说，美在精致、微妙，不可捉摸。

这样精细的意象，当然与梅雨潭不同于黄果树瀑布有关，但是，也与作者的审美感知追求有关。在丰富的特征中抓住什么，对什么津津乐道，对什么熟视无睹，是作者的艺术修养和趣味所决定的。梅雨潭有水花，黄果树也有，但是朱自清觉得如飞花碎玉，于坚觉得如碎玻璃粉末。梅雨潭既称瀑布，当然也有其狂野的一面，也许，忠厚的朱自清并不是视觉遗漏，而是自己的诗学修养无法同化，按他的审美模式难以诗化。只有那些不强烈的、若有若无的、带一点缥缈特点的，最容易引起古典诗歌中婉约的诗意联想的，才是朱自清美化起来得心应手的。从这里，我们不但受到梅雨潭缥缈的感染，而且受到了朱自清精致感觉的熏陶。朱自清用了那么多的比喻，但并不像是过分地渲染，应该说，一切都以刻画为主，比喻也不是太夸张的。

然而这样的描写，用中国传统的绘画理论来说，似乎还不是主，而是客，是陪衬。直到写出瀑布的绿，才点题，才是主干。到了主干，作者的情感激动起来了，这时，可能是作者开始了正面的感受：

梅雨潭闪闪的绿色招引着我们；我们开始追捉她那离合的神光了。揪着草，攀着乱石，小心探身下去，又鞠躬过了一个石穹门，便到了汪汪一碧的潭边了。

题目是梅雨潭的"绿"，为这个"绿"字，花了那么多笔墨，终于写到主干上，应该有更多的正面刻画才是，但是，就是上面这么几个词语："闪闪的绿色""神光""汪汪一碧"，这不是太平淡了吗？和前面陪衬性的文字相比，是太简洁了，会不会造成喧宾夺主之感呢？也许，作者并非没有意识到这种可能，也许，作者这样做是有意的。从下面的文字来看，作者采取了另一种手法，不是正面刻画，而是从心理效果上加以渲染，展开想象，以比较夸张的语言来美化梅雨潭之绿：

瀑布在襟袖之间；但我的心中已没有瀑布了。我的心随潭水的绿而摇荡。

先是从远处看瀑布，把瀑布写得很美；到了瀑布面前呢，瀑布却消失了。这是为什么呢？这是从心理效果上来写瀑布美的关键。这种写法和于坚很不相同。于坚是到了瀑布之前，和瀑布接触，正面写自己沉浸在瀑布的狂暴、淋漓的刺激之中；而朱自清却超越了瀑布的具体形态的正面刻画，只抓住一个"绿"字，进入了抒情境界，展开了自己的遐想：

那醉人的绿呀，仿佛一张极大极大的荷叶铺着，满是奇异的绿呀。我想张开两臂抱住她；但这是怎样一个妄想呀。

如果是正面的描写，就该把绿的特色写透，像前面写水花的"晶莹而多

现代散文　139

芒","微雨似的纷纷落着"。但是这里，最突出的不是绿色的特点，而是作者的激动："醉人"，陶醉到令作者想把她抱住。不陶醉，是不可能激发出这样的想象的。这就是从心理效果上写梅雨潭的绿色之美。这是一种间接的写法，不是刻画，而是抒情。刻画至少要追求客体的特点，而抒情则在主体的情感特征。且看他如何激动：

这平铺着，厚积着的绿，着实可爱。

"平铺着""厚积着"，倒有点正面刻画的样子，但只是点到为止，下面可能是作者的得意之笔：

她松松地皱缬着，像少妇拖着的裙幅；她轻轻地摆弄着，像跳动的初恋的处女的心；她滑滑地明亮着，像涂了"明油"一般，有鸡蛋清那样软，那样嫩，令人想着所曾触过的最嫩的皮肤；她又不杂些儿尘滓，宛然一块温润的碧玉，只清清的一色——但你却看不透她！

这是朱自清先生早年常用的笔法，遇到一种美景，就用一系列的比喻来强化其效果。这里的比喻，固然是从绿色出发，从四个方面美化：先是少妇的裙，是外部的装饰美。再是少女的心，就是内心的美了。这个比喻有些特色，本来一般的比喻是用可视来比喻抽象的，而这里却用不可视的少女的心，来比喻可视的绿色。接着是如鸡蛋清一样嫩。这个比喻是可视的，但是和前面的不太一样，就是生发出质感的嫩。最后才是像一块碧玉。这个比喻本来是最为平淡，也许正是因为这样，作者把它放在了最后，但是加上了"看不透"，深不可测，在这一点上，有些深度。四个比喻下来，从外到内，从质感到深度都有了。可以说是充分了吧，但是，作者还是意犹未尽，还要渲染，但如果再来排比，就单调了，作者用了另外一种方法——比较：

我曾见过北京什刹海拂地的绿杨，脱不了鹅黄的底子，似乎太淡了。我又曾见过杭州虎跑寺近旁高峻而深密的"绿壁",丛叠着无穷的碧草与绿叶的,那又似乎太浓了。其余呢,西湖的波太明了,秦淮河的又太暗了。

抒情常用的方法,就是极化,往极端里写。任何地方的绿色和这里比,都有不足;只有这里,才是最为完美的。这当然是不客观的。客观了,就是理性了;理性了,一分为二了,就没有情感了。情感是主观的,极端化、片面性、不求全面,是情绪化的特点,也是抒情的法门。只要把话说得极端、片面,就有抒情的味道。朱自清在这里奉行的不是一般的极端,而是极端了还要极端。已经是天下无双了,还要怎么渲染?他还有办法——展开想象,推向假定的境界:

我若能裁你以为带,我将赠给那轻盈的舞女;她必能临风飘举了。

舞女本来就是轻盈的,美的,有了绿色的带,就能临风飘举,本来美的就更美了。接下来,则是:

我若能挹你为眼,我将赠给那善歌的盲妹;她必明眸善睐了。

善歌的女孩,本来是美的,但有目盲缺陷;有了梅雨潭的绿色,就能弥补不足了。这已经是达到极境了,但是朱先生还在写下去,先是拍打,后是抚摩,接着比作小姑娘,最后则是掬之入口,说是吻着了,于是引出"女儿绿"来。其实,前面关于女性的联想已经是很饱和了,最后又把文章的最强音放在"女儿绿"上,是不是有点压不住阵脚的感觉?这也许不是我瞎猜。此时作者还比较年轻,二十几岁,文字上极尽夸饰之乐,缺乏节制,这是不足为怪的。至于余光中说朱自清,在散文中充满了女性的拟人格,处处都以女性的暗示为美。我想这可能不无道理。但是,余光中先生自己也说了这是一个历史现象:"这种肤浅而天真的'女性拟人格'笔法,在20年代中国作家之间曾经流行一时，甚至到70年代的台湾和香港，也还有一些后知后觉的作者在效颦。"问题在于为什么会有这样的历史现象？我想这是因为，以女性的衣着、歌声、柔弱为美，在我国古典诗歌中是有传统的，这是一种古典美。在五四时期，敢于把这种古典美加以当代的转化，也是有勇气的表现。郭沫若在《女神》的题词上，就公然宣言："永恒的女性领导我们前进。"这里有一种新的时代精神。朱自清此文，在古典的红巾翠袖的美之上，又增添了女性的躯体、生理的属性，应该是当时的文化氛围使然。我们不能脱离了历史环境，苛求于前人。

附：

论朱自清的散文（节选）
余光中

我说朱自清本质上是散文家，当然不是说朱自清没有诗的一面，只是说他的文笔理路清晰，因果关系往往交代得过分明白，略欠诗的含蓄与余韵。且以《温州的踪迹》第三篇《白水漈》为例：

几个朋友伴我游白水漈。

这也是个瀑布；但是太薄了，又太细了。有时闪着些许的白光；等你定睛看去，却又没有——只剩一片飞烟而已。从前有所谓"雾縠"，大概就是这样了。所以如此，全由于岩石中间突然空了一段；水到那里，无可凭依，凌虚飞下，便扯得又薄又细了。当那空处，最是奇迹。白光嬗为飞烟，已是影子；有时却连影子也不见。有时微风吹过来，用纤手挽着那影子，它便袅袅的成了一个软弧；但她的手才松，它又像橡皮带儿似的，立刻伏伏贴贴的缩回来了。我所以猜疑，或者另有双不可知的巧手，要将这些影子织成一个幻网——微风想夺了她的，她怎么肯呢？幻网里也许织着诱惑；我的依恋便是个老大的证据。

这是朱自清有名的《白水漈》。这一段拟人格的写景文字，该是朱自清最好的美文，至少比那篇浪得盛名的《荷塘月色》高出许多。仅以文字而言，可谓圆熟流利，句法自然，节奏爽口，虚字也都用得妥帖得体，并无朱文常有的那种"南人北腔"的生硬之感。瑕疵仍然不免。"瀑布"而以"个"为单位，未免太抽象太随便。"扯得又薄又细"一句，"扯"字用得太粗太重，和上下文的典雅不相称。"橡皮带儿"的明喻也嫌俗气。这些都是小疵，但更大的，甚至是致命的毛病，却在交代过分清楚，太认真了，破坏了直觉的美感。最后的一句："幻网里也许织着诱惑；我的依恋便是个老大的证据。"画蛇添足，是一大败笔。写景的美文，而要求证因果关系，已经有点"实心眼儿"，何况是个"老大的证据"，就太煞风景了。不过这句话还有一层毛病：如果说在求证的过程中"诱惑"是因，"依恋"是果，何以"也许"之因竟产生"老大的证据"之果呢？照后半句的肯定语气看来，前半句应该是"幻网里定是织着诱惑"才对。

……

朱自清散文里的意象，除了好用明喻而趋于浅显外，还有一个特点，便是好用女性意象。前引《荷塘月色》的一、二两句里，便有两个这样的例子。这样的女性意象实在不高明，往往还有反作用，会引起庸俗的联想。"舞女的裙"一类的意象对今日的读者的想象，恐怕只有负效果了吧。"美人出浴"的意象尤其糟，简直令人联想到月份牌、广告画之类的俗艳场面；至于说白莲又像明珠，又像星，又像出浴的美人，则不但一物三喻，形象太杂，焦点不准，而且三种形象都太俗滥，得来似太轻易。用喻草率，又不能发挥主题的含义，这样的譬喻只是一种装饰而已。朱氏另一篇小品《春》的末段有这么一句，"春天像小姑娘，花枝招展的，笑着，走着。"这句话的文字不但肤浅，浮泛，里面的明喻也不贴切。一般说来，小姑娘是朴素天真的，不宜状为"花枝招展"。《温州的踪迹》第二篇《绿》里，有更多的女性意象。像《荷塘月色》一样，这篇小品美文也用了许多譬喻，十四个明喻里，至少有下面这些女性意象：

> 她松松地皱缬着，像少妇拖着的裙幅；她轻轻地摆弄着，像跳动的初恋的处女的心；她滑滑地明亮着，像涂了"明油"一般，有鸡蛋清那样软，那样嫩，令人想着所曾触过的最嫩的皮肤……那醉人的绿呀！我若能裁你以为带，我将赠给那轻盈的舞女：她必能临风飘举了。我若能把你以为眼，我将赠给那善歌的盲妹：她必明眸善睐了。我舍不得你；我怎舍得你呢？我用手拍着你，抚摩着你，如同一个十二三岁的小姑娘。我又掬你入口，便是吻着她了。

类似的譬喻在《桨声灯影里的秦淮河》中也有不少：

> 那晚月儿已瘦削了两三分。她晚妆才罢，盈盈地上了柳梢头……岸上原有三株两株的垂杨树，那柔细的枝条浴着月光，就像一支支美人的臂膊，交互的缠着，

挽着；又像是月儿披着的发。而月儿也偶然从它们的交叉处偷偷窥看我们，大有小姑娘怕羞的样子……电灯的光射到水上，蜿蜒曲折，闪闪不息，正如跳舞着的仙女的臂膊。

小姑娘、处女、舞女、歌妹、少妇、美人、仙女……朱自清一写到风景，这些浅俗轻率的女性形象必然出现笔底，来装饰他的想象世界。而这些"意恋"的对象，不是出浴，便是起舞，总是那几个公式化的动作，令人厌倦。朱氏的田园意象大半是女性的，软性的。他的譬喻大半是明喻，一五一十，明来明去，交代得过分负责："甲如此，乙如彼，丙仿佛什么什么似的，而丁呢，又好像这般这般一样。"这种程度的技巧，节奏能慢不能快，描写则静态多于动态。朱自清的写景文，常是一幅工笔画。

这种肤浅而天真的"女性拟人格"笔法，在20年代中国作家之间曾经流行一时，甚至到70年代的台湾和香港，也还有一些后知后觉的作者在效颦。这一类作者幻想这就是抒情写景的美文，其实只成了半生不熟的童话。

静默草原 / 鲍尔吉·原野

这也是一篇赞美草原的文章。文章一开头，就写在草原上"瞭望"，当然是要赞美它的风景。然而，作者却认为草原的特点是"前眺，或者回头向后瞭望，都是一样的风景"，到处都是"辽远而苍茫"。而这种苍茫带给人的并不是什么愉快的感觉，而是一种"惊慌"。

惊慌有什么值得写的呢？

但是，这一种笔法，它不是正面去写草原景色，而写草原给人的一种心理效果，和城市人，和观赏景物的心理习惯相对照。这里直截了当地宣告，要想观看丰富多彩的景观："草原没有"。蒙古牧人，眯着眼睛要看的，不是有形的景观，而是"苍茫"，而"苍茫"是无形的，所以作者说："草原不可看"。

不可看，还有什么可写的呢？作者接着说了一句很值得玩味的话："只可感受"。

"看"和"感受"的区别是什么？看是感官的，外向的；而感受则包括感触、感情、感想。这不光是外来刺激的反应，而且是内心激发出来的，"因而草原的风景具备了看不到与看不尽这两种特点"。

怎么会看不到？前面写了草原的"绿"，会"幻化出锡白、翡翠般的深碧或雾色中的淡蓝"。这不是看到了吗？但是，光是看到这些是有限的，只是表面的色彩而已，最为深刻的东西，光用眼睛，特别是用城市人的眼睛，是看不到的。例如说，草原像广阔的海洋，但是，海洋只能在海岸上观看，背后是大陆；而站在草原上，每一点都是中心。其次，草原可以接触，抚摸，打滚，海洋则不能。这就是说，草原比海洋更有直接的亲近感。这是眼睛看不到的，却是身躯可以接触到的。读过《黄果树瀑布》，应该记得有躯体之感觉，和光用眼睛看是不一样的。

文章要害就是，看不见的比看得见的更重要。为什么重要，因为看不见的，更便于想象，心灵更加开阔，更加容易激发出独特的感受：

> 辽阔首先给人以自由感，第二个感觉是不自由，也可以说是局促。

草原给人以自由感，这很容易理解，因为它太广阔了，无遮无拦，但是为什么又引起不自由、局促之感呢？请看下面：

> 人，置身于这样阔大无边的环境中，觉得所有的拐杖都被收去了，所有的人文背景都隐退了，只剩下天地人，而人竟然如此渺小与微不足道。

大地的广阔无边，空间的无限，固然可以引发自由感，但是，无边无际的空间，全部是大自然，任何人的创造痕迹，和大自然空间相比，都好像不存在一样。而人与之相比，就更加显得渺小了，渺小得微不足道：

> 在草原上，人的处境感最强烈。天，真如穹庐一样笼罩大地。土地宽厚仁慈，起伏无际。人在这里挥动双拳咆哮显得可笑，蹲下嘤嘤而泣显得可悲。

这里强调的，不仅是人和大自然的空间相比显得渺小，而且人的一切作为，不管是抗争，还是悲痛，都奈何大自然不得。这是从反面在赞颂大自然的伟大。从正面来说，则是赞美感受大自然伟大的心灵。这种心灵，不是一般诗人的心灵，而是另有特点的：

> 在克什克腾，远方的小溪载着云杉的树影拥挤而来时，我愿意像母牛一样，俯首以口唇触到清浅流水。当我在草原上，不知是站着坐着或趴着合适时，也想如长鬃披散的烈马那样用面颊摩挲草尖。

体验草原的美，用人的眼睛，特别是用城市人的眼睛，用游客的眼睛是不行的，只能产生渺小的感觉，就是用强悍的咆哮和抒情的哭泣，都和草原不相称，文不对题。但是，用牛和马的感觉，接触草原、抚爱草原的感觉，倒是充满了诗意。这种诗意在城市人的视觉以外，是他们的想象力不可能达到的。草原上的"不自由"，就是城市的眼睛、城市的想象力的不自由，只能用草原本身来感觉草原，哪怕是原始的、牛马的感觉，也比文明人的感觉富于诗意。

这种诗意，不但看不到，而且也听不到，作者在最后把自我形象归结为一个排斥了听觉的静止的形象：

> 我扯住衣襟，凝立冥想。

草原之美不在可视、可听之中，而在沉思，不是一般的思考，而是久久地、默默地沉思。

故本文题目曰：静默草原。

草原之美，不在可见的美色，不在可听的美声，美不在城市人的景观，美不在美丽的语言，美在无言，美在静默，美在草原放牧者在静默中对于水草自由的想象和感受。

高原，我的中国色/乔良

对于北方荒凉、原始的景观，一些作者们都把它们当作一种美来欣赏和赞叹的。作者们的精神气质，或强悍，或高贵，或粗犷，或柔婉，风貌各异，个性鲜明。独特的个体，个人化的情感，以承受大自然的暴虐为荣。这一篇，在表现自然景观的严酷上，和前面几篇是相近的，有些地方，甚至可以说有过之而无不及，有一种更加蛮荒、狂野的性质。

这主要表现在文章的开头，描述黄土高原的时候，不是一般表现其静态的景观，而是描绘其地质形成的历史过程。

乔良和楚楚有很大的不同。楚楚把粗犷的草原写得很精致，很淑女，尽一切可能把粗犷的方面掩盖起来，使之显得如烟雨江南般的优美、雅致；而乔良却把旷野放在形成过程中，把它写得粗暴、原始、蛮荒。这种蛮荒的"黄土"，是一种"苍黄"，是和众多的沙漠联系在一起的"荒漠"。但这只是形象的一个方面，另一个方面则是：这种蛮野的"苍黄"又是强悍的、雄浑的、"精血旺盛"的。自然条件严峻和精神力量的强悍互相渗透。

黄土高原的地质史，只是一个背景，一个前奏，目的是为中华民族精神史设定一个基本色调：黄色，以此来统一整个文章的风貌和内涵。

黄色不仅仅是自然的，而且是象征的。黄土、黄河到黄皮肤，全文反复点到。而在第二个层次的转折点上，则引出了黄帝。这个形象又和轩辕柏融为一体。

这个转折，从内容来说，是从地质史过渡到中华民族的人文史；从形式来说，是从写实到象征，又从象征性传说，转化为历史的概括：秦皇、汉武、商旅和成吉思汗的铁骑。这一段有点像毛泽东《沁园春 雪》中的概括，但是，只有秦皇、汉武，没有唐宗、宋祖；有成吉思汗，但是没有批评他只识弯弓射雕，而是把他和商旅一道，作为五千年历史光荣的一方面的代表。从这里可以看出，作者强调的不仅仅是政治军事、文治武功，而且是经济发展的领先、文明进化的博大。关于这一点，在文章的后半部分是这样说的：

> 真正的中国是闪着丝绸之光的、敦煌之光，修筑起长城，开凿出运河，创造了儒教、道教，融合了佛教、回教，同化了一支支异族入侵者的中国。

从文章的结构来说，这第二个层次，还只是背景，不过和前面的自然史背景不同，是人文历史的辉煌。

以自然史的粗犷和人文史的辉煌作为双重背景，形象的主体终于出现了：

> 一个军人。

在黄土高原之上，天显得低了，天地都成了军人的衬托。在粗犷的古歌声中，他获得了人"与遥远的初民时代那种无缝无隙的交合"，这样，就具备了历史的内涵。从文章手法来说，这样的写法，已经不再是写实的描写和抒情，而是象征的意蕴深化。

作为象征，它是以个体作为一个整体抽象精神的感性符号，如：军人立于万里黄土高原与千年历史之间。关于这一点，文章的后面这样写道：

> 真正的中国是一条好汉。

正是由于象征，这里的军人不再是个体的人，而是民族的精神，不是写实，而是虚拟的。

这个军人的形象，起初是以第三人称"他"出现的，不久就变成了第一人称的"我"。面对历史，这个军人内心在骚动：

> 只有我，他想。我和高原。于是他又想，这冷寞、这苍凉不仅仅是属于我，还属于遗落在高原上的千年历史。

于是，这个军人的形象，就具有了双重的意义，他不仅仅是历史的象征，同时又是个人自我的形象。把象征的描述和抒情结合起来，这就顺理成章地进入第三个层次，从历史的辉煌转入历史衰败的批判。

这种批判不是抽象的，而是形象的，与辉煌相对的衰败，必须找到与黄土相对的对象。作者找到了南方，这本来是很自然的，因为汉族文明是从北方败退、扩展到南方的。作者用南方优良的自然环境，和北方的严酷景观相对比。楚楚把北方的荒漠草原写得像南方的"小池烟雨"，而乔良却对南方作出这样的批判：

> 没有弥漫天际的黄沙烟尘，没有冰，没有雪，没有能冻断狗尾巴的酷寒，有丽山秀水，丝竹管弦，有妖冶的娥眉，婀娜的柳腰，有令人销魂的熏风、细雨……那叫人柔肠寸断的杏花春雨啊，竟把炎黄子民们威武剽悍的魂魄和膂力一并溶化！

在楚楚看来是最优良的自然环境、优美的诗情，在乔良这里却是令民族种性退化的温床。

这种令他悲叹的"南方"，除了和北方黄土高原对比以外，又与西方

现代散文 | 149

航海冒险的"汉子"对比。这种民族精壮的血性，是雄性的，他一再把这种本性称之为"汉子"。只要和楚楚的"女性拟人格"修辞联系起来，二者不同的个性、不同的美学追求，不是一清二楚了吗？

我们可以批评乔良，他不但把中华民族，而且把世界历史光荣统统归功于男性的"汉子"，但是我们也可以为他辩护，这只是他的个性，正如楚楚把一切的风景用女性的温婉来同化一样。但是，相比起来，乔良还是比较深邃一些。因为乔良对于艺术的追求，更富于尖锐的社会使命感，他并不为历史而悲叹，他的目标是对当代的中国青年进行勇敢的批判。他藐视那些"身条瘦长""脸色煞白"的时髦青年，他们那种"戴着立体声耳机""迪斯科跳得真好"的姿态，在他看来，那是缺乏男子汉的体力和精神。因而，他主张把这些"小白脸"带到黄土高原上加以改造，让他们恢复"黄帝、黄河、黄土高原的本色"，让他们有"更强健的肌肉，更坚硬的骨骼"，更有"漠风的豪气"。为了概括这种中华民族传统精神的豪迈和刚强，他用秦陵兵马俑的坚守、用轩辕柏的深根来作复合的象征。

这种复合象征，不仅仅用在历史的典故上，而且用在自我形象上。前面那个军人的民族形象和自我的个体形象，双重的象征形象，到了文章最后，统一起来了：

这个人，这个军人，就是我。

民族的赞歌、悲歌和自我的赞歌、悲歌，结合了起来，就使得文章从精神到艺术都升华到一个新的层次。

从作者来说，他已经把自己的主题提高到了最高音区，但是从读者来说，这个最高音区，却并不是没有疑问的。中国现代化的人格理想、民族竞争力，只能在黄土高原古老的传统之中恢复吗？与之相对的南方，就一无是处？与之一致的西方，就没有腐蚀灵魂的因子？面对民族性的建构这样一个历史课题，作者的精神是不是包含着某种保守的、倒退的成分？

这都是值得深思的。

与其说作者是解决了这个问题，不如说是提出了这个问题。

悟沙/刘元举

对于大自然，如日出、瀑布、春花秋月、江南烟雨等优雅婉约、生机勃勃的美景，我们都有一种自发的喜爱，欣赏起来比较容易。当然，这里也有一个个性化、深度化的问题，但毕竟赏心悦目，比较容易感受。而对于大漠黄沙，军旅苦寒，生态严酷，苦难忧患，就不那么赏心悦目了，自发的感受不一定很美好。对于这样的景观，这样的生存境况，是不是就任其游离于我们的心灵感受之外呢？如果只能是排挤，那么心灵就是比较贫乏的、孱弱的。选择这些文章，就是为了领略艺术家们如何从这些看来是不美的，甚至丑陋的、苦难的生存环境中，也能激发出优美的、强悍的、刚健的情操来。领略这样的情操，就是对心灵的熏陶，对情感境界的开拓。这就是语言的人文精神所在。

乔良的文章，写的是黄土高原，作者让我们领略苍凉的荒野如何激发起剽悍的精神。

刘元举写的是黄沙。"写满苦难，写满沧桑"，如果作者停留在苦难和沧桑上，那就只有悲叹了，那就不值得动笔了。文章的价值在于，作者体悟到这是一种"博大精深的苦难"，"发现了另一种语言"。苦难就是苦难，有什么"博大精深"之处？用什么样的"语言"，才能把它变得不苦，而且很美，富有深长的意蕴呢？

博大精深，本来不是用来形容自然界的，而是用来形容人的思想的。把自然界的苦难转化为人文精神的豪迈，这就是作者的令人惊叹之处。

文章有三个小标题是"看沙是沙""看沙不是沙""看沙还是沙"，这三个命题不是作者的创造,而是从禅宗那里学来的[①]。不过作者在这里,没有用其哲学意义,只用了字面的意义。

和前面几位作者最大的不同,就是本文的开头几段,并没有从描绘景色开始,而用一种议论、类似说明的方法。沙漠最大的特征,就是没有水,和水不相干。但是,作者偏偏说它和水有多方面的类同。先是从形态上:"西部的沙子细小、绵软,有着水的柔性,在荒漠中到处流淌,那上边的纹路儿也像水的波纹"。"柔性""流淌""波纹",都用得很巧,水的特征和沙的特征猝然遇合。其次是从功能上强调其一致性:一是"沙子可以当水用",用沙子洗衣服、洗鞋垫;二是沙子可以当被盖;三是沙子有医疗作用,利用曝热的沙子治疗风湿、关节炎、胃病等等。这些说明式的语言,由于超越了日常的经验,就显得很有趣。不但有趣,而且说得很有智慧。这种趣味,不是一般抒情的趣味,而是包含着智慧的趣味,可以说是一种智趣。这种智趣,和抒情的趣味最大的不同是,他比较客观,比较理性,每逢说明了沙子和水相同的一个方面以后,都要声明一下:"但是沙子毕竟不是水""沙子毕竟不如被子舒服""沙子毕竟不能取代医疗器械",这就使得他的说明中带着一点分析的智性成分。

如果一味这样说明下去,文章可能陷于单调。接下去,作者改用一种比较抒情的语言,把西部的沙子说成是"浪子""狂躁的暴徒""破坏意识极强"。对于泥岩层的削损,比水滴石穿还更有"耐性"。这里,明显地把沙子拟人化了,不过不是楚楚式的女性拟人格,而是男性拟人格,不是一般男性拟人格,而是带着北方汉子粗犷性格的拟人格。

接着,是第二次提到西部沙子的"语言"("语汇")。这是一个隐喻。事实上,就把无声的、无意义的沙漠现象转化为男性创造力,说黄沙"以不懈的努力去说服那些忧愁的褶子,它们打破了亿万年的寂寞"。其实,

---

[①] 原文为"老僧三十年前未参禅时,见山是山,见水是水,乃至后来亲见知识,有个入处,见山不是山,见水不是水,而今得个休歇处,依然见山是山,见水是水。"转引自《比较文学论文选集》,《文学研究动态》编辑组编,中国社会科学出版社,1986年版,第198页。

这些都不是黄沙本身的,而是作者自己的美学感受,意思就是说,黄沙的狂舞和飞鸣,使寂静的沙漠变得有声,这种声音,在普通人听来可能是可怕的,刺耳的,而在作者听来是有"生气和活力的"。没有这种声音,沙漠就是"死寂"的。他甚至把黄沙的横扫,说成是对荒丘的"热情的""亲吻"和"拥抱"。

这绝对不是对黄沙本身的描写,作者情感流泻占了主导,缺点是对景观本身的表现比较空泛,在描写景观上笔力稍弱,偏于抒情,而且是刚烈的激情。这种方法,与前面对沙子和水的关系的分析和说明,是两种不同的方法。两种方法的交替使用,智慧和情感交融,过渡得又自然,有一种情智交融的风格。

不管是情还是智,作者对于黄沙,都表现出一种赞美的激情。

到了文章的第二个标题"看沙不是沙",文章发生了两种转换:第一,是手法,由说明、抒情转换为叙事,当然其中也有抒情,但是与前面不同的是,在讲述经历中抒情;第二,是情感的转换,作者在这一段的结尾,这样总结:

> 由赞美黄沙到厌恶黄沙,由害怕黄沙到逃避黄沙,这是一个我所亲历的情感过程。

这个情感经历的过程,正是文脉,作者的个性,文章的特点所系,分析文章要紧紧抓住的正是这个。这也就是我们在解读中常常提到的"层次",而不是什么"段落大意"。

这个过程写得很丰富。先是生理上的不适,嗓子喉咙都发呛;接着是视觉上的:"浑黄的浓烟成了弥天大雾,吞没了所有的景物","仿佛世界一下子就到了末日",无处躲藏,无法吃饭,一切正常生活都无法进行,"书也看不了,话也说不了,觉也睡不了,什么也干不了","世界被黄沙折腾得烦躁不安"。这一切写得比上面一节,在语言上更加酣畅淋漓,不但调动丰富的书面语词汇,而且使用一些任性的口语,例如:"真不是个东西""倒霉""鬼地方""折腾""憋死"。从这些语言来看,好像作者遵循了抒情的通常办法，把感情放任到极端。但是，太极端了，就很难有作者所追求的智性的趣味了。下面一段，作者要改变对黄沙的厌恶，要有一个转折，需要有一个过渡。幸而，作者相当简洁而机智地转折了：

> 回望那一团团无可奈何的黄沙，我觉得我夸大了它的存在价值。我把它看得过于强大。其实，它们只不过是受风操纵，让它们躺，它们就得倒，倒的姿势都得由风来决定；叫它们起来，它们就不能趴着，没有一点商量余地；让它们安静它们才能安静，让它们疯狂它们就得疯狂。它们的喜怒哀乐全然不受自己的支配，它们没有自己的原则。

这是从抒情转向了智慧的阐释，从情趣回到了智趣，既是对沙和风的关系的客观说明，又是作者主观智慧的阐释。这种智慧可贵在，把风的运动和沙的形态的自然因果转化为意志的因果。两种因果本来是不相同的，但是在语言上（操纵、躺、由风决定、起来、趴着、安静、疯狂、不受自己支配等等），却处在二者的交错点上。看来作者在这方面，笔墨游刃有余。说完了风与沙的关系，又转到风和水的关系上去，在语义的交错自由上，同样精妙：

> 它（沙）的形象是风的外化，它的纹路儿从来就不曾是它自己的，在水下是属于水的，离开水，就属于风了。

这不仅仅是语义交错的功夫，而且其中有着某种人生的哲理。这对风的批判，其实是把人的自由放在第一位的原则出发的。智慧的趣味的亮点，就在这里。

下面就到了第三部分"看沙还是沙"了。在这里，感情又要经历一个层次的转折。原因是他到了敦煌，到了鸣沙山，他对沙又有了好感。为了表现这种转折，他必须有足够的描写，否则就不足以承受他的心情的转折：

> 我在极好的阳光底下，仰望着感觉极好的鸣沙山。我满眼都是灿烂都是辉煌。从上到下辉煌，从左到右灿烂，辉煌和灿烂在这里没有什么区别。沙山的斜坡很是舒缓，牛毛般光泽细软，而线条清晰有如刀刃般的山脊无论直线还是弧度，都高贵得不可企及。

这是作者对于沙的第三个感情，应该是情致的高潮，笔力应该有强度的，但是从描写的角度来说，似乎比较薄弱。这种薄弱之感，只要和余秋雨对于鸣沙山的景观的描写一比，就很明显了。余秋雨是这样写的：

> 夕阳下的绵绵沙山是无与伦比的天下美景。光与影以最畅直的线条流泻着分割，金黄和黛赭都纯净得毫无斑驳，像用一面巨大的筛子筛过了。日夜的风，把山脊、山坡塑成波荡，那是极其款曼平适的波，不含一丝涟纹。于是，满眼皆是畅快，一天一地都被铺排得大大方方、明明净净。色彩单纯到了圣洁，气韵委和到了崇高。为什么历代的僧人、俗民、艺术家要偏偏选中沙漠沙山来倾泻自己的信仰，建造了莫高窟、榆林窟和其他洞窟？站在这儿，我懂了。我把自身的顶端与山的顶端合在一起，心中鸣起了天乐般的梵呗。

这就是余秋雨式的笔力，描写和抒情的交织，都有余秋雨特有的精致，观察的精致和感触的优雅，对沙山的景观、线条、色彩、光和影的效果，面与块的和谐，特别是心灵的高贵，都带着历史文化和宗教的色调，内心的虔敬和胜迹的崇高感达到高度统一。相比起来，刘元举的文字就显得有点敷衍了事，甚至有点捉襟见肘。

刘元举在这方面的不足，在另一方得到了补偿，那就是他在文章最后声称的"按自己的逻辑解释"鸣沙山的奇观。对于科学家的四种阐释，他都不以为然，他提出了一种对于鸣沙山鸣声的阐释：三千年来，鸣沙山的鸣声，是：

现代散文 | 155

> 对大自然鸣叫，对于人类社会鸣叫。大自然听不懂，人类社会也无法听懂。数千年来，它就这么鸣叫着。……很遗憾，古往今来我们的大自然没有听懂；要是听懂了，就不会有那么多那么深的断裂，就不会有那么散那么孤寂的荒丘。可惜我们的民族也没有听懂；要是听懂了，这里就不会有过那么多的战乱，那么多的荒冢，那么多那么多的伤口，在流血，一直流着……

这就不是科学的解释，而是抒情的解释。鸣沙山的自然声响，不再被当成一种自然现象，而当成一种人文心理，对于生态的破坏、人为的杀戮、数千年来不变的悲剧的声讨。作者悲愤地认定：对于中华民族历史的悲剧和生态的悲剧数千年来连续不断而无从理会，是因为对于鸣沙山的声音无从听懂。正是在这双重的无从听懂上，刘元举充分表达了自己的愤激。从散文艺术来说，这样的比附，是不是有点生硬，是可以讨论的。

日出/刘白羽

这一篇文章主要写作者亲历的日出。日出景象无疑是文章的主体，但是作者直接写日出的感受的篇幅只有五分之二，将近五分之二的篇幅是引用别人文章，还有五分之一写的是在黄山没有看成日出。把这么多的文字花在其他方面是不是喧宾夺主呢？好像不是。

如果一上来就写如何在飞机上看到日出，看完了，文章也就完成了，当然也是可以的，但可能给人以单调、单薄之感。而有了前面这一切，就比较丰富。不但是语言上丰富，而且想象、情感、色彩上也丰富了。俗语说，红花还要绿叶扶，这五分之三的篇幅，是一种陪衬，或者说是一种烘托。这有点近似国画上所说的"烘云托月",只是把云画得比较浓重,留下圆圆的空白,也就是月亮。用别人所经历的日出来烘托、陪衬自己的,在方法上是一样的。

当然这并不是说写日出非这样写不可。有时不用烘托,直接描写,也是可以的。巴金的《海上日出》,该文就没有烘托,几乎全部是直接描写:

> 为了看日出,我常常早起。那时天还没有大亮,周围非常清静,船上只有机器的响声。
>
> 天空还是一片浅蓝,颜色很浅。转眼间天边出现了一道红霞,慢慢地在扩大它的范围,加强它的亮光。我知道太阳要从天边升起来了,便不转眼地望着那里。
>
> 果然过了一会儿,在那个地方出现了太阳的小半边脸,红是真红,却没有亮光。这个太阳好像负着重荷似的一步一步,慢慢地努力上升,到了最后,终于冲破了云霞,完全跳出了海面,颜色红得非常可爱。一刹那间,这个深红的圆东西,忽然发出了夺目的亮光,射得人眼睛发痛,它旁边的云片也突然有了光彩。
>
> 有时太阳走进了云堆中,它的光线却从云里射下来,直射到水面上。这时候要分辨出哪里是水,哪里是天,倒也不容易,因为我就只看见一片灿烂的亮光。
>
> 有时天边有黑云,而且云片很厚,太阳出来,人眼还看不见。然而太阳在黑云里放射的光芒,透过黑云的重围,替黑云镶了一道发光的金边。后来太阳才慢慢地冲出重围,出现在天空,甚至把黑云也染成了紫色或者红色。这时候发亮的不仅是太阳,云和海水,连我自己也成了明亮的了。
>
> 这不是很伟大的奇观么?
>
> 1927 年 1 月

这也是很著名的散文,但是和刘白羽的风格不同,它比较单纯,不像刘白羽这篇《日出》这么丰富。当然,单纯也有单纯的美。在抒情诗中,单纯则是一种规范。上个世纪六十年代，有一个叫张万舒的诗人，写日出：

> 出海就是光芒万丈，
> 照得环天都是火一样的金云。
> 谁能阻拦你啊，
> 宇宙敞开壮阔的胸怀，
> 任你鼓动金翼上升。

这里只有一种色彩，比巴金的《海上日出》还要单纯。相比之下，巴金在色彩上要丰富一些：先是"天空还是一片浅蓝"，然后是"一道红霞"，接着是"颜色红得非常可爱"，"一片灿烂的亮光"，后来是"透过黑云的重围，替黑云镶了一道发光的金边"，最后是"把黑云也染成了紫色或者红色"。给人印象最深的是："夺目的亮光，射得人眼睛发痛"，"发亮的不仅是太阳，云和海水，连我自己也成了明亮的了"。

这里可以看出，笼统地说单纯和丰富是没有意义的，要有比较的对象，也就是要有参照系。这参照系，首先就是文体，是诗还是散文，比起张万舒的诗来说，巴金的《日出》，在色彩上要丰富得多了。其次是风格，同样的文体，如散文，就要看风格。显然，和作者的风格比较起来，巴金的就单纯得多了，单纯得甚至给一些要求比较高的读者以单调的感觉。巴金的感觉，是蓝色的天空，红色的霞，黑色的、紫色的云，光亮夺目的阳光，等等。而且这种光亮的效果有两种：一是射得眼睛发痛；二是把云、海和作者照得透明。文章不长，应该说视角和层次并不单调。但是，如果作者满足于巴金这样的感觉，那他的文章就不用写了。作者之所以要用同样的题目再写一下，是因为他觉得自己有超过前辈的地方。作者引用了海涅、屠格涅夫的文章，却没有引用巴金的，可能并不是偶然，很可能是不觉得有什么可引之处。而引用海涅和屠格涅夫的文章，并不是为了显示这样的描写无以复加。其实海涅的文章，除了把群山比喻为"一片白浪的海"，把自己站立的山头比作"洪水泛滥的平原"中"一块块干的土壤"，其余并不见得十分精彩。

屠格涅夫的文字，当然比海涅要精致一些，首先，在色彩上，"浅玫瑰色晨曦"，"暗紫色"的阳光，"明亮而柔和的光芒"，"淡淡的紫雾"，光线如"一条条发光的小蛇，亮得像擦得耀眼的银器"。其次，在情绪上，"跳跃的光柱"，"带着一种肃穆的欢悦"，是称得上经典的。应该说，屠格涅夫的比喻（发光的小蛇，耀眼的银器）比之海涅的要精彩得多。而在情绪上，"肃穆的欢悦"，也比海涅文章中的"一言不语"要深沉，传达观看日出时感动得默默无言的体验，其中有屠格涅夫特有的高雅和贵族气质。

写游记引用经典作家现成的名言、名文，是常用的手法，刘白羽、余秋雨、汪曾祺在这方面都很讲究，刘白羽在《长江三日》就直接或间接地引用了杜甫、苏东坡、李白、郦道元、列宁、卢莎·卢森堡等的诗文，当然都是陪衬。一般地说，应当避免过多照引，周作人大段抄录，为人诟病，至少不能说是优点。但是，这里作者却一连抄了两段世界文学史上的经典名作，引用海涅的文章，连一句赞叹的话语都没有，就是对于屠格涅夫，也只是淡淡地说，"善于观察大自然"，"精辟的描绘"。显然，这并不仅为了作陪衬，而是另有一番雄心：在这些经典的基础上，把日出的抒写推向一个新的水准。他的突破在以下几个方面：

第一，心理背景上的反差：感受日出的辉煌，在突然的、意外的，"没有一点准备，一丝预料的时刻"，为了强调突遇"无与伦比的光华、丰采"的惊异，前面特意写了两次失望，一次是在印度，在看日出的胜地，一次是在黄山，遭遇了和著名旅行家徐霞客一样的失望。

第二，在光和色的对比上。当然，巴金、屠格涅夫写日出，光和色也是有对比的，但是刘白羽在层次上，更加丰富。

先是色调和色温的对比。"黑沉沉的浓夜"，衬托出"一线微明"，"暗红色的长带"，"清冷的淡蓝色晨曦"，"变为磁蓝色的光芒"，"红海上簇拥出一堆堆墨蓝色云霞"，"墨蓝色的云霞里矗起一道细细的抛物线"，"红得透亮，闪着金光"。这里，不但有色彩的对比，而且有色调、色温的对比，蓝色（其间还有磁蓝和淡蓝的层次）是"清冷"的，而红色、亮色（其间还有暗红、红得透亮的层次）是暖色，是"沸腾的"。

其次是静态和动态的对比。飞机在不断上升,抛开地面,"不知穿过多少云层",把夜空"愈抬愈远",这种动的幅度是很宏大的,而另一方面,则是宁静的:地面是"黑沉沉的","马达声特别轻柔","好像唯恐惊醒人们的安眠"。不但有动静对比,而且有转化,由冷变暖,由静变动:"一转眼,清冷的晨曦变为磁蓝色的光芒","原来的红海上簇拥出一堆堆墨蓝色云霞","突然间从墨蓝色的云霞里蠢起一道细细的抛物线,这线红得透亮,闪着金光,如同沸腾的溶液一下抛溅上去,然后像一支火箭向上冲"。最后一句特别值得称道,这是刘白羽式的创造,是固态和液态的转化,太阳本来是有固定形状的,这里却以液态("沸腾")来形容,显得特别新异。

再次是情景的对比。在飞机上"惊奇"地领略日出的壮观景象,用了一系列辉煌的语汇,诸如:晶光耀眼、火一般鲜明、火一般刚强。瞬息之间,平静的心态转化为激情状态,转眼之间,激情状态又转化为宁静的状态。一切景象都染上了激情的色彩:"一眨眼工夫,我看见飞机的翅膀红了,窗玻璃红了,机舱座里每一个酣睡者的脸红了。"红是火热的色彩,而在汉语里热与闹是自然地联系在一起的,正如冷与静联系在一起一样。可是,在刘白羽这里,恰恰相反:

> 这时一切的一切都宁静极了,宁静极了。整个宇宙就像刚刚生过婴儿的母亲一样温柔、安静,充满着清新、幸福之感……我靠在软椅上睡熟了。醒来时我们的飞机正平平稳稳,自由自在,向我的亲爱的祖国,向太阳升起的地方航行。

本来,这里是文章的高潮,是感情的高潮,是强烈的激情,是刚性的,但是作者却把它和柔性结合在一起,把激情与平静自然地统一起来,以显示一种"安静"的"幸福感",其特点是一种内心的、无声的体验,进入一种庄严的思索的境界。

最后,顺理成章地把这种幸福的体验和庄严的思索,升华为政治的直接抒情。这种升华,就是在半个世纪后的今天读起来,也并不太生硬,因为其间从个人的体悟到集体的话语的过渡相当自然,这得力于一个关键词的运用，那就是，飞机向"亲爱的祖国，向太阳升起的地方航行"。向太阳升起的地方，明显具有政治的含义。有了这样的过渡，下面写道：

> 这时，我深切感到这个光彩夺目的黎明，正是新中国瑰丽的景象……我在体会着"我们是早晨六点钟的太阳"这句诗那最优美、最深刻的含义。

"我们是早晨六点钟的太阳"是什么诗人的诗句，一时无从查考，但是，作者显然欣赏这句诗的含义。上个世纪五十年代初期，他有一部中篇小说就叫做《早晨六点钟》。这是那个历史时代中国知识分子普遍感受到的政治自豪。毛泽东在1957年春天，在莫斯科对中国留苏学生就说过："你们是早晨八九点钟的太阳。"

从大自然的感受上升为政治的激情抒发，是作者的惯用手法，他在另一名篇《长江三日》中也一样，从长江景象的感受上升为政治抒情：

> 天空、江上一片云雾迷蒙，电光闪闪，风声水声，不但使人深沉体会到"高江急峡雷霆斗"的赫赫声势，而且你觉得你自己和大自然是那样贴近，就像整个宇宙都罗列在你的胸前，水天、风雾，浑然融为一体，好像不是一只船，而是你自己在和江流搏斗而前。"曙光就在前面，我们应当努力"，这时，一种庄严而又美好的情感充溢我的心灵，我觉得这是我所经历的大时代突然一下集中地体现在这硅橡胶的长江之上。是的，我们的全部生活不就是这样战斗、航进，穿过黑夜走向黎明的吗？

在抒情到达高潮时，很自然从大自然的描绘过渡到政治的抒情和鼓动，在作者看来，是最崇高的艺术境界。也许，今天的青少年读者，对他的这种强烈的政治抒情并不一定能够全部体验，但是，仍然可以从中感受到上个世纪中期中国知识分子政治浪漫主义的崇高的追求。

泰山日出/徐志摩

从表面上看,徐志摩笔下的日出和刘白羽笔下的日出,最明显的不同就是一个从飞机上看,一个从泰山上看。但是,光看到这样的区别是肤浅的。文章的精华不在写了些什么,从什么角度看,而在于用什么样的情绪去感受。关键在于情绪的特点。

文章一开头,就点出看日出已经不新鲜了。他在红海和印度洋的轮船上早已"饱饫"(《广雅》:饫,饱也,厌也)了。他所向往的是,与平原、海上不同,体验从未经历过的景象。

读者已经习惯了一般的写法:首先集中笔力描绘出日出的壮丽图景,然后慢慢激动起来。但是,徐志摩却不是这样。首先,他不太着重写景,因为在他看来最初的印象是很平淡的,西方一片铁青,东方有点发白,只能用"旧词"(也就是陈词滥调)"莽莽苍苍"来形容。此时的心情,也不是很兴奋的,有点懒洋洋的观感:虽然有晓寒的刺激,但有点睡眼蒙眬(睡眼不十分醒豁)。等到留心仔细再看时,却一下子兴奋、激动起来:

我不由得大声地狂叫。

要注意,这样的写法和刘白羽是很不相同的。刘白羽是把景象写透了,才激动起来,慢慢诱导读者激动,避免读者跟不上趟而无动于衷。而徐志摩这种方法的好处,在于调动读者情绪,和作者同步发展,循序渐进,层次井然。但是,这并不是唯一的途径,徐志摩和刘白羽不同,他是个浪漫主义的诗人,他的情绪来得快,使用的方法也与刘白羽恰恰相反,先不讲任何理由，突然就激动起来，引起读者的惊异，以戏剧性的悬念，调动读者的阅读兴趣，维持读者内在注意。这也是一种法门。这是比较浪漫的诗人常用的手法。和一般抒情散文不同，不是情与景的平衡发展，而是以情感为纲，以情感为主导，情感领先。至于引起诗人激动的景色，倒不一定一下子很惊人。阅读文章开头的景象，并不见得十分令人震撼：

  昨夜整夜暴风的工程，却砌成一座普遍的云海。除了日观峰与我们所在的玉皇顶以外，东西南北只是平铺着弥漫的云气。在朝旭未露前，宛似无量数厚毳长绒的绵羊，交颈接背地眠着，卷耳与弯角都依稀辨认得出。

描绘的效果，得力于组合性的比喻，把云海比喻为绵羊，由绵羊联想，引申出羊绒、羊角、羊颈的交接，应该说，是挺形象的；但若严格地考究，并不见得有多么惊人。可是诗人却激动莫名，由于站在山峰顶端，"发生了奇异的幻想"：自己化为一个巨人。脚下的山峦，变得像拳头一样小，自己站在大地的顶尖上，长发变成黑色的旗帜，平举着一双长臂，向着东方，默默地呼唤、祈祷，而且流下了热泪。

  这个巨人的形象是不是很容易令读者想起郭沫若的《立在地球边上放号》？为什么会激动到这种程度呢？光从景色的美好是不能充分解释的。这里有几个关键词：崇拜、久慕未见、悲喜交互。一个也不要放过，要弄明白。

  崇拜、久慕未见，比较好解释，因为在浪漫诗人看来，大自然的景象太动人了，太值得崇拜了，长期在向往，但是未能得见；一旦见到，就激动得不能自制。但是，悲喜交集，有点难度。喜是很好理解的，因为美好的景色而喜。悲呢？这个问题，我们先留着到后面去试着解释。

  下面有一个词更为关键：东方（巨人的手指向东方）。这里显然不是地理学意义上的东方，而是有着更多文化的、历史的含义。请看：

  东方有的，在展露的，是什么？

  东方有的是瑰丽荣华的色彩，东方有的是伟大普照的光明。

这里的瑰丽荣华的色彩，伟大普照的光明，显然不仅仅是大自然的现象，而是一种文化的象征。东方的曙光，东方的觉醒，是重点，对于这一点，作者以更为华彩的语言来美化：

  玫瑰汁，葡萄浆，紫荆液，玛瑙精，霜枫叶……

这样的色彩，比之最初使诗人激动的云层要强烈得多了，不惜用有点堆砌的方法，集中了这么多富丽堂皇的话语，充分表现了诗人的浪漫情采和文采。但是，色彩还是表层的，内涵在其深层，如果仅仅限于表层，文章的深度就可能受到局限。幸而，诗人把自己的思想逐步透露：

  一方的异彩，揭去了满天的睡意，唤醒了四隅的明霞——光明的神驹，在热奋地驰骋。

这里的"异彩"之所以值得赞美，是因为驱除了"满天的睡意"。天是没有什么睡意的，这不是写实，而是象征，把这里的"睡意"和"东方"联系起来，就不难理解了，这是象征着东方巨人的觉醒。要注意，本文写于1923年，正是五四新文化运动后期，文中的"光明的神驹"，提示了时代背景。类似的提示还有：

  再看东方——海句力士已经扫荡了他的阻碍……
  这是东方之复活，这是光明的胜利……

这里的"光明""复活""海句力士"（大力士），都是在表现五四精神，这里的欢乐，相当夸张的欢乐，都是对五四新文化运动的欢呼和礼赞。

  值得注意的是，这种礼赞，不仅是对时代的，而且是对自我的。文章到了最后，诗人特别强调了这一点：

散发祷祝的巨人，他的身影横亘在无边的云海上，已经渐渐地消翳在普遍的欢欣里……

　　听呀，这普彻的欢声；看呀，这普照的光明！

希腊神话中的大力士，扫荡了障碍，是新时代的象征，而"散发祷祝的巨人"（在前面作者说过是自我形象的升华），则是新人（自我）的象征。二者的觉醒本是遥相呼应的，最后，逐渐融化为一体。从理论上来说，五四新文化运动不仅仅是文化的社会的革命，而且是人的革新，精神的解放。这里的欢乐，自然是精神解放的欢乐。

　　在文章最后，是光明的普照，是"四方八隅"的欢歌，也是巨人心灵的光华，这是情绪的高潮，也是欢乐的高潮。欢乐充满着身内和身外，可以说是一首精神解放的《欢乐颂》。

　　现在，再回答我们曾在本文前面留下的一个疑问：为什么诗人在初见泰山日出的时候，流下的热泪是"悲喜交集"的？喜，已经得到充分的解释，可是悲从何来呢？如果光是自然景观的欣赏，是不可能有悲的成分的。这里暗示的是东方巨人的觉醒，"驱除睡意"，这种睡意，是历史的，是经历了漫长的痛苦和屈辱的，充满着重重障碍的，而一旦觉醒，"扫荡阻碍"，并不是轻而易举的，这才令人悲喜交集。这种悲喜交集，是历史的转折点决定的。

　　徐志摩是一个浪漫主义的热情诗人，在表现情绪上，具有足够的气魄，但是在表现历史感方面，是比较薄弱的。这一点只要把本文和郭沫若的《凤凰涅槃》相比，就可以看得很清楚了。在郭沫若笔下，凤凰是英勇地烧毁了旧世界，同时又自觉地烧毁了旧自我，在旧我毁灭之后，才获得了火中凤凰的永恒生命。徐志摩的散文，在理解新文化运动的深度的自我批判方面，显然是有局限的，因而在理解"悲喜交集"上，难免给读者留下一些困惑。

　　徐志摩一方面表现了相当突出的创造崭新语汇的能力，前面我所举的精彩语句充分表现了他横溢的才华。但是，文中也留下了一些些生硬的语汇，例如："睡眼不曾十分醒豁""脚下的山峦比例我的身量，只是一块拳石""这默祷是不显应的""报告光明与欢欣之临在"，等等。这些都是早创时期的白话文的痕迹，在后来的历史发展中，这样的语汇是逐步淘汰了。这是应该提醒的。

最后总结一下，关于太阳的美，我们已经读了两篇文章，两篇有共同之处，第一，就是太阳的美，都和光华、温暖联系在一起。第二，由光华和温暖，激起了作者情感的特殊激动。二者都美，哪一方面更重要呢？两篇都是抒情散文，文章的动人，是以情为主，还是以物象为主呢？看来应该是以情动人，但是，一般的情感，类似的情感，是不是都能动人呢？比如说，两个人的情感差不多，没有各自的特点，是不是一样能动人呢？绝对不能。分析文章的重点就在情感的特殊性，情感的区别性，从物象的特点中，突出情感的特点、不同点，抓住了特点，才能抓住刘白羽和徐志摩个性，体悟到他们发现、创造的美的境界是不同的。

应该让学生明白，不管写什么东西，都要记住两点：第一，要写就要写有特点的方面；第二，要写自己的感情，就要写有个性的方面，也就是与众不同的方面。在决定取舍的时候，如果感到的，看到的，想到的，和大家一样的，就要考虑避免。要努力写那些出乎一般人意料的东西。

西部地平线上的落日/高建群

分析文章，要抓住特点，特点在两个方面，第一是物象的（有时候是人物的），第二是情感的。以情感为主。

这一篇文章，物象的特点是什么呢？

首先，是落日，而不是日出；其次，是西部的。为什么是地平线上呢？因为西部是高原，是很平坦的，不像东部有那么多的山峦。只有在平原上，才能看到地平线。

在一般人的印象中，落日，不如日出的光华能触发心灵的激动，再说，西部荒凉地区，更是很难谈得上美。但是，恰恰这种比较难以发现其中之美的场面，作者却为之"惊骇""震撼"，发现了"世间的大美"。

读这篇作品，就是要领略作者是如何发现世俗以为不美的东西，如何将其转化为美，不是一般的美，而是"大美"。

首先是背景不美：天是"暗淡"的，星星是"隐隐约约"的。其次是表现主体不美：落日虽然是血红的，但是"没有光焰"。在刘白羽和徐志摩的文章中，光华灿烂、色彩缤纷的太阳才是美的，他们欣赏的美是具有不凡的、革命的、文化新生的伟大意义的。没有光焰的太阳，太平凡了，有什么动人之处，有什么美的意义呢？有什么值得称道之处呢？

然而，作者却觉得，没有光焰的太阳另有一种美：那就是一种平凡，甚至是平淡的美。太阳的色彩平凡得像家家户户门口写春联的红纸，像当地蒙古人常用的木轮车，像民间剪纸。它的姿态也不像在刘白羽和徐志摩文章中那样，是瞬息万变、令人眼花缭乱的，而是静止地"停驻在那里"。但是它却是感人的。虽然，最初给作者的感觉，不像刘白羽、徐志摩那样令人激动，而是给人一种"柔和、美丽、安详"的感觉。这是另外一种美，它告诉读者，不要以为太阳只有光芒万丈才是美的，太阳的美是多种多样的，平凡的、朴素的、色彩不鲜艳的、宁静的、柔和的、安详的、没有光焰的太阳，也可以是很美的，令人心灵震撼的。把这种美表现出来，是作者对美的开拓，是作者的才气的表现，作者反复用"惊骇""震撼""惊呆"的字眼，不过是对这种美在心理效果上的强调。这可以叫做间接渲染。

但是光有间接渲染是不够的，可能给读者一种偷懒、讨巧的感觉，没有直接表现，总是难免给人单薄之感。作者选择了落日沉入地平线的那一刻来直接表现：

（太阳）是跳跃着、颤抖着降落的。它先是纹丝不动，突然，它颤抖了两下，往下一跃，于是只剩下了半个，依恋地、慈爱地注视着人间，好像有些贪恋，不愿离去，或者说不愿离去正在注视它的我们。但是，在停驻了片刻以后，它突然又一跃，当我们揉揉眼睛，再往西看时，它已经消失了。一切都为雾霭所取代，我们刚才见到的那一场奇异的风景，恍若一场梦境。

这里强调两个方面：一是，太阳落入地平线的运动，的确有特点，它不是一下子落下去，而是结合着跳跃、颤抖、纹丝不动等过程；二是，其中渗透着主观的人情：说它"依恋地、慈爱地注视着人间"，"不愿离去正在注视它的我们"。这是一种充满人情的落日，由于人情而变得充满诗情。在这里，在这篇文章中，诗情的特点，是离别的依恋，关键词是"依恋"和"贪恋"。这种情致是美好的，然而又不是现实的，而是作者想象的。关键词是"梦境"。

文章的动人之处在于：第一，把落日运动的特点（消失）转化为人的离别；第二，把落日消失速度的特点（缓慢）转化为人与人离别时的依恋。这种联想在心理学上属于相近联想，因而相当自然，读者比较容易受到感染。

落日之美，在光和影的效果中渗透着人间朴素的、平凡的、依恋的温情。这给我们启示：单纯地表现大自然的美，哪怕是惟妙惟肖，也可能吃力不讨好，美不起来；只有把大自然的特点与人的感情的特点结合起来，才能达到真正的美的境界。

起决定性的是人的情感，而不是客观景象。"以情动人"这句话，经常挂在口头上，但是到了分析文章的时候，却忘记了。而忘记了这一点，就不能真正读出文章的艺术奥妙。"以情动人"这种传统说法，并不是很准确的，因为一般的、大路货的情感，重复的情感，没有特点的情感，并不能动人，因为被表现得太多了，读者已经麻木了。有特点的，有个性的情感，别人没有表现过的情感，才能动人。因为它能唤醒读者沉睡的、长期被遗忘了的、似乎已经不存在的感情，让这些朦胧体验过的、难以表达的、只可意会不可言传的情感获得生命，哪怕是那些通常看来不起眼的、不好玩的、甚至是煞风景的感情，也可能转化为美好的诗意。

以上所写的落日之美，只是作者心目中的一种，并不是全部，作者在下面又写了（开拓了）另一种落日之美。这种美更加特殊。

首先，表面看来，它并不美。刚偏西的太阳，不但不光辉灿烂，甚至不如作者在前面所写的那样"颜色像我们写春联的红纸"，更没有依依不舍的温情。而是：在灰蒙蒙的天空中，"像一枚灰白色的五分钱硬币"。背景又是荒凉得像月球的表面，如同"地狱""鬼蜮"。而太阳呢？则是"不死不活地在我们的车屁股的地方照耀着"。可以说是够煞风景的了。这还不过瘾，作者又特别说车上播放的《泰坦尼克号》悲剧性的音乐，"带来一种梦幻般的死亡感觉"。在一般文章中，死亡是没有诗意的，不美好的，很难想象能写成文章的。但是，这是为了反衬下面落日的辉煌：灰蒙蒙的天空和荒凉"鬼蜮"，是视觉的反衬；死亡的悲剧性的电影音乐，是听觉的反衬。

偶然一回首，发现了"血红的落日"：鲜艳、温柔。然后是反差的渲染：

1. 整个死气沉沉的黑戈壁，都笼罩在一片回光返照中；

2. 所有的同伴的脸上都泛着红光，死亡的绝境变成了生命的辉煌；

3. 《泰坦尼克号》悲剧音乐让人感到"死亡原来也可以是一件庄严和尊严的事情"。

三者构成的交响，效果强烈得让作者突然掉下泪来。最后点出了文章的主题：

较之日出，落日景象更庄严、神圣和具有悲剧感。

从这句话里，我们可以读出作者所强调的诗意，不是通常的诗意，而是一种和死亡、悲剧有反衬的诗意。和悲剧、死亡反衬，生命和苍凉相对比，更能显示出它的美好，哪怕是瞬间的，也是令人心灵震撼的。

从这里，我们可以想象，如果是一个平常的作者，对于同样的景象，也许无动于衷，写不出什么来。也许悟性比较高，对瞬间的回光返照有感

| 现代散文 | 169

觉,但是若省略了前面的荒凉鬼蜮,那它发挥的余地也不是很大。悟性更高的,也许感到了二者对比的重要,但是,如果不升华为与死亡的庄严、悲剧相对的美,文章的深度、高度还是有限的。

云海/唐敏

要分析,就要有比较。阅读任何一篇文章,不能满足于被动地接受,而要主动地分析。但是孤立地阅读,很难进入主动的分析,因为没有问题,没有矛盾。而矛盾是潜在的,只有在比较中才能显现。最好的办法就是同类比较。

唐敏的这一篇文章是写云的,应该尽可能把曾经阅读过有关云的文章作为参照。萧红的《火烧云》应该成为比较的对象,发现了矛盾和差异,才能进入真正的分析层次。

晚饭过后,火烧云上来了,霞光照得小孩子的脸红红的。大白狗变成红的了,红公鸡变成金的了,黑母鸡变成紫檀色的了。喂猪的老头儿在墙根靠着,笑盈盈地看着他的两头小白猪变成小金猪了。他刚想说:"你们也变了……"旁边走来个乘凉的人,对他说:"您老人家必定高寿,您老是金胡子了。"

天上的云从西边一直烧到东边,红彤彤的,好像是天空着了火。

这地方的火烧云变化极多,一会儿红彤彤的,一会儿金灿灿的,一会儿半紫半黄,一会儿半灰半百合色。葡萄灰,梨黄,茄子紫,这些颜色天空都有,还有些说也说不出来、见也没见过的颜色。

一会儿,天空出现一匹马,马头向南,马尾向西。马是跪着的,像等人骑上它的背，它才站起来似的。过了两三秒钟，那匹马大起来了，腿伸开了，脖子也长了，尾巴可不见了。看的人正在寻找马的尾巴，那匹马变模糊了。

忽然又来了一条大狗。那狗十分凶猛，在向前跑，后边似乎还跟着好几条小狗。跑着跑着，小狗不知哪里去了，大狗也不见了。

接着又来了一头大狮子，跟庙门前的石头狮子一模一样，也那么大，也那样蹲着，很威武很镇静地蹲着。可是一转眼就变了，再也找不着了。

一时恍恍惚惚的，天空里又像这个，又像那个，其实什么也不像，什么也看不清了。必须低下头，揉一揉眼睛，沉静一会儿再看。可是天空偏偏不等待那些爱好它的孩子。一会儿工夫，火烧云下去了。

萧红的文章之所以生动，就是因为写出了傍晚的云的一系列特点。首先是颜色火红，红得不但像满天火烧，而且把地上的动物人物都染上了火烧的色调。其次是火烧云的色彩，十分丰富，不但是红的，而且幻化出纷纭的色彩："一会儿红彤彤的，一会儿金灿灿的，一会儿半紫半黄，一会儿半灰半百合色。葡萄灰，梨黄，茄子紫。"再次是火烧云的形态神奇，像许多动物。最后是变化很快，还没有来得及欣赏、细看，就不完整了、消失了。

火烧云显示出平原上的农村的特点，在城市里，不可能有这样的广阔视野。但是，文章的奇妙不仅仅在于云和环境，而且在于看云的眼睛，很有特点。第一，这是好奇的眼睛；第二，这种眼睛，好奇而且有趣味，带一点孩子气的天真。当然，在有些方面，也有与成人相通的方面，如对大自然的热爱。

和萧红的文章相比，作者笔下的云，是南方山区的云，而且不是傍晚的。这些区别，都是表面的，我们要追求的是，更为深层的：

每日所见的山头依然是千百年来的模样。每天舞蹈般婆娑变化的只有远远近近的游云，颜色也变幻莫测。

作者也提到云的形态和颜色的变幻，但是，她不像萧红那样集中全部注意力，只能算是轻轻一笔带过。她要突出表现的是另外一些方面：

云是天空的吉普赛人，它们一群群来去匆匆。偶尔有走错路的一团云，慌慌张张一头撞到山上。"轰"地一下，胖乎乎的云变成晕头晕脑的丝缕状，随后拖长了身体，又瘦又薄地从山头上漫过。好不容易脱身出来，巨大的身躯已经损失了许多，万分懊悔地向远方溜走。

对云的描写，扣紧它的特征，不在色彩上，而在变化的形态上。从形态的变化来看，严格地说，可能不如萧红文章那么多姿。但是在趣味上，是好像更强一些。这是因为，第一，在萧红笔下，虽然作了一系列比喻，但是，云还是云；而在作者笔下，云的动态，隐含着人的心情特点。吉普赛人是流浪的民族，用民族的特点，来形容云没有固定的空间位置；用"走错路的"，来形容云的突然改变方向；用"慌慌张张"，来形容其变化之快；用"胖乎乎的云变成晕头晕脑的"，来表现其不能自控；又用"好不容易脱身"，来暗示从云团中分离曲折的过程。这些都好在把云的运行变幻特点和人的情感特点结合得比较贴切，既是在描写云的变幻特点，又是在表现人的心理特点，二者水乳交融。第二，这里的云渗透着的人的情感，有一种没头没脑的、笨拙的、不如意的、不走运的意味。自然界中的云本来不可能有这样的特点，但是，这样写却显得好玩、好笑、有趣，这种好玩、好笑的趣味，不是一般的情趣，而是谐趣。属于幽默感的范畴。正是这样的趣味，把作者和萧红的散文风格区别开来。

当然，作者的这篇散文中，有时也有另外一种趣味，和上面的谐趣不太一样的，或者可以说是属于另外一种范畴的。把云海特殊形态称作"漏斗海"，"像过滤牛奶那样的"，尤其是"有漏斗的云海最有情致"，"流云的是最柔软稠密悄然的"。下放在山区的知青，想象自己在云海中游泳，划水，潜水，洗手洗脚，假装溺水，呼喊"救命"，而且把自己想象成仙女，而且是"霓裳羽衣的纤纤美女"。虽然，点明这是"嬉戏"，这明显是美化了的。光是这样，读者也许觉得这样的美化还不够强烈，作者特别提醒，在实际生活中并非这样富于诗意，不食人间烟火：

> 一个个破衣烂衫，黑而粗的皮肤里充满红润的血色，胖乎乎的昂着脑袋，接受周围同样破烂的老少男子们的赞美。

这就雄辩地说明，作者对于云海的描写，其实是山区的自然风光的美化、诗化，这种诗化来自一种美好的感情，就是对于大自然的热爱。这种热爱之所以成为诗意，就是因为它是一种精神的境界。第一，超越了物质生活的贫困，超越了前面所提到的为茶园"除草杀虫"的辛劳，超越了"破衣烂裳"。这是不容易的，一个青春少女，居然不以衣裳破烂为念，不在乎面前的男性的衣衫和年龄，可见对大自然的热爱达到何等的强度。第二，在精神上，下放农村，生活并不完全是充满诗意的，相反是有一连串的不如意，作者后来回忆说，"在自己充满憧憬的年华"，"过着俭朴如同苦行的日子"，度过一段"寂寞的岁月"。虽然有悲愁到对生活失去信心而到深山修行的可能，但是当年"寂寞的岁月"却成为"人生难得的宁静状态"，都是因为"与游云做伴"，从而"得到与自然相亲如手足爱护"。而这种情感的经历，成了珍贵的记忆，就是再度看到云海，"但是再也没有当年的心情，云很难那么潜心入腑地感动我"。苦行的岁月过去了，物质上不再贫困了，寂寞的日子过去了，精神再也不孤寂了，但是那宝贵的心情却一去不复返了。可见，人的情感，人的记忆，哪怕是贫困的、寂寞的，但只要是属于心灵的，就是宝贵的，永远值得珍藏在记忆的深处的。

　　诗意，人文性，是什么？说起来很抽象，读懂了这篇文章，就不难体悟了。

黄山记/徐迟

　　这是当代写景的杰作。表现对象是黄山。方圆千里，三十六大峰，三十六小峰，云蒸霞蔚，气象万千，云情雨意，变幻多端，天光散彩，须臾莫辨，松之壮，灵芝之奇，目不暇接。逢此大规模之自然景观，一般作者，不取全面、系统之描绘，每每采取讨巧办法：以第一人称感觉，以主观有限之感受为意脉，凡我所深感，才力所及，词能逮意者，多写；凡我所未见，意难称物者，不写。这种主观感受为意脉的写法，是古典抒情散文常用的手法。本单元的几篇写景散文和余光中先生文章中所称引的游记，都不约而同取了这种讨巧的办法。这种办法的好处是，以情驭景，以文字摹写山水之难度降低，文章风格精巧，言简意赅，脉络清晰。

　　但是，管中窥豹的办法，毕竟是小角度，所能表达的景观和作者的胸襟有限。在中国文学史上，另有一种办法，和这种办法恰恰相反，那就是系统地、全方位地从各个角度来表现山河之壮丽。不以第一人称视角为限，以铺开形容和陈述为主，也形成了一种传统，那就是"赋"。这是我国古代一种文体，盛行于汉魏六朝，是韵文和散文的综合体，以敷陈富丽的词汇为特点，通常用来写景叙事，也有以较短篇幅抒情说理的。赋体在汉代曾经是主流文体，但是，这种文体由于过分沉溺于场面的宏大和夸饰，以及华彩语言的排比，妨碍了思想情感的流畅，后世逐渐衰微。但是，铺陈的手法并未就此而灭亡，只是减少了通篇过度的夸饰和铺张，而改为小幅度的排比，在文学史上也留下了不算太多的杰作，如王粲的《登楼赋》、鲍照的《芜城赋》、苏东坡的《赤壁赋》和欧阳修的《秋声赋》等等。

徐迟对赋体有过研究。他认为，在现代和当代文学创作中，赋体不受重视，甚至被废弃，这是不公正的。因而他在文学创作中，有意运用赋体的手法，来表现黄山的大全景。在文章开头，他说造物者安排黄山胜境，是"大手笔"。这可以把它看作是夫子自道。《黄山记》，实际上可以说是一篇《黄山赋》。

当然，他没有直接照搬古代赋体的句法上的排比和词语上的铺张，但是文章中对黄山重点景观的描绘，是在多方位的、富丽堂皇的形容中展开的。先从黄山的山峰开始。一落笔，就是一个大全景：一百二十公里的周围，一千公里区域，三十六大峰，三十六小峰。这样的全景图，是一般游记作者回避的。因为这样的地理统计数字，是很难有个人化的感性的东西。接着又是形状的全貌，其中还有颜色的总体概括：

> 高峰下临深谷；幽潭傍依天柱。这些朱砂的，丹红的，紫色的群峰，前拥后簇，高矮参差。三个主峰，高风峻骨，鼎足而立，撑起青天。

在一般情况下，这种概括式的描述，又这么繁复，是很难讨好的。但是，徐迟的冒险，并没有引起读者的烦腻。原因是，这里的铺张，并不是平面、静态的，而是立体、动态的。徐迟不是把黄山当作现成的自然景观来加以描绘，而是以现代作家的想象，改造了古典的手法，虚拟出造物主有计划地安排。徐迟的笔力就集中在精心结构的过程之中。这样就把空间的静止的地形与地貌，变成时间的过程，同时也使客观的地理描述，变成了主观的感受和想象。就连黄山的悬崖绝壁，道路艰难，也被他想象作是造物者有意"把通入人间胜境的道路全部切断"，有意让读者不是被动地接受地形的介绍，而是领略创造（安排、布置）的匠心。

接下来写黄山的云，赋体的铺张就更为突出了：

> 它打开了它的云库，拨给这区域的，有倏来倏去的云，扑朔迷离的雾，绮丽多彩的霞光，雪浪滚滚的云海……被雪浪拍击的山峰，或

被吞没，或露顶巅，沉浮其中。

这里很明显有赋体的铺张和夸饰，但是又不完全像，原因是，在赋体里，铺张和夸饰是整齐的排比句法，而在这里，排比是局部的，在排比中（倏来倏去、扑朔迷离、绮丽多彩、雪浪滚滚），又交织着错综（被雪浪拍击的山峰，或被吞没……则是另一种句法）。参差的句法，在描述云海的文字中更为突出：

大自然把紫红的峰，雪浪云的海，虚无缥渺的雾，苍翠的松，拿过来组成了无穷尽的幻异的景。云海上下，有三十六源，二十四溪，十六泉，还有八潭，四瀑。

文章以赋体的状物为务，但是，并不是对黄山的一切风物都给予同样的笔墨。写得最为充分的，当是黄山的云雾。作者对云雾的处理，办法相当奇特：不是一次性地以赋体之大笔浓墨写尽，而是一次写完一种形态，被其他景观所吸引，忽又略感不足，又一次重新展示新的特质：

只见云气氤氲，飞升于文殊院，清凉台，飘拂过东海门，西海门，弥漫于北海宾馆，白鹅岭。如此之漂泊无定；若许之变化多端，毫秒之间，景物不同；同一地点，瞬息万变。一忽儿阳光泛滥；一忽儿雨脚奔驰。却永有云雾，飘去浮来；整个的公园，藏在其中。几枝松，几个观松人，溶出溶入……

对于景观的描绘，如果只有一副笔墨，就不能说是真正懂得赋体的三昧。徐迟在这里表现了他把赋体当代化的才华。光是写云雾，就有几副笔墨。前面的云，是远望山岭间的、浩森的云；此处的云，是近察身边的云，精致的云。前面的云，是宏观的，就云本身写云；此间的云，是在阳光中变幻，在雨脚中飘忽的，树和人在其中"溶出溶入"的云。徐迟的词汇是丰富的，但是，他不像刘白羽那样，习惯于用四字成语式的。他好像有意回避这样的现成的结构，往往更加追求随意的，以即兴追随瞬息万变的云雾：

> 而这舞松之风更把云雾吹得千姿万态，令人眼花缭乱。这云雾或散或聚；群峰则忽隐忽现。刚才还是倾盆雨，迷天雾，而千分之一秒还不到，它们全部散去了。庄严的天都峰上，收起了哈达；俏丽的莲蕊峰顶，揭下了蝉翼似的面纱……云海滚滚，如海宁潮来，直拍文殊院宾馆前面的崖岸。朱砂峰被吞没；桃花峰到了波涛底；耕云峰成了一座小岛；鳌鱼峰游泳在雪浪花间。波涛平静了，月色耀银。

这可以说是第三副笔墨了。这里的笔墨不像前面那样追求色彩的对比，而是突出形态的变幻，集中在一切有形态的硕大的山峰，都因云的形态不稳定而发生反差极大的变幻。文章从开头到这里，已经好几千字，不断表现变幻，用了这么多的词汇，但是没有什么重复、繁冗之感。关键就在于丰富。不但是词汇的丰富，而且是观察角度的丰富，还有形态的、色彩的丰富。而这一切，正是徐迟发挥了赋体的敷陈体物的功能的效果。

接下去，徐迟以相当的篇幅写到日出。这时，他收敛起了宏观的视角，把个人的自我感觉调动了起来：

> 当我在静静的群峰间，暗蓝的宾馆里，突然睡醒，轻轻起来，看到峰峦还只有明暗阴阳之分时，黎明的霞光却渐渐显出了紫蓝青绿诸色。初升的太阳透露出第一颗微粒。从未见过这鲜红如此之红；也从未见这鲜红如此之鲜。

"从未见过这鲜红如此之红；也从未见这鲜红如此之鲜"，这样的句子，奇就奇在作者的刹那心境上，从方法来说，和前面的写法，又别是一种境界。接下去：

> 一刹间火球腾空；凝眸处彩霞掩映。光影有了千变万化；空间射

现代散文 | 177

下百道光柱。万松林无比绚丽；云谷寺豪光四射。忽然见琉璃宝灯一盏，高悬始信峰顶。奇光异彩，散花坞如大放焰火。焰火正飞舞，那暗鸣变色，叱咤的风云又汇聚起来。

这显然是在色彩的变幻和对比中做文章，全部力量都强调其强烈的光焰万丈。除了最初和房间中的明暗对比外，几乎全部是鲜艳的红色。如果拿这些和前面写日出的经典散文相比，可能显不出优势，至少在色彩上，多多少少有点单调之感。幸而，徐迟不仅有相当的绘画修养（他曾经用非常内行的语言，写过常书鸿在敦煌的事迹），他似乎力图从听觉上表现日出的另一种美感：

笙管齐鸣，山呼谷应。风急了。

很可惜的是，这几笔，戛然而止，又回到了视觉境界中去，所写的仍然以画图性的景观为主。这样，美感就仍然在原来的平面上滑行。虽然，接着作者又以赋体写高瞻远瞩的山景："天都突兀而立，如古代的将军。绯红的莲花峰迎着阳光，舒展了一瓣瓣含水的花瓣。"甚至用长江与之衬托："远处如白练一条浮着的，正是长江"，仍然不见醒目，只是在最后出现了彩虹：

彩虹一道，挂上了天空。七彩鲜艳，银海衬底。妙极！妙极了！彩虹并不远，它近在目前，就在观察台边。不过十步之外，虹脚升起，跨天都，直上青空，至极远处。仿佛可以从这长虹之脚，拾级而登，临虹款步，俯览江山。而云海之间，忽生宝光。松影之阴，琉璃一片，闪闪在垂虹下，离我只二十步，探手可得。它光彩异常。它中间晶莹。它的比彩虹尤其富丽的镜圈内有面镜子。摄身光！摄身光！

这是何等的公园！这是何等的人间！

全篇极胜富丽堂皇的词语，表现宏大的景观，处处显得极致，处处又能峰回路转,用余光中的话来说,就是五步一楼,十步一阁,步步莲花。作者的才华,每一步都受到一次极限的挑战,每一次又都逢凶化吉。赋体文章,全靠腹笥之广,修养之深,词语积累之丰富。但是,徐迟这样反复渲染,一唱三叹,有如油画,多层油彩叠加;又如交响乐,多声部的交响。但是,这样的风格,也潜藏着风险,那就是堆砌。也许是意识到了这一点,作者在大全景式的渲染赞叹之中,不时插入叙事,如个人的好奇感和出行,和采药人、气象工作者的交谈等等。这些虽然在文章中不见精彩,但在构思上的作用,就是打破大全景式的渲染,以免其陷入单调。要不然,全文连绵不断地描写、形容,会造成繁复,难免令读者疲倦。

三峡/余秋雨

要真正理解余秋雨的《三峡》,最好的办法,不是一味地从头念到尾,而是初读一遍之后,改从第二部分细读。这一部分,在引用了《水经注》以后,他这样说:

> 过三峡本是寻找不得词汇的。只能老老实实,让嗖嗖阴风吹着,让滔滔江流溅着,让迷乱的眼睛呆着,让一再要狂呼的嗓子哑着。什么也甭想,什么也甭说。

从这里,我们不难看出余秋雨和徐迟在文学风格上的极大反差。徐迟是极尽全能为黄山寻找词汇,而余秋雨却干脆宣布,和壮美的大自然相比,寻找词汇来形容是吃力不讨好的。当然这样的说法,并不太可靠,关于三峡的景观,并非没有杰出的描述,古典的有郦道元,当代的有刘白羽《长江三日》，在模山范水、曲尽其妙方面，都达到了经典的高度。只是余秋雨的选择不同，他不选择以语言为山川增色，是不是另有追求？不以自然的壮丽形貌取悦读者，以什么取胜呢？

怀着这样的问题，从头再读余文。

文章的题目是《三峡》，但一开头，余秋雨却没有写三峡的奇山异水，而是花了相当的篇幅，写他少年时代对于李白写三峡之旅的诗歌《早发白帝城》的误读。接下去，该写三峡了罢，还是没有，而是写听到船上广播中的京戏《白帝托孤》。李白的诗和有关刘备的京戏，和三峡的壮美有什么关系呢？再说，刘备（161~223）与李白（701~762），两个人相隔五百多年，八竿子打不着，怎么可能把他们在文章中有机地联系在统一的情思中呢？

把这两个八竿子打不着的人紧密地联系在一起，方法是很有讲究的。且看余秋雨怎么联系：

> 我想，白帝城本来就熔铸着两种声音，两番神貌：李白与刘备，诗情与战火，豪迈与沉郁，对自然美的朝觐和对山河主宰权的争逐。

对于这两个毫不相干的人，他没有直接联系，相反，倒是把二人对立起来，处在两个极点上：情诗与战火，豪迈与沉郁，对自然美的朝觐与对山河主宰权的争逐。二者是对立的，但是都发生在白帝城，又是统一的。但如果光是这样，就肤浅了。余秋雨在进一步的生动阐释中，把这两种关系，把它在空间上拓展开来，不是白帝城，而是整个"华夏河山"：

> 华夏河山，可以是尸横遍野的疆场，也可以是车来船往的乐土；可以一任封建权势者们把生命之火燃亮和熄灭，也可以庇祐诗人们的生命伟力纵横驰骋。

这就不仅仅是李白和刘备的问题了，而是整个中华文化历史了。

但是，这么广阔的文化历史背景，怎么和三峡的自然景观联系起来呢？余秋雨的神来之笔就在这一句上：

> 它（白帝城）高高地矗立在群山之上，它脚下，是为这两个主题日夜争辩着的滔滔江流。

三峡的自然景观（滔滔江流）终于出现了，但是对它的描述很简约，仅仅四个字，可是并不单薄。因为这里的内涵，并不是自然景观的内涵，而是文化历史的性质。它滔滔的江流，发出的声音不是自然景观的，而是人文的，是两个主题，也就是诗情与战火的，是生命和死亡的，这二者是矛盾的，于是，江涛之声被赋予了"争辩"的内涵。余秋雨写的是散文，但这不是散文式的写实，而是诗意的想象。余秋雨写到了三峡的自然景观，但是意不在自然景观，而是赋予人文景观的内涵，即对于自然景观，加以人文性的阐释。而这种阐释，是对中华文化历史的内在矛盾的高度概括（对自然美的崇拜，和对政权的争夺），其中包含着深沉的智慧。这样，在余秋雨的散文中，就把诗的想象和散文的智慧，把文化历史景观和自然景观水乳交融地结合成艺术的形象，让情感和智慧交融其间。

　　在余秋雨笔下的历史文化景观，是以刘备和李白为象征的矛盾的永恒的斗争。对于大自然的朝觐，当然是生命的享受；而争夺政权，则免不了要"尸横遍野"。余秋雨的散文，向来以生命作为价值准则，他既肯定华夏河山"可以庇祐诗人们的生命伟力纵横驰骋"，然而对于刘备的事业，余秋雨也并不简单地否定："可以一任封建统治者把生命之火燃亮和熄灭"。注意，这里并不单纯是"熄灭"，同时也有"燃亮"。这说明余秋雨智性的严密。即使是封建统治集团中的人物，也不能没有生命的火光。但是这一点，并不能改变他的价值的重心在于诗人的生命，文化的生命才是永恒的。在他笔下，李白式的诗人的生命是自由的，虽然他认为他们写诗"无实用价值"。但是，他们"把这种行端当作一件正事，为之而不惜风餐露宿，长途苦旅"。结果呢？在余秋雨看来：

> 站在盛唐的中心地位的，不是帝王，不是贵妃，不是将军，而是

这些诗人。余光中《寻李白》诗云：

酒入豪肠，七分酿成了月光

剩下的三分啸成剑气

绣口一吐就半个盛唐

这就是说，虽然争夺政权的帝王和诗人一起构成中华文化历史的内涵，但真正不朽的并不是那些显赫一时的权贵，而是诗人。余光中的诗，把诗人李白的重要性强调到这样的程度："绣口一吐就半个盛唐"。从思想上来说，这些句子，已经把余秋雨的核心思想——也许可以归结为"文化中心论"——和盘托出了。这种思想，是不是过分天真，是不是符合实际，这不是我们要研究的问题。因为余秋雨说过，他把已经弄明白的思想，交给课堂；把可能弄清楚的思想，交给学术论文；而不十分清楚的，交给散文。这就是说，在散文中，他是比较自由的。散文作为一种文学形式，其情感的审美价值，较之实用理性有更大的自由度，更多的超越理性的想象空间。

文章写到这里，想象是放开了，思想的领域是扩大了，但是又产生了一个问题，那就是，又一次离开三峡的自然景观。如果就这么写下去，讲诗人的永恒价值，当然也未尝不可，但是与文章的题目"三峡"毕竟不太合拍。下面要欣赏的就是，看余秋雨如何把诗人的生命和三峡的自然景观，紧密地结合起来：

李白时代的诗人，既挚恋着四川的风土文物，又向往着下江的开阔文明，长江于是就成了他们生命的便道，不必下太大的决心就解缆问桨。脚在何处，故乡就在何处，水在哪里，道路就在哪里……一到白帝城，便一振精神，准备着生命对自然的强力冲撞。

这样，三峡的自然景观和历史文化的思索，又一次水乳交融地结合在一起了。值得注意的是，在这种结合中，余秋雨对于自然景观并不太愿意多花笔墨，几乎非常草率地一笔带过："瞿塘峡、巫峡、西陵峡，每一个峡谷都浓缩得密密层层,再缓慢的行速也无法将它们化解开来。"他注重的是,沿岸的人文景观。到了王昭君故乡,他发了一通议论,说她远嫁匈奴,终逝他乡:

> 她的惊人行动,使中国历史也疏通了一条三峡般的险峻通道。

这是用三峡的历史文化人物性格来阐释三峡自然景观的特色。而经过屈原故里,他的议论是:

> 也许是这里的奇峰交给他一副傲骨。

这里显示出来的倾向,则是用三峡的自然景观来阐释三峡出来的文化历史人物。综合起来,是不是可以这样说,他的艺术追求,就是把三峡的自然景观和历史人物的特点,进行朴素的阐释。正是有了这样充满智慧、充满诗情的想象,使得他的散文,不但富于情趣,而且还富于智趣。也正是这种情智交融的趣味,使得他超越了中国古典散文情景交融的传统,为中国当代散文开拓了一个崭新的艺术天地。

当然,余秋雨散文并不是十全十美,缺点在所难免。例如他的"硬伤",为攻击他的人留下了口实。他一个写文化的散文家,引来了十倍以上的敌人对之"咬文嚼字",甚至闹到出书审判的程度(我指的是《审判余秋雨》)。但是,余秋雨没有被攻倒,原因就在于,他在文化人格的建构和批判上,在艺术上的情智交融的开拓上,对中国当代散文有着不可磨灭的贡献。相比起来,他的那些小毛病,小"硬伤",显得微不足道。但是,微不足道,也并不一定要像余秋雨对批评他的人那样一概嗤之以鼻。把某些"硬伤"加以修改,只会有利于他散文中文化含量的提高。例如,在这篇《三峡》里,余秋雨有一两处潜在的"硬伤",就是那些以咬文嚼字为业的人士,搞了这么多年,都没有发现的:

第一处,他说,李白在《早发白帝城》中所写的途经白帝城时,"说不清有多大的事由","身上并不带有政务和商情"。这就是对李白的传记

现代散文 | 183

没有起码的了解的表现了。其实，李白写这首诗的背景，恰恰是他在安史之乱中犯了一个极其严重的政治错误，遭致流放夜郎，走到半路，中道遇赦，在垂老之暮年，安然与家人团聚，才有"两岸猿声啼不住，轻舟已过万重山"的轻松的（详见《论李白的〈下江陵〉》）。

第二处，他写到神女峰的时候，引用了巫山云雨的典故，说是"她夜夜与楚襄王幽会"。这是对文献错误的不察。早在明朝，就有诗话家指出文献资料错了，不是楚襄王，而是他的父亲楚怀王。（按：巫山云雨的典故，出自宋玉的《高唐赋》，说"楚襄王与宋玉游于云梦之台，望高唐之观，其上独有云气"。襄王询问宋玉，宋玉回答说："昔者，先王（即襄王之父楚怀王）尝游高唐，怠而昼寝，梦见一妇人，曰：妾，巫山之女也，为高唐之客，闻君游高唐，愿荐枕席。王因幸之。去而辞曰：妾在巫山之阳，高丘之阻，且为朝云，暮为行雨，朝朝暮暮，阳台之下。……"）

所有这些小错误，本来改正起来，仅仅是几个字的问题，可是由于媒体的种种炒作，又由于一些人士借名人炒作自己，再加上余秋雨自己也未能从善如流，在一段时间，竟然闹成文坛"满城秋雨"。现在回顾起来，不免令人感慨系之。

一条大河／刘元举

《一条大河》，则以故事的描述为纲领。文章的意蕴在一首歌曲的两次经历之中。

全文充满了对比和反衬。

首先，是童年时代那奇特的看电影的经历。文章的笔力集中在看电影的特点上：电影票虽然很便宜，但是，仍然一票难求。对于这种情况，文中有一句潜在量很深的话：

> 电影院太小，每当来了一场好电影，人们便开始了各种关系的角逐。

这几句话概括得很深刻。看电影本是一件很平常的小事，居然引起了各种人事关系的"角逐"，当年文化生活之贫乏约略可见。更为严重的是：

> 最大的特权和最卑微的处境就是在这座电影院里一见分晓。

为了弄到一张电影票，居然引发出社会上本来是隐性的"最大的特权和最卑微的处境"冲突的公开化。

这是不是有点过分夸张了。

如果没有下面这段的作者亲身经历，读者对这样的说法，就不会有多少理解。

穷孩子们连参与这样的角逐的机遇都没有，只能从部队院墙外面，从高出院墙的银幕的反面看电影。这个场景写得很调皮：先是说那挂银幕的杆子，是两棵白杨树，联系到中学课本《白杨礼赞》里被诗化成了的"伟丈夫"，然后笔锋一转："更值得礼赞的还是两棵树中间的那块银幕"。这种联系比较有点不伦不类，但是恰恰是这种不伦不类，把原本盎然的诗意，变成了反讽和幽默。

文章写这种院墙外看电影，是为了和日后听音乐天才郎朗演奏钢琴曲作对比。本来是陪衬，可是作者可能是因为童年的记忆太深刻，回忆的趣味太强烈，故写得相当淋漓尽致，充满了自我调侃的、幽默的趣味。露天看电影本来是比较煞风景的，可是作者却竭力强调自我安慰、自我嘲弄，说它的优越性是：不用花钱买票，不用去电影院里拥挤，不用出汗，能享受凉快的晚风。可是作者并不回避这样看电影的不足：对话听不清，连什么时候该鼓掌都弄不清，只能追随墙内战士的掌声：

> 枪炮声，飞机轰炸声都听不到，只能根据院墙里边战士的情绪走，只要他们一鼓掌，就是我们打冲锋了，我们也就跟着把手拍疼。其实，不拍巴掌也行，肯定没人管，但，我们那时的巴掌就好像不是自己的。

所有的笔墨，都集中在一种矛盾情境中：一方面是忘情地投入鼓掌，另一方面则是完全盲目的。忘情和盲目的交融，在为鼓掌而鼓掌中也有真正的乐趣。这就不但充分显示了儿童的天真，而且反映了那个文化匮乏时代的一个侧面。

所有这一切，差不多占据了全文的三分之一，可是从构思上来说，这应该是陪衬的陪衬。

因为，这些篇幅只是为了引出作者最初对歌曲《一条大河》的记忆。

为了引出这首歌曲的特殊印象，作者又把它和一般的歌曲加以对比：不像一般战斗歌曲那样要让人尽情"狂唱不已"，而是需要"委婉轻柔地哼的"。为了强调这首歌曲对作者的影响非同小可，文章强调这种柔美的风格甚至改变了他对于革命歌曲的感觉："自从听到《一条大河》之后，再听到战士们列队入场看电影时唱的那些威武雄壮的歌，就不像以前那么瞎激动了。"为了强调这一点，作者不惜单独花了一小节来强调效果：

> 我哼唱着《一条大河》，往家走去，仰头望天，夜空星光格外灿亮，不费劲就能找到牛郎星和织女星，把它们分隔开来的那条天河，看上去像飘浮着的一层细软的丝绵，令我惊异的是，那些丝绵居然还在流动。

这一切都为了引出听天才钢琴家郎朗演奏《一条大河》。

纵观全文，花这么多的篇幅，似乎有点过分。因为，这种印象的特点是柔婉动人，后来听钢琴演奏并没有集中在柔婉这一点上把二者深刻地贯穿起来。

等到转向聆听钢琴演奏，中间有个过渡，只是简括地交代了一下，等到长大了再唱这首歌,"感觉是完全不同了"。转折固然很简洁,但是,算一算篇幅,已用掉了一半以上。

下面的可以算是正文。在篇幅上已经不占优势,在质量上,必须要有相当的分量,否则思想情感的结构就不平衡了。

值得庆幸的是:下面的文章,表现郎朗演奏的《一条大河》,在语言质量上是够水平的。作者调动了多种语言艺术手段来表现音乐。

作者显然意识到音乐艺术和语言艺术之间的矛盾:音乐是诉诸听觉的,语言也是声音符号,却不能直接表现听觉,它连记谱这样的任务都不能胜任。但是,语言符号却有调动人的记忆和情感的功能,用有限的声音符号引起无限的记忆:

> 郎朗的手像气功状态的起式,缓缓地飘落在键盘上。像灵巧的船桨划开了宁静许久的河面,那清凌凌的波纹舒缓地荡漾开来。我感觉那悠荡的波纹正款款地朝着我的心灵漫过来,层层浓烈着我的记忆。

作者显然是有意识地用层层叠加的可视性意象表现音乐的。这是文章的主题所在,也是文章艺术核心所在。轻描淡写不行,就是大笔浓墨,笔力不逮,也可能变成堆砌。作者没有着急,并没有一下子像通常的写法那样,用画面来表现音乐,而是用一个比喻,可视的动作来暗示乐曲的柔和。它强调了动作的从容、优雅,灵巧,接着用一个"飘"字,把动作的柔和与树叶下落的轻盈结合了起来。这样,人的动作和叶子的轻盈互相补充,传达了一种复合的情感意象。接着是第二个比喻,这是一个画面,一个优美的画面,但是,却是淡化了声音的(宁静许久的河面),波纹是"舒缓"的,同时在视觉上,又赋予了透明的感觉("清凌凌的")。从作家来说,用画面来表现音乐,并不是高难度的,这是语言艺术家起码的技巧,但是,难度在于分寸感、精致感。前面写学电影中战斗歌曲的"狂吼不已",那是夸张,和这不是一路功夫。这种语言功夫,在于恰到好处的微妙。接下去,作者就不停留在画面的美好视觉上,而是把视觉向心灵深处转移:从水的意象生发开来。"款款的"三个字,有很丰富的联想(飘逸的?柔

现代散文 187

性的?),很是微妙,导出"记忆",又接着水的款款,引出"漫过来"的"漫"。这个"漫"字是一个暗喻,用得很精确,又不着痕迹。因为用水的比喻,又是舒缓的节奏,引发的记忆,只能是慢镜头的流溢。

到这里为止,形容音乐的美,几乎没有有声的意象,所有的文字都属于无声的境界。

这有力地强调了倾听者的宁静的、沉思的心态。

下面的文章,好就好在没有停留在缓慢的流溢上,声音的意象开始从容地展示了"由弱渐强的缠绵"。"缠绵"通常是比较"俗"的词语,但是,如果不用在世俗的爱情上,反倒显得清新。接着就是"排箫般的"。用音乐来形容音乐不是作家的大忌吗?可是不然,这里形容的不是音乐而是有作者心灵的"共鸣",是用乐器来渲染乐曲对人的感染的效果,不是器乐的乐曲,而是心灵感应的乐曲。接着再来一个暗喻:"合唱"(我的内心随着清脆的琴键而合唱起来)。为音乐而感动,用音乐的术语来形容,相近的联想更容易激发情感。作者唯恐这样的抒写还不够分量,又把这种感兴上升为抒情性的概括:追问是"情感追逐着旋律还是旋律追逐着情感起伏"?

从这里可以看出作者用大笔浓墨进行渲染的时候,显然一直在防御形容手段的单调和重复,从无声的图画转入内心的乐曲,从视觉转入听觉,这显然是在求变化;但是,有声还是无声,又都是微妙的内心感应。作者似乎仍然感到光有这样的抒写还是不够充分,来了一番感喟。难得的是,这种过渡性感喟,仍然是很精致的:"(郎朗)他们这一代孩子……也有苦恼,他们的苦恼是看电影的机会太多太多了。"很快作者又回到主题音乐形象上来:

等他弹到快结束时,竟又重新开始了《一条大河》的旋律,那是更柔更宽阔的声音,让你感到这条大河画轴般在你的眼前铺展开来,伴着迷蒙的雾气,有一条小船颤颤悠悠地摇曳而去,小船上乘坐的人已经看不清了。

读者本以为作者第二次用画面来表现乐曲的美，是为了渲染，而小船远远消失的镜头，可能是为了造成余音绕梁的结束效果。但是，看下去，却出现了一个新的层次，不仅仅是情感的强化，而且有思想的高潮——从小船的意象，引出了祖国的主题：

> 当年肖邦就是乘坐这艘小船离开祖国漂向巴黎的，从此，他再也没有回来。任何国度的艺术家都得有自己的根呀！……人不能没有自己的祖国，不能不爱自己的家，我在郎朗深情的如泣如诉的演奏中，泪水潸然而下。

这还是在写乐曲，不过是从效果上来写乐曲。这一笔使描写达到了高潮。可是思绪的高潮，并不一定和语言的高潮同步。就在这个时候，作者反而收敛了到达高潮的情绪：演奏结束了，观众却不像以往那样马上给他掌声。而是"都陷入了一种回味，都浸淫了一种酸楚的离情"。这是描写音乐效果常用的手法，"此时无声胜有声"。

不过，好像这个效果坚持得不够，匆匆忙忙地去写郎朗找到了感觉，用了什么技巧，"把这条大河表现得极其感人"。这就太直白了，无声效果被一系列有声话语冲淡了。至于后面对记者采访的回答，则更是强弩之末，思想是明朗了，但是，形象的意蕴却被抽象的议论冲淡了。

江之歌/毛姆

同样一个对象，在表现它的时候，作家的任务，并不仅仅是把它的特点（或者说得文雅一点，它的本质）表现出来。要表现的，还有作家自己

现代散文 | 189

的个性。只有对象的特点和作者的个性特点结合起来，文章才有创造性，才能动人。作者的个性不能光溜溜地再现，而是通过他对事物的感觉、情感和理念表现出来的。同样是描写长江，我们的中学课本已经选了袁鹰的《筏子》，为什么还要选英国人毛姆的这篇文章呢？因为，毛姆对长江的描绘，带着外国人眼光。这种外国人的眼光，是中国作家所没有的，这种眼光，和中国作家相比，就可能有个性，有了个性化的眼光，才能有个性化的形象。

毛姆对长江的描绘，集中在纤夫身上，和袁鹰把笔力集中在艄公身上，有点类似。

在袁鹰那里，体力劳动者艄公，在长江凶险的浪涛中，是神闲气定的、大智大勇的征服者，具有英雄的气概。

而在毛姆笔下，对这些长江上的体力劳动者的描写，开头几句，似乎有点浪漫：

> 沿江上下都可以听到歌声，响亮而有力，那是船夫们在唱。他们划着木船顺流而下。

划着木船（注意木船），划船的人不是英国人习惯了的水手，而是"船夫"，这已经新异了；还要唱着歌，又不是划船比赛，而是和江流搏斗，这更加富有异国情调了。从已经完成了工业化的国家的作者来看，更有特点的是：纤夫。

逆流而上的船只，不是以机器的力量去推动它前进，而是用人的肩膀来拉。这在英国，是见所未见，闻所未闻的，于是，他开始了描述，并且为了英国读者，加以必要的说明：

> 如果拉的是小木船，也许就只五六个人，如果拉的是扬着横帆的大船过急滩，那就要两百来人。

面对这样盛大的场面，对一个英国作家，是千载难逢的，中国作家习以为常的景象，被他当成了奇迹，至少是奇景来描绘的。但是，他只点出"逆流而上""两百来人"。对于这样的原始的劳动，他的感情肯定是有点惊异的，但是，在开头，至少在字面上，他那种外国人的惊讶被抑制着，他好像只是报导事实。这与其说是西方新闻记者的笔法，不如说是一个现实主义作家的笔法，尽可能让场景和细节说话，避免流露主观情感，结论由读者自己去思索。虽然他没有直接的评判，也没有明显的情感抒写，但是，在叙述中，却流露出倾向。首先，这种体力劳动是太沉重，太原始了，劳动者是太艰苦了：

> 船中央站着一个汉子不停地击鼓助威，引导他们加劲。于是他们使出全部力量，像着了魔似的，大幅度地加倍弯腰，有时力量用到极限，就全身趴在地上匍匐前进，像田里的牲口。

躯体趴在地上匍匐前进，这样的细节，已够悲壮的了。西方新闻记者强调细节的雄辩性，这一切已经足够表现他的同情惊叹了，但是，他还是忍不住加上了一句抒情的话语："像田里的牲口"。

其次，这样的劳动，有非人的色彩，有被奴役的性质：

> 领头的在纤绳前后跑来跑去，见到有人没有全力以赴，竹板就打在光着的背上。

如果毛姆满足于这样描写长江上的纤夫，那他表现的不外乎是对中国"苦力"的廉价同情而已，这就和当年来到中国的西方新闻记者差不多了。但是，毛姆作为一个大作家，他仍然从中洞察了一些西方记者所忽略了的东西：

> 每一个人都必须竭尽全力，否则就要前功尽弃。就这样他们还是唱着激昂而热切的号子，那汹涌澎湃的江水号子。（按：应该是"川江号子"）……它表现的是绷紧的心弦，几乎要断裂的筋肉，同时也

表现了人类克服无情的自然力的顽强精神。虽然，绳子可能扯断，大船可能倒退，但最终险滩必将通过，在筋疲力尽的一天结束时可以痛快吃上一顿饱饭。

分析到这里，可以提出问题，这里的手法，和前面，尤其是文章开头的部分有什么不同？

如果前面文章的动人之处，有点近于中国人所说的"白描"的叙述的话，这里就渐渐进入了抒情了，因为，这里作者借助想象，开始表达自己的情感了。文章写到这里，不但思想深化了，而且手法也有了变化。他不仅看到了苦难，而且看到了"人类克服自然力的顽强精神"，而且为其必胜而发出了赞叹。毛姆的可贵之处就在于，他不是居高临下地同情，而是以一种平等的精神，加以赞美。一方面是值得同情的非人劳动，另一方面，又是值得赞美的顽强精神，是水乳交融地结合在一起的。对这二者毛姆并不是等量齐观，而是有所侧重的。在他笔下，给人印象更深的还是苦难：

> 最令人难受的是苦力的歌……

作者以一个西方人的眼光看东方式的体力劳动：没有装卸机，而背着船上卸下的大包，赤着脚，光着背，凭汗水从脸上流下。这样原始的体力劳动，在英国，早已是历史了，然而，在东方仍然广泛地存在。正是因为这样，他们所唱的歌才令他不忍卒听：

> 他们的歌是痛苦的呻吟，失望的叹息，听来令人心碎，简直不像是人的声音。它是灵魂的无尽悲戚的呼喊，只不过有着音乐的节奏而已。那终了的一声简直就是人性泯灭的低泣。生活太艰难，太残酷，这喊声正是最后绝望的抗议。

毛姆写到这里，已经不再像小说那样，力求以细节来启示读者，而是进入了纯粹的抒情。他强烈的情感和理性，在想象中结合起来，把思想情感推向了高潮。显示了比一般人道主义者更为深沉的本色。

为了加深对这一点的理解，下面提供一首题为《川江号子》的诗作。诗人蔡其矫写于1958年。当时举国上下陷于"跑步进入共产主义"的狂热之中。蔡先生身为长江水利规划委员会宣传部长，却从落后的、艰难的体力劳动中感到了痛苦。不过，时代不同了，诗人在最后几行，加了一个"钻探机"来加以对照。虽然如此，他仍然受到了极"左"的批判。请注意最初的："碎裂人心的呼号"和当中的"宁做沥血歌唱的鸟，不做沉默无声的鱼"，诗人的寄托和毛姆有什么不同？可以展开讨论。

附：

川江号子
蔡其矫

你碎裂人心的呼号，
来自万丈断崖下，
来自飞箭般的船上。
你悲歌的回声在震荡，
从悬岩到悬岩，
从漩涡到漩涡。
你一阵吆喝，一声长啸，
有如生命最凶猛的浪潮
向我流来，流来。
我看见巨大的木船上有四支桨，
一支桨四个人；
我看见眼中的闪电，额上的雨点，
我看见川江舟子千年的血泪，
我看见终身搏斗在急流上的英雄，
宁做沥血歌唱的鸟，
不做沉默无声的鱼；

但是几千年来
有谁来倾听你的呼声?
除了那悬挂在绝壁上的
一片云,一棵树,一座野庙?
……歌声远去了,
我从沉痛中苏醒,
那新时代诞生的巨鸟
我心爱的钻探机,正在山上和江上
用深沉的歌声
回答你的呼吁。

1958 年

背影/朱自清

一、《背影》背后的美学

2003 年年底一家晚报披露,朱自清的名作《背影》在中学生民意测验中得分相当低,被某中学语文教科书排除在外。中学生不满的理由是"父亲违反交通规则,形象又很不潇洒"。这一消息引起了据说是百分之九十以上的家长的义愤。教科书的编者连忙出来"辟谣",说是该新闻失实。《背影》已经决定列入下一册语文课本。

一场新闻风波就告平息。

但是,我倒觉得这很可能是在强大的反对声中的一种补救的措施。要不然,为什么不选入已经出版的课本中,而要放到尚未出版的一册中去?这个小小的"马脚"并没有多大的重要性,重要的是:虽然入选了,但对于"违反交通规则"和"不够潇洒",并没有从理论上来回答中学生的质疑。

事实上,这里有一个很严肃的美学问题。遵守交通规则与否属于实用价值,遵守的是善,不遵守的是恶。道德的善恶,是一种理性,而审美价值,则是以情感为核心的,情感丰富独特的叫做美。情感往往超越实用理性,从实用价值来说,是不善的,但是从审美情感来说,可能是很美的。一般情况下,合乎情的不一定合乎理。二者之间的关系,既不是完全统一的,也不是分裂的,而是"错位"的。

在《背影》里父亲为儿子买橘子,从实用价值来说,完全是多余的。让儿子自己去,又快,又安全,又不会违反交通规则。父亲去买,比儿子费劲多了,就橘子的实用价值来说,并没有提高。但是,父亲执意自己去,越是不顾交通规则,越不考虑自己的安全,就越显示出对儿子的深厚情感。如果不是这样,左顾右盼地考虑上下月台的安全,就太理性了,没有感情可言,甚至煞风景了。朱先生这篇是抒情散文,以情动人。越是没有实用价值,和情感的审美价值反差越大,越是动人。杜十娘怒沉百宝箱,完全不讲实用理性,但是,越发显现出她把情感看得比财富、甚至比生命更重要,这才越是动人,审美价值越高。

至于"不够潇洒"的问题,也一样。父亲越是感觉不到自己的费劲,自己的笨拙,越是忘却了自己的不雅观的姿态,就越是流露出自己心里只有儿子,没有自己。这就是诗意。如果不是这样,父亲很轻松地、很潇洒地、很轻快地把橘子买来了,就光剩下了实用性,一点诗意也没有了。

学生不理解,与他们在美学上缺乏修养有关。如果能成功地对《背影》进行教学,对于青少年进行审美启蒙是很有冲击性的。这正说明了《背影》应该入选语文课本。

在"不够潇洒""违反交通规则"面前打退堂鼓,暴露了我们的编者,对于经典文本在理论上缺乏系统的理解,因而也就不可能有原则的坚定性。

当前语文教改课堂上最为突出的现象是:由过去的满堂灌,变成了满堂问,问来问去,平面滑行,一千个读者,就有一千个哈姆雷特,但是,赖瑞云先生在他的《混沌阅读》中说过:一千个哈姆雷特还是哈姆雷特,不可能成为李尔王。并不是一切的可能性都具有同样的深刻性。在相同的历史语境中，总有一个能够代表学术前沿的观念和阐释。我们以审美价值论质疑了《背影》的父亲"不够潇洒"的问题，虽然，审美价值论并不是唯一的学理基础，但是，有这学理基础总比没有一点学理基础更有深度。把当前流行的相对主义倾向绝对化，发展到极端，就是"一切由学生说了算"。事实上是，一千个学生说了都算，就没有人说了能算，这就完全放弃了教师的职责。

其实，就是接受美学，也还有一个"共同视域"范畴。在一定的历史语境当中，还要看你是不是达到学科前沿，有一个相对而言哪一个比较深刻正确的问题。鲁迅说过：一部《红楼梦》，经学家看见《易》，道学家看见淫，才子看见缠绵，革命家看见排满，流言家看见宫闱秘事。似乎也可以说，一千个读者有一千部《红楼梦》。但鲁迅又说，各人推见、设想的作品人物是不尽相同的，读者心目中的林黛玉不会是一个样，但"那性格、言动，一定有些类似，大致不差，恰如将法文翻译成了俄文。要不然，文学这东西便没有普遍性了"。何况并不是每一个读者都是对的，就是对，也达不到同样深度。教师还有一个如何把学生向当代学术水准的高度引导的任务。当学生把《背影》的精华当成糟粕的时候，语文课本的编者的理论水平和具体分析能力就面临着严峻的挑战。

这不仅是对美学观念的考验，而且还有思想方法的考验。对于《背影》不但要从共时的方法进行分析，还要用历史的方法进行分析。《背影》的语言，和朱自清前期的许多作品相比，有一个显著的不同，那就是在最关键的地方，不像《春》《绿》《匆匆》和《荷塘月色》那样采用华彩的语言、排比的句式，不作大幅度的渲染，直接抒情的语句都被压缩到文章的结尾去。在作者情感发生震撼的地方，却用比较朴素的语言，几乎全是叙述。这是很见功力的。

朱先生早期的常用的抒情和渲染的办法，其实并不是文章成熟的表现，留下了比较稚嫩的痕迹。到了三十年代、四十年代，朱先生的文风一洗铅华，回归朴素，达到了更高的层次，这是叶圣陶、唐弢、董桥早已指出过的。这说明《背影》中的"不够潇洒"，正是朱先生散文中最可珍贵的因子，正是在这个基础上，朱先生向艺术的成熟高度挺进。

从上个世纪八十年代以来，我们引进了那么多的西方文论，理论家们是否意识到自己有一份责任将前沿的理论成就在中学文学教学中普及呢？理论家们可能都比较鄙薄普及，殊不知回避在文本中作具体的微观的分析恰恰不是高水平而是怯懦的表现。看着语文课本编者急急忙忙放弃《背影》，又匆匆忙忙选择《背影》，有责任感的理论家没有发笑的权利，只有反思的内疚。

二、《背影》分析

（一）《背影》"细读"。

注意不写什么，弱化什么，省略什么，割舍什么，强调、强化了什么？

比如，为什么不写人的正面而写背影？如果回答，因为背影最突出，因为背影最为感人，这是同语反复。我们要问的是为什么背影最为感人，而你说，因为它很感人，所以它就感人，这不但等于什么也没有说，而且还把对于思考的要求降低了。

从现象到现象的滑行，而且还很满足，就造成了麻木。我们往往就被这种表面的思想习惯所蒙蔽。这是一种自我蒙蔽，舒舒服服地把自己思考的自由给剥夺了。

用伽达默尔的话来说，就是现成的话语像一座山，障蔽着我们的创造性的思维。这种话语有一种权力的性质，让你在无意识里受它的统治。所谓素质的提高就是要有意识地打破它的统治，恢复思想的创造力。用西方文论家的语言来说，就是"去蔽"。

就《背影》而言，至少有两方面可讲，可以"细读"。

1.《背影》没有写主人公的面容，没有强调言语和表情。光是有了这一点，还不够深刻，还要比较。关键在于寻求矛盾、差异。矛盾差异不是自然地突出在你面前的，芜杂和混乱的现象把它掩盖了。为什么纷乱，芜杂？因为没有联系，或者叫做无序。为什么没有联系？因为各自独立，没有在一点上统一起来。

没有联系的东西，如果在一点上统一了，就可以比较了。

可比性有两类：

一是同类之比。往往有现成的可比性，难度是比较小的。但是，可比性很少有现成的，写父亲的经典几乎没有。如果硬要比一比的话，可以拿罗中立的油画《父亲》来比。那是一张脸，布满了沧桑。这是两个完全不同的父亲，作者对父亲的感情也是不一样的。这种不一样就是个性，就是时代烙印，就是艺术品的生命。

二是异类之比。不同类的事物，只要提高一个层次就可以比较了。如《荔枝蜜》，好像和《背影》是没有可比性的，但是把抽象的层次提高，把具体性的成分排除掉，就可以与《背影》相比。都是写无条件的奉献精神的。有了这一点相通，就可以进入比较深入的分析：一个是写对社会无条件的奉献，一个是写对儿子的无条件的奉献。不管多么不同，只要在一点上求得相通就可以比较了。

世界上很少现成可比的东西，也没有绝对不可比的东西。有鉴于此，我们在编中学语文课本时就应注意进行比较。

2. 科学的抽象。要跨越的第一个障碍是事物和感性的差异，感性是具体的，但又是表面的，肤浅的，因而要进入抽象的层次。抽象是看不见，摸不着的，但是，它是深刻的。要从肤浅的层次进入深刻的层次，就是要把不同的、感性的东西舍弃掉，把共同的、抽象的东西概括出来。科学抽象的最起码的要求是从感性之异中求得理性的抽象之同。

比如，西瓜、飞机、书本，从感性上来说，是不同的，但从理性上来说，它是相同的，它们都是商品。就文学作品来说，没有和《背影》现成相同的作品，这就要从理性上提出共同的东西，也就是采取异中求同的办法。比如，《背影》的具体内容不同于其他写母爱、写"父母之心"的文章，但在亲情上，在人与人之爱上，是相通的。

不过，这样的异中求同的层次是比较低的。光指出文章之间的相同之处，并没有解决什么问题，还要在这个切入点上深入下去。这就进入到更为高级的、同中求异的层次。比如，同样是对人的美化，从正面，从面容，是比较容易美化的，而背影却不容易美化。又如，写母爱的文章多如牛毛，而写父爱的却比较少见。因而，朱先生的文章难度较大，他取得成功的程度、经典性的程度也就可能超过了其他篇章。

（二）情感有无特征？

父亲和儿子的深厚情感不是一下子就显露出来的，而是在过程中表现出来的。在开头不但得不到理解，反而被儿子误解，觉得可笑。这就有特点。这在章法上叫做欲扬先抑。这没有什么特别的创造，杨朔的《荔枝蜜》，就是这样的写法。

朱先生的功夫在于写得很从容，不做作，没有过分的强调和夸张。

后来儿子被感动了，这就有了反衬。儿子被感动，不是因为像杨朔笔下那种崇高伟大的精神，文章也没有刻意营造强烈的诗意。虽然文章在总体上也是抒情的、诗意的，但是导致儿子感动并自我谴责的关键动作，却并不那么诗意，不怎么美妙。这些动作很是笨拙，甚至并不是很有必要的，因为儿子去买橘子会更利索。

《背影》所用的语言和手法，并不是诗意的描绘。用异类相比的方法，可以轻易地发现，它不像《荷塘月色》《绿》那样，用那么多的排比句法，那么多的美丽的比喻，以及很复杂的诗意的技巧，比如：通感（光和影的旋律，像小提琴上奏出的名曲，花香像远处高楼上渺茫的歌声似的）。《背影》基本上是叙述，也许可以称之为"白描"。父亲那些"不够潇洒"的动作，却使作者和读者感动了，——没有诗意的，变成了很有诗意的；没有实用的价值，却有情感（审美）的价值。这从美学理论上说，就是审美价值和实用价值之间的错位，或者说，要有较高的审美价值（即艺术性），就要让情感超越实用理性。

更加重要的是：当作者被感动得流下了眼泪，父亲自己却没有感到自己有什么了不得之处。

（三）还原方法的具体运用。

从《背影》中也可以看出作者的省略、作者的回避（有一个材料说，他是在家乡工作时，因家庭之事与父亲闹不愉快，才促成了他写了这一篇表示忏悔的文章）。文章中，写到父亲与他的矛盾，"触他之怒"，"待我不如往日"，是"我的不好"，都含含糊糊，被省略了，被淡化了。

现代散文 | 199

从这里可以得到一种启示，文章的好处不但在于强调了什么，而且在于省略了什么。这一点对于欣赏有好处，对于写作更有好处。只有知道要省略什么，不写什么，才能有自己的个性，才能找到自己；有了自己的特殊的感觉和情感，才会知道应该写什么，应该强化什么和淡化什么。

回忆鲁迅先生/萧红

这篇文章的写法有些特别，全文似乎随意写来，好比是流水账，似乎犯了写文章的大忌。但是在回忆鲁迅的文章中，这篇文章又属经典之作。原因可能是：1. 鲁迅是伟大的公众人物，一般的读者只能通过他的文章了解他，这种了解是不全面的。他的日常琐事，尤其是萧红所记均为鲁迅最后的日子的一切，对于了解鲁迅的思想风格有相当重要的意义。从这里，可以看到他文章里没有的东西，一切细节都有某种文献价值。故本文的写法很特殊，似乎不追求篇章结构，信笔所至，事无巨细，近乎罗列，散散写来，不求中心突出，亦不讲究剪裁，无统贯之事，有散漫之嫌。2. 但是，从文章的内涵来看，似乎并不散漫，全文集中写鲁迅忘我工作，牺牲休息，疏于保健，于积劳成疾之时，生命不息，战斗不止，克己待人、待客、待亲。大事严谨不苟，琐事亲切和蔼，谈鬼神而幽默风趣，说化装竟愤然作色。伟大人物，化为活生生的存在，伟大的思想家不再是抽象的遥远的偶像，而是有血有肉的、有自己的感觉和情绪的人。

从这个意义上来说，这篇文章并不琐碎，借用一句老套的话来说，就是：形虽散而神不散。这属于"琐记"之类，并非萧红的独创，鲁迅自己也写过这样的文章（如《病中琐记》）。妙在散中见奇特，奇特中见平淡，无雕琢之痕，有自然之趣。当然，并不是每一个人物、事物都可以用这样的风格来"琐记"一番，没有一定重要性的人物，滥用这种琐记的办法，可能真的成为流水账。而且这种风格的分寸比较难以把握，稍有不慎，可能造成散乱芜杂。

归纳起来，本文大体从以下几个方面表现鲁迅的为人。

第一，正面之笔。比较重要的有下面这几点：

1. 对于萧红火红的上衣，发表了那么认真的见解。这里有个背景不可忽略。当年的革命者，以天下为己任，一般是羞于讲究生活享受的，尤其像鲁迅这样把生命奉献给民族解放的伟大事业的人物，在通常人的理解中，应该是不修边幅，不拘小节的。但是，他居然对女性的衣着有那么系统的见解，而且不是一般的、即兴的看法，而是很认真的，连许广平不理解，他都要"生气"的。从这里，一方面表现他伟大人物的生活情趣；另一方面又表现了这种生活情趣，不是一般的趣味，而是有美学的理论基础的。就是生活小节也有思想家的特色，这一方面，写得比较有趣。

2. 鲁迅把白天大量的时间用来陪客人，只能彻夜工作。这一方面则写得很动人，简直可以说，令人震撼。作者除了用白描的手法，描述鲁迅生活状况以外，还刻意地把描述转化为象征：

> 全楼都寂静下去，窗外也是一点声音没有了。鲁迅先生站起来，坐在书桌边，在那绿色的台灯下开始写文章了。
>
> 许先生说鸡鸣的时候，鲁迅先生还是坐着，街上的汽车嘟嘟的叫起来了，鲁迅先生还是坐着。
>
> 有时许先生醒了，看着玻璃窗白萨萨的了，灯光也不显得怎样亮了，鲁迅先生的背影不像夜里那样黑大。
>
> 鲁迅先生的背影是灰黑色的，仍旧坐在那里。
>
> 大家都起来了，鲁迅先生才睡下。

这里基本上还是描写，用了些反衬的手法，如以汽车的有声衬托夜晚的宁静，以窗户和灯泡的光衬托鲁迅的身姿。这里，强调突出了鲁迅背影的颜色是黑的，反复强调黑，是不是为了突出一种在黑暗中沉稳的感觉呢？

接下去，又是一系列的反衬，首先是人们的动衬托鲁迅的安睡，特别是保姆嘱咐海婴"轻一点走"；其次，是明亮的太阳照着夹竹桃。与此成为反衬的是：

> 鲁迅先生的书桌整整齐齐的，写好的文章压在书下边，毛笔在烧瓷的小龟背上站着，一双拖鞋停在床下，鲁迅先生在枕头上边睡着了。

为什么要花这么多笔墨来衬托鲁迅的安静呢？除了强调他忘我的奋斗以外，是不是还有某种象征的意味呢？这要联系到文章是鲁迅逝世以后写的，有悼念的意思。文中的黑夜、白日、睡着了等等，应该是具有双重的内涵。一方面是字面上的意义，另一方面是隐含的意义。正是因为有悼念的潜在内涵，所以作者才充分强调鲁迅安睡的静态和笔、纸、拖鞋所暗示的为文的动态的反衬。这样的白描式的文字，具有震撼的力量，抒发着作者的情趣。

3. 在如此严肃的段落之后，萧红来了一段鲁迅谈鬼的故事，则又是另一种趣味，似乎与情趣有一点小小的区别，鲁迅说：

> 鬼也是怕踢的，踢他一脚，就立刻变成了人。

这是表现鲁迅虽然面临着死亡，但是生活情趣却很活跃，对于可能造成迷信的事，不用科学的眼光看待，而是用幽默的眼光评述。萧红想：

> 倘若是鬼常常让鲁迅先生踢踢倒是好的，因为给了他一个做人的机会。

这都是将错就错（或者将谬就谬）的说法，明知其荒谬，却把荒谬推向极端，造成诙谐的趣味，或者说是幽默感。这种谐趣和前面的情趣，结合起来，使得文章的趣味多样、丰富了。

4. 文章中写到鲁迅病中,和海婴的关系也是相当动人的。特别是鲁迅病重,海婴无知,以自己的多种多样的药瓶骄人。完全是平静的叙述,悲剧色彩溢于言表,但是其中没有一个"悲"字。而鲁迅病笃,不能回答海婴的问候,海婴坚持:

他的保姆在前边往楼上拖他,说是爸爸睡了,不要喊了,可是他怎么能够听呢,仍旧喊。

这时鲁迅先生说"明朝会",还没有说出来喉咙里边就像有东西在那里堵塞着,声音无论如何放不大。到后来,鲁迅先生挣扎着把头抬起来才很大声地说出:

"明朝会,明朝会。"

说完了就咳嗽起来。

许先生被惊动得从楼下跑来了,不住地训斥着海婴。

海婴一边笑着一边上楼去了,嘴里还唠叨着:

"爸爸是聋人哪!"

鲁迅先生没有听到海婴的话,还在那里咳嗽着。

这可能是文章中最动人的片断了。之所以动人,就是因为鲁迅以超病理的语言回答孩子的问候,孩子却十分不理解父亲的听觉失灵,而父亲却对之一无所知,继续和病魔搏斗。从这里,可以看出鲁迅不但是一个伟大的人物,同时又是一个普通的父亲。他的精神是丰富的,而不仅仅是只有伟大的思想。这不禁令人想起他的著名诗句:

无情未必真豪杰,怜子如何不丈夫。

横眉冷对千夫指,俯首甘为孺子牛。

第二,侧面之笔。其实,有关海婴的这些描写,已经不仅仅是直接表现鲁迅的笔墨,而且也是间接的描述了。侧面的、间接的表现,涉及的面比较大,主要是许广平的外部表现和内在感受。例如,她在鲁迅病危时,

"心里存着无限的希望，无限的要求，用了比祈祷更虔诚的目光"来面对鲁迅。她"很镇静，没有紊乱的神色"，虽然也曾"当着人哭过一次"。最深邃的是，许广平对于鲁迅的精神的评价：

周先生的做人，真是我们学不了的，哪怕一点点小事。

这些表面上轻描淡写，但是又有很重的思想含量，可以说是画龙点睛之笔，以鲜明和警策见长。和鲜明警策相对的，是含意隽永的笔墨。文章最后，作者强调，鲁迅临终前不断地看着一幅画：

……小得和纸烟包里抽出来的那画片差不多。那上边画着一个穿大长裙子飞散着头发的女人在大风里飞跑，在她旁边的地面上还有小小的红玫瑰花的花朵。
记得是一张苏联某画家着色的木刻。
鲁迅先生有很多画，为什么只选了这张放在枕边？
许先生告诉我的，她也不知道鲁迅先生为什么常常看这小画。

这明显是一幅生命的图赞，女人和飞散的头发，再加上小红花，完全是鲜活的生命，其中的意义想来以萧红的智商和艺术修养，是不难猜度一二的，但是她却花了这么多篇幅来留下一个疑问，而且还把许广平拉来作证，作者的用心也许是，与其把文章做尽，什么都告诉读者，不如把不难索解的答案，留给读者去掩卷沉吟。一般说文章到了最后，往往是把主题说得更为明显（"卒章显志"），或者提升到一个新的高度，而这里却留下空白，从手法来说，显得丰富。

谭嗣同之死/梁启超

　　生命是最宝贵的，只有保存了生命，才能从事救国之大业，因而爱国者，都把保存自己当作天经地义的事，即使到了最后关头，也不轻易放弃生存的努力。陈毅之所以要潜伏在山林草莽之间，就是要避免被敌人杀害。幸而敌人没有发现他，要不然就没有后来的陈毅元帅，也没有担任过中华人民共和国外交部长的陈毅了。但是，在特殊情况下，特殊的个性，却作出了不同的选择。

　　谭嗣同的特点，是改革事业面临流产的时刻，他是可以避免牺牲的，是可以出逃的。然而，他却选择了让保皇派逮捕，引颈就刑。

　　文章把重点放在谭嗣同的选择上，分几个层次来写他面临着死亡威胁的选择。

　　第一个层次：政变发生以后，康有为的寓所遭到抄查的官方信息已经来到，慈禧垂帘听政的文件已经下达。文章先把形势紧急写透，而谭嗣同却十分坚定地拒绝出逃。不但拒绝，而且提出了自己的特殊理由：过去努力救皇上（光绪）没有救成，又打算救康有为，也没有成。"吾已无事可办，惟待死期尔。"这样的话，说得似乎很冷静，但是并不是很理性。改革大业，重要的事情很多，难道除了这两件事以外，就无事可做了吗？谭嗣同的理由是不充分的。但是，正是这种并不充分的理由，表现了他作为一个理想主义者的抱定牺牲的决心。他又说，天下事，都是"知其不可为而为之"。这是孔夫子的话，从正面可以理解为，指的是改良事业，明明知道是要失败的，可是还是要投入；但也可以具体理解为出逃，明明知道不一定可行，但还是可以努力一试。

这里就留下了矛盾。而矛盾恰恰是他独特的情感的表现。

第二个层次：形势更加险恶，而谭氏却更加从容了。先是待在家里，等着人家来逮捕他，而人家居然不来。接着是，没有人来捉拿他，他居然还能从容地跑到日本使馆中劝梁启超出逃日本，自己却不走。

如此异常的从容，其原因是什么呢？用谭嗣同自己的话说就是：没有出逃的，改革没有明天；但是没有留存家里奉献生命的，就"无以酬圣主"。原来，他认为自己牺牲的价值在于报答厉行改革的皇上。这个逻辑是很有思想根源的，从这里可以感到他的历史局限性，而且也可以看出他的感情用事，但是，这种矛盾正是他当年作为改革家的矛盾所在。

第三个层次：这并不意味着他是坐以待毙。在这紧急关头，他还策划武力劫圣。这一方面表现出他的坚毅和果敢，人家不来抓你，还不趁早溜掉，相反有点老虎头上扑苍蝇；另一方面也表现了他的天真，甚至有点盲动。但这也是他鲜明的个性所在。可惜的是，这个部分可能由于素材不足，不像其他层次都是正面描写，而是间接叙述，给人以语焉不详的感觉。

第四个层次：面临被捕的危机，他自己仍然从容不迫。和他成为对比的是，他的日本朋友苦苦相劝，叫他出逃。文章有两个词语值得玩味，一个是"苦劝"，一个是"再四"。日常口语中，有"再三"的说法，"再四"也有，但往往和"再三"连用，很少单独用。这里"再四"单独用，说明当时形势的险恶和朋友的急切。

第五个层次：谭嗣同的自白："各国变法，无不从流血而成，今中国未有因变法而流血者，此国之所以不昌也。有之，请从嗣同始！"这从表面上看，是他所发现的规律，是很理性的，但实际上，完全是满腔热血：改革之所以不成功，国家之所以不昌盛，完全取决于是不是有人流血牺牲了，不管是不是必要的牺牲，只要有人牺牲，国家就一定昌盛起来！这是真正的抒情，很难说是改革的规律。

正是这里，我们可以感受到谭嗣同无私的、圣洁的精神状态。

第六个层次：他在牢狱中，留下了一首诗，把自己面对死亡的精神又向新的高度升华，没有任何畏惧之感，十分从容、泰然自若还不算，而且充满了欢乐：

> 我自横刀向天笑。

本来是在敌人的屠刀之下，现在变成了自我横刀、向天大笑的形象。刀从哪里来？向天而笑，为什么不面向屠刀？不向胆怯的政敌？这是不用追究的。这是诗的想象，其好处就在于超越了现实的牢狱、现实的处境，自由地抒发激情，虚拟自己理想的姿态。

和文天祥的失败者悲剧色彩相比，谭嗣同的自我形象，则是胜利者的自豪。在中国古典诗歌史上，很少有失败的英雄发出这样胜利的欢笑的。而且这英雄的内心非常宽广，他一方面为自己的选择而自豪；另一方面，又没有把出逃者贬低，而是把他们和自己放在同样的高度。谭嗣同的英雄主义，明明是真人真事，但却有点像小说中英雄的理想光彩。

最后一个层次，则是在高潮之后，作者的笔墨，是很简洁的叙述："神气不少变""从容就戮"。似乎情绪比较收敛，和前面的慷慨激昂相比，作者是不是有意要收敛一些，以追求另一番感染人的力量？这个问题可以讨论。

让我们把阅读原初的第一感受说出来。下面是我的想法：慷慨激昂，以其辉煌的思想和情绪瞬息间震撼读者；而朴素的叙述，瞬间效果可能不那样强烈，但是，其潜在量很大，可能诱导读者掩卷沉吟。

剃头匠 / 陈震

这篇文章要和《保修》联系起来，才能感受到比较深刻的意味。《保修》强调了高新科技给需要理发的人带来了苦恼和尴尬。无微不至的售后服务，表面上是为顾客服务，实际上却只是产品推销的圈套，没有一点人情味。而这一篇，异曲同工，强调的是旧式理发，手工技艺，在完成对头发的整理过程中，表现了敬业和自尊，其手艺之精致，待人之诚恳，洋溢着人情味，充满了诗意。

但是，文章又并不是一篇抒情散文，并没有用诗一样的优美的语言来表现，甚至恰恰相反。如文章的标题，不叫做"理发师"，而叫"剃头匠"，显然不是求雅，而是突出其俗。由此引发出作者对于"剃头"这样的词语为什么要被"理发"所代替发生追问。又联想到"烹调"和"料理"、"做生意"和"理财"、"惩办"和"处理"（三者和"理发"一样有一个"理"字）之间的关系，类推出"斩首"为什么没有变成"理头"的疑问。行文的思路和王蒙的《东施效颦话语词》有共同之处。王蒙着眼于原本的语义和后来的意义之间的矛盾，这篇文章也一样（从理发想到理财、从理财想到理头），从司空见惯的词语中揭露出不和谐的、有点荒诞的语义。所用的是随笔常用的方法，信笔写来，涉笔成趣。这种趣味，不是通常的情趣，因为有点怪异，不合常规，因而属于诙谐的趣味。

但是，这种以议论为主的方法，只是在文章开头第二段。到了第三段，就改用叙事的方法。当然，换了一种方法，在追求谐趣方面是一以贯之的。这种谐趣的特点，就是不把事情写得很有诗意，不把自己的心情写得很美好，而是相反，不美好，有点狼狈，有点"丑"。如果可以把抒情算成是诗化、美化的话，那么这种自我贬低，把自己写得尴尬，写得俗气，可以说是"丑化"。

这种自我贬低，自我"丑化"，并不是真正的"丑化"，而是心照不宣的"假定"。所写的丑事，不加掩饰，坦然暴露，表现出某种天真。如把妈妈给他理发的钱省下来，随便处理自己的头发，弄巧成拙，表现了儿童的单纯，不善于掩饰自己的弱点。越是"丑化"，越是可爱。这是一种幽默的诙谐趣味，所以"丑化"二字，是要加上引号的。

文章用相当细致的笔墨写剃头匠的工作程序，很有谐趣。其中有一系列的内在的矛盾。一方面是"挨刀子"、头上的"疖疮"等等煞风景的情境；另一方面又是用温吞水、大毛巾和花花绿绿的色彩等温馨的服务。理发师傅"聪明"到可以看出孩子头脑"里头的聪明"。虽然有一系列美丽的词语，透露着孩子气的夸张，不协调，但正是不协调中，有调侃的意味。

接下来的这一段相当精彩，强调理发师傅"功夫不在刀上，而在情意上。他殷勤地侍候你，教你觉得自己十分尊贵"。对于这一点，作者相当细致地展开了描写：

> 每当我路过剃头铺，总喜欢在那里逗留片刻，在那木转椅上旋转一周，和师傅闲聊几句。剃头铺子简直就是当地的新闻中心、舆论阵地，谁家的兴衰荣辱，是非曲直都可以从那里明察暗访；若说有能够反映民意的机构，我以为剃头铺便是。

这一段写得相当有感情，明明不是为了剃头，却乐意在那里逗留。有趣味，是因为剃头铺子的重要不在剃头，而在传播新闻和消息。这种趣味由于用语相当夸张，如"新闻中心""舆论阵地""兴衰荣辱""明察暗访""民意机构"等，都是很庄重的古典和政治性质的书面语词汇，这些词语又直截了当地和相当"俗气"的"剃头铺"联系在一起，趣味就带上了诙谐的性质。

但是，本文的谐趣和一般的调侃似乎又有些不同，主要是它并非一味调侃，同时对理发师傅也有一点美化。理发过程的描写充满欣赏的感情。细节显然有意繁琐，但在繁琐中显示情致。让你坐上高位，在脖子上绕上白纸，撒些白粉，轻轻地系上白围裙，所强调的就是体贴、认真、敬业："手总是很柔软的，态度总是很温和的。"特别是：

> 落刀之前总要先在自己的手上试试刀锋。他们的剃刀……准确无误地掠过你的脸皮，就跟风吹过水面一样。

简直给人一种诗意的美化的感觉。诗意感觉，来自对理发师傅的美好感

现代散文 | 209

情。如果不是这样，写出来就会是另外一种样子。这里隐藏着作者的风格追求。要真正体悟文章的三昧，有一句话是不可忽略的，那就是："他（理发师）并不似梁实秋先生描写的那么鲁莽。"因此我们有必要来看看梁实秋先生笔下的理发师的动作是什么样子：

> 理发匠并没有令人应该不敬重的地方，和刽子手屠户同样的是一种为人群服务的职业，而且理发匠特别显得高尚，那一身西装便可以说是高等华人的标帜。如果你交一个刽子手朋友，他一见到你就会相度你的脖颈，何处下刀相宜，这是他的职业使然。理发匠俟你坐定之后，便伸胳膊挽袖相度你那一脑袋的毛发，对于毛发所依附的人并无兴趣。一块白绸布往你身上一罩，不见得是新洗的，往往是斑斑点点的如虎皮宣。随后是一根布条在咽喉处一勒。当然不会致命，不过箍得也就够紧，如果是自己的颈子大概舍不得用那样大的力。头发是以剪为原则，但是附带着生薅硬拔的却也不免，最适当的抗议是对着那面镜子拧眉皱眼的做个鬼脸，而且希望他能看见。人的头生在颈上，本来是可以相当的旋转自如的，但是也有几个角度是不大方便的，理发匠似乎不大顾虑到这一点，他总觉得你的脑袋的姿势不对，把你的头扳过来扭过去，以求适合他的刀剪。

梁实秋先生对理发师傅显然是调侃的，把理发师和刽子手屠户相提并论，这种类比是不伦不类的。但是，比喻的精致，产生抒情的趣味；而比喻的不伦，则构成幽默的趣味。作者则是把理发师的剃刀比喻为"跟风吹过水面一样"，就有点诗意了。梁先生强调的是煞风景，作者突出的是体贴入微。最根本的区别在于，一个是出于职业习惯，只对头发有兴趣，对人却没有兴趣（"伸胳膊挽袖相度你那一脑袋的毛发，对于毛发所依附的人并无兴趣"）。动作是机械的，对人是不尊重的；而另一个则恰恰相反，对人温文尔雅，关怀备至，稍有失误便十分"抱歉"，甚至用极其夸张的语言："他想象你是赶去做新郎或是出席一个盛宴"。更加精彩的是强调了效果，不仅是理发师单方面的文雅，而且也感染了顾客：

假如有一根发丝没有抖掉，使你不舒服，你就有理由发脾气；而你如果不发脾气，你就是一个既尊贵又客气的好人。

这一笔，很有深度，但不着痕迹，没有形容，信笔为之，风流蕴藉，情趣盎然，但又不是一般的抒情，其中仍然蕴含着可以觉察的诙谐。行文中，时而把理发师和刽子手相联系，如"他们的剃刀决不会落在你的咽喉管道上，而是准确无误地掠过你的脸皮"，"他俯首奏刀，好比外科大夫在给病人做手术"，这里都微微隐藏着比喻的夸张和不伦，让你感到作者的含笑的眼光。

　　文章的第一部分，写的是一般意义上旧式理发师，没有具体所指。文章的第二个部分，则是对一个童年时代理发师的怀念，语气既是赞美又是调侃。传统意义上的理发师已经逝去了，活着的也是越来越少了。作者在转向这样的人物时，满怀感喟："他们即使还活着，又能做什么？年纪大，手脚笨，眼睛花，他们觉得自己是不行了。"但是，光是感喟，就不免伤感，作者追求的风格是要有一点幽默的：

　　这是动刀子的职业，先生！如果他们拿的是屠刀而不是剃刀，也许还会神气点儿。可是他们并没有后悔说自己早年选错了刀，现在来不及啦！

这里有调侃，但是，调侃的是世道（杀人比为人服务更神气），而不是理发师，对于理发师更多的是同情和赞美其"卑谦"，实际上就是本分。但是，本分的理发师，却有某种本分以外的美德。他好下棋，在下得入迷的时候，来了顾客，他就会毫不犹豫地以认输结束棋局；但客人却尊重他的爱好，宣称自己不是来理发的，而是来观棋的，于是"他便递过一支烟来"。这种传统的民间人情，人与人之间的理解，贵在能于轻描淡写之间流露出情怀。这个理发师还有一定的医术，提供偏方，免费为人治疗疑难杂症，因而获得社区居民的信任。

所有这一切，既有情趣，又有谐趣，构成诗意与幽默的结合。

接下来的一段，主旨是与现代理发师的对比。科学技术发达了，商业性招徕服务增多了，本来对顾客来说，应该有更高的享受，但在作者笔下，恰恰相反，现代科技异化为获取利润的手段，理发师与顾客的关系就变得缺乏人情味了。作者的笔墨很精练：

> 当我坐在皮革旋转高跷椅上时，理发师也高坐着看杂志，和我并列。从镜子里望去，见他手指上夹着香烟，好像等待理发的不是我，而是他。

淡淡几笔，没有太多的形容，具有某种白描的效果。这就不仅仅是幽默，讽刺的色彩溢于言表，而且越到后来越是明显：对方一次一次地推销理发的种种附加名堂，用语类似"审问"，作者一次次地"聪明地拒绝"，而且越来越发火。这就和前面的理发师在两个方面形成对比：第一是理发师的姿态，第二是顾客的心情。特别精致的是第二个方面。因为前面有过伏笔，可以发脾气而不发脾气，就是"尊贵"的客人，这就是说，理发师对顾客的尊重，提高了顾客的品位；而现在是，理发师对顾客的不尊重，不但破坏了顾客的心情，而且引发了顾客的抗拒心理，人与人之间的和谐荡然无存。这一切，都和现代科技的发展有直接的密切的联系。

童话·寓言

农夫和蛇（两则）/伊索

在世界文学史上，古希腊的《伊索寓言》很有经典性，对后代影响很大。只要把《伊索寓言》和《克雷洛夫寓言》稍稍加以比较，就可看出克雷洛夫深深受了《伊索寓言》的影响。

《伊索寓言》中《农夫和蛇》（两则），具有古典寓言的典型特征。动物的生活、心理和人生的格言式的思想，表面上看来是不相容的。但是，在寓言里却结合得非常自然。明明要说明一种人生的格言，为什么不直接讲出来，偏要让动物来表现呢？这是因为，直接讲出来，思想是鲜明的，但是，可能显得很干巴，没有趣味。把人的思想让动物讲出来，对于人的想象有比较强的刺激。从动物到人就有一种联想。从动物世界到人间，从动物性到人性，这里既有相异的距离感，又有沟通的惊异感，就比较好玩，比较有趣。

这里还有一个问题，动物拥有人的语言和人的思想，这是不是就不真实了呢？

但是，我们读寓言的时候，并没有产生任何怀疑，相反觉得挺好玩，挺真实的。

把人的思想和情感赋予动物，最大的好处，就是让人进入想象的境界。而进入想象的境界就意味着，超越现实的境界。人在现实世界中，是承受着生存（实用）功利的压力的；进入想象境界，这种压力就淡化了。在现实世界，人对待蛇首先考虑的是，它的出现是否对人的躯体有所威胁，或者是否对人的生存有所裨益。但是在想象境界里，这种生存的实用功利的考虑就不那么迫切了，因而就比较自由了。

想象的事物不同于现实事物的最大区别，就是在形态上、性质上每每以一种新异的方式出现。这种新异的形态和性质，对于习惯了事物通常形态和性质的记忆是一个冲击。因为是新异的，所以有吸引力。

但是，想象的新异并不一定就是吸引人的，还要有一定的条件。新异要吸引人必须贴切，要求联想自然，不能勉强；联想不能粗糙，一旦粗糙，想象的自由就受到干扰，就有抗阻。因而，自由的想象也要从某些方面抓住动物的自然特征。但是，这种特征与其说是自然的，不如说是文化的。唐老鸭、孙悟空之类，之所以吸引人，不但是因为新异，而且是因为他们的形态，尤其是他们的特点，与鸭子行动的笨拙、猴子行动的灵活有着水乳交融的联系。

在许多民族早期的寓言和神话里，蛇都扮演了一种邪恶的角色。在《圣经》里，蛇唆使夏娃偷吃智慧果，这一恶行导致人类的祖先被驱逐出了伊甸乐园。在古希腊神话中，蛇不止一次地扮演了凶残的角色（如把拉奥孔父子缠死）。从克雷洛夫寓言中，也可以看出在俄罗斯人的心目中，蛇也是不可饶恕的邪恶动物。在汉语里，关于蛇的联想大抵是负面的。蛇蝎心肠，说的是心眼坏到无以复加的程度；蛇豕，比喻贪婪残暴的人；蛇虺，喻指阴狠毒辣的人；蛇入鼠出，比喻行动隐秘；蛇行鼠步，形容胆小谨慎；蛇盘鬼附，比喻相互勾结；蛇蟠蚓结，比喻互相勾结；蛇心佛口，喻指内心狠毒而表面和善。光是毒蛇两个字，至今还是骂人的话。

所有这一切，都是负面的。很显然，这并不是蛇的全部自然特性。南帆先生在他的散文《蛇》中，曾力图从蛇的自然特征去寻求蛇在人类心目中印象恶劣的原因。他推测说，可能是因为蛇在地上迅速游走，它突如其来的攻击，让直立的人防不胜防；就是发现了，也难以弯下身来和它作正面的搏斗。人类的天敌本来很多，比如狮子老虎之类，但是狮虎虽然凶猛，往往出现于人的正面，光明正大和人搏击，人类容易设法找到制胜的法门。而蛇却不然。这当然是一种猜想，并不一定有十分的说服力。

要寻找蛇在人们心目中一直引起负面联想的原因，仅仅从自然属性方面去努力是很困难的。最为实际的，是从文化心理方面去探寻。

人类的历史是不断发展的，在不同历史阶段，人类和蛇的关系、人类对于蛇的情感是不相同的。中国人最早对于蛇也许并不是十分厌恶的，反而觉得是十分美好的象征，比如，我们的十二生肖中就有蛇。把蛇和自己的生命联系在一起，肯定不是为了丑化自己。据研究，作为中国文化传统象征的龙，就是蛇的变形。早期的华夏氏族是把蛇作为自己的图腾的，有蛇出现，是吉利的预兆。

这说明，蛇作为邪恶的象征，是文化史上的一个阶段的现象。把蛇想象得很邪恶，并不一定是蛇本身的特征决定的，而是人类在一定社会条件下的想象。

蛇的特性是多方面的。在一种社会条件下，某一个方面的特性受到了特别的重视，另一些特性就相对受到忽略。在蛇作为一个氏族图腾的时候，它的灵巧、它的攻击威力、它能吞食大于自身的食物的能力，得到强调，受到崇拜，还成了龙的雏形。龙的形象综合了蛇的身体、鱼的鳞、鹿的角、马的蹄，这样的形象，从性质上来说，是一种文化形象。它是蛇的某一方面的特征和人的某种思想、情感的结合。而在另一种生产条件和民族文化心理的作用下，蛇的某些对人来说是消极的特性就被强调突出。例如，它的突然袭击，防不胜防，它的冷血，它毒牙中所隐含着的致命的危险……蛇的邪恶的一面，相对固定在人们的集体记忆之中，这就是伊索寓言和克雷洛夫寓言中的蛇具有十恶不赦性质的文化心理背景。

但是，同样以蛇的邪恶为题材的寓言，不同的篇章，寓意又各有差别。第一则是揭露恩将仇报，告诫不要怜悯恶人。第二则是说不要对凶残狠毒的家伙抱有幻想。还有的讲的是识破乔装打扮的坏人。

中国人关于蛇的文化内涵，如前所述，既有负面为主的赋予，又有正面的想象，乃至有《白蛇传》这样的美好形象的塑造。因此，蛇在文学创作中的形象比较复杂，并不是固定的、僵化的，而是十分自由的。

渔夫的故事/《天方夜谭》

从故事的转折来看，《渔夫的故事》和中国的"中山狼"故事（我们接着就会读到《中山狼传》）极其相似。渔夫被魔鬼逼得走投无路的时候，急中生智，逗引魔鬼回到瓶子里去，从而战胜了魔鬼。这让我们想起"中山狼"故事，老者把狼骗回布袋的情形，与此如出一辙，我们甚至怀疑，马中锡是从古代阿拉伯民间故事中得到启发的。不过，在那东西方交通不发达、文化又缺乏交流的情况下，马中锡是不是能得到阿拉伯文化的类似信息，值得怀疑。

但这两个故事在走向高潮的过程中，都有反复和曲折，同样构成了情节的延宕，强化了读者的期待，增强了情节的合理性。这种合理性，表现在对魔鬼而言——实际上是对人的心理发展过程——的可信性。魔鬼之所以要杀死救他的人，原因是他在海底等待了四百年。他并不是一下子就对人类产生邪恶的报复心理的，而是长期的失望，一次又一次的失望变成绝望以后，才作出这种疯狂的决策的。

从严格的意义上说，这两篇故事的主题，都强调不能轻易相信恶人，即使对受难中的恶人，轻易相信也是愚蠢的。这一点是不是可以质疑？是不是可以做些具体分析？这里有没有一点点片面性？从更为全面的角度来说，应该是：既要提高警惕，但是又不能不有所同情。人的同情心，特别是对于处境相当困难的人，是不能笼统地以渔夫和东郭先生为戒的。

在《天方夜谭》中，故事并不是终止于魔鬼的被制服，后续的情节是，魔鬼苦苦求情，对安拉起誓感动了渔夫，渔夫终于听信了他的诺言，把他从瓶子中放了出来，魔鬼也没有失信，而是履行了诺言，为渔夫指出了一条发财的路。

长期以来，我们习惯于把这个"人性善"的结尾删去，这可能是与五六十年代的以阶级斗争为纲的思维方式有关。当前我们努力建设和谐社会，在这方面应该有所借鉴。后半部分所隐含的意义在思想上是一个很重要的问题，是不能轻易放过的。

猫的天堂/左拉

很多寓言，如《农夫和蛇》《愚公移山》《中山狼传》《皇帝的新装》等等，写的都是超越现实的动物和人物，但是所指的却都是现实的人，显示做人的道理。《愚公移山》是讲人的毅力的；《农夫和蛇》《渔夫的故事》以及《中山狼传》的故事，都是讲对付恶人不要有任何幻想、以机智取胜的；《皇帝的新装》则讽喻人类思想随大流，闭着眼睛人云亦云的弱点的。这说明，寓言与一般文学作品不同之处是，一方面讲的是超现实的故事，一方面又讲现实的道理。寓言表达的道理，是比较简明、具有格言性质的，但是直接说出来，则是抽象的，难以感动人，通过具体的、个别的人物和动物的故事，才变得形象可感。

这篇《猫的天堂》一开头的题目就显然是虚拟的，天堂是人的观念，猫是不存在天堂的问题的。全文以猫的第一人称自述，就更是虚拟了。最后的结尾又来了一句，单独成一段："我说的是猫的事。"这不是废话吗？显然不是，因为文章写的是猫，实质并不是猫。它和其他寓言故事一样讲的是人的道理，这个道理是从故事的特殊逻辑中显现出来的。

猫过着非常舒适的生活，有相当豪华的物质享受，受到主人百般宠爱，但是它却感到厌倦烦腻，感觉到并不幸福，就产生了一个愿望，逃离舒适的生活，于是屋顶上自由自在的生活，就成了它的"信仰"。当然，这种生活究竟如何，猫并不清楚，但是它觉得"不可知"就是"理想"。"不可知"为什么要加上引号呢？这就是提醒注意，暗示有悬念。理想、信仰、幸福究竟如何，是有疑问的。

这个寓言性的小说的特点，首先在它的结构上。这是一种双重的对称的结构。

第一重对称，发生在猫身上。先是明明无忧无虑、安逸的生活，却感到不舒服，讨厌、愁闷、烦腻得要作呕，不幸福，要逃脱到外面去。为什么会有出逃的"信仰"呢？"在一生中，除了煮得半熟的、带着鲜血的肉以外，总应该还有些别的东西。"这就是说，物质上的富足不够，还要有精神的追求，从具体描述来看，它追求的是自由的生活。但是左拉暗示，它的这种自由自在的"信仰"有一个前提：生存的物质条件是不在考虑之列的，在每一扇关着的窗子后面都有现成的肉（"门的那一面可就是人家藏着的肉"）。与此相对称的是，一旦到了窗子外面，自由自在是不成问题了，可是生存却成了问题，尤其是丰裕的物质条件丧失了，饥饿和寒冷使得"信仰""幸福"都变了质。自由成了灾难。感觉发生了倒转，原先烦腻的一切，变成了向往，逃离变成了回归。

第二重对称，发生在猫与雄猫之间。同样在艰难的物质条件下，对物质的匮乏和精神的自由，有着两种相反的选择：一个选择放弃自由；一个选择坚守自由，将艰难的物质生活视为享受。

小说的寓意正是由于情节结构的双重对称，而显得特别鲜明。

从宏观上说，这是左拉的艺术构思的胜利。但是宏观的构思只是骨架，而微观的、精致的细节则是血肉。左拉的艺术细节很精致。一方面有人的思想情感，而且有时能够上升到哲学的层次："'不可知'，就是理想。"但是，如果全是人的思想，就没有多少趣味了。人的思想和猫的感觉有很大的区别，在自然状态中，是互相冲突的。艺术想象的任务，就是要把人性和动物性二者水乳交融地、自然地结合起来。像米老鼠，有孩子的情趣，但是必须在小老鼠的感觉限度之内。孙悟空必须是人性和猴性的统一才好玩，才经得起欣赏。他被二郎神追赶，化作鱼、化作鹰，都很不错,但是并不是最动人的。后来化作庙,可尾巴没有地方藏,只好把它化作旗杆,立在庙后面,结果被二郎神识破:旗杆只能立在庙门口,哪有立在庙后的?这比鱼、鹰更为生动,因为有不可更改的猴性(尾巴),有孩子的顽皮和粗心。人性和动物性,二者不是并列的,而是化合的。左拉的细节,全从猫的感觉出发。例如:它感觉中好的肉是煮得半熟的,带着血的;它感到烦腻的是主人的抚摩,它向往的"快乐"和"真正的幸福"是可以在屋顶上随意滚来滚去,打架,晒太阳等。左拉的创造力就在于把人和猫不着痕迹地结合起来。打架、在地上滚,算什么幸福呢?这是在屋子里关得太久的猫的感觉,是很有趣味的。在猫的种种感觉中,厌倦现成的、安逸的生活,又和人的精神息息相通,就显得有意味。作家的功力就体现在把有趣和有意味既相错位又相统一地交融起来。在猫到了外面以后,猫的感觉和人的感觉的错位幅度拉开得更大了,趣味就越浓了:

  这屋顶多美啊!屋顶四周有水槽围绕着。从水槽中发出一种很甜美的气味。我畅快地循着水槽走;我的脚踏在槽底的烂泥里。这烂泥的温和与柔润是无可形容的,我就好像在天鹅绒上走路一样。

"甜美的"和"水槽","烂泥"和"温和与柔润""好像在天鹅绒上走路一样",在猫的感觉中是有理的,而在读者的感觉中却是无理的。强烈的错位,显而易见的荒谬,反差越大,趣味就越浓,反讽的效果就越强。下面的"快乐""有趣""美""好"和读者的阅读观感的反差继续扩大:

  啊!现在是远离了你姑母的温存了!我要喝水就在水槽里喝,那美味是调糖的牛奶绝对比不上的。我觉得一切都好,都美……

荒谬感带来了幽默感。猫感到肚子饿了,问它的朋友——一只老雄猫,应该怎么弄到东西吃,老雄猫"带着一种学者的态度"说:"找到什么就吃什么。"左拉强调了"学者的态度"和找东西的艰难之间的反差,显示了他的幽默。在偷肉被打之后,老雄猫"像个硬心的哲学家"教导猫:晚上到"街上垃圾堆里去找食吃"。"垃圾堆找食"的煞风景和"像个硬心的哲学家"的严肃之间的错位,使得幽默强化了。如果事情到此为止,左拉的幽默还算是比较温和的。但是,困境不仅仅在于饥饿,而且在于寒冷,外加生存的威胁。这就使得猫的感觉变化了,原来一切感觉美的都变丑了,能够得到的食物,只能是垃圾堆里的没有肉的骨头。生存的困境是严峻的,左拉的幽默上升到理性的层次,变成了反讽:

啊!该死的街道!该死的自由!我多么想回我那牢狱啊!

反讽就是反话、歪理、不合理。自由怎么会是该死的?牢狱怎么可能变成向往的地方呢?但是从这只猫的角度来说,这是合乎逻辑的,它不能忍受生活的艰难,自然就想回到坐享其成的安乐窝里去。但是,从人的思维来说,还有一层逻辑错位:猫怎么可能有这样抽象的思维力度呢?怎么可能有自由、牢狱等等的观念呢?

这就是文体所赋予的自由:寓言故事的象征性,允许把动物拟人化。这不是动物的感觉和观念,而是人的。人的共识(也就作家和读者的共识),就是自由的价值高于一切,不自由,毋宁死。自由的价值,高于活命的价值。可是,这里却反其道而行之。心照不宣的荒谬感,构成了反讽,其特点是,字面上的表述是对自由价值的否定,内在的含义恰恰是以自由价值对活命哲学的批判。也许左拉对他的读者的理解力不够放心,接着就借老雄猫的嘴巴说道:

像你这样一只肥头胖耳的猫,生来就不配享受自由中的艰辛的快乐的。

这显然是全文思想的焦点:首先,自由是一种享受。其次,享受的不是物质的丰裕,而是艰辛,只有艰辛才是快乐。自由是有代价的,在这里就是饥饿、寒冷和生存的威胁。在世俗观念中,也就是猫的感觉中,艰辛是痛苦的;但是在自由爱好者的观念中,自由选择的艰辛却是快乐的,是一种享受。这就是说，自由使艰辛转化为快乐。反过来说，不自由，就是安富尊荣，也是痛苦的。小说的结尾，写出两种立场的分化。猫决定回到主人那里去享受物质的富足，宁愿牺牲自由，向雄猫发出友好的邀请。但是，它遭到雄猫的严词拒绝：

> 闭上你的嘴！你这个蠢东西！在你那安乐窝中，我非死不可。你那种丰腴的生活只有杂种贱猫觉得好，自由的猫决不愿意用牢狱的代价来购买你所吃的肉和你那羽毛的枕头。

这时，寓言已经进入了思想交锋的层次，这可以说是作家左拉的自由宣言。把自己的思想通过人物的嘴巴说出来，在一般文学作品中，是用得比较谨慎的，这容易造成概念的宣泄。也许出于这种考虑，左拉在最后又回到感性中来，它让猫这样感觉：

> 我进了屋子，你的姑母拿起掸帚来把我教训了一顿，我也用我的深挚的欢悦的心承受了。我大大领略了一番这温暖而挨打的欢欣。当她打我时，我早在做着美梦，知道她打完了就要给我肉吃了。

这明显是对耽于物质享受、精神麻木的反讽，对奴性的批判，应该说是相当强烈了。但是，左拉的激情不可克制，接着又用了一个单独的小段落把反语讽刺进一步地发挥：

> 真正的幸福与天堂，就是关闭在一间有肉吃的屋子里挨打。

这是点题，文章的题目是"猫的天堂"，这里给"天堂"下了一个定义，显然是反讽。关闭、挨打，就是不自由、受凌辱，是谈不上精神上的幸福的，但是由于物质上的丰足（有肉吃），不自由、无人格却变成了幸福。这是反语，意思是：奴性的麻木是可悲的。反语虽然没有直接表述，可是在这里却比直接、正面的表述更为惊心动魄。

童话·寓言 223

左拉惟恐读者忘记了这是他对人的麻木的批判，在文章的最后，又一次使用了反语："我说的是猫的事。"实际上，关于自由、关于幸福、关于天堂，明明已经超越了猫的感觉，这是读者已经心领神会的了。左拉的这一提示，妙在用反语。如果不用反语，而是用正面的话语："我说的不是猫的事，而是人的事"就煞风景了。因为反语含蓄，是把思索的空间留给读者；而正语，则是把现成的结论硬塞给读者。

愚公移山／《列子》

阅读本文要注意四点：

第一，这是一篇寓言，是虚构的，不是历史，也不是地壳变动的描述，其中的山脉位置的变迁，都是想象。

第二，虽然是虚构、想象，但是并不是随意的，而是有一定的分寸。故事的可信性，可以用太行山、王屋山的现今位置印证，正如"夸父逐日"的邓林，要以河南湖北交界之处大别山中的"邓林"来印证一样。愚公移山的故事不过是对这两座山为什么在这个位置上的一种解释，作者没有把这两座山搬到任何别的地方去的自由。

第三，无限的人力战胜有限的山，这是一种情感、意志，但是，在实践中是不可能的。这个漏洞，作者在文章的最后用了一个幻想的办法把它堵住了。

在与智叟辩论时，从理论上说，愚公有相当有力的论据，就是他劳动力（子子孙孙）是"无穷匮"的，而两座山的体积，却是有限的（"山不加增"），以无限胜过有限，只是个时间问题。河曲智叟似乎是理屈词穷，弄到"亡以应"的程度。

第四，但这只是在口头辩论上一时急智，与其说是愚公的理论胜利，不如说是智叟一时的语塞。作者并没有把愚公的这套理论付诸实践，以愚公的儿孙辈移山的实践来证明其正确。作者安排的结局是，操蛇之神害怕了（"惧其不已"），报告了天帝，天帝被愚公的"诚（心）"感动了（"帝感其诚"），命令两个大力士把山搬走了。愚公的胜利，不是实践，而是精神。这说明：故事的主旨，并不在于移山的实践，而在于移山这样的顽强意志。

于是留下了一个疑问：既然是虚构，是超越现实的想象，作者为什么不让愚公用实践来证明自己呢？这就让我们感觉到，即使是虚构幻想，作者还是不能太自由，还是要受现实的一系列限制。

首先，河曲智叟提出的问题，和愚公妻子提出的是一样的。妻子的话是："以君之力，曾不能损魁父之丘，如太行、王屋何？"

河曲智叟的话是："残年余力，曾不能毁山之一毛，其如土石何？"人力之渺小和大自然的宏大，不成比例，并不是没有道理。愚公并没有切实回答这个严峻的问题。对于他妻子提出的把山往哪儿放的问题，也没有认真思考，就听从了乱纷纷的、七嘴八舌的议论（"杂曰"），说是把它丢到渤海里去，就匆匆忙忙地动工了。这是不是有可行性呢？是不是可持续发展呢？愚公没有考虑。

其次，只凭手工业式的生产方式（荷担、箕畚）能够把山移走吗？这个问题，甚至没有人提出。

再次，自愿参加的人数是有限的，只有自己的子孙和极少数的志愿者（邻居的孩子）。这就说明了，劳动力并不是如愚公和智叟辩论时所说的那样："子子孙孙，无穷匮也"，不是无穷的，而是有限的。而且，这样的组织形式，子子孙孙看不到有任何经济效益的可能，能够无限持久吗？

正是因为这样，作者最后，也显示出了对于愚公的保留，不是让愚公，而是让神力把山移走。

可见理解本文不能不从语言上分析两个关键词：愚公、智叟。

作者把决心挖山的"正面人物"叫做"愚公"，把"反面人物"叫做"智叟"，含有比较丰富的意蕴。从表面上来看，愚公是不愚的。他的顽强

童话·寓言 225

意志是光彩的，不但对于大自然坚持不懈地搏斗，而且在世俗之见面前也不动摇。这是充满了诗意的，这和我国的谚语"世上无难事，只要肯登攀"，和马克思所说的"只有不畏艰险的人，才有可能登上光辉的顶点"，是异曲同工的。

毛泽东在中国共产党第七次代表大会的结语中引用愚公移山为喻，号召以愚公式的矢志不渝的精神，完成中国革命的历史大业。同时也指出，愚公因为感动天帝而获得了胜利，而中国共产党要感动的天帝，是人民，只要有了人民拥护，不管什么样的大山都不在话下。

从坚信人的精神力量这一点上讲，愚公是很有智慧的，可以叫做"智公"，叫他"愚公"，是一种反语，应该是打上引号的。文章并没有打上引号，原因可能是，我国古籍原本一概没有标点符号，即使作者有讽喻的意图，也无从以标点符号来表达；而在二十世纪初新式标点发明了以后，标点者也不敢随意地把自己的理解，放到经典文献中去。

与愚公相对比，智叟不相信"人定胜天"，是不智的，应该叫做"愚叟"，叫他"智叟"，是一种反讽。从这里可以看出，作者给自己作品中的人物取名字的时候，就包含着对世俗观念的讽喻。

在强调人的意志的决定作用这一点上，《愚公移山》和《精卫填海》《夸父逐日》属于同一个母题。但是，《愚公移山》是寓言，而《精卫填海》《夸父逐日》是神话，二者虽同为虚构的想象，但寓言系个人创造，而神话为民族集体的想象。神话比寓言情节的幻想更为自由。《精卫填海》《夸父逐日》情节的因果关系，每每有一点幼稚：

> 炎帝之少女，名曰女娃。女娃游于东海，溺而不返，故为精卫。常衔西山之木石，以堙于东海。

这好像有一点孩子气：一、自己溺死了，全怪东海；二、为了报仇，就要把东海填满；三、填的方法，竟是以鸟喙衔木石。这完全是没有希望的。但是，故事还是流传千载，这是因为神话的简单情节中常常隐藏着民族的精神密码。在许多神话中，我们不难看到，大海和太阳，甚至大自然，并不像今天这样充满了诗意，人类对它们也很少什么感恩之情；相反，大自然对人是比较严酷的，开天辟地的丰功伟绩（盘古）和天塌地陷的灾难（女娲）互相交替。

炎帝少女的故事，和大禹治水一样，包含着初民对于横暴的洪水的怨恨。而夸父逐日，是与太阳的斗争。为什么要与太阳竞走？也许在原始社会，人们对于太阳带来的炎热和干旱无可奈何。夸父悲剧的原因只有一个字："渴"。拼命找水，还没有找到，就渴死了，这可能是反映对干旱斗争的失败。但是，实践中的挫败，并没有使人们绝望，理想开出了芬芳的花朵，夸父的手杖变成了桃林，用桃子解渴自然比水更美妙。

这里有两点值得注意。第一，是人物所遇到的困境，都不是个人的，而是与整个人类生存紧密相关的，如水和太阳给人类带来的灾难。第二，人类与之斗争，往往是失败的，但是，并没有认输，总是以曲折的方式，显示其征服自然的理想。所以马克思说：人类借助神话在幻想中征服自然。

同时，不同民族的神话，又蕴藏了不同民族的精神密码。拿精卫填海、大禹治水的故事和《圣经》中洪水故事相比，就可以看出希伯来人在灾难中，以诺亚方舟来表示对于主宰人类命运的上帝（全能全智的神）的期待。而在我们民族的神话中，对付洪水的是人，哪怕是大禹，也是人，他们并没有超人的力量，也不指望超人的神来救助。至于和太阳的关系，夸父的故事和希腊达代洛斯的故事最大的区别在于：导致希腊人失败的原因是，他们亲近太阳的热情和太阳温度之间的矛盾，越是亲近，翅膀就越是容易熔化。这里是不是有一种情感与理性矛盾的暗示？而夸父对太阳是一点亲近之感都没有的。

中山狼/马中锡

从现实生活来说，狼也有可贵的一面，它对于人类并不绝对是消极的，它对于生态环境还有一定的积极意义。

但是，本文中狼的形象以及本文的主旨所要说明的，并不完全是狼与人的关系，其主要倾向应该是人与人之间的关系：对于像狼一样忘恩负义的人，人们应当提高警惕，不能任意施舍同情；即使是对方处于逆境，也不能怜悯；如果轻率地对逆境中的忘恩负义之徒施以援手，就可能导致严重的后果。这个故事相当有名，以至东郭先生至今仍是"好心得不到好报，对敌人施与仁慈反而危及自家性命"人士的通称。

东郭先生的形象刻画相当深刻，这得力于故事的内在逻辑很精致。精致在于：

第一，从东郭先生处于老命难保的状态，到轻松地把狼给处理了，这个一百八十度的大转折，写得很自然，很有说服力。大凡故事的转折越是突然，转折的难度越大，越是可能生硬。这里的转折是相当突然的，但却非常合乎情理。东郭先生求助于老者时，老者先是斥责中山狼，而中山狼则狡猾地编造谎言，说是东郭先生当初并不是为了救它，而是预谋把它放到袋子中闷死。这一招很凶恶，但在现场是无法证伪（反驳）的。关键一招是，老者佯作对每一方都不相信，让中山狼重新演示一遍，中山狼就这样回到了布袋里面。这一主意，对于两方面（东郭、中山狼）来说都没有可疑之处、没有为难之处。等到狼一回到布袋中间，就失去了体能上的优势，只能听任老者和东郭先生处置了。这个转折的特别之处，是老者表面上的中立，使狼不觉察于己不利。等到狼进入了布袋，这种表面上中立的试验，马上变为对狼的制裁。

第二，这不但是故事情节的高潮，而且是思想的亮点。这就是：对付占有优势的邪恶势力，不能一片天真，而要充分发挥智慧，利用它的疏漏，造成假象，对之进行"欺骗"，让它上当，才能从劣势转为优势。

第三，在导向高潮的过程中，不能太简单，不能径情直遂，情节要有曲折。在曲折中，把思想和结局尽可能隐蔽起来，直到最后才在高潮中显示出来。我们前面已经提到，从故事的转折来看，《中山狼传》和《渔夫的故事》有极其相似之处。但是，敌手重入袋（瓶）中之前，东郭先生和中山狼冲突则更为曲折一些。在遇到老者之前，有一个向三老问询的过程。注意，这似乎有点多余的曲折，却用了比结局还要多的笔墨。这种手法，在故事的编撰中叫做"延宕"，民间艺人叫做"卖关子"，也就是拖延最后结局的出现。有了这种延宕，增强了读者期待的紧张度，故事曲曲折折，摇曳生姿，才更有吸引力。不然，一下子把谜底捅出来，读者期待的紧张度就降低了，故事就太单调了。

当然，《渔夫的故事》的原著并不简单，甚至更为曲折复杂，谜底之后还有谜，故事翻出新意，读者又产生了新的期待。

纪实作品

狱中书简/卢森堡

　　课本把这篇放在"红色经典"单元。"红色经典"表现的是革命家崇高的精神,为了崇高理想,不惜牺牲个人的一切,包括生命。这一点和《背影》《慈母情深》《猫的故事》《我们是怎样过母亲节的》等文有所不同。后者所强调的是生命的宝贵、情感的美好,即使像母亲那样,有所牺牲,也不一定有崇高的目标,仅仅是为了自己的儿女和丈夫而已,是很平凡。平凡是美好的,但是平凡并不一定和崇高的社会理想和人格蓝图相联系,当然这并不妨碍它也是一种美好的人性。"红色经典"的特点则是,首先,和理想的信念、理想的人格紧密相连;其次,无条件地牺牲自己的一切;最后,即使在面临生命危险的关头,也大义凛然,威武不屈。在人的精神品质中,这种英雄主义显得尤为辉煌。

　　《狱中书简》之所以在"红色经典"中独树一帜,是因为它不但有崇高精神,而且还表现了革命家女性的心灵的优美,那就是对于生命,不管是宏大的,还是渺小的,只要是生命,哪怕是动物、植物的生命,她都充满了热爱。这种热爱,就是在不自由处境中,自己的生命受到威胁的情况下,仍然保持着这种对生命的珍惜感。

　　文章一开头,写自己在监狱中,却带着强烈的抒情,笔下流露着兴奋,洋溢着激情。要知道,这时她是在牢狱中,是孤独的,但是文章却用书简的形式,用第二人称,展开了心灵的对话。"你知道我在哪儿?"既有现场感,又便于超越空间自由地想象,这种激情对话的氛围,一直持续到结尾,本文最后一句,作了呼应:"啊,但愿你在这里……"这个"你"既是那个具体的"宋儒莎",又是读者,这样就成功地拉近了与读者的距离。一般读者可能会觉得，文章中有花园、灌木、花朵，哪里像是坐牢啊？其实，看了后面"六点钟，我又像平常一样给关进去了"就会明白，这是为时极短的"放风"。就是在这暂短的放风期间，她居然展开这么激情洋溢的思绪和华彩的想象，根本没有把失去自由的监狱当一回事。

激情洋溢，自然会产生"一切景语皆情语"的倾向。

卢森堡的情语相当独特。在一般人笔下，失去自由，免不了产生沮丧、愤懑，把这样的情感投射到周围的树木花草上去，是轻而易举的事。但是在卢森堡的笔下，周围的植物，不但没有一点沮丧感，更反倒生气勃勃，充满了生命的安详感：

> 你知道我现在在哪儿，我在哪儿给你写这封信吗？在花园里！我把一张小桌子搬到外边来，很隐蔽地坐在绿森森的灌木丛中。我的右边是丁香般芬芳的黄醋栗树，左边是一簇矮矮的女贞，在我顶上，一棵尖叶的枫树和一棵亭亭玉立的小栗树彼此交搭着它们宽大的绿油油的手掌，在我前面是一棵枝叶扶疏的肃穆而慈祥的白杨，它徐缓地摆动着它那白色的叶子，沙沙作响。

这哪里像在坐监牢？沉溺于监牢的严峻感，就不可能对大自然这样专注、这样珍惜。这说明在她内心深处，并不把坐监狱当做什么了不得的事，她相当安详地专注着上下左右的花草树木，一切都很美，很有诗意。她所凭借的不仅仅是语言的华彩，而且还直接写到她的感觉：

> 淡淡的叶影和一圈圈闪闪的阳光在我正写字的信笺上舞动，从雨水润湿的树叶上时而有水珠滴在我的脸上和手上。

有了脸上和手上的感觉，现场感才更加真切。

她所在监狱，虽然比我们想象的要文明得多，但是毕竟还是监狱，她笔下多多少少还是透露出监狱特有的阴郁，如监狱教堂正在做礼拜，"低沉的木管风琴声隐约地传出来"。如果作者心情阴郁，这个"低沉"的感觉,就可能被渲染、被形容、被强调、被突出,成为文章的主导意象基本格调。但是,作者没有这样做,相反,这种低沉的琴声被弱化了("给树木的飒飒声和小鸟的愉快的合唱声盖住了")。这是在文章中第一次出现小鸟的歌声,在作者的感觉中,小鸟是什么样的感觉呢?

>这些小鸟今天都非常愉快;从远处传来杜鹃的啼声。这多美,我多么幸福,人们几乎感到有些仲夏的气息了——夏季的丰富茂盛和生命的沉醉。

这里的关键词是"愉快""幸福""生命的沉醉",作者说是"人们"感到的,实际上是她自己感到的。牢狱,甚至是死亡,也改变不了她对"生命的沉醉"和"幸福"感。作为一个革命家,她的崇高的激情完全超越了可能到来的危亡。

按通常说法,一切景语皆情语,抒情的最起码的办法就是用自己的感情去同化景物。但是,她并没有立即把周围的景物崇高化。在接下来的好几段中,自然现象,树木花草,是平凡的。她似乎用更多的篇幅强调了景观的平凡。在本文中,作者似乎相当偏爱鸟的歌唱,以至不嫌重复地提到。第一次是不知名的"小鸟",第二次是"杜鹃",第三次是"小鸫鸟",第四次是"燕子"。每一种歌声的性质,不外乎是"嘹亮",表现了"生命"的"愉快",但这种生命是"小小的",甚至是"不知名"的。不过在平凡的生命里,有一种"沉醉"的感觉。"沉醉"于平凡的生命,就是文章的基调。这种"平凡"有双重的意义:一,她所关注的生命现象本身是极其平凡的;二,她又以普通人的敏感流露出对于生命的无限珍惜。鸟的鸣啭,燕子的飞掠,是平凡的,使她激动不已;垂死的大蝴蝶的复苏,菜黄花的飘飞,都使她感到"生命的火焰跳动"。为平凡的生命而激动,把这种激动当做宝贵的情操,赋予诗意,用浓郁的抒情笔调加以渲染,显示了作者作为女性所特有的多情善感的气质。

监狱毕竟是监狱,作者并没有回避阴郁的场景,但是阴郁的背景并不一定就会窒息热爱生命的激情。当天空变得"晦暗、苍白、阴霾",雷声隆隆，作者笔下出现了一只夜莺的鸣啭。在这篇文章中，这是第五次出现鸟禽了，这一次和前几次有明显的不同：

> 在这阴森森的氛围中，蓦然间一只夜莺在我窗前的一株枫树上鸣啭起来！在雨中，在闪电中，在隆隆的雷声中，夜莺啼叫得像清脆的银铃，它歌唱得如醉如痴，它要压倒雷声，唱亮昏暗……它的歌声在那时而铅灰、时而艳紫的天空的烘托下像一道灿烂的银光在闪闪辉耀。

这是全文的高潮，是情绪的高潮，思想的高潮，也是笔法的高潮。夜莺在西方文学中，和小鹪鸟和燕子相比，更具有抒情内涵，以雄鸟在繁殖季节夜晚发出的悦耳动听的鸣声而著名。有时指男高音，在诗歌里常常和爱情联系在一起。而在这里，作者不仅仅在感情的意义上使用它，更是在象征的意义上，强调它的思想寓意。这个夜莺，不再单纯地具有平凡的、渺小的性质，它已经不再是平凡的景观的描绘，而是理想的光华了。在现实生活中，隆隆的雷声中的一只夜莺的鸣叫，本来是微不足道的，但是，作者却把它强化到可以"压倒雷声""唱亮昏暗"的程度。夜莺，已经不是自然界的平凡的小鸟，而是作者对于革命必胜信念的体现，成了革命者乐观主义的意象。这是情绪的高潮，也是思想的高潮，在这双重的高潮上，响起了崇高的、昂扬的、英雄主义的、大无畏的旋律。值得注意的是，这种大无畏，仍然带着女性特点。夜莺毕竟不是雄鹰，它的声音，也不是号角，而是"清脆的银铃"；它的情致，不是外向的叱咤风云，而是内向的"如醉如痴"。一种女性的细腻、纤巧、精致的感觉，渗在本文全部意象系列之中。从有机的意象系列中，我们不仅看到革命家的女性特点，而且表现出她高度的诗学修养。她曾经说过："当街上还剩下一个革命者时，这个革命者一定是女人。"这句话如果用在她身上，应该做些修改："当卢森堡写出最后一篇书简时，这一篇肯定是带着女性气质的诗。"

绞刑架下的报告/伏契克

　　这一篇也是表现革命家的视死如归的崇高精神的,但是其个性却和卢森堡的女性诗人气质大不相同。不但在精神气质上,而且在语言风格上也有很大的差别。差异就是个性,就是创造性,这正是学习的重点。
　　语言上,伏契克和卢森堡很不相同。卢森堡的文章,充满了丰富的形容和渲染,可以说是文采风流,激情洋溢,夸张铺饰,哪怕是非常不起眼的植物或者动物的生命现象,都要赞叹一番,激动一番,形容词语纷至沓来,滔滔不绝;而伏契克的语言文字却十分简洁,似乎惜墨如金。这也许可以理解为他长期新闻记者职业特点的流露。但是在本文中,伏契克所经受的空前惨烈的拷打,生命备受摧残,忍受着非人的痛苦,如果要形容、渲染一番的话,绝非难事。但伏契克始终行文简洁,干脆利落(除了个别例外),给人以拒绝形容的感觉。这就不仅仅是文风的表现,而是一种精神状态的强调。那就是面对死亡和严刑,毫不在乎;即使躯体残损,处于死亡的边缘,也是无动于衷,宁静致远。他被纳粹殴打,脸上遭到第一拳,还有一句描写:"这一拳几乎要了我的命",而后来就是:

　　接着就是第二拳,第三拳。
　　我早就料到了这一手。

类似的还有:

　　"坐好,不然我就要开枪了!"

> "你开枪吧!"
> 代替枪弹的又是拳打脚踢。
> ……
> 一棍子打下来。两棍子。三棍子。

痛苦好像离他很遥远似的。但是,这并不意味着他是神,没有普通人的疼痛感,而是他坚强地忍受着:

> 我感到了疼痛。五下,六下,七下,现在仿佛棍子直打进了脑髓。

棍子打进了脑髓,算是形容,但这是简洁明了的提示,虽然疼痛,但他在数数,这就是说,打多少一个样。这不是不可思议吗?不,这是表现他非凡的忍受力:

> 现在我又能够比较安静地计算抽打的次数了。我惟一感觉得到的疼痛,是从那咬烂了的嘴唇上来的。

所有这些形容痛苦的词语都是十分简短的,只有一个细节"咬烂了的嘴唇",是从效果上暗示了殴打之惨烈。

> 有人又把手枪对准我,我觉得好笑。

从这样的语言中,我们感到了作者追求的不但是对疼痛感的克制,而且是精神的优越。生死置之度外,就无所畏惧了。文中反复提起"死神却迟迟不来","可是我还没有死去",都集中到一点:视死如归,在死神面前,不但毫无畏惧,而且心情平静。这种平静,不仅仅在上述文字中加以含蓄地暗示,而且在关键时刻加以正面地抒写:

濒临死亡本来是沉重的，但这次我竟毫无沉重之感，它轻得像一根羽毛，只要呼出一口气，一切就都完结了。

诚如奥斯特洛夫斯基在《钢铁是怎样炼成的》中所说，人生最宝贵的就是生命，生命对人只有一次。人生最大的恐惧就是死亡，最严重的威胁就是，生命一旦结束，就是永远的、不可逆的。一切恐惧的根本的源头，就是死亡。一旦对于死亡都不恐惧，就能够平静地面对一切苦难，横下一条心，大不了就是如此，就轻松了，至少，死亡比遭受严刑拷打要轻松。凭着这样一种感觉，就进入一种英雄的、崇高的精神境界。

但是，这并不意味着他就没有感情。没有感情，人还能成为人吗？伏契克在绞刑架下的报告之所以动人，不是因为他把死亡不当一回事，而是恰恰相反，他很当一回事。只不过，他不当一回事的是自己的死亡，他把自己同胞的生命却看得比自己的生命更重要。在文章的开头，他站在闯进来的敌人背后，他可以开枪逃命，免受苦刑，但是这样一来，他的同志却免不了要死于非命。他无私地选择了自我牺牲以忍受苦刑。这种选择是理性的，但并不意味着他是无情的，他的妻子被带进来了以后，他的感觉就不一样了：

我舔了舔血迹，不想让她看见……这未免有点幼稚，因为我满脸都在流血，连指尖也在滴血。

……

他们把她带走了。我尽力用最快乐的目光向她告别。也许这目光一点也不快乐。我不知道。

这是一个能够忍受非人折磨的人，但对于自己的亲人，却是满怀深情。在这样的境况下，完全忘记了自己的苦难，把照顾妻子的感情放在第一位，即使实际上做不到，还是要努力而为。

作者并没有把自己写成一个超人，他时时刻刻意识到自己的力量，都是建立在信仰的基础上。所以在文章中一次又一次地插入一些看来是与苦刑、与事件的逻辑无关的片断：

> 收音机播出午夜时刻的信号。咖啡馆关门了，最后的顾客回家了，情人们还流连在门前难分难舍。
> ……
> 一点钟。最后的一辆电车回厂了，街上空无人迹，收音机向它最忠实的听众敬祝晚安。
> ……
> 三点钟。清晨从四郊进入城市，菜贩向集市走来，清道夫们打扫街道。
> ……
> 五点，六点，七点，十点，中午了，工人们上工又下工，孩子们上学又放学，商店里做着买卖，家里烧着饭……

所有这一切都好像是流水账，记录普通百姓和平的生活，用罗列现象的文字，来写这些东西，不是显得很繁琐吗？作者所追求的显然不是这些表面的生活现象，他时刻关切着自己同胞的平凡的生活。普通人的生活是美好的，自己的牺牲和受难就是为了让老百姓过上这样普普通通的日子，这就是他的信念。这样的信念，给了他忍受一切苦难的毅力。这种力量是如此强大，以至于他在遭受残酷虐待的情况下，还能够对肉体的折磨和死亡发出嘲弄：

> 一棍子打下来。两棍子。三棍子。我用得着数数吗？朋友，你在任何时候、任何地方都未必用得着这个统计数字。
> ……
> 拷打一阵之后是泼凉水，接着又是一阵拷打，又是："说，说，说！"可是我还没有死去。妈妈、爸爸，你们为什么把我养得这样结实啊？

对于拷打竟如此嘲讽,对于死亡和痛苦如此蔑视,充分表现了他的英雄气概,语气是调皮的,其中还有乐观的意味,这种乐观的特点是反讽。和卢森堡的抒情相比,他最大的不同是他的冷峻。在反讽、幽默的时候,是冷峻的;在和敌人思想较量时,更是冷峻的。当敌人要他"放聪明点"的时候,他这样写:

> 专门的词汇!"放聪明点"的意思就是背叛。
> 我可不聪明。

在如此危难的形势下,还在反讽。"放聪明点",一般的、常规的理解是为你考虑,而作者深邃地洞察到这是宣判理想生命的死刑。如此复杂的内涵,所用的语句却是如此简洁、如此明快,这里包含着英雄的坚定和清醒,在坚定和清醒中,流露着不抱任何幻想的冷峻。伏契克当然有感情,也不是不会抒情,但是他的流露,是带着反讽的色彩的。这就是开头和结尾的互相呼应的话语:

> 还差五分就要敲十点了。这是一九四二年四月二十四日,一个美丽而温润的春夜。

这句话到了最后又重复了一下:

> 还差五分就要敲十点钟了。一九四二年四月二十五日,一个美丽而温润的春夜。

按通常的写法,这样的句子,是要引起疑问的。首先,这不是与通篇的悲剧情境不太相合吗?明明是英雄面对悲壮的牺牲,这样的夜晚应该是阴郁恐怖的,怎么会是"美丽而温润的"呢?其次,既然开头已经写过了,为什么到了最后又来重复一下呢?这就说明这句有特殊的功能。这是一种反衬，正是为了在这样美好而宜人的夜晚，同胞们能够和平地生活，享受生命的美好和温润，英雄才慷慨赴义，奉献出自己美好的生命。

英雄对死亡并非没有感觉，也并不是对生命没有感情，正因为他对同胞有太深的情感，才这样义无反顾地去牺牲自己。从这个意义上讲，他的痛苦不是一般的肌肤之痛，而是为人民受难而感到深沉的痛苦。在这一点上，他和纳粹的感觉构成了反差。当护士问他什么地方痛时，他的感觉是：

这时我感觉到我的全部疼痛是在心上。

但是，纳粹分子说：

你没有心。

作为一个被折磨得昏昏沉沉、几乎失去感觉的人，这时却十分清醒起来：

"呵，我有心的。"我说。我因为还有足够的力量来捍卫自己的心，而感到一种突如其来的自豪。

这是文章最关键的词语，或许也可以说，是文章的点题之句。虽然在肉体上被折磨，生命危在旦夕，但是，精神上却拥有优势。一个感觉不到痛苦的人，居然感到了自豪。英雄主义的思想基础，在这里已经十分鲜明了。这不是一个没有感觉的人，而是一个有感觉、有感情、有思想、有信念、有意志的人，在遭受生死考验的时候，不但能够抒情，而且还把他的幽默和冷峻感表现得淋漓尽致。

同样是怀抱理想的革命家，同样是视死如归的人，同样是对生命怀着高度热情的人，同样是具有高度文学修养的人，他的个性，他的文字，他对苦难的感知和表达的风格却是和卢森堡迥然有别的。

梁思成的故事/李辉

有一篇写钱学森的文章叫《人民科学家的精神风采》，和本篇有许多相似之处。首先，都表现当代学者的精神境界；其次，都以主人公的事迹为主。但两篇文章的作者在掌握的感性材料方面，却有很大的差别。涂元季是钱学森的秘书，与钱学森朝夕相处，对于钱学森的言谈举止、声音笑貌应该是很熟悉的，但是涂的文章却着重写事情本身，由材料本身来说话，很少有肖像、行动的描写，很少以华丽的形容来抒发作者的主观感情。李辉和梁思成并没有多少交往，作者在1993年构思此文时，梁思成已经过世21年了，和他不可能有直接的交往，在这方面没有什么优势，但是他的文章应该说比涂元季写得要精彩得多。为什么呢？

这篇文章中，他主要写两件事，一件是勘测山西应县辽代木塔，第二件是说服美军，使得日本古都奈良因而免遭轰炸和破坏。

如果他像涂元季那样，以两个事实的叙述为主，这篇文章就是另外一个样子了。但在这里，作者对梁思成的事迹，不仅仅是加以记述描写，而且带着自己的想象、感受、理解、评论，从感性和智性两个方面来展示。文章中交织着诗意的渲染、智慧的评述，饱含热情，构成了一种既有感情强度又有智性深度的风格。文章的第一句，就表现了这样的特点：

梁思成只能属于这个世纪。

这是一种抒情的、诗意的语言。这里的抒情，是一种激情，也就是感情的强调，强调到极点：他是独一无二的，只有这个世纪才有，以后再也不会出现第二个梁思成了。

但这又不仅仅是抒发激情的,而是有智性思考的基础的。文章接着说,历史条件无法再现,不会出现被历史尘埃所淹埋的古迹了。这是很有智性的,可以说是有情有理的。但是,作者似乎更偏向于情感方面。接着述说的理由,就比较偏向于人的主观的感受、感情:没有那样的古迹,也就没有人们的"惊奇发现""历史的激情和历史的想象"了。

这个开头很有特点,它不是直接写人,也不是写事,而是作者对梁思成和他的事业发表一番感慨,感慨中既有感情的强度,又有智慧的分量。这可以叫做情智交融的笔法。

文章接下去选择了梁思成 60 年前考察山西应县木塔的一段历史情景。

事情很重要,但是已经过去 60 年,作者没有经历过,可又是本文前半部分的主体。如果光是把历史资料复述一下,势必很干巴。为了赋予这一历史场景以生命,作者采用了以下几种办法:

第一,从自己身临应县木塔的情景展开历史的想象。不仅仅写当时所见,作者还这样写道:

> 经历半个世纪风风雨雨之后,斯物犹在,真是难得而幸运的事。怀着这样的心情,根据自己曾经读过的关于林徽因梁思成的资料,根据所见过的他们那次山西之行的照片,我想象着当年。想象着梁思成如何打着电筒爬行在灰尘掩埋的柱梁之间;想象着他们为发现一个千年古塔、为他们的古代建筑研究获得一个珍贵例证而如何的惊奇和兴奋。

从历史资料上得来的梁思成当年的"勘测"是抽象的,但是凭着这样的想象,就转化为形象了。作者提供的一系列细节(电筒、爬行、灰尘掩埋、惊奇兴奋等)是非常有特点的,因为有特点,也就能刺激读者想象的参与,有了参与也就有了感染。

第二,当然,光凭主观的想象毕竟还不是最有可信度的,为了弥补这样的不足,作者又引用了当事人的回忆。应该注意的是,可能是原文比较长，为了简洁，作者并没有原文照引，而是用间接的复述，讲述梁思成到了塔顶，在没有任何攀援工具的情况下，冒着铁索可能朽断，烈风可能把自己刮飞的危险的情景，历历在目。作者选择的一系列细节（风呼呼地刮着，两腿悬空，木板枯朽，铁索锈蚀，大风中，摇摆着身躯等），起了关键的作用。

第三，有了这一切不是有情有景了吗？在一般的作者看来，肯定是足够的了。但是李辉却不满足，因为这些是一般作者都能做到的，而他给自己规定的任务，不仅是抒发感情，而且还要有一定的智慧的思索。接下来的这一句才真正表现了他的风格："木塔建成之后，能够把它当做文化遗产看待，能够以全新的眼光打量它，梁思成肯定是历史第一人。"这一句，很有智慧，说的是梁思成考察的历史意义。以往人们也观看这座木塔，但是并没有把它当做文化遗产看，没有看出其在建筑史文化史上的价值，因而没有看到其意义；而梁思成独具慧眼，洞察到它在建筑史和文化史上的意义，而且是第一个人。这样的议论，其中当然有感情，但是说得很深刻，很有智慧。

第四，已经从三个方面去表现这段历史情境，不是挺丰富了吗？但是，作者还是不满足。可能觉得光有这样的议论还不够深邃吧？于是又想象梁思成面对这样的木塔，"内心会是一种什么样的感觉"。这就是说，作者要表现的不是梁思成做了什么，而是他怀着一种什么样的精神。前者是看得见、摸得着的，后者则是作者刻意要探索，要用形象的笔法来加以表现的。值得注意的是，为了表现梁思成的内心世界，作者先从反面着笔，拿一般旅游者的心情来对比："一个旅游观光者，其实永远是健忘的"，他们也兴奋，但是他们眼中的古迹，只是一些不同的建筑物。梁思成的不同在于：首先，他把这些建筑看成是有生命的（"一砖一瓦，一根立柱，一处斗拱，一幅雕像，都是活生生的存在"）；其次，他把自己的生命和古迹结合为一个整体（"他决不是一个冷静的旁观者，而是将自己的全部生命，与他所接触的对象融为一体了"）。这正是梁思成的生命，梁思成的精神。对于这一点，作者颇舍得花笔墨，用了几个自然段强调，在梁思成心目中，"建筑"不是"房子"，而是建造它的人的灵魂和生命。而了解古建筑，就是走近古人的精神世界。

有了这样深厚的精神文化基础，作者才开始写梁思成主动保护古城的事迹。文章特别强调了梁思成做这件事情的不凡之处：一是国耻，日本侵略者给祖国带来了巨大的灾难；二是家恨，妻子的弟弟牺牲于对日空战。所有这些都可以说是反面着笔。正面的笔墨，则是对于梁思成的思想境界的概括。古建筑是"民族的象征"，但是，又不仅仅是属于某一民族的，而是"全人类的"，又是不可再生的。正是因为这样，"理性战胜了仇恨"，国耻，家仇，就不能不退居其次了。

第五，文章写到这里，梁思成作为建筑学家，其精神境界已经十分深邃，十分鲜明了。但是，作者还不够满足，最后又加上一段：听说河北宝坻一座辽代古庙被拆除，他无奈地感叹："我也是辽代的一块木头！"这完全是诗的话语，如果不用诗的话语，而是用散文式的话语："辽代古庙的每一块木头都是我的生命"，就不够含蓄隽永了。

纵观本文章，可以体悟到，要把事情写得动人、深刻，光写事情本身是不够的，至少还要求作者把自己的想象、自己丰富的感觉和深邃的智慧调动起来，使之融为一体。

落日 / 朱启平

这是一篇经典文章。

首先题目有象征意义。日，日本的国旗是太阳旗。落日，提示日本投降。

这篇的体裁在新闻里叫"特写"。我可以给大家提供另一篇写日本投降的文章：

1945年9月2日，日本代表团一行11人，外相重光葵作为日本政府代表，陆军参谋总长梅津美治郎大将作为日军大本营代表，其他9人是由3名外务省代表、3名陆军代表和3名海军代表组成。重光和梅津都是中国人民的"老相识"了，重光的一条腿就是1932年5月在上海虹口公园被朝鲜义士尹奉吉投掷的炸弹炸断的，至今在虹口公园里还有旧址可寻；梅津则担任过天津驻屯军司令、著名的《何梅协议》日方签字人。当日方代表团登舰时，军乐队一片沉寂，礼仪哨视如不见，在美军联络军官西尼·麦什比尔上校引导下，重光葵在前，臂弯里夹着手杖，拖着一条假腿，一瘸一拐举步维艰，梅津在后，步履沉重。走到露天甲板后，重光葵摘下礼帽，与同行者列队向各国将领行鞠躬礼，但无人答礼。他们敬礼之后，重光和梅津并列在前，其他人分列两排，转向面桌而立。

　　军舰牧师做祈祷后，美军西南太平洋战区总司令麦克阿瑟走到麦克风前，持稿在手，神色肃然地宣读投降命令。随后，他指着桌子前的椅子，严肃地宣布："现在我命令，日本帝国政府和日本皇军总司令代表，在投降书指定的地方签字！"一名日本代表首先走上来，仔细审视桌上两份投降书无误，再回到自己位置，接着重光葵走上前，摘下礼帽和手套，斜身落座，不料手杖却从臂弯滑落到地上，他只好狼狈地捡了起来，一面想放置他的礼帽和手套，一面又从口袋里掏笔，手忙脚乱。一名外务省的随员走上前，递上笔并替他拿好手杖。可他面对投降书，却又不知道要签在哪儿，麦克阿瑟回头招呼他的参谋长萨瑟兰将军："告诉他签在哪儿！"在萨瑟兰的指点下，重光葵在两份投降书上签下了自己的名字。接着，梅津走上前，他没有入座，似乎想要保持一点军人的威严，除去手套，看也没看投降书就俯下身草草签了名。

　　投降仪式结束正是9时18分。

　　签完字以后，麦克阿瑟起身回到麦克风前："现在请美利坚合众国代表签字。"随后，中国军令部长徐永昌上将在商震将军陪同下代表中国在投降书上签字。接着，英、苏、法等国签字。麦克阿瑟最后致辞："我们共同祝愿，世界从此恢复和平，愿上帝保佑和平永存！现在仪式结束。"此时正是 9 时 18 分，14 年前的"九一八"，日军占领沈阳。而 1933 年在日军威逼下，从伪满开往北平的列车到站时间也正是 9 时 18 分！这正可谓天意，用这样的天作之巧，尽洗前耻！

对比一下，就知道这一篇全部是用事实说话，而《落日》有更强的文学性，里面所说的，有许多作者主观的感受，并不是当时的事实，而是对事实意义的概括。前两段，有主观感受，有议论："这签字，洗净了中华民族七十年来的奇耻大辱。这一幕，简单、庄严、肃穆，永志不忘。"

再看，这里选择的事实跟前面那篇文章也不一样，有些看起来并不重要，甚至像鸡毛蒜皮的事。比如写到水兵穿的衣服"军衣洁白、折痕犹在"，穿的衣服本来不重要，但在特写中，新衣服渲染了当时的、节日性质的气氛。"十六英寸口径的大炮"等细节；"签字场所"在军舰上，摆设也写得细致，"临时换用本舰士官室一张吃饭用的长方桌子，上面铺着绿呢台布。桌子横放在甲板中心偏右下角，每边放一把椅子，桌旁设有四五个扩音器，播音时可直通美国。将领指挥室外门的玻璃柜门，如同装饰着织锦画一般，装着一面有着十三花条、三十一颗星、长六十五英寸、阔六十二英寸的陈旧的美国国旗。这面旗还是九十二年前，首次来日通商的美将佩里携至日本，在日本上空飘扬过"等等，这是用流水账的写法来写，本是新闻乃至文学的大忌，但在这里，却再现了历史时刻的真实气氛，在这个历史场合，一切细节都变得重要了。因为琐碎的细节，具有重大的历史的意义。

"白马的故事"一节。"白马的故事"并不是在现场发生的事实，是听来的故事，是过去的谈话。但是这个回忆，反映了当时战胜日本后人们的心情。新闻特写，和一般新闻性作品不太相同，这里不仅写现场看到的，也写作者想到的。作者个人想到的怎么会成为新闻？因为特写是有一定文学性的，可以有些文学笔法，不但选择有趣的事实，而且选择有趣的传闻，能吸引读者引发读者深思就好。当然，如果传闻缺乏深意，就是哗众取宠，但这个传说不是，它有利于表达胜利的快乐、欣慰。

"代表到来"一节。"这时，全舰静悄悄一无声息，只有高悬的旗帜传来被海风吹拂的微微的猎猎声"，这一句是文学笔法，以声音来衬托宁静。古诗里这种写法很多，如王维的诗"月出惊山鸟，时鸣春涧中"。电影里也经常用到这种手法。

正式写到"仪式开始"。当时中国地位非常高，第一个是美国签，第二个是中国签，第三个才是英国，法国还是临时政府，他只能往后靠。在历史的关键处，每一个细节都是重要的，都有象征含义的。前面所引的那篇文章中，写到重光葵的手杖掉到地上，还不知道往哪里签字，虽戴大礼帽，穿礼服，外表镇静，但内心的恐惧，掩饰不住了。这篇文章没写到这些细节，可能是从记者当时的角度没观察到。但这是个缺陷，很大的缺陷。作为一个职业性的写手，抓住了那么多的鸡毛蒜皮，把其中的深邃含义揭示了出来，恰恰对这个更为精彩的细节视而不见。

麦克阿瑟用了六支笔来签字，是因为他在菲律宾曾被日本人打败过，不得已从战场上撤退，把自己的部队留在岛上，结果是好几万人当了俘虏。现在他把接受日本投降的签字笔送给将军们，其中有一个好像是也当过俘虏的，作为纪念。这个背景是很有必要清楚了解的，其中的象征意义，是很深刻的。这些事情今天的不少读者可能都不知道了，但在当时，却是人所共知的常识。写到"九一八"时虽然是巧合，也要大书特书。

> 看表是九点十八分。我猛然一震，"九一八"！一九三一年九月十八日日寇制造沈阳事件，随即侵占东北；一九三三年又强迫我们和伪满通车，从关外开往北平的列车，到站时间也正好是九点十八分。现在十四年过去了，没有想到日本侵略者竟然又在这个时刻，在东京湾签字投降了，天网恢恢，天理昭彰，其此之谓欤！

前边都用白话文，这里突然用了三句文言文，古雅、含蓄、庄重。天网恢恢，是用老子的典故；天理昭彰，表现胜利的欣慰。用白话不足以表达，用古代汉语讲更过瘾，很有文化含量。当时报纸读者都是有一定文化的，工人、农民买不起报纸的，当时国民党的文书基本是文言文，高中的语文全是文言文。

下边有一个小插曲，"投降书脏了"。作者发的议论："倒霉的日本人，连份投降书也不是干干净净的"，表示一种心情。这是新闻的趣味性，又有象征意味。

最后又来一段文学性描述。一个不到二十岁的水手说："今天这一幕，我将来可以讲给孙子孙女听。"这是讲历史意义，未来的人们会讲到这些故事。这就很生动，抒情性强。

议论文·小品文

读书杂谈/鲁迅

　　从文体上说，本篇不是那种形象性很强的散文，而是一篇议论文。议论文主要是发表见解、讲道理的。但是它又不是一般的议论文，而是演说。为什么要特别提醒这一点呢？因为，这与整个行文的风格有关。如果不是演讲，有些话就是多余的，有些话就不应该那么讲。例如第一段，就有点多余之嫌。既来讲话了，就讲吧，偏偏说，"没有什么东西可讲"，只是"随便谈谈"，又说"其实也算不得什么演讲"。这不是废话吗？也许在一般的散文中，应该是鲁迅自己所说的"可有可无"的话，应该删去的。但是在这里，却不宜省略。为什么？因为这是演讲。

　　演讲是现场交流，现场交流常常要有一个开场白，开场白就是可以讲些废话的。因为一开始，听众的思想还不够集中，听众的命运个性不同，种种不同的心思，都还占领着听众的脑袋，一下子讲重要的事，有些听众根本就来不及集中注意力。先讲一些不重要的话，让他们适应会场的氛围，逐渐安定下来，就是没有听清楚也无关大体。

　　开场白的另一个功能是，缩短听众与演讲者的心理距离。并不是所有的听众都一样在开头注意力不集中的，有些听众一下子就很凝神。对于这些人，讲可有可无的废话，不是浪费人家的生命吗？不是。这些听众，都是些普通人；而演讲者，不是具有地位，就是有着精神优越性。由于地位悬殊，听众与演讲者有心理距离。特别是在鲁迅这样的大人物面前，一般人更会有一种距离感，以为鲁迅讲的每一句话，都是很伟大的，很重要的。这样的心理，会使演讲者与听讲者之间的心理距离扩大，难以产生现场共鸣效应。

演讲和写文章不同。写文章时，读者是不在场的；读者读文章时，作者也是不在场的。一些读者读不下去，作者是看不见的，既不影响作者的情绪，也不影响其他读者的情绪。而演讲是在同一个现场，只要有部分人不感兴趣，发出声音，就会影响演讲者和其他听众的注意力。相反，如果大部分听众很感兴趣，很投入，又是鼓掌，又是笑，就会鼓舞演讲者，同时也会把那些注意力本来不很集中的听众裹挟进来，造成一种情感和感觉的双向交流和互动的优势，心理距离缩短，甚至消失，台上台下交融得很好，达到演讲的最佳效果。

善于演讲者，一般都努力缩短心理距离。开场白尤其重要。演讲之大忌就是念讲稿，因为一念讲稿，就把心理交流的窗子（眼睛）挡住了，把自己孤立起来，不但不能缩短心理距离，反而扩大心理距离，现场的交流和互动就很困难了。

鲁迅一开头的那些话，说自己的讲话没有什么了不起，随便谈谈而已，没有多重要，连演讲也算不上。这就采取一副平易的姿态，平易则近人，近人就是缩短心理距离。

不善于演讲的人，一到台上，最容易犯的一个错误，就是把演讲和朗诵混为一谈。其实朗诵是一种表演，是让人家欣赏的，是单向发出信息。朗诵的语言，可以是很雅致的，很有诗意的，很华丽的。但是那样的话语，大都是书面语言，虽然很有诗意，但是很不明快，须要听众费脑筋，要求他全神贯注，调动智慧和想象。一般说来，这是比较费力的，很难营造现场交流的氛围。比如有一套语文教材，选了一篇《毕业晚会上的即兴演讲》，下面是其中的一段：

> 三年的时光，匆匆地流逝了，相聚不知珍惜，别离才显情重。此刻离别的晚会为我们而开。再回首，张张熟悉的面孔像朵朵彩云一一掠过，多姿多彩的生活如童话般的梦境，在你、在我心头重播。可这一切，都将如轻烟一缕，缓缓地飘向白云深处。

这么多书面化甚至拗口的形容词，还有对称的句法，绝对不是现场即兴的，口语词汇更是少得可怜，几乎可以肯定是事前书面准备、推敲的成果。如果这一段还不够清楚的话，下面还有：

> 时光老人依然脚步匆匆，历史长河仍旧波涛汹涌，那，就让美丽的回忆与幸福的感觉伴我们翩翩起舞，让激动的心弦和着自然的风韵随我们歌唱。歌唱青春，歌唱友谊，歌唱每一个难忘的时光。请珍惜这稍纵即逝的天真的心灵，踏上生命的历程。祝福你也祝福自己，祝福每一个人，以及我们生存的这块小天地。愿这深情，能宽慰曾经有过的苦难与忧伤；愿这告别，昭示着幸福和欢乐。

这么丰富、华彩的形容词，这么强烈的诗化语言，这么明显的刻意求工的朗诵，毫无瞬时的心灵的互动活跃，是不是有一点装腔作势的感觉？互动和沟通根本谈不上。

演说和写抒情文章不同，关键是要激起现场感应和共鸣。而华丽的形容词，用得太多，不但不能缩短心理距离，反而可能造成心理距离的扩大。鲁迅在这篇文章的第一段，目的就是丢开两个架子：一个是做文章的架子，一个大作家的架子。就是一个普通人在和你谈心。

鲁迅把读书分为两类，一类是职业性的，一类是满足兴趣的。职业性的，像做学生，为了升学，没有兴趣，却非读不可。否则如何呢？鲁迅说了两次，第一次是说："有些危险。"明明是升不了学，是很严重的后果，却不说明白，而说得很含糊。显而易见的后果，由听众自己领悟，比自己说出来，更容易有共鸣之效。第二次是说："和将来的生计便有妨碍了。"说得也比较含蓄，有点低调，没有说到对国家、对民族会有什么坏处上去。鲁迅自己弃医学文，就是为了根治民族劣根性。太高的调子，鼓动性的，对于鲁迅的个性来说，不一定适合。为了进一步缩短与中学生的距离，鲁迅讲到了自己："因为做教员，有时即非看不喜欢看的书不可，要不这样，怕不久便会于饭碗有妨。"把自己读书的目的降低为为了"饭碗"，这也是为了拉近听众与自己的心理距离：原来大作家并不是高不可攀的圣人，和普通人是一样的。"饭碗"是个口语词，用得很到位。本来可以选择的词语很多：为了生计，为了生存，不是文雅一点吗？但是，那样就不利于缩短心理距离了。

虽然自己是读书读出名，有了巨大成就的人物，但是鲁迅强调说，读书谈不上"高尚"，没有什么可以夸耀的，没有什么了不起，和做工差不多。但鲁迅不说"做工"，做工，比较空泛，读者没有感觉，鲁迅用细节来代替概念："木匠磨斧头"，"裁缝理针线"，这样比较有形象性。这样来表达自己不但谈不上"高尚"，有时还觉得"很苦痛，很可怜"。读到这里，聪明的读者应该意识到，鲁迅不断地缩短和听众的心理距离。缩短心理的办法，和抒情的方法是很不一样的。抒情的方法是美化的、诗意的办法，而鲁迅这里所用的恰恰相反，是尽可能自我贬低的办法。但是，这种贬低是很有分寸的，只是说自己"勉勉强强"有点"痛苦"而已，没有把自己写得很荒谬可笑。如果是写到荒谬可笑，就是自我调侃，就是幽默了。鲁迅是很幽默的，但是这里没有到幽默的程度，只是适可而止，破除一下读书神秘论，由此来提倡一种自由的、自主的，而不是被动的、被迫的读书心态。

把读书人比喻为木匠、裁缝，已经是够不"高尚"了。接下来，又把读书比喻为打牌：

> 我想，嗜好的读书，该如爱打牌的一样，天天打，夜夜打，连续的去打，有时被公安局捉去了，放出来之后还是打。

这样的比喻，属于不伦不类之比。事实上，读书和打牌，是不可同日而语的，赌徒在目的上，在品行上，在思想上，都和读书人相去甚远。不伦不类的比喻，就会产生不和谐、不一致的感觉。鲁迅作为幽默大师的幽默感，情不自禁地流露出来了。

特别是接下来，鲁迅有意把荒谬感夸大，也就是更加幽默了：

> 诸君要知道真打牌的人的目的并不在赢钱，而在有趣。牌有怎样的有趣呢，我是外行，不大明白。但听得爱赌的人说，它妙在一张一张的摸起来，永远变化无穷。我想，凡嗜好的读书，能够手不释卷的

原因也就是这样。在每一页每一页里，都得着深厚的趣味。

把赌博和读书的境界、趣味之间的区别，完全撇开，绝对地强调其中的相同，这明显是片面的，甚至给人强词夺理的感觉。但结合着现场的氛围，可以想象，鲁迅这样的讲话，肯定是很逗乐的。

在正式的论文中，要讲究全面分析，片面的议论应该是避免的，但是在演讲中，片面性的说法却很有趣。现场交流有时需要一点耸人听闻，只要不是很过火，很能调动听众的感觉，引起听者会心的笑。正是因为这样，在演讲的时候，有些片面的、率性的、任性的话，比之全面的议论更能引起听众的现场反应。李敖先生在演讲的时候，就经常运用这样的办法，如"这个事，世界上什么人都不知道，就是我李敖先生知道"之类。

当然，这种片面的、率性的话，应该是局部的。在整体上，还是要讲究全面的分析。鲁迅上述的类比，是为了强调读书以有兴趣的为最好。但是，鲁迅是善于对具体问题作具体分析的大师。他善于在强调一个方面的同时，防止忽略另一个方面，让听众意识到片面性地强调一个方面，后果就比较严重。他把极端化导向荒谬的程度。他说，提倡凭兴趣读书，并不是要一些同学干脆就退学。完全凭兴趣看书只是一种理想，理想的时代可能永远不会到来。他退一步说，希望不要仅仅读课内的书，应该凭兴趣读读课外的书。但是，他又谨慎地指出"但请不要误解，我并非说，譬如在国文讲堂上，应该在抽屉里暗看《红楼梦》之类；乃是说，应做的功课已完而有余暇，大可以看看各样的书，即使和本业毫不相干的，也要泛览"。

鲁迅这篇演讲，所讲的道理并不深奥，有些可能是常识，但是仍然值得我们钻研。为什么呢？首先是因为他的分析，把全面的理性和片面的趣味结合得很紧密。其次，是因为他的语言。他演讲的语言，和他写文章的语言有些不同。他写文章，尤其是写杂文，用的大都是书面语言；而在这篇演讲里，用的主要是口语化的词语。鲁迅先生提倡的读书态度是："出于自愿，全不勉强，离开了利害关系的"。这些都是口语，如果用理论的语言来概括的话，应该是：发自内心的需求，不受外部压力的驱使，超越了狭隘功利。鲁迅如果这样讲的话，就不适合在中学会场。因为这样的语词，比较抽象，不容易引起共鸣、互动；而口语富于感性，而且明快，便于迅速感应。正是因为这样，鲁迅在本文中用了大量的口语化的词语。如"饭碗""木匠磨斧""裁缝理针线""打牌""公安局捉去""（不要只将课内书）抱住""大毛病""饿死""吃力"，等等。但是，问题并不这样简单，文章中也有相当的文雅的语词，如："余暇""泛览""手不释卷""计及""博徒"，等等，都不是口语。但是，这并不妨碍整个演讲的平易的语体风格。为什么呢？因为演讲的句法，是很富于口语的现场交流的特点的，如：

> 嗜好的读书，本人自然并不计及那些，就如游公园似的，随随便便去，因为随随便便，所以不吃力，因为不吃力，所以会觉得有趣。如果一本书拿到手，就满心想道："我在读书了！""我在用功了！"那就容易疲劳，因而减掉兴味，或者变成苦事了。

演讲的语句，不像书面语那样讲究精练，可以有些反复，例如这里，一连用了两个因为、所以。如果是书面文章，这样写就有松松垮垮之感；但是在演讲现场，听众的理解力很悬殊，有时就要有些反复。另外鲁迅的这篇文章，句子很短，短句子接短句子，环环相套，不慌不忙，真是如他自己所说"随随便便"。可能是因为对中学生，他采用了娓娓道来的风格。娓娓道来，就得有点耐心，不能一味讲究精练，太精练了，有些人就赶不上趟了，就要开小差了。要懂得演讲和理论文章的不同。演讲有时不能像学术论文那样追求严密，把句子弄得很长；而短促明快，听众才可能作出现场的迅速的反应。

当然，鲁迅的这种演讲风格，只是他的风格。从演讲来说，并不是只能有这样一种。演讲的风格，也可以不是娓娓道来，而是剑拔弩张的、金刚怒目的，如闻一多的《最后一次演讲》；也可以是抒情的、煽动性的，如马丁·路德·金的《我有一个梦想》；还有精练、简洁的，如林肯《在葛底斯堡的演说》，等等。我们以后还会逐步学习。

（本文为孙彦君执笔）

读书的三种姿势/孙绍振

这篇文章,和鲁迅的一样,也是谈读书的,也是首先把读书的心态进行分类,但角度不太相同。鲁迅把读书分成两类:一是职业性的,一是爱好性的。这是从功能方面来分的。而本篇的角度是,不管你是职业性的还是爱好性的,从认真程度来说,都可分为三类:一类是消闲的,一类是系统掌握的,一类是研究分析的。如果作者就这样分析下去,也未尝不可,但那是议论文的写法,作者没有那么写。为什么呢?纯粹议论文比较抽象、古板,甚至可能枯燥。作者采取了一种办法,那就是把这三种态度加以形象化:一种躺着读,一种是坐着读,一种是站着读。这样形象化有一个好处,是对比很鲜明,一望而知,内涵又深。从这里可以看出作者的技巧。因为这不是写实,而是一种暗喻,或者说象征也可以。应该说,三种学习态度(站着、坐着、躺着)的关系并不是绝对分立的。消遣性阅读者,有时也会坐着读;研究性阅读者,也不排除有时躺着读。

谭学纯先生在《光明日报》上发表文章认为,三种姿态,具有象征意义:

> 孙绍振先生发表在香港《文汇报》上的《读书的三种姿势》(内地多家报刊转载,后收入作者近著《挑剔文坛》),把读书分为躺、坐、站三种象征性造型。其实,这也是读者作为思考着的主体在场的不同姿态:躺,是一种休闲的在场姿态。坐,是一种凝神静思的姿态。跟躺相比,坐有一种强制自己心无旁骛的意味。站,是一种自我确证的造型,人之为人的第一次自我肯定,就是站立。躺着读书是读

闲书，坐着读书才算进入状态，站着读书是上佳之境——走近作者而又不迷失自我，惟此才能与书本权威作平等的对话和精神交流。

这就是用理论语言来说明三种形象的姿态，实质上是三种人生的价值。但是，本文追求的却是用尽可能感性的通俗的语言，来阐明读书的道理。躺着、坐着、站着作为象征，作者力图阐释得富有日常感性。

如果一味停留在这样日常感性的层次上，文章可能比较单薄。为了避免这一点，作者又从几个方面去丰富它。一种就是引用经典性语言和成语，如：好读书不求甚解，博览群书，这可以增加论点的文化含量。第二种是用日常口语，如：读着玩的，是一种休息，消遣，享受，等等。以下两种姿态的阐释，也是遵循着这两个方面的路子：

坐着读，经典成语——正襟危坐，心无旁骛，一丝不苟，虚怀若谷。日常口语——求（求学问），小和尚念经，有口无心。

站着读，经典成语——当仁不让、通感。日常口语——揪住不放、在真理面前站起来。

有了这些语汇，日常语汇中的躺着、坐着、站着，就超越了现成的经验，把经典语汇中的文化内涵集中到论点中去，论点就比较丰富了，而日常口语也变得深刻了。这样就把本来是外部姿态的描述，变成了内在的精神。

这还仅仅是构成文章深度的一个方面，另一个方面是：三种姿态之间的联系。

一般的文章，一旦把问题分成三个方面，就满足于每一个方面各自独立地展开，一个论点，几个例子。这种方法有局限，因为对于事物的划分，只是问题的一个侧面，划分开来的事物之间，其实还有相联系的侧面。本文的特点，就是在把事情分成三个方面各自加以论述的同时，又十分注意到它们之间的联系。对每一个姿态，都分析其内在矛盾；每一重矛盾，都显示出其优越和局限。如：躺着读，优长是消闲、自由、享受，但是长进不会很大；而坐着读的刻苦钻研，一丝不苟，就弥补了这个缺失。但是，刻苦钻研也有不足，主要是可能产生对于书本的迷信，思想被动；

于是就有站着,也就是批判地阅读,来弥补这个不足。

这样的思路,就不是单向证明式的,而是矛盾的双向分析式的,不是单纯片面的推进,而是螺旋式的上升。对于事物内部矛盾,尤其是对于矛盾转化条件的分析,是论点深化的主要功夫。

写到这里,从论点的阐释论证来说,文章的任务已经完成。但是,作者又加了一段,以《荷塘月色》为例,把论点具体化。因为文章是理性的,不管你花了多少力气去感性地说明,但是所说明的还只是道理,而道理只有在具体文本中落实,才有真正的力量。更重要的是,道理是概括的、普遍的,而文本则是具体的。不管多么深刻的道理,都不可能穷尽一切具体的文体的复杂性。虽然一个例子并不一定能充分证明一个道理,但是能充分说明道理。作者的这个例子,写得很精练,三言两语,就把很抽象的批判性阅读(在文章面前"站起来"),说得既感性、生动,又理性、深刻了。

(本文为孙彦君执笔)

讽谏小议/萧春雷

《讽谏小议》这篇文章的中间有这么一段话:

> 传说中的诤谏故事,往往把臣子对君王的批评,特别是那些比较成功的批评,渲染得过于轻松,好像是全凭一点口头表达的技巧,就君臣一体,同心同德,一点风险都没有。其实,臣子对君王的进谏,实在是一种刀斧手阴影下的血腥冒险。

片面突出游说之士现场应对的口才，可能会给青少年一种偏颇的印象，以为批评当权者是一件容易成功，又很好玩的事。事实上，根据历史记载，这样的印象，是极其错误的。

文章分析了中国古代诤谏制度。

首先，它存在的基础就是一个矛盾。封建王权的特点就是专制，就是独裁，就是独霸，人君"连对骨肉、功臣、亲信都心存疑虑，提防他们对自己的宝座有觊觎之心"。从本质上来说，他是不能相信任何人，也不能和任何人共享真理的。作者引用了一个常用的词语"寡人"，给予了新颖的解释，说这是君王的"孤独感"的表现。这种说法很新鲜，给读者以很有趣味的感觉。但这并不是说这个解释很准确，相反，是有点牵强的。在古代汉语中，这个字的本义是"少"。《说文》："寡，少也。"《论语·季氏》："不患寡而患不均"，成语"寡不敌众"，都是这个意思。后来才指妇人丧夫，男子无妻或丧偶。人君自称"寡人"，并不是孤独的意思，而是一种自谦之词，说自己是"寡德"之人。（据考证，在唐代以前，王侯、诸侯夫人，甚至普通的士大夫都可以自称"寡人"，唐代以后，才成为皇帝的"专利"。）但本文是随笔体的写法，只要不无道理，显得机智，就不太追求严密和准确性。这叫做涉笔成趣，和正式的论文不同。

随笔固然追求趣味，但同时也追求深刻，或者反过来说，在追求深刻的同时，也追求趣味。有了趣味，但如果还一味停留在趣味上，就可能很肤浅。所以在很有趣味地阐释了"寡人"之后，就要用深刻来调节一下：

> 他孤零零一人料理庞大的帝国，当然力不从心。他的希望是：属下既不挑战自己的权力，又能够排忧解难。
> ……
> 君臣关系的本质是无条件的、无理性的统治与服从，这是天下最不平等的关系。

这就从根本上揭示了诤谏制度的局限，强调其严酷性（君要臣死，臣不得不死，冤枉死了还要谢恩）。而明白了这一点，才能从根本上理解古代游说之士的限度，而不至于把古代帝王与臣下的关系理想化。

有了这样的深刻分析，理性当然是相当足够了，但是过分理性，可能太抽象，不够生动。随笔要有趣味，就要有一定的生动性，就要有一定的文学性、形象性。作者总是习惯于把理性和形象、深邃和情感交融起来：

> 其实，臣子对君王的进谏，实在是一种刀斧手阴影下的血腥冒险。

这是本文的主题。这个主题是对一些古代讽谏文章的补充揭示。写到这里，还只是理论上的补充。光有这个补充，读者可能还无法留下什么特别的震动。要有震动，还得有事实把它具体化。这是很重要的。随笔要有趣味，但不是一般的情趣，而是和历史知识联系在一起的智趣。历史知识的含量，成为随笔成功的一个条件。历史上的事例不胜枚举，一个一个讲，浪费篇幅。在这样一篇小文章中，只能采取简单枚举的办法，一笔带过，把最突出的部分，最具震撼性的细节提示一下：

> 比干进谏商纣王，结果被挖了心；春秋时代的史鱼，干脆自我了断，来个尸谏……海瑞要直谏，就变得聪明而冷峻了，自己先准备好棺材。

文章写到这里，似乎任务已经完成，已经把封建净谏制度的矛盾揭示得相当透彻，到此为止，亦未尝不可。但是读来未免感到单薄。为什么，因为论点只有一个层次。停留在一个层次上，思想的深度还是有限。为了深化论点，作者在层次上进行了转化。转化的方法，就是从上一个层次的事例中，提出新的矛盾。上一个层次，举比干、海瑞的例子，是说明净谏制度的残酷。紧接着，来一个明成祖的感叹："敢为之臣易求，敢言之臣难得。"为什么呢？论点很自然地深化了。下面的论题，就很明快地亮出来了。不是因为别的，而是因为君王本身。暴君手下出佞臣，明君手下出骨鲠之士。接下来的例子，举得很雄辩，裴矩在隋炀帝治下是奸臣（作者在这里突然用了一个口语词语:"马屁精",很有通俗的趣味),而到了唐太宗治下,又成了直言之士。

把新层次上的论点总结起来,作者用了两个方法,一个是例证的方法,一个是理论的方法。但是,他不用自己的话,因为用自己的话,不如用历史文献上的话,这也是智趣决定的。作者用了史学家司马光的话:"皇帝不喜欢批评,忠臣变佞臣,皇帝喜欢批评,佞臣变忠臣。"光有一个例证可能变成孤证,所以作者又引用了元朝一个很没有名气的大臣的话。为什么呢?引证不是以权威的为上吗?但引文还有一个原则,就是要新异,最好是冷门,冷门的例证,会带来新知识,随笔本来就有传播知识的任务。此外,还有一个优势,就是概括面广。唐朝的贤臣,已经广为传播了,元朝却是个冷门。权威的例证,很多是多次引述过的,容易造成重复,失去新鲜感。而名气不大的人的语言要引用还有一个原则,那就是真有特别的深刻或者生动。元英宗问身边的人今天是否还有魏徵那样敢于说话的人时,拜住说:

> 什么样的皇帝,就有什么样的大臣。圆盘子盛水,水是圆的;方杯子盛水,水就是方的。因为唐太宗有度量,肯纳谏,所以魏徵才敢说真话。

这话不但说得很深刻,而且还很生动,很形象,值得一引。但这好像不是古人的话,因为作者没有引用原文,其原因是,这是一篇写给初中生看的文章,引用原文多了,很容易造成阅读的障碍。用现代汉语转述,也是一种引用方法。这不是很有权威了吗?但是,作者觉得还不够。还要用自己话来说一下,当然话要说得漂亮一点:

> 皇帝是标杆,臣子不过是随杆移动的影子。

这是论述的第二个层次,已经是相当深刻了,但是作者还是没有想结束的样子。为什么呢?文章的主旨是讲进谏的风险的,论点发展到这里,给人一种印象，好像是只要遇到明君，就没有风险了。是不是这样呢？又一个层次的问题自然而然地提出来了。即使遇到像唐太宗这样的明君，也是很危险的。举了一个例子，如果没有贤明的皇后，魏徵的命运就可能是另外一个样子。

提出这个矛盾进行分析，论点就有了发展：尽管封建王朝为了自己的生存，不得不设立谏诤机构，养了一批谏议大夫、拾遗、补阙、正言这样的官职；但是，又正是封建体制本身，养育了阿谀逢迎之徒。最后作者又一次强调：

　　真正的批评不可能存在于主奴之间。

更为警策的是作者最后的结论：

　　没有平等，就不能分享真理。

从这里可以看出，作者虽然是写随笔，追求趣味性，但更为突出的是，作者对思想深邃性的追求。

克隆技术的伦理问题/邱仁宗

这是一篇论说文，或者说是议论文也可以。特别应该注意的是：

首先，作者的结论并不在文章的开头，而在文章的结尾。不是先有一个论点，然后举例子来证明，而是先提出一个克隆人行不行的问题。这样的章法，与刘基的《说虎》有点相似。

其次，作者显然是不赞成克隆人的，但是，他不急着列举反对克隆人的理由，而是先弄清克隆人的定义，尤其是人的定义，然后再谈克隆人的伦理问题。

文章的第一部分，表面上看来，不就是说克隆人的概念吗？好处是说得很清楚，但更大的好处是很深刻，很有内在的逻辑性。为什么深刻？因为一上来，作者就对"人"的概念进行了分析。人的概念包含着两个方面：一是生物学上的，人属于脊椎动物门，哺乳动物纲，灵长类，人科，人属。这样的人，是基因组意义上的人；二是心理、社会学的，具有后天社会特征、人格特征的。把这二者结合起来，才是完整意义上的人。作者是反对克隆人的。这个定义，恰恰是反对克隆人的理论前提。

人是生理学、基因组意义上和社会、心理学意义两个方面的结合体。而克隆人，却只能复制生理学基因组这一个方面，社会学、心理学方面的是不能复制的。因而完整意义上的人是不能复制的。注意，这里用的是"不能复制"，而不是"不能克隆"。因为如果再用"不能克隆"，"克隆"这两个字的重复就太频繁了。在修辞上，同样的词重复太多，是要避免的。

这样的推理，最大的好处，就是因果逻辑顺理成章。

这时，应该提醒，文章的标题是"克隆技术的伦理问题"，文章说克隆技术，但是焦点并不在技术，而是技术中的伦理道德，而伦理道德恰恰是心理、社会学范畴。这就是所谓严密，标题与论述之间扣得很紧。

第一个大标题"有什么理由可在伦理上为克隆人辩护"，显示出文章的特点。作者反对克隆人，但是却花很多篇幅先讲造成克隆人的理由。作者不屑于片面讲述自己的一面之词，而是尽可能把对自己论点不利的观点罗列出来，然后逐条加以反驳。这从议论文的手法来说，叫做驳论。

文章的驳论是很充分的，这表现在两方面：

首先，不是轻描淡写地提出一两个反面观点，而是一口气罗列了七个。每一条理由，都是自我非难，向自己挑战。这说明，作者很自信，很有气魄，在追求一种雄辩的风格。所谓雄辩，就是不但按照有利的论点和论据，自己的论点能够成立，而且按照对方的、不利于自己的论点和论据，自己的论点也能够成立。他并不把反对的意见当成很简单、很容易驳倒的，而是当作很复杂的，难度很大的。但是，不管难度多大，作者也显示出一种谈笑自若的风度，把反对派的意见一一驳倒。

其次，他对所有反面的意见，都不一笔抹杀，轻易否定，而是细致地作具体分析。所有反对派的理由，都有合理之处，但是又都不能成立。作者用的是分析的方法，从"原则上"来说，都承认其合理性，但是，从"现实上"来说，又有"不可估量的消极后果"。不仅仅从理论上进行分析，而且进行实证，引用数据。不是简单地说克隆人的成功率很低，而是说，如"多利"的成功率，是1：434。大量的畸形儿，给社会带来的问题是不能不面对的。更重要的是，作者不满足于从技术层面揭示克隆技术导致的社会问题，而且从伦理方面更加充分地展示了作者周密的思考。

在这个方面，反驳的理论核心就是：克隆人也是人。

这是从正面来说，从反面来说呢？纯粹从技术角度来看克隆人，就是把克隆人当作工具、手段。当作人，就有一个人权问题，就要尊重他们的意志，维护他们的尊严。在这一点上，作者显得游刃有余，反驳的论据信手拈来。严密、细致、丰富是论证和反驳追求的目标。作者之所以有这样的水准，就是因为他把几乎所有的可能的细枝末节都考虑到了。克隆人在未被复制以前，是没有人权的；一旦复制出来，就有了人权，就不能把他当作任何工具，哪怕是星际航行，医学手术中的器官培育，而克隆人并不是工具，它有权利拒绝。强制，则不合"伦理"。这里的"伦理"，有人权、人道、人伦的意思，人的权利，人的意志，人的尊严，人的价值，神圣不可侵犯。

写得最为雄辩、最富于智慧的趣味的，是对于优生学方面的反驳，所用的方法是辩证法。矛盾在一定条件下，向对立面转化，好事变成坏事，这是辩证法的原理。为了克隆优秀的人，有利于优生，那么从操作上，就要把人分为优良国民和劣等国民。这就和希特勒把人种分为优等和劣等的做法没有什么区别了。克隆爱因斯坦的愿望，只是空想，因为爱因斯坦的社会、心理方面是不可复制的。这是从最好的方面着想。文章的反驳的彻底性，还在于接着从最坏的地方着想：如果有人主张克隆希特勒，怎么办呢？

应该说，有了这么正反两面的反驳，已经足够支撑作者的论点了。但是，作者追求雄辩的气魄，仍然没有终结。

文章的第二个大标题"对克隆人的反论证"，列举了一系列反对克隆人的理由。但是，作者对和自己有一致之处的论点，又加以分析。他说，有些即使是有道理的，但也不是根本的（从人类基因库），有些则是不能成立的（例如从宗教角度）。这个部分的文章，显示了作者抓住要害的魄力。

在经过了这么丰富的反驳以后，在相当雄辩的基础上，作者把自己的观点系统总结了出来。第一，关键的关键，克隆人一旦复制出来，就也是人了，而不是人的科学实验工具和手段；第二，克隆人的过程中，产生的怪异、畸形儿，负面后果是严重的；第三，在犯罪学上，其真假难辨；第四，由此而引起的其他可能性后果难以设想。

这种结论在后的议论文结构，表面上看，是个形式问题，但是实质上，是一个对论题进行细致分析，逻辑严密地层层演进的问题。而归根结蒂，是一个思考如何提高质量的问题。

生于忧患，死于安乐 /《孟子》

孟子的文章有一种气势，有人用孟子自己的话来说，叫做"浩然之气"，这是有道理的，因为孟子的文章中，有一种强大的推理和情感力量。

文章第一段，一口气举了六个名人的例子。人虽然不同，但都是来自下层社会，都有过苦难的经历，都被提拔到很高的权力地位上，作出了巨大的社会贡献。六个人的经历本来是个别的，但是直接并列起来，就显示出一种普遍性。在这样的基础上，孟子得出自己的结论：老天要把重大的任务交给一个人之前，一定要让他受苦。

为了突出这个现象的普遍性，显示其规律性，孟子甚至特地用同样的句法结构加以表达：

> 舜发于畎亩之中，傅说举于版筑之间，胶鬲举于鱼盐之中，管夷吾举于士，孙叔敖举于海，百里奚举于市。

从句法来说，都是主语——动词——状语，结构是同样的。一般说来，用同样的句法，是比较冒险的，弄不好就给人以单调的感觉，但是从内涵来说，处于主语位置上的人物，都是政治大人物，状语所指则均为社会底层，每句文字数量虽然不尽相同，但是从内容到句法形式，却都是平行的，或者叫做排比的。这种排比是双重的排比，不仅是句子形式排比，而且内容也排比。这就不仅不单调，相反有了一点震撼性。在逻辑上，这叫做枚举式的归纳，直接从感性材料，抽象出共同的特点（也就是论点）来。

孟子得出的结论是：

> 天将降大任于斯人也，必先苦其心志……

这可以说是前面的事例正确概括，结论已经出来了，在思想上已经清楚了。但是，在孟子看来，这样太简单，思绪和情感强度不够，文章的气势还不充沛，于是他就用了排比的句法把这个意思强调一下：

> 劳其筋骨，饿其体肤，空乏其身……

一连串并列，加起来是三个，这样，在情感和思绪的强度上，在节奏上，就比较强烈了。如果是孔夫子，或者是墨子，甚至是韩非子，这样也就足够了，但是对于孟子来说，这还不够有气势，他还要强调下去。但如果再

议论文·小品文 269

用同样的句法，可能导致单调。为了防止单调，孟子改用了另外一种句法，避免呆板：

> 行拂乱其所为，所以动心忍性，曾益其所不能。

顺着一个观念，一条思路，一连用了七个短句，有严整的排比，有参差的递进，这就构成了一种思绪和语言滔滔不绝的效果，就叫做气势——浩然之气。

写到这里，才完成了从感性到理性的第一个推理层次。

文章如果只有一个层次，是免不了要显得单薄的。前面七个短句，已经从感性的（劳其筋骨，饿其体肤，空乏其身）上升到理性了（动心忍性，曾益其所不能），孟子接着从理性上进一步提升。先从正面说：

人有了过错，才能改正。就是说，没有过错，也就没有苦其心志的由头。这是一个层次。

思想受到堵塞，才能奋起。说明没有堵塞，也就不可能受到忍性的磨炼。这是第二个层次。

然后从反面说：

在国内没辅佐的贤士，在国外没有敌人，也就是没有威胁，则国家必然灭亡。这是第三个层次。

最后从理性上把第一个结论作更深邃的概括："生于忧患，死于安乐。"

这是一种规律性的概括。内涵很是深刻，又采用了格言的形式。生于忧患，是矛盾的转化，本来忧患是逆境，反而有利于生存，有顺境的效果。死于安乐，也是矛盾的转化，本来安乐是顺境，反而容易导致死亡，有逆境的效果。二者在形式（句法结构）上是对称的，而在内容上却是一个对比。内涵深邃而简洁，形式和节奏很明快，无疑成了一种格言。

黄生借书说/袁枚

　　这篇文章的题目是"借书说",所写的事情本来很平淡,就是人家来借书了,作者很乐意地借给人家。这有什么好写的?所谓"借书说",关键不在借书,而在"说",论说文的说,这是一种文体,论说文的一种。既然是一种文体,所说就应该是有值得一说的价值,有独到的感想的。

　　特点在哪里呢?不在借书上,而在读书。借书是为了鼓励后生读书。如果直截了当把鼓励的话说出来,可能很平淡。袁枚的才情在于,他把话说得很极端:"书非借不能读也。"这句话有点惊人。很明显,不全面嘛。难道自己拥有书本的,都是不读书的?这么一说不是把许多藏书的人都得罪了?如果钻牛角尖,抬杠,连他自己,作为有书可借者,不是也成了不读书的家伙了?但是,没有任何一个读者会这样抬杠。为什么?这是小品散文,作家有权利发一些偏激的议论。正是因为偏激才有趣味。钱锺书的散文集《写在人生边上》中有一篇叫做《一点偏见》,就公然宣布小品散文和情书一样,就是充满了偏见。惟其所见有偏才反映他个性的特点。

　　当然,光是有一点偏激的论断还不够动人。既为文,就得多多少少举点事例来。道理是普遍的,例证只能是少量的。因而例证不能是一般的,而是要鲜明、突出、毫无疑义的。第一个例证,是"天子之书",这个例子相当大胆。皇帝的书很多,"然天子读书者有几"?这个事例有点尖锐,如果有人找他的麻烦,可能要命。第二个事例是,富贵人家藏书甚多,"然富贵人读书者有几"?虽然是反问句,把富贵人家读书的可能性一笔抹杀,不是很公平,但是两个排比句,形式上是很严整的,颇有一点理直气壮的味道。有了这样的事例,论述是不是可以完成了呢?还不太够。因为这才只是从事例上说明了富贵者有书而不读,还没有正面说到论题上:为什么只有借来的书才会读。下面的文章从心理上说明这个论点:自己有书,正如自己有物,不着急,束之高阁,反正有的是时间,而借来的时时刻刻都可能被索还("必虑人逼取"),有阅读的紧迫感。

道理讲到这个份上,应该是比较清楚了。可是文章才做了一半。下面一半做什么呢?把道理,一般的借书读书的道理,做到自己的经验上来。

这是一笔双重的反衬。一是,少年时代,家贫无书,借书不得,但是读书效率很高,每有所读,理解记忆均佳。二是,自己慷慨借书("公书"),与那位张姓的"吝书"对比。最后落实到主题上来:预期这位后生,"则其读书也必专"。这不但是说自己慷慨,而且是勉励借书的对方,不是一般的读书,而是专心致志地读。这样的首尾照应,从结构上说,已经很完整了,从内容上说,又把开头提出的"书非借不能读"的命题深化了,螺旋式的上升,应该是很不错的了。但最后又来了一个和"则其读书也必专"相对称的句子:"其归书也必速"。把提醒人家早早还书这样看来是比较俗气的话,说得很委婉:不是我催你还,而是借书必读、读书必专的人必然之动向也。话说得很机智,因而很有趣。这种趣味属于智趣。

借书不还,天打雷劈/柏杨

文章的主旨是批判借书不还的恶习,对受损者极表同情,但是,全文正面批判借书者甚少,相反,倒是花了大部分篇幅细写书被借者的狼狈和倒霉,甚至"恶劣""恶毒"。这种"恶劣""恶毒"大都是反讽,导致"恶劣"的大都不是正常的道理,是一种歪理。

我国相声艺术有言,"理而不歪,笑话不来"。正是因为歪理成串,歪理歪推，文章才充满了幽默的谐谑之趣。

　　文章中，凡是写到社会风气不良的，大抵是写实；但凡是写到自己"恶毒"的，大抵都是虚拟。比如一开始说，书香变成酒香，是受西方的影响（"欧风东渐"），这是实在的；但是写到自己拜访朋友"每次都是借钱"，甚至用自己的名字来称呼"吾友郭衣桐"，好像文章的作者不是自己似的，则明显是虚拟。

　　虚拟的作用是构成一种戏谑感。

　　不怕读者发生误解。虚拟是心照不宣的，通过虚拟来"自嘲"，自己贬低自己，不像抒情散文中那样把自己写得很有诗意，很美好，而是把自己写得狼狈，写得尴尬，甚至写得心术不正。这样行文，逻辑上就不正常，不是正理，而是歪理。在英文中，这叫做"incongruity"。不是很认真，不和谐，反常，就好玩，这就构成戏谑之趣。这正是本文趣味的特点。

　　当然，写到社会风气的时候，固然是写实；但是所写的现象、语言又是蕴含着互不相称的冲突，是戏谑之语。如"欧风东渐"，本来是说，中国受到西方、欧洲文化的历史性全面的影响，可是这里却仅仅归结为酒柜大兴，不伦不类。后来写到中国客厅装饰有所变化、书柜开始出现时，先是夸张地说，"这不能不说是中华民族还有蓬勃的生机"。接着又指出，书柜中堂皇的大部头经典里，暗藏着酒瓶。所有这一切都显得不和谐，不统一，也就构成了幽默感。

　　柏杨的幽默感，和其他幽默作家比较起来，有任情率性、无所顾忌、不怕"丑"的特点。

　　这表现在用语上，好像有意违背文章风格的统一，有意追求雅俗夹杂。大雅的古代文言，与大俗的现代市井口语交替出现，而且二者均十分夸张，夸张到超越现实，进入虚幻情境，又故意"用词不当"，构成亦庄亦谐的趣味。如写有人一见朋友有好书，就想占为己有，用"顿起杀机"形容；把此等借书称为"伟大的景观"；借书之后，为逃避还书，竟"举家潜逃"；把眼看书被强借，说成是"列强瓜分"；等等。以语义的错位，表现谐趣的放达。为了表现诙谐，在用语上，故意造成语义的大幅度的反差：时而用古代汉语的语汇，构成庄重的风格，如眼见书被糟蹋，忍不住"潸然泪下矣"；从借书不还者家中抢出书来，顺手把人家的打火机偷走，把自己小偷小摸行为，说成是"略施小技，以示薄惩"；把小便急，称作"内急"；等等。这些都是把粗俗的"丑"事用文雅的语言来表述，好像是一味追求高雅的文风。但同时文中又夹杂着相当粗俗的口语，如"哎呀，老哥，给俺瞧瞧"，"等他讨书时，让他磕响头吧"；形容借书之痛为"还不如捅我一刀"；把不屑趋炎附势，说成"浇冷灶"；等等。有时，就是在同一词语中，也包含着逻辑的矛盾和语义的错位，如"借书必还大联盟"，就包含着逻辑的荒谬：大联盟之庄重与借书必还之世俗，构成不伦不类（错位）的趣味。

文中的诙谐，除了语义的错位，还在于行文的内在逻辑中。这种逻辑以颠倒的特点，明明不合逻辑，却又振振有词。这就是反语。反语有趣而深沉，表面上看一派胡言，实质上入木三分，妙语如珠。从逻辑上来说是不合逻辑，不合常识，但讽刺世情十分深邃。于是正理无趣，歪理生趣，将歪就歪，愈歪愈趣。结果是胡语生趣，妙趣横生，实际上胡语不胡，越胡越有深刻的启发性。因为它歪打正着，歪中有正。虚拟借书不还之理，句句皆歪，句句皆隐含正理：

> 偷书属于雅贼，打一锤已经该诅咒啦，至于借而不还，理就比天都大，你摆着还不是摆着，俺拿来进德修业，以便救国救民，你不送慰劳金已差劲啦，还有脸讨呀。

这可以说是把歪理说到了极端了。把占人之书为己有推成有理，这是第一层歪理；上升到"进德修业，救国救民"这样的高度上去，就更歪了。越是上升到这样的高度上，就越是荒谬，越是显出借书的无赖。这就是歪中的正。接着把这种完全缺乏根据的歪理作为前提，推出受损者应该对之奉上"慰劳金"，这就把荒谬推到了极端，无赖也到了极端。将谬就谬，越是层次上升，幽默的效果就越是强烈。

依靠歪曲的逻辑，不但在自我形象上，而且在人物的行为上，不惜以

"以恶制恶，以丑对丑"。因为书被借而不还，就跑到人家里去"人赃俱获"，把人家的高档打火机顺手牵羊，不以为羞，反倒说是这不过是"薄施小惩"，如不悔改，就要偷走人家的钻戒。对小偷行为，洋洋得意，津津乐道。这正是幽默散文以丑为美的法门。这里柏杨不是在诲盗，读者也不会怀疑柏杨的品德。这是因为，幽默之道不同于抒情之处，就在于导致荒谬。因为书被侵占而引起了如此的愤激，以致达到公然、坦然为窃为盗的程度，这是不可能的，不可信的；但是，这种不可能、不可信，却营造了一种荒谬的境界，虚拟的境界，让读者感到好笑。在笑中，读者感到的不是为盗的可恶，而是愤激者的率真。这种率真，以不怕丑、不怕恶为特点，与日常准则的厌弃丑恶形成错位。会心的笑，由之而生。而笑是心理最短的距离，作者与读者由此而达成高度的心照不宣的默契，共同欣赏柏杨的自称"老泼皮"的个性。幽默的效果，也就是荒谬的效果。荒谬本身就是一种批判，柏杨的才气发挥得淋漓尽致，在歪理中尽现歪中有正的怪才、歪才的本色。

这种本色，只有李敖可能与之比美。

中国山水游记的感性／余光中

这是一篇文艺随笔，讲的是文学理论，但不是一般的理论，而是创作理论。这种理论，以比较贴近创作为特点，也是优点。一般的理论文章，着重宏观的理论，如文学的起源、文学的符号性质、文学的审美价值、文学的文化价值，等等。这些对于一般读者的感性经验来说，都距离太遥远，不亲切，加上写法上又从理论到理论，往往从定义出发，所有的思想材料，都要加注解以说明来历，这不但太抽象，而且太烦琐。一些学术性比较强的论文,引经据典,对一般读者既很难有直接的帮助,又难以产生阅读的兴趣。谈理论的文章,要引起缺乏理论修养的人的阅读兴趣,不能不从感性出发。余光中这篇文章的最大好处,就是把理性道理用感性来阐发。

文章一开头就提出,中国的山水游记有两类,一类是侧重感性的,一类是侧重智性的,本文专门讲感性的一类。这句话只是提了一下,后面没有再加阐释。是不是有必要呢?

理论文章和文学性作品最大的不同,首先就是全面。文学的个性化追求可以是以片面取胜的,如前面的《与朱元思书》,吴均欣赏山水之美,到了忘却世俗功利追求的程度,是很独特的,并不是每一个文人在这种情景中都有这样的感受。这是独一无二的,如果要论述此地山水之美可以达到令人忘却世俗的程度,以他的文章为例是不够的。这在逻辑上叫做"孤证",没有普遍意义,论点就不能成立。但是作为文学作品,这种不可重复的感受,属于个性的范畴,恰恰是很生动的。

两种文章,价值观念不一样,所用的技巧也不一样。本文开头这一句,把智性提了一下。就这么一句,表面上可有可无,实质上,是全面性追求的一种表现,或者可以说是防止出现漏洞。这种方法,是写论文的时候常用的。有时用声明的方法,提到的问题,不在本文阐释范围之列,当另文阐释;有时加个注解,说明本文所述只是问题的一个方面。事实上,余光中先生这样的声明,并不是随意的应付,而是有心的,他另外还写了一篇《中国山水游记的智性》。

文艺随笔,是以比较感性的文笔来谈理性的道理。

文章在提出"感性"以后,就用理性的方法,对感性的内涵加以分析,指出它包含着"视觉之外,还要表现听觉、嗅觉、触觉、味觉等"。如果是做学术论文,就要引经据典,说明这五种感觉有什么理论根据,是心理学的根据吗?是不是就只有这五种感觉?如果还有第六感觉怎么办?还有综合性的机体觉怎么办?如果要把这些问题都交代清楚,就是学术性很强的文章了。但这不是文艺随笔的特点。追求学术性的严密,随笔就没有随意性的趣味了。损失一点学术的严密性,有什么好处?有利于经验性的表述。

　　提出了五官感觉就是感性以后,文章不在概念上纠缠,就直接向感性材料深入,进行例证分析。第一个例子,只分析其中一个"眉"字,指出"眉"本来是名词,但是在"月一眉挂修岩巅",成了量词,便觉新颖。如果是学术论文,就要进一步论述:为什么作为量词就觉得新颖?新颖,就好吗?有什么理论根据?如果是理论家,就可能引用俄国形式主义者的"陌生化"学说来支持。但是,这是随笔,其特点是:第一,着重经验性,而不着重理论性,只要让读者有感觉,触动其经验就成了。第二,论证也不要求太严密,下面说,这句散文句"尽速若与客俱",比之李白的名诗句"山月随人归","更有感性,更有动感",就更加不够严密了。因为李白的诗,从整体上说,比这篇文章的这几句,在艺术上成就要高得多。如果要认真推敲,就要把原诗展示出来。李白《下终南山过斛斯山人宿置酒》:

　　　　暮从碧山下,山月随人归。
　　　　却顾所来径,苍苍横翠微。
　　　　相携及田家,童稚开荆扉。
　　　　绿竹入幽径,青萝拂行衣。
　　　　欢言得所憩,美酒聊共挥。
　　　　长歌吟松风,曲尽河星稀。
　　　　我醉君复乐,陶然共忘机。

从构思的有机、情景的和谐、精神的高度来说,王质的文章是不能相比的。但余光中把李白的完整诗歌中的两个诗句孤立起来相比较,是轻率的。如果把前面四句"暮从碧山下,山月随人归。却顾所来径,苍苍横翠微"一起拿出来,其完整的意境,是王质的散文句子难以企及的。如果是学术性文章,像这样的论断,是要避免的。但是,这是文艺随笔,可以有一点随意性,随意中也不无道理。即使有点牵强,也因为是个人偏爱而得到宽容,甚至得到某种程度上的承认。

接着的文章，就是对于五官感觉的阐释，引了一则例文，就说这是"了不起的写景，视觉、嗅觉、听觉，不但交织，而且生动。香气能'冲怀冒袖，掩苒不脱'，嗅觉经验就视觉化，触觉化了。至于视觉经验，也都表现得很有动感：写荷花则'红披绿偃，摇荡葳蕤'，写微风拂水则'细生鳞甲'，写流萤则'幽火班班，若骇若惊，奄忽去来'，写山则'森森欲下搏人'"。

余光中先生的论点是，感性就是五官感觉。这里已经把例子举得很细致了。如果再把类似的例子举下去，文章就会写得很贫乏，难以深入，读者也会烦腻。一般地说，论点要发展深化，文章才有深度。深化论点有两种方法，一种是用逻辑分类的方法，也就是第一、第二等等，这样的方法比较呆板。余先生采用的方法是，在例子中引申出新论点来：

> 最生动的是星映水面的比喻"如珠走镜，不可收拾"；以珠喻星，以镜喻水，本是静态，原也是寻常，可是珠走镜上，便加上了动的关系，把水面起伏的感觉一并带出，真富感性。可见写景的上策是叙事，再静的景也要把它写动，山水才有生命。也就是说，一般平庸的写景好用形容词，但是警策的写景多用动词。

在引证旧论点的材料中，引出新的论点，这样写法的好处是比较自然，不显得生硬。这个观点，当然是有根据的，我们在分析吴均的《与朱元思书》的时候，已经指出过了。但余光中先生所举的文章，在文学史上可谓名不见经传，而吴均的文章是文学史的经典。二者相比，应该说余光中先生的例子，在经典性和权威性上是有所不足的。因为例子是不胜枚举的，经典性、权威性的例子，可信度就比较大。下面的例子，是元朝人麻革的，此人更加名不见经传。但是这样的例子，也有一层好处，那就是很新颖，独家之秘，此前没有人举过。就是从这样的例子中，又引申出一个新的论点来，那就是不管写动写静，直接描写固然好，有时很难，还有一种方法，不是直接，而是间接地写。余光中先生提出一个说法，叫做"效果"，写景色美好对人产生的"效果"。有个例子，是说明对人的心理效果的：景色清寂，使人产生一种感觉——"皆悚视寂听"，都凝神深思。这种效果属于心理效果。下面的一个例子，则是动作和心理的交织："暮色逼人，急出谷，黑行三里。"余光中先生分析说：

> "逼"、"急"、"黑"三字把暮色和人之间动的关系，提得又紧又有戏剧感。

以动感的叙事来代替描写，是余光中先生提出的主要论点。举一两个例子，会给人以草草了事之感；要把自己如此重要的观念确立起来，在读者心目中留下深刻印象，就要从多方面论述，故一连三次举了徐霞客的游记："冉冉僧一群从天而下"，"累累欲坠者，皆罗汉寺南北庵也"，"云里诸峰……亦渐渐落吾杖底"。因为是很经典的，所以增强了可信度。

这三个例子，本来是说明动态的论点的，同时又是从山景转移到《登泰山记》和《游南岳记》，但是已经不再是动作，而是向新的角度过渡。这个新的角度，就是视觉，色彩的动感。虽然在文学史上，姚鼐的《登泰山记》名气要大得多，但余光中先生却认为，名声甚小的钱邦芑的《游南岳记》要强得多，其根据就是自己的动态学说。姚氏之文，"平淡简单"；钱氏之文，则"色彩更富丽，动感更鲜活"。

余光中先生这样说，是很大胆的，也是很可贵的，这是对于自己的理论有信心的表现。只要是自己相信的，就不管多数人相信的、历来奉为经典的说法如何。当然，关键在对于文本的具体分析。余先生在这一点上，是比较谨慎的，又比较彻底的：

> 姚文的"下有红光，动摇承之"十分高明，把动感表现得灵活之至。

这是分析的特点，要提出姚不如钱，并不一定要把姚说得一无是处。分析的态度，即使不如，也要承认他的好处。而且在承认其好处时，所用的词语，还比较强烈（"十分""之至"）。在承认他也有好处之后，就要看过细的分析工夫了：

> 不过钱文的色调领域更宽，从"重阴"到"霜气"，从"白雾"到"一线霞"，从"金黄"到"赤艳"到"血紫"，层次繁富。动词则有"豁"、"裂"、"亘"、"炫"、"奋涌"等，表情也强得多。

应该说，每一个词的提示，都扣紧了"动感"的，这就是过细的分析的表现。当然，名家的文字，并不是绝对完美的，就余光中先生的这篇文章而言，由于是随笔写得比较自由，有些地方不够严谨，不无小疵。首先，既然前面已经说姚文已经是"把动感写得灵活之至"了，后面再说别人"色调更宽"，就有点逻辑的问题了。其次，下面举了王思任的《小洋》，作为"更加富于感性"的例证，称赞其为中国文学中"极其罕见的"，但是几乎没有分析，特别是没有扣紧"动感"效果来分析，不能不说是一大失误。当然《小洋》的确是很精彩的，其中对于日出色彩的变幻（"胭脂初从火出""鹦绿背青，上有猩红云""缥天""赤玛瑙""柔蓝""老瓜皮色""鹅毛霞""黄金锦荔""晶透葡萄紫""鱼肚白""炉银红""金光煜煜"），可谓前无古人。我们不难感到，后来的徐志摩和刘白羽写日出，从中模仿了不少东西。徐志摩的《泰山日出》和刘白羽的《日出》，我们已经读过了，大家不妨作些对照。

文章的最后几段，又举了两个例子，意在从反面说明什么叫做缺乏感性。例文中对日出的描写仅仅是：起初"昏暗，第闻涛声，若风雷之骤至。须臾天明，日乃出。然不遽出也，一线之光，低昂隐见，久之而后升"。这样的描写，如果单独出现，也许还觉得有一些可观的词语，但是和前面的一经对比，就高下立现了。这样的例子，叫做"反面说明"，在议论文中，这种"反面说明"的重要性常常被忽略。其实不管什么论题，光从正面说明，还是不够清晰的，只有正反两面，杰出的和平庸的，有了对照才能给读者以深刻的感觉。

东施效颦话语词/王蒙

这是一篇散文，但不是常见的记叙、抒情散文，而是一种特殊的散文，叫做"随笔"。从字面上来看，"随"是比较随便，有点近乎漫谈的意思。《闲话章太炎》，题意与此篇相近。闲话，表现一种随便谈谈的心境，不是那么系统、严肃，可以不那么深刻，独到。当然，《闲话章太炎》是以记叙为主的，而这一篇却是以论说为主的。随笔的特点，就是自由，不拘一格，不为事情的连贯性、事理的逻辑性所限，信笔写来，表现自己的智慧和心情。

第一段，有一个词"乱砍乱伐"，值得注意。"乱砍乱伐"本来是特指对于山林植被的破坏，这里却用来指为文说话，好像是用词不当，但又不是。这里的"砍"，和北京口语中"砍大山"的"砍"是谐音。砍大山的"砍"，又写作"侃"，指的是随便聊天。而"伐"，本义也是砍，《诗经·伐檀》便是。但在古代汉语中，它又引申出"讨伐"之义，如"武王伐殷"，指用武力征服消灭；还指用话语来讨伐，如"口诛笔伐"，也就是强烈批判了。再引申，如下列例子：

《论语·公冶长》：愿无伐善，无施劳。
《史记·屈原贾生列传》：每一令出，平伐其功。
《史记·淮阴侯列传》：不伐己功，不矜己能。

这里的"伐"就带上了自吹自擂、夸耀自己的意思。这个意思在古代汉语中是比较常见的，但在现代汉语中很少用。王蒙在这里，妙在古代现代、书面口头语意的交错。

一切词语，如果仅仅作为工具，很简单，一目了然，几乎是没有任何奥秘可言。报告、代表、反映、书记、批评、作风、对象、帮助、点名、欣赏、精神，在口头和书面上都不难使用，只要是中国成年人，一个个得心应手，还有什么可谈的呢？但是，王蒙却从平常词语的表层底下，发现了人们忽略了的内涵。

报告：本来是下级对上级的，但做报告、传达报告、政府工作报告之类却相反，变成了含有上级对下级的意味，不言而喻，这些是堂而皇之的；而"打小报告"，则有"进谗或诬陷的贬义"，这里要注意的是，不仅是语词有贬义，而且还涉及打小报告者的人格问题了。

如果光是分析出这样一些区别，还不够做文章，因为只有一个层次。做文章，要给读者留下比较深刻的印象，层次要更丰富一些，让读者的思路不间隔，不停地追随你的思路。王蒙下面的文章的好处正是这样。他转而指出，有时，明明是上级对下级做报告，却有意放低姿态，不说做报告，而用下级对上级的词语"汇报"。表面上，是近乎用词不当，实际上，表示比较谦虚。

语言如果仅仅是工具，语文教学只要关注词语的正确运用就够了。王蒙在这里追求的，显然是超越工具意义的那种语感，这种语感要丰富复杂得多，其中有着深厚的社会文化心理。这种心理意味，是语词的使用者约定俗成，心照不宣的，也就是自动生成，不言而喻的。正是因为这样，在某种程度上，有潜意识的特点。这就是所谓"语感"，也就是一种直感，很本能的，能够凭直觉感到其中丰富的、微妙的意味，却不一定、或者很难用语言明确地表述。王蒙的文章所追求的，就是要用明确的语言把它揭示出来。

他使用的方法，首先是分析词语（如"报告"）的内在矛盾（对上，对下），其次是比较（报告和汇报）。比较不但在中文词语之间，而且拿出英语同类词语来比较。由此延伸下去，又引申出一系列（如做指示，训话之类）的相关词语。在这一系列的比较中，"报告"这个词语的潜在的文化内涵，就比较清晰地显露出来了。文章对其他词语的分析，所用方法也大抵是分析和比较。

分析，最关键的是辨析毫厘。在通常的语词中，微妙的区别（矛盾）是隐藏着的，天衣无缝，无从下手。要把矛盾（区别）揭示出来，王蒙采取的一个办法是"还原"，从词源上着眼，把原本的意思和眼下的词义加以比较，比如"反映"，本该是"反应"。王蒙指出，本来和汇报、报告类同，是中性的，但眼下约定俗成的意味却有了变化。"有反映"，常常并不是中性的，而是负面的。又如"书记"，本义就是秘书。原本可能是为了避免"总裁"之类高高在上的感觉，体现更加民主的精神，但在实际上，书记的权力是秘书所不能比的。最明显的一点是，书记还要有秘书来协助。书记和秘书就成为两种社会职务，两个等级，而且差距还不小。

从本义和现行义的矛盾中分析语词丰富的文化内涵，最为鲜明的是"批判"和"批评"。二者本来是同义的，"批判"并没有后来那种指责缺点毛病，在意识形态、政治立场上的负面意味。

除了本义和现行义的比较以外，王蒙还善于用同类词义多方面比照。如，把"反映"和"反馈""反响"放在一起，其间潜藏的学理和心理上的微妙的区别就显露出来了。

总体来说，王蒙的文章揭示得最深刻的是，词语的演变、衍生，从普通词义向社会文化词语演变途径。如：

学习：从普通词义，变为二十世纪五六十年代的政治含义。

作风：从一般工作风格，变为男女关系方面的含义。

对象：从哲学意义，转化为恋爱方面的特指。

帮助：从援救的意义，转换为政治生活中批评的意思。

点名：从出勤在岗，转换为直指其名的行政的、政治性的批评。

诸如此类，王蒙所关注的，集中在词语受到政治、意识形态的影响的变异。

从这里我们应该体会到，语词的意义不是固定不变的，而是不断变化的，而变化并不是随意的，而是和社会意识形态的变迁有一定的关系的。从这里，我们也可以进一步体会到语言并不仅仅是一种被动的仅供使用的工具，它有着与人的情感和意识密切的关系，也就是人文性。

竹/郑板桥

这是一篇文艺随笔。随笔的特点，就是比较随意。文章没有开头、结尾的讲究，没有起承转合的经营。一上来就直奔主题，分析生活原型、作家主体和文艺形象之间的关系。文章很短小却很精悍，原因在于作者抓住了比较，不是一般的比较，而是同类的比较，是同中求异。

文章的成功，除了同类比较以外，还得力于一点，同中求异，很彻底。在一般人心目中，画中之竹和作家心目之竹，和客观世界之竹应该是同一的。但作者却尖锐地提出，三者是不一样的。不但手中之竹与眼中之竹不同，而且手中之竹，与胸中之竹也是有矛盾的。这是很智慧，很深刻的。作者的可贵就在于，向通常的感觉经验挑战。

另一个可贵之处是，把艺术（写作）实践看得很重要。艺术作品，第一，并不仅仅是客观的反映；第二，也不仅仅是主观的表现；第三，意在笔先，趣在法外，化机也。在实践中，会形成一种法则，而在客观对象之先的意，则有一种法则之外的趣味。这种天然妙成的东西，他把它叫做"化机"。他没有下定义，但我们可以体悟到，这是要在创作的实践中去体悟的。他说，这不仅仅是绘画的道理。是的，至少也是作文的道理。我们不能满足于观察生活，模仿生活，也不能满足于表现自我，学习语言、形式，而是要把生活、自我和形式结合起来，不断实践，反复实践，才能把作品写好。

孔孟论学习/《论语》《孟子》

  这一篇所引的孔子的语录，有两个特点。
  第一，都很精粹警策，内涵深厚，文字简洁，有格言的色彩。虽然有具体的语境、上下文，但也可以成为独立的片断，在不同的语境中自由地引用。第二，语录虽然是片断的，但是相互间有联系，不是一般的联系，而是深刻的联系。实际上有一定的系统性，把它联系起来，就是一篇逻辑完整的文章。
  语录之所以深刻，是因为孔夫子一般不孤立地发表议论，在各种关系中研究事情或者观念，往往善于深化。如学与习的关系，光是学，是不够的，还要按一定的时间去温习或者实习。学是新的，习是旧的，新的容易有趣味，旧的容易厌倦，但是孔夫子说，按一定的时间去温习，不是很开心的吗？
  为什么呢？因为温习旧的，往往会有新的发现，旧的就转化为新的了。就是说，本来学了，但是没有感觉到，等到温习了，才能从旧的东西中领悟到新的东西。这一句，比之"学而时习之"，更为深邃。原因是，新与旧不但是相关的，而且是相反的。在相反的、对立的成分中，看到相成的，在矛盾中看到转化。这就是辩证的关系，带上了哲理的色彩。接下去，知与不知的关系也是矛盾的转化关系。关键是实事求是，知道就是知道，不知道就坦白承认不知道，老老实实。如果不肯承认自己的无知，就不能改变无知的状态；而承认了自己的无知，就可能转化为智慧。这里用了"知"和"智"的同音，构成了哲理。
  以上讲的是自己学习的道理，下面则是互相学习的道理。

不耻下问，讲的是学与问的关系。自己敏锐得很（耳聪目明），是不是就够了呢？不够，还得向他人学习。对于一般人来说，向上请教，没有心理障碍；而向下请教，心理障碍就很大了。孔夫子把心理问题提得很尖锐：耻。向下讨教，心理障碍是羞耻感。孔夫子的理想人格是不以向下讨教为耻。学问的追求，要超越世俗的羞耻感。

向人讨教，只是自己为学，只是孔夫子事业的一面。他老人家一方面是学者，另一方面又是个教师。作为学者，他学而不厌；作为教师，他诲人不倦。故为学之道的不耻下问，与诲人之道的不倦，是紧密相联系的。为了说明诲人之道，孔夫子把它放在三个范畴的矛盾中加以分析。这种分析以层次递进为特点：

第一范畴：知之。即让他知道，让他理解。这当然是很不错的了。但是不排斥一种倾向，就是满堂灌，把学生弄成被动的接受者，失去自主性。

由此引出了第二个范畴：好之。就是让他爱好，让他有兴趣。不是老师要他学，而是他自己喜欢学。

第三个范畴：乐之。即从中感到快乐。爱好、喜欢，当然是主动性了，但是主动性也有层次高低之分。爱好了，也许还不一定到家，还要让他在学习、钻研中感到快乐，感到幸福。这样的主动性就更为理想了。

怎样才能达到这个幸福的境界呢？

不能把现成的结论告诉他，而是让他自己去苦苦思考。即使看着他不得要领，也不轻易去启发。不到他百思而不得其解，或有所意会而不能言传的时候，不去启发他。不能举一反三、触类旁通，就不再教他。这就是迫使学生独立思考、自由开拓，才有创造性。这一点和当代教育学中的自主性、研究性、创造性学习，在根本精神上是相通的。

对别人，是迫使其主动地、积极地思考，不到临界点上，不给以启发。对自己呢？已经到了临界点上了，还一味苦苦思索，就有可能钻进牛角尖，这时，问、讨教、对话，就显得很重要。这就叫作"受学重问"。问，就是和当代人对话，而读书就是和古代人对话。

读书要有正确的观念。不管是读什么样的经典，《诗经》也好，《书经》也好，在朗诵中，设想自己和古人生活在一起，体验当时当地的情境，和古人讨论问题。这里就蕴含着一种平等的姿态。

孟子从另一个角度，说明了教人读书，最根本的方法就是让他"自得"，由他自己去领悟，自己去获得，而不是一味地告知。只有自己体悟到的，才能长久保有，才能巩固，才能积累深厚。积累深厚了，在运用的时候，才能左右逢源。

孟子论述学习的方法和孔子有相同的地方，那就是不孤立地论述问题，总是习惯把问题放在一定的层次中展开。这里具体表现为：自得之、居之安、资之深、取之左右逢源等四个层次，层层推进。这和孔夫子所说知之、好之、乐之等三个层次，是比较类似的。但也有不同之处，孔夫子常常把问题放在矛盾中、对立面中展开，如学和习，故和新，学和思，知和不知，耻和不耻等，在矛盾中观其转化，故哲理性较强。而孟子，则是善于类比，多层次推进，故逻辑性比较强。当然，这种区别不是绝对的，而是相对的。因为孟子有时也有一些哲理性的论述。如下面的"尽信《书》，则不如无《书》"，就是把问题放在"尽信"和"不信"的矛盾中展开的。

孟子有一个长处，是孔夫子所不及的，就是善于作形象的类比。在下面几节中，就用了"一曝十寒"和"掘井而不及泉"的故事。

孟子的比喻，有故事，有情节。文章中"奕秋诲人"的故事，就是一例。这里不但有故事情节，而且有细节。如"一心以为有鸿鹄之将至，思援弓缴而射之"。这种故事往往就成了寓言。这样的寓言是为了说理，为了辩论。善于论辩，是孟子的特点。《孟子》里许多寓言至今仍然家喻户晓，如"五十步笑百步""揠苗助长"，等等。用寓言说理，是当时的风气，先秦诸子中并不是只有孟子一人善于用寓言，韩非子、庄子等人也每每以寓言说理。但韩非子好以历史故事为寓言，庄子的寓言有神话性质，而且有明显的自行编造的痕迹。而孟子的寓言，则多有民间故事色彩，最明显的是《齐人有一妻一妾》。当然，孟子散文中，寓言只是偶一为之，而到了庄子中，就可以说是连篇累牍了。

论读书／培根

　　本文是培根的一篇著名的文章。从文体来说，不像文学散文，因为它没有什么形象性的语言，通篇都是发议论。但又不像一般的议论文，因为作者虽然发表了许多见解，但并没有像一般议论文那样进行论证。文章就是讲述自己的看法，也没有引用什么经典来加强自己论点的可信度。整篇文章的风格很轻松，很随意。这在欧洲，属于随笔（essay）一类。本文是培根的一本集子中的一篇。这本集子中，有一系列文章，都是用"of"开头的。如 Of Truth（真理），Of Death（死亡），Of Love（爱），Of Envy（妒忌），Of Boldness（勇敢），Of Nobility（高贵），等等。这类文章在中国，可以归入小品。前面我们分析袁枚的文章时说过，小品散文中的见解，可以是一得之见，可以是某种偏见，在随笔中，就更是如此了。

　　从题目上来看，就很明显。原文是"Of Studies"，从字面上来看，就是"论读书"。翻译成"论读书"，并不一定很妥当。这个 Studies，本来意思很丰富，与本文内容相关的至少就有这样两点："The act or process of studying. The pursuit of knowledge, as by reading, observation, or research."大抵是指求知、学习研究的过程，其中包括阅读、观察、研究。不知道最初是什么人把它译成"读书"，而且还堂而皇之地加上一个"论"，给人一种"论文"的预期。其实统观全文，并不是什么论文。但是，大都是谈阅读的。也许就是这个缘故，"论读书"就被认可了。但是，认可归认可，其中可能引起的混淆，还是要注意。西方的经典性作品，往往带着西方的文化特点，从译介学的角度来说，有许多是不可翻译的。因为与中国的文化传统缺乏对称的语汇，所以对于译文，尤其在中学语文教学中,不能苛求。这里仅举一例:原文:"Their chief use for delights in privateness and retiring; for ornament, is in discourse; and for ability, is in the judgment and disposition of business."我们课本上的译文是:"孤独寂寞时,阅读可以消遣。高谈阔论时,知识可供装饰。处世行事时,正确运用知识意味着才干。"而英国文学方面的权威人物王佐良教授的译文是:

其怡情也,最见于独处幽居之时;其博彩也,最见于高谈阔论之中;其长才也,最见于处世判事之际。

何新先生的译文,还利用了王先生的许多成果,尚且差别如此。一般说来,王先生的译文,更受推崇。因为培根的文章,从英文来说,比较古雅,精练异常。在风格上,王先生的译文更接近于原作。有人这样分析:"将 in privateness and retiring 译为'独处幽居',是极为恰当传神的,很好地表达了原文的意念,即远离官场,不理庶务,离群索居,悠闲自得的境界。实际上是'个人拥有一个私人的空间,置身其中以得到自由和安闲'。"课本中有这样的译文:"知识本身并没有告诉人们怎样运用它,运用的智慧在于书本之外。这是技艺,不体验就学不到。"而王佐良的译文则是:"书并不以用处告人,用书之智不在书中,而在书外,全凭观察得之。"我们课本上的译文,把观察(observation)译成了体验,是引申义。观察当然要有内在的体悟,但是,培根是提倡以观察代替权威原理演绎的大师,观察是他的斟酌范畴,任意忽略,是不够妥当的。

培根的文章处处都是自己的判断,并没有多少论证,但是仍然相当吸引人。原因是,他的见解比较深刻。这种深刻,是有他的哲学基础的。如:

求知可以改进人性,而经验又可以改进知识本身。人的天性犹如野生的花草,求知学习好比修剪移栽。学问虽能指引方向,但往往流于浅泛,必须依靠经验才能扎下根基。

这里把求知阅读和经验两个方面的互补说得相当警策。一方面，培根非常强调读书的重要性（可以改进人性），批评不重视学习的人为"狡诈者"，说那些把知识用来炫耀自己的人是装腔作势（"吹嘘炫耀"）；但是另一方面，他又指出迷信书本是"呆子"，是"愚鲁者"。他特别强调"不可过于迷信书本"，书本如果不和经验结合，就可能"浅泛"，也就是肤浅。经验才是知识的"根基"。培根的所谓"经验"，是相对于书本而言，并不单纯指过去的、已有的，而且更重要的是指导未来的实践：

>　　聪明者则运用学问。知识本身并没有告诉人怎样运用它，运用的智慧在于书本之外。这是技艺，不体验就学不到。（参照王佐良先生译文：唯明智之士用读书，然书并不以用处告人，用书之智不在书中，而在书外，全凭观察得之。）

这可是培根思想的精华。培根是一个伟大的经验主义思想家，他的思想的核心就是不迷信书本权威，他把亲身的观察和归纳当作科学发展途径。"培根尖锐地批判了中世纪经院哲学，认为经院哲学和神学严重地阻碍了科学的进步，主张要全面改造人类的知识，使整个学术文化从经院哲学中解放出来，实现伟大的复兴。他认为，科学必须追求自然界事物的原因和规律。要达到这个目的，就必须以感官经验为依据。他提出了唯物主义经验论的原则，认为知识和观念起源于感性世界，感觉经验是一切知识的源泉。要获得自然的科学知识，就必须把认识建筑在感觉经验的基础上。他还提出了经验归纳法，主张以实验和观察材料为基础，经过分析、比较、选择、排斥，最后得出正确的结论。"（叶浩生主编《西方心理学的历史与体系》）

　　培根的重视第一手的经验的原则，对当时的反基督教经院哲学有很大的进步意义，就是在今天，也还具有很强的现实意义。他反对读死书的"呆子"，反对迷信书本，主张用经验来改进知识，和我们今天强调的研究性学习有相通之处。不过他的"研究"，不是从书本到书本的研究，而是把研究贯穿到实践、科学实验中去。这一点很值得我们重视。

培根的文章是随笔体，并不是严格的学术论文，因而头绪比较纷繁，论点很多，纷至沓来，内在的逻辑层次性不是很强。但是不难归纳出，培根认为阅读的功能有二：首先是为了"寻找真理"，而寻找真理就不能光凭阅读。其次是"改进人性"，"塑造人的性格"。不仅如此，人的"精神上的各种缺陷，都可以通过求知来改善"。总的说来，他说得相当深刻，但是有时也说得比较机械。他说，每一门学问，都有一种心理治疗功能，正如"打球有利于腰背，射箭可扩胸利肺"等一样，思维不集中的人，只要学习数学，不善于推理的人，只要学习法律案例，就能立竿见影。这种种说法，都比较粗糙。从这个意义上来说，他又好像倾向于书本万能，显然把书本的重要性估计得太高了，似乎忽略了如何运用书，如何把书本与自身的观察和体验结合起来了。文章隐含的这种矛盾，显示了培根作为经验主义的理论家，存在历史的局限性。

文章中许多说法，都有特殊的针对性。例如，把读书作为高谈阔论的资本（装饰），是当年英国上流社会的风气；又如"为挑剔辩驳去读书"，是对英国经院神学、繁琐哲学从概念到概念，在概念中钻牛角尖的学风的批评。有一些说法，行文比较随意，并不太严密。如："孤独寂寞时，读书可以消遣。高谈阔论时，知识可供装饰。处世行事时，正确运用知识意味着才干。"这样机械地划分读书的功能，不一定经得起推敲。为什么消遣一定要在孤独寂寞时？在忙乱不堪之间，甚至在高考临近之时，就不能读些"闲书"来调节神经、消遣一番？知识为什么只有在高谈阔论时才有"修饰"（王佐良译作"傅彩"，文采的意思吧？）作用？写作的时候，就不起作用了？类似的还有："读史使人明智，读诗使人聪慧，演算使人精密，哲理使人深刻，道德（王佐良译为"伦理"）使人高尚，逻辑修辞使人善辩。"把学科的功能作这样绝对的分割，难免捉襟见肘。读史使人明智，也许不错，难道读哲学就不能使人明智？读史就一定不像读哲学那样使人深刻？读诗使人聪慧，是不是每一个人读诗都会变得聪慧起来？有没有人沉浸在诗的想象世界里，变得不通人情世故，甚至变得傻头傻脑呢？这些都是可以推敲的。

培根的文章，权威性很高。其权威性的来由，一是在哲学史和科学史上的贡献，二是他的语言简练古雅。一般的读者，没有科学史和哲学史方面的知识背景，读起来，并不一定真正感到其好处。不能阅读原文，也很难体会到培根文风的精练。

附1：

Of Studies*
（英文原文）

STUDIES serve for delight, for ornament, and for ability. Their chief use for delight is in privateness and retiring; for ornament, is in discourse; and for ability, is in the judgment and disposition of business. For expert men can execute, and perhaps judge of particulars, one by one; but the general counsels, and the plots and marshalling of affairs, come best from those that are learned. To spend too much time in studies is sloth; to use them too much for ornament, is affectation; to make judgment wholly by their rules, is the humor of a scholar. They perfect nature, and are perfected by experience: for natural abilities are like natural plants, that need proyning, by study; and studies themselves do give forth directions too much at large, except they be bounded in by experience. Crafty men contemn studies, simple men admire them, and wise men use them; for they teach not their own use; but that is a wisdom without them, and above them, won by observation. Read not to contradict and confute; nor to believe and take for granted; nor to find talk and discourse; but to weigh and consider. Some books are to be tasted, others to be swallowed, and some few to be chewed and digested; that is, some books are to be read only in parts; others to be read, but not curiously; and some few to be read wholly, and with diligence and attention. Some books also may be read by deputy, and extracts made of them by others; but that would be only in the less important arguments, and the meaner sort of books, else distilled books are like common distilled waters, flashy things.

Reading maketh a full man; conference a ready man; and writing an exact man. And therefore, if a man write little, he had need have a great memory; if he confer little, he had need have a present wit: and if he read little, he had need have much cunning, to seem to know that he doth not. Histories make men wise; poets witty; the mathematics subtile; natural philosophy deep; moral grave; logic and rhetoric able to contend. *Abeunt studia in mores* [Studies pass into and influence manners]. Nay, there is no stond or impediment in the wit but may be wrought out by fit studies; like as diseases of the body may have appropriate exercises. Bowling is good for the stone and reins; shooting for the lungs and breast; gentle walking for the stomach; riding for the head; and the like. So if a man's wit be wandering, let him study the mathematics; for in demonstrations, if his wit be called away never so little, he must begin again. If his wit be not apt to distinguish or find differences, let him study the Schoolmen; for they are *cymini sectores* [splitters of hairs]. If he be not apt to beat over matters, and to call up one thing to prove and illustrate another, let him study the lawyers' cases. So every defect of the mind may have a special recipe.

* Francis Bacon. (1561～1626). Essays, Civil and Moral. *The Harvard Classics*. 1909—14.

附 2：

王佐良译文

读书足以怡情，足以傅彩，足以长才。其怡情也，最见于独处幽居之时；其博彩也，最见于高谈阔论之中；其长才也，最见于处世判事之际。练达之士虽能分别处理细事或一一判别枝节，然纵观统筹、全局策划，则舍好学深思者莫属。读书费时过多易惰，文采藻饰太盛则矫，全凭条文断事乃学究故态。读书补天然之不足，经验又补读书之不足，盖天生才干犹如自然花草，读书然后知如何修剪移接；而书中所示，如不以经验范之，则又大而无当。有一技之长者鄙读书，无知者羡读书，唯明智之士用读书，然书并不以用处告人，用书之智不在书中，而在书外，全凭观察得之。读书时不可存心诘难作者，不可尽信书上所言，亦不可只为寻章摘句，而应推敲细思。书有可浅尝者，有可吞食者，少数则须咀嚼消化。换言之，有只须读其部分者，有只须大体涉猎者，少数则须全读，读时须全神贯注，孜孜不倦。书亦可请人代读，取其所作摘要，但只限题材较次或价值不高者，否则书经提炼犹如水经蒸馏，淡而无味矣。

读书使人充实，讨论使人机智，笔记使人准确。因此不常作笔记者须记忆特强，不常讨论者须天生聪颖，不常读书者须欺世有术，始能无知而显有知。读史使人明智，读诗使人灵秀，数学使人周密，科学使人深刻，伦理学使人庄重，逻辑修辞之学使人善辩；凡有所学，皆成性格。人之才智但有滞碍，无不可读适当之书使之顺畅，一如身体百病，皆可借相宜之运动除之。滚球利睾肾，射箭利胸肺，慢步利肠胃，骑术利头脑，诸如此类。如智力不集中，可令读数学，盖演题须全神贯注，稍有分散即须重演；如不能辨异，可令读经院哲学，盖是辈皆吹毛求疵之人；如不善求同，不善以一物阐证另一物，可令读律师之案卷。如此头脑中凡有缺陷，皆有特药可医。

读书八得/朱苏进

本文选自《面对无限的寂静》（上海人民出版社，1997年版），这是一本谈读书的随笔。书中有许多独特的、挑战性的、格言式的句子，无情地向我们这些以读书为业的人，发动着冲击。

读书是为了求知，从培根以来就是这样说的。"开卷有益"，更是成了我国民间的成语。在这样现成的话语面前，我们思维的触角像裹上了塑料一样丧失了一切活力。但本文作者却对此发出勇敢的挑战，他提出读书的目的就是为了自己思考，而不是被动地接受作者的思想。他非常机警而形象地表述了他的主张："一个教授问他的学生，今天你做什么？学生的回答是：读书。教授又问，明天你做什么？学生的回答仍然是：读书。教授愤怒了：那你还用什么时间去思索呢？"

他提出来的问题是，思考和求学的关系。他的观点是，思考比接受更加重要。

这样的说法是不是可靠，是不是可疑呢？

关于思与学的关系，历代有许多权威的说法。孔夫子强调二者的矛盾和平衡。培根强调不能迷信书本，要用思考（实际上是用经验、观察）来改进知识。而朱苏进则进了一步：学习是为了思考，而不是为了记忆。这种看法，在当前信息爆炸的时代，应该说很有启发性，很发人深思的。现代城市人，是那么忙碌，读书的时间是那么少，即使抽出了宝贵的时间，往往又为读书而读书，不过是往自己的记忆仓库里装货，而不是利用书本中的信息来发展自己的智慧，开拓自己的创造力。在这一点上，朱苏进说得特别尖锐："如果读书的目的仅仅是为了增长知识，那么你即使终身读书，其知识储量，也不一定比得上电脑里的一块硅片。更可怕的是，你的大脑只是他人的跑马场，将心灵沦为盛满知识的容器。我们吃饭，不是为了变成饭粒，喝水不是为了变成水珠。"

他对读书提出了一个很高的要求：真正的读书不能满足于被动地接受，更重要的是在接受以后要对书本有所超越，能升华到主动的创造的境界。

这样，对所读的书，选择的标准就应该比较严格。

他毫不掩饰地藐视市场上许多"拙劣的书"[①]。就是杰出的书，他不仅不无限崇拜，而且常常怀疑其权威。在这一点上，他很有一点符合孟夫子的"尽信《书》，不如无《书》"的观点。他说："在读书以前，希望每一本书都是一个意外。然而在读之后，才知道每一本书都值得怀疑。"

这并不一定是狂妄，因为一切科学和学术的进步，都只能是从对于天经地义成规的怀疑开始。对于权威的无限崇拜，只能窒息人类潜在的智慧。出于这种自觉，朱苏进认为：即使读杰出的书，也不能不和作者对话，这种对话不是一味顺从的，而是充满了思索和挑战的。他反对没有思索的读书。在说到这一点的时候，他的语言更加犀利：

  读书最重要也是最美好之处在于思索，读书是花朵，思索是果实。思索不但使你与别人的读书拉开距离，而且能使你与书本拉开距离。没有思索的阅读，就好像一个人没有胃脏，只有一张巨大的口腔，整个人便是一条孜孜不倦的过道。这种过道，将所有的美好的书

---

① 本篇课文是作者原文的节选，因此这里有些引文见于原文，供参考，下同。

贬值为垃圾。

这是艺术家的语言，一些学究式的书评家绝对讲不出来。可以说他说得太尖刻，也可以说他说得太偏激，但是不能不佩服他说出了我们感觉到的、但被世俗之见所窒息的宝贵的思绪。

这样的文章，好处不仅在于尖锐，而且在于深刻。他不满足于思索，而把问题提到要害上。关键在于，在思索中向作者挑战："如果一本书不能引起我的激情，也不能引起我的反抗，那么不管别人怎样称赞它，也不管它多么卓越，对我仍然是一本废纸。"

他之所以这么强调挑战（反抗），这是因为，他所渴望的不是当一个只能继承传统文化的学究，而是做一个有突破性的创造者。一个创造者的潜在能量，不是浮在其心理表层的，而是深深埋藏在作家潜意识的底层的。好书有一种刺激性，能把这种潜在的心理能量激发出来。"一部好书能使人产生巨大的冲动，恨不得立刻写点什么，或者做点什么，甚至在很长时间里无法再读其他的书。"最好的读者，应该是创造欲望特别强烈的人，就是读了有创造性的好书，也要警惕太好的书能让人产生自卑感，堵住了本来可以创造、突破的许多潜能。因此他提出一个非常奇特的说法："抵抗'好书'。"从这个意义上来说，坏书，写得差劲的书，也有一个好处，那就是增强人的自信。他以格言式的句子来表达这一精彩的思想：

大作品使我们变矮，小作品使我们升高。

拿这种读书的态度来要求一般读者，好像太高；但是从读书的根本目的来说，难道不是为了创造书上没有的东西，而是为了重复书上已有的东西吗？但是，历史积淀的惰性是如此之沉重，眼下绝大多数的读者，都不敢想象自己读书是为了超越它。其实，正因为不断地超越，人类社会的文明才能持续地进步。如果满足于在前辈的水平上滑行，世界还有什么希望呢？（如果前辈也这样，那前辈又有什么水平呢）人们忘了这一点，不是因为太愚蠢，而是因为创造太困难，所以就产生了一种现象：把自知之明和自卑感混为一谈了。正是因为这样，朱苏进式的读书方法才具有启蒙的意义。只有在这样的意义上，我们才能充分地理解他这样的话："永远有一本只读了一半的书，后一半用自己的猜想去完成它。"这难度不是太高了吗？不。这是一种呼唤，一种启示。对每一个读书人来说，都有警策的作用。尤其是当我们读到这样的句子："有些人是句号，他们虽然读完了整本的书，可是他们说不出比书本更多的东西，因为书的终点就是他的终点。有些人是省略号，读完以后，却停不下来，他沉默地、不可遏止地飞行到比书本尽头远得多的天际，始终一言不发。"

朱苏进的这篇作品是以语录式、格言式的章法写成的。但是这并不意味着他没有文采。他的文采并不因为思想的犀利而完全消失，有时候，他的思想隐蔽在寓言式的形式中。比如关于马克思的《资本论》的价值，他这样说："伟大的《资本论》出版时，读者寥寥。一位枪械商用它做靶子，校验子弹的穿透力。这确实极富有灵感的妙用。枪械商可以准确地说：弹道深达750页……尽管《资本论》击穿过整个社会，但作为书，它也无法掌握自己的命运。何况其他的书呢？"这样的文字，在有关读书的文章中实在是太难得一见了。

我读过许多谈如何读书的文章，但是从没有过这样巨大的精神震动。这主要是因为，通常我们读书，尤其是读比较好的书，都不由自主地有自卑感，可以说，在精神上我们是"跪着读"的。这种读书姿态，是很普遍的。很可惜，我在写《读书的三种姿势》时疏忽了，没有特别把它列为危害比较大的一种。但是真正的读书法，应该是先坐起来，和作者平起平坐，然后是站起来，俯视他。这样在阅读的过程中，就是一个在灵魂上提高自己的过程。

朱苏进是一个颇为活跃的军旅作家，早在20世纪80年代，他的小说《射天狼》就获得了全国的中篇小说大奖。他本来是福州军区的创作人员，后来福州军区并入南京军区，他就去了南京。他的创作一直以思想上甚为警策而著称。他有一篇小说，写一个连队驻守在临近国民党军队驻地的小岛上。他写的不仅仅是双方在目力所能及的距离中的特殊对峙，而且还有一个更为严肃的主题：他把这个岛上的战士和军官分为三类：一类是从来没有见过什么坏事情的，一味天真，这种人一见到坏事情就大惊小怪起来，甚至丧失了信念；第二类人，只看到生活中的坏事情，从来就对人生抱着阴暗看法；第三类是明明知道生活中有黑暗的东西，同班的战友有不少精神上的缺陷，但仍然对生活对人性充满了信心。他的思想力度在中年作家中堪称一流，每有所作，都有比较深的思考。但是他在全国读者中的影响与他作品深度远远不能相称，一些在思想上比他肤浅得多的作家，比如霍达、张抗抗等等，都有着比其作品水平高得多的声誉。也许是朱苏进的深邃思考在艺术上还没有找到恰当的表现形式。

图书在版编目（CIP）数据

孙绍振如是解读作品．散文及其他卷/孙绍振著．
—福州：福建教育出版社，2018.4（2025.10重印）
（孙绍振作品解读系列）
ISBN 978-7-5334-8089-9

Ⅰ．①孙…　Ⅱ．①孙…　Ⅲ．①世界文学－文学欣赏－中小学－教学参考资料　Ⅳ．①G634.333

中国版本图书馆 CIP 数据核字（2018）第 059153 号

孙绍振作品解读系列
Sun Shaozhen Rushi Jiedu Zuopin（Sanwen ji Qita Juan）
孙绍振如是解读作品（散文及其他卷）
孙绍振　著

出版发行	福建教育出版社
	（福州市梦山路 27 号　邮编：350025　网址：www.fep.com.cn
	编辑部电话：0591-83779615　83726908
	发行部电话：0591-83721876　87115073　010-62024258）
出 版 人	江金辉
印　　刷	福建东南彩色印刷有限公司
	（福州市金山工业区　邮编：350002）
开　　本	710 毫米×1000 毫米　1/16
印　　张	20.5
字　　数	304 千字
插　　页	4
版　　次	2018 年 4 月第 1 版　2025 年 10 月第 10 次印刷
书　　号	ISBN 978-7-5334-8089-9
定　　价	45.00 元

如发现本书印装质量问题，请向本社出版科（电话：0591-83726019）调换。